algum dia

Obras do autor lançadas pela Galera Record:

Nick & Norah: Uma noite de amor e música, com Rachel Cohn
Will & Will – Um nome, um destino, com John Green
Todo dia
Garoto encontra garoto
Invisível, com Andrea Cremer
Dois garotos se beijando
Me abrace mais forte
Naomi & Ely e a lista do não beijo, com Rachel Cohn
Outro dia
Algum dia

david levithan

algum dia

Tradução de
Ana Lima

1ª edição

— Galera —
RIO DE JANEIRO
2019

CIP-BRASIL. CATALOGAÇÃO NA PUBLICAÇÃO
SINDICATO NACIONAL DOS EDITORES DE LIVROS, RJ

L647a Levithan, David, 1972-
Algum dia / David Levithan; tradução Ana Lima. – 1ª ed. – Rio de Janeiro:
Galera Record, 2019.
; 23 cm.

Tradução de: Someday
ISBN 978-85-01-11798-4

1. Romance americano. 2. Lima, Ana. II. Título.

CDD: 813.085
19-58742 CDU: 82-31(73)

Meri Gleice Rodrigues de Souza – Bibliotecária – CRB-7/6439

Título original norte-americano:
Someday

Copyright do texto © 2018 by David Levithan

Publicado primeiramente por Knopf Books for Young Readers
Direitos de tradução organizados por MB Agencia Literaria SL. e The Clegg Agency,
Inc, USA. Todos os direitos reservados.

Proibida a reprodução, no todo ou em parte, através de quaisquer meios.
Os direitos morais do autor foram assegurados.

Texto revisado segundo o novo Acordo Ortográfico da Língua Portuguesa.

Direitos exclusivos de publicação em língua portuguesa somente para o Brasil
adquiridos pela
EDITORA RECORD LTDA.
Rua Argentina, 171 – Rio de Janeiro, RJ – 20921-380 – Tel.: (21) 2585-2000,
que se reserva a propriedade literária desta tradução.

Impresso no Brasil

ISBN 978-85-01-11798-4

Seja um leitor preferencial Record
Cadastre-se no site www.record.com.br
e receba informações sobre nossos
lançamentos e nossas promoções.

Atendimento e venda direta ao leitor:
sac@record.com.br

Para Hailey
(Que você encontre a felicidade todo dia)

Rhiannon

Toda vez que a campainha toca, penso que pode ser A. Toda vez que alguém me olha por um instante um pouco mais demorado. Toda vez que uma mensagem chega na minha caixa de entrada. Toda vez que a tela do telefone exibe um número desconhecido. Por um ou dois segundos, eu me iludo e acredito.

É difícil se lembrar de alguém quando você não sabe a aparência da pessoa. Como A muda todo dia, é impossível escolher uma lembrança e fazer com que tenha sentido por mais de um único dia. Não importa como eu me lembre de A, essa não vai ser a aparência de A agora. Eu me lembro de A sendo tanto menino quanto menina, maior ou menor que eu, a pele e o cabelo de todas as cores diferentes. Um borrão. Mas o borrão ganha forma pelo que A me fez sentir, e talvez essa seja a forma mais precisa de todas.

Faz um mês que A se foi. Eu já deveria ter me acostumado. Mas como fazer essa separação quando A está presente em tantos dos meus pensamentos? Não é o mais próximo que podemos chegar de alguém, quando temos a pessoa constantemente dentro da nossa cabeça?

Enquanto penso e sinto tudo isso, não posso deixar transparecer nem uma coisa nem outra. Ao me olhar, vão ver: uma garota que finalmente se livrou das cinzas do seu último relacionamento tóxico. Uma garota com um novo namorado ótimo. Uma garota com amigos que a apoiam e uma família que não é mais irritante que nenhuma outra. Não verão nada faltando — não vão sentir que tem uma parte dela que foi deixada dentro de outra pessoa. Talvez consigam, se fixarem meus olhos por tempo o bastante, sabendo o que procuram. Mas a questão é que a pessoa que sabia como me olhar dessa maneira se foi.

Meu namorado, Alexander, sabe que tem alguma coisa que não estou lhe contando, mas ele não é o tipo de cara que quer saber tudo. Ele me dá espaço. Ele me diz que tudo bem ir devagar. Sei que ele se apaixonou por mim e realmente quer que isso dê certo. Eu também quero que dê certo.

Mas eu também quero A.

Ainda que não possamos namorar. Ainda que não estejamos mais no mesmo lugar. Ainda que tudo o que eu consiga seja um *oi* sem nem mesmo um *como vai?* — quero saber onde A está, quero saber que pensa em mim pelo menos um pouco. Mesmo que isso não signifique nada agora, quero saber que significou alguma coisa um dia.

A campainha toca. Estou sozinha em casa. Meus pensamentos voam até A, e me permito imaginar a pessoa estranha à porta, que não é realmente estranha. Imagino a luz nos olhos dele, ou talvez dela. Imagino A dizendo que encontrou uma saída, conseguiu pensar num caminho para ficar no mesmo corpo por mais de um dia sem machucar ninguém.

— Estou indo! — grito.

Estou ridiculamente nervosa quando chego à porta, antes de escancará-la.

O menino que encontro é bem familiar, mas a princípio não o reconheço.

— Você é Rhiannon? — pergunta.

Enquanto concordo com a cabeça, percebo quem é.

— Nathan?

Agora ele também está surpreso.

— Eu te conheço, né? — pergunta.

Respondo honestamente:

— Depende do quanto se lembra.

Sei que é um terreno perigoso. Nathan não deveria se lembrar do dia em que A esteve no corpo dele, pegando sua vida emprestada. Ele não deveria se lembrar de como nós dois dançamos num porão nem de nada do que aconteceu depois disso.

— Foi o seu nome — diz ele. — Fico pensando no seu nome. Sabe quando você acorda de um sonho e só consegue lembrar de uma parte? É como tem sido com o seu nome. Então eu entrei na internet e procurei por todas as Rhiannon que moram perto de mim. Quando vi a sua foto... senti como se já tivesse visto você. Mas eu não conseguia me lembrar de onde nem quando.

— As mãos dele começaram a tremer. — O que aconteceu? Se tiver alguma ideia sobre o que eu estou falando, poderia, *por favor*, me dizer o que aconteceu? Eu só tenho uns fragmentos...

Que tipo de pessoa racional acreditaria na verdade? Quem não iria rir depois que alguém contasse que é possível se deslocar de um corpo para outro? Foi como eu reagi a princípio.

Só parei de ser racional porque algo irracional aconteceu comigo. E eu sabia.

Posso ver que Nathan também sabe. Ainda assim, dou o aviso:

— Você não vai acreditar em mim.

— Você ficaria surpresa ao saber o tipo de coisa em que eu acredito a essa altura — retruca ele.

Sei que preciso ter cuidado. Sei que não tem como voltar atrás depois da história ser revelada. Sei que ele pode não ser confiável.

Mas A foi embora. Isso não vai machucar A. E eu... eu preciso contar a alguém. Preciso dividir isso com alguém que meio que mereça ouvir.

Então eu deixo Nathan entrar. Faço com que se sente.

E conto o quanto consigo da verdade.

Nathan

Pelos meus cálculos, se chegarmos até os 80 anos, teremos vivido 29.220 dias. E é até provável que se viva bem mais do que esses 29.220 dias.

Então um dia não deveria fazer diferença.

Especialmente se for um dia do qual você não se lembra. Quero dizer, são muitos os dias dos quais não me lembro. A maior parte dos meus dias são dias dos quais me esqueço assim que se passa um mês ou dois.

O que eu estava fazendo em 29 de outubro? E no dia 7 de setembro? Bom, imagino que eu tenha acordado em casa. E fui à escola. Vi meus amigos. Imagino que eu tenha tomado café da manhã, almoçado e jantado, apesar de não conseguir dar nenhum outro detalhe mais preciso.

A maior parte da nossa memória é baseada em boas conjecturas. E nossa memória perde dias o tempo todo.

Porém, é muito mais estranho e assustador se é um dia perdido *enquanto está acontecendo.* Um dia que você perde e percebe logo que acorda na manhã seguinte, e não tem ideia de onde esteve ou do que fez. Um dia que é um branco total.

Quando você tem um dia assim, há um imenso buraco na sua vida e, independentemente do quanto você tente fingir que aquilo não está ali, vai cutucar, vai investigar. Porque embora o dia esteja vazio, você ainda pode sentir algo pelas beiradas.

Eu acordei na beira da estrada.

Desmaiado, disse a polícia.

Bêbado, pensaram. Então fizeram o teste e viram que eu não estava.

Ficou até tarde na rua, falaram. Quando me levaram para casa, disseram aos meus pais que eu precisava me cuidar.

Mas eu não bebo. Nem fico até tarde na rua.

Não fazia sentido algum.

Era como se eu tivesse sido possuído. E logo foi essa a história.

O diabo me obrigou.

Só que, nesse caso, o diabo tinha um endereço de e-mail. E quando eu escrevi para ele, ele jurou que não era o diabo.

Ficou tudo bem estranho. Teve um reverendo envolvido. Falou com meus pais sobre expulsar os meus demônios. Eu queria acreditar nele, porque é mais fácil acreditar que um espaço em branco é um espaço do mal. Não queremos nos sentir impotentes, então criamos coisas para depois combatê-las. Só que a minha luta não chegou a começar. Eu parei de acreditar no reverendo quando começou a agir como se *ele* fosse o mal, atraindo uma menina para a minha casa e a atacando em seguida. Ele não se deu ao trabalho de se explicar nem depois que ajudei a garota a fugir. Ele disse que precisava falar com ela. E então sumiu.

Enquanto isso, a pessoa que havia usado a minha vida por um dia... Disse que pulava de um corpo para outro, dia após dia. Como acreditar naquilo? Eu tinha mais perguntas.

Mas então a pessoa foi embora também. E eu fui deixado com esse espaço em branco onde antes havia um dia da minha vida.

Mas "em branco" nunca é totalmente em branco. Pegue uma folha de papel em branco. Pois é, não há nada escrito nela. Nada para você ler. Então segure-a bem pertinho. Fique olhando por um bom tempo. Você vai começar a enxergar padrões ali. Vai começar a ver formas, gradações e distorções. Segure a folha contra a luz e vai ver ainda mais detalhes. Vai ver uma topografia completa dentro daquela brancura. E, às vezes, se observar com bastante cuidado, vai começar a ver uma palavra.

Para mim essa palavra era *Rhiannon*.

Eu não sabia o que significava. Eu não sabia por que estava lembrando daquilo. Mas estava lá, nas profundezas do espaço em branco.

Decidir o que fazer a seguir foi fácil. Havia somente três Rhiannon num raio de oitenta quilômetros. Uma delas tinha mais ou menos a minha idade. E ela parecia familiar, embora eu não conseguisse explicar por quê.

O difícil foi entender o que fazer com essa informação. Eu não fazia ideia do que diria a ela. *Eu me lembro de você, mas não sei por que me lembro.* Soava estranho. Eu estava cansado de ser visto como um estranho por todo mundo.

Mas agora estou aqui. Vim até a casa dela porque não vir estava me matando. Apertei a campainha. E assim que pôs os olhos em mim, ela soube quem eu era.

Eu não estou preparado para isso.

Também não estou preparado para tudo que ela me diz ou para a naturalidade com que o diz. É quase como se ela estivesse grata por me contar tudo o que sabe, como se fosse eu quem lhe estivesse fazendo um favor. Mas eu estou tão grato quanto. Fomos parceiros nesse quebra-cabeça desde sempre, e somente agora estamos entendendo como algumas peças se encaixam. Ela está me dizendo que a pessoa que falou comigo, que pegou de mim aquele dia e viveu a minha vida antes de me largar na beira da estrada, se chama A. Eu conto a ela que, sim, encontrei A por dois dias seguidos, quando ele/ela estava chamando a si mesmo/mesma de Andrew, no corpo de duas meninas diferentes nestes dois dias. Rhiannon não parece surpresa. Mas eu estou muito surpreso por estar conversando com alguém que ouve tudo que tenho a dizer e acredita em mim. Rhiannon me diz que A sentiu muito pelo que houve comigo — e pelo modo como ela se desculpa em seu nome, percebo que, opa, ela está *totalmente apaixonada* por essa pessoa que muda de um corpo para outro. O buraco que A deixou na vida dela é ainda maior que o meu. Eu perdi um dia. Ela perdeu mais que isso.

— Você deve achar que eu sou louca — diz quando termina de contar.

Como convencê-la de que tive o mesmo pensamento, tipo, um milhão de vezes ao longo dos últimos dois meses? Como posso explicar que, quando coisas estranhas — coisas realmente *muito* estranhas — acontecem com você, de repente você se abre para acreditar que todas essas outras coisas realmente muito estranhas podem ser verdade?

— Acho que o que aconteceu com a gente é loucura — digo a ela. — Mas nós não somos loucos.

Eu lhe dou as informações que tenho — sobre como o reverendo Poole disse que eu tinha sido possuído pelo demônio e que havia mais pessoas que passaram pela mesma coisa em todo o mundo. Ele me disse que eu não estava sozinho, e era o que eu mais queria ouvir. Entretanto, ele estava me usando o tempo todo, e, quando eu finalmente percebi, ele se virou contra mim. Ele disse que eu não fazia ideia das coisas em que estava envolvido. Disse que eu tinha arruinado a única chance de saber o que havia de errado comigo. E que eu não teria futuro, porque parte de mim estaria presa para sempre no passado.

Eu tenho dezesseis anos. Ter um adulto gritando esse tipo de coisa para mim foi difícil, embora eu também tenha sentido que era *errado*, sabe? Ele foi a única pessoa que acreditou em mim e, por causa disso, também acreditei nele. Mas eu não podia mais. Porque o que ele fazia estava me amaldiçoando.

12

Eu não sabia o que dizer. Acho que pensei que eu teria outra chance, que ele voltaria e conversaríamos. Pensei que ele estivesse conseguindo alguma coisa ao me ajudar. Mas como eu disse, ele só estava me usando mesmo. Quando ele foi embora, acabou.

Conto tudo isso a Rhiannon enquanto estamos sentados à mesa da cozinha.

— Você não teve mais nenhuma notícia dele mesmo? — pergunta ela.

Eu balanço a cabeça, e pergunto de volta:

— E de A, você não soube mais nada?

Posso ver o quanto a magoa dizer não. Sendo honesto: eu nunca tive uma namorada e definitivamente nunca me apaixonei. Mas estive cercado por pessoas apaixonadas o suficiente para saber como são. A pode ter desaparecido, mas o amor que despertou nela, não.

— A tem que estar em algum lugar — digo.

— Estou cansada de esperar — responde.

— Vamos procurar então — sugiro a ela.

Deve ter um jeito.

X

Para ficar em um corpo, é preciso tomá-lo para si.

Para tomá-lo para si, é preciso matar a pessoa que há ali.

Não é uma coisa fácil de se fazer: impor o seu eu sobre o eu que já existe naquele corpo, sufocá-lo até que esse outro eu não mais exista. Mas pode ser feito.

Observo o corpo na cama. É raro para mim causar tanto estrago, então me fascino com o resultado. A reação normal diante do corpo de um morto é fechar seus olhos, mas prefiro mantê-los abertos. Desse modo posso examinar o que está faltando.

Ali está o rosto que tenho visto no espelho nos últimos meses. Anderson Poole, 58 anos. Quando encaro seus olhos, vejo apenas olhos, não mais expressivos que seus dedos mortos ou seu nariz. Da primeira vez em que isso aconteceu, pensei que haveria algum tipo de reflexo pós-morte — algum elemento que fizesse com que os fracos e os desesperados acreditassem que o espírito que um dia ali esteve agora estava noutro lugar, em vez de completamente aniquilado. Mas tudo o que vejo é um imenso vazio.

Não há razão para eu estar aqui. A qualquer momento, o gerente do hotel vai desrespeitar o aviso de NÃO PERTURBE na porta, vai entrar e encontrar o reverendo num estado mais que perturbador. *Ele morreu de causas naturais,* o laudo vai apontar. *Seu cérebro parou. O resto do corpo parou em seguida.*

Ninguém vai saber que eu estive aqui. Ninguém vai saber que o cérebro parou porque eu cortei os fios.

Hora de seguir em frente. Estava ficando entediado. Anderson Poole não era mais útil.

Estou num corpo mais jovem agora. Um universitário que não vai frequentar as aulas por muito mais tempo. Eu me sinto mais forte nesse corpo. Mais atraente. Gosto disso. Ninguém olhava para Anderson Poole quando ele caminhava pela rua. Era sua posição de reverendo que reverenciavam. Era por isso que o ouviam.

— Você chegou tão perto — digo a ele, minha nova mão fechando seu olho esquerdo para depois abri-lo mais uma vez. — Você quase o convenceu. Mas o assustou.

Poole não responde; eu não estou esperando que o faça.

O telefone toca. Sem dúvida é da recepção, dando-lhe uma última chance.

Preciso partir em breve. Não posso estar aqui quando a camareira encontrá-lo. Gritos. Orações. Telefonemas para a polícia.

Ninguém vai chorar por ele. Poole não tem família. Tinha alguns amigos, mas quando sufoquei suas lembranças e tomei decisões por ele, os amigos sumiram. A sua morte não vai causar nenhuma grande perturbação na vida de ninguém. Eu sabia disso desde o começo. Tenho um coração, no fim das contas.

É importante para mim voltar e ver o corpo. Eu não preciso fazê-lo e, às vezes, não posso. Mas tento. Não é para prestar meu respeito. O corpo não vai aceitar respeito algum — está morto. Mas ao ver como é um corpo sem uma vida dentro, tenho uma noção do que eu sou, do que eu provoco.

Gostaria de comparar minhas anotações sobre isso com alguém que seja como eu. Quero me sentar com essa pessoa e conversar sobre o que é ser uma vida sem ser um corpo. Quero que meus irmãos entendam o poder que nós temos e como podemos usar esse poder. Quero a minha história gravada nos pensamentos de outra pessoa.

Pobre Anderson Poole. Quando comecei com ele, aprendi tudo que havia para saber sobre sua pessoa. Eu usei isso. E depois desmontei tudo, um pedacinho de cada vez. Ele não tinha mais as próprias memórias — apenas as memórias que eu tinha *sobre* ele. Agora que nos separamos, não farei esforço para mantê-las. A sua vida, para todo e qualquer propósito prático, vai desaparecer.

Se eu fosse agradecê-lo agora, seria por ter sido tão fraco, tão flexível. Dou uma última conferida dentro de seus olhos, e encontro o olhar inútil dele.

Como depender de um corpo nos deixa vulneráveis.

Como é infinitamente melhor nunca depender de nenhum.

A
Dia 6.065

A vida é mais difícil quando sentimos falta de alguém.

Acordo em um bairro do subúrbio de Denver e sinto como se estivesse morando num subúrbio da minha própria vida. O alarme para de tocar e eu quero dormir.

Mas tenho uma responsabilidade. Uma obrigação. Então me levanto da cama. Percebo que estou no corpo e com a vida de uma menina chamada Danielle. E eu me visto. Tento não pensar no que Rhiannon está fazendo. São duas horas de diferença. Duas horas e um mundo de distância.

Provei que tinha razão, mas do modo errado. Eu sempre soube que uma conexão era algo perigoso, sempre soube que uma conexão me arrasaria, porque para mim uma conexão é impossível a longo prazo. Sim, uma linha pode ser desenhada entre dois pontos quaisquer... mas não se um dos pontos desaparece todo dia.

Meu único consolo é que teria sido pior se a conexão tivesse se mantido por mais tempo. Teria doído mais. Preciso ter esperança de que ela está feliz, porque se ela estiver feliz, a minha infelicidade vale a pena.

Eu nunca quis pensar esse tipo de coisa. Eu nunca quis olhar para o passado dessa maneira. Antes, era capaz de seguir em frente. Antes, eu não sentia que alguma parte de mim tinha ficado para trás quando o dia terminava. Antes, eu não pensava na minha vida em qualquer outro lugar que não fosse onde estivesse naquele momento.

Tento focar nas vidas que tenho agora, nas vidas que estou pegando emprestado por um dia. Tento me perder nas suas listas de coisas a fazer, nos seus deveres de casa, nas suas querelas, seus sonhos.

Não dá certo.

Danielle está taciturna hoje. Ela mal responde quando a mãe lhe faz perguntas a caminho da escola. Ela assente para os amigos, mas se eles a parassem para perguntar o que tinham acabado de dizer, ela estaria em apuros. A melhor amiga dela dá uma risadinha quando determinado garoto passa, mas Danielle (eu) nem se incomoda em lembrar o nome dele.

Eu atravesso os corredores.

Tento não prestar muita atenção, tento não ler as histórias que se abrem nos rostos dos que estão ao meu redor, ou a poesia de seus gestos nem as baladas dos que andam sozinhos. Não é que os considere entediantes. Não, é o oposto — todos são mais interessantes para mim agora que sei mais sobre o que sentem, sei como é se importar com a vida que se vive e com os que estão ao redor.

Dois dias atrás, fiquei em casa e joguei videogame pela maior parte do dia. Depois de quase seis horas, cheguei ao último nível. Ao terminar o jogo, senti uma alegria momentânea. Depois... uma tristeza. Porque havia acabado. Eu podia voltar para o início e tentar de novo. Podia encontrar coisas que deixei escapar da primeira vez. Mas, ainda assim, teria um fim. Ainda assim chegaria ao ponto que não era possível ultrapassar.

Essa é a minha vida agora. Recomeçar um jogo que sinto já ter ganhado, sem noção alguma de que não significa mais nada chegar ao próximo nível. Matar o tempo. Tudo que me resta é um tempo morto.

Sei que Danielle não merece isso. Fico constantemente me desculpando com ela enquanto tropeça pela escola, mal prestando atenção no que os professores dizem. Eu melhoro seu desempenho na aula de inglês, com um teste sobre os capítulos 7 a 10 de *Jane Eyre*. Não quero que ela fracasse.

É mais difícil quando estou num computador. Que portal brutal. Eu sei que, se quisesse, poderia ver Rhiannon na hora que quisesse. Poderia *chegar* a Rhiannon na hora que quisesse. Talvez não imediatamente, mas em algum momento. Sei o conforto que tiraria dela. Mas também sei que depois de um certo ponto, depois que eu tivesse tirado e tirado e tirado, ela ficaria sem conforto algum. Qualquer promessa que eu fizesse para ela seria inútil, independentemente do quanto de mim eu pusesse ali. Qualquer atenção que ela me desse seria uma distração da realidade da sua vida, não uma realidade em si.

Não posso fazer isso com ela. Não posso enredá-la com esperança. Eu vou mudar sempre. Sempre será impossível me amar.

Não é como se tivesse alguém com quem eu pudesse conversar sobre isso. Não é como se eu pudesse chegar do lado da melhor amiga de Danielle — Hy, diminutivo de Hyacinth — e dizer: *Não sou eu mesma hoje... e é por isso.* Não posso abrir as cortinas porque, nos termos da vida de Danielle, *eu sou* a cortina, a coisa que está no caminho.

Nunca fui de ficar imaginando se seria a única pessoa que vivia assim. Nunca pensei em procurar outros. *Estamos do mesmo lado,* Poole insinuou. Eu sabia que, mesmo que ele também pulasse de um corpo para outro, de uma vida para outra, o que fazia quando estava nestes corpos *não* era o que eu decidia fazer. Ele queria que eu me aproximasse, queria me contar segredos. Mas eu não queria ouvi-los, não se eles resultassem em negligência e destruição.

Foi por isso que fugi. Para dar um basta antes que eu arruinasse tudo.

Tenho fugido desde então. Não no sentido geográfico — estou nos arredores de Denver faz quase um mês. Estou sempre me vendo em relação ao lugar do qual estou saindo, e não em relação ao lugar para o qual estou indo.

Não estou indo em direção a coisa nenhuma.

Apenas vivo.

Depois da escola, Danielle e as amigas vão até o centro para fazer compras. Elas não estão procurando por nada específico. É só uma distração.

Eu vou junto. Se pedem a minha opinião, dou, mas do modo menos comprometedor possível. Digo a Hy que estou com sono. Ela diz que devemos ir até a City of Saints, a cafeteria local. Não tenho como dizer a ela que não estava exatamente com vontade de ficar mais alerta neste exato momento.

Quando Rhiannon estava na minha vida, tudo era um frenesi. Eu penso em como foi dirigir para tomar café com ela, dirigir para vê-la de novo, penso em como eu tinha medo de que cada dia fosse ser o último em que ela gostaria de mim, e no tamanho da minha animação quando isso não acontecia. Imagino ela me dando um beijo depois do oi, o acolhimento em seus olhos.

Ouço o grito enquanto a mão de alguém me segura pelo ombro e me puxa para trás com violência. Percebo que o grito era o nome de Danielle e que a mão é a de Hy quando o caminhão, diante do qual eu estava prestes a ficar, buzina alto e segue adiante. Hy está dizendo "ai meu Deus" sem parar; outra das amigas de Danielle diz "essa foi por pouco", e uma terceira solta "caramba, acho que você precisa *mesmo* daquele café" — fazendo uma piadinha da qual ninguém ri. Depois do acontecido, o coração de Danielle está acelerado de pavor.

— Eu sinto muito — digo. — Sinto muito mesmo.

Hy me diz que tudo bem, porque pensa que estou me desculpando com ela. Mas não estou. Estou me desculpando com Danielle mais uma vez.

Eu não estava prestando atenção.

Preciso prestar atenção o tempo inteiro.

As outras meninas estão chamando Hy de heroína. O sinal fica verde e atravessamos a rua. Ainda estou tremendo. Hy passa o braço ao meu redor e me diz que está tudo bem. Tudo está bem.

— Vou pagar o seu café — digo a ela.

Ela não discute.

No restante do dia estou presente.

Já basta. Os amigos e a família de Danielle não ligam que ela seja quieta, contanto que sintam que ela está ali. Ouço o que todos têm a dizer. Tento guardar as informações e espero estar guardando num lugar onde Danielle vai conseguir acessá-las. Hy acha que seu interesse por uma pessoa chamada France está saindo de controle. Chaundra parece concordar. Holly está preocupada com o irmão. A mãe de Danielle está preocupada porque seu chefe está deixando o cargo. O pai de Danielle está preocupado com o time do Denver Broncos; acha que vão estragar a temporada. A irmã de Danielle tem trabalhado num projeto sobre lagartos.

Essas pessoas acham que Danielle está aqui. Acham que é ela quem está ouvindo. Eu costumava ficar feliz por desempenhar bem o meu papel, sem nunca deixar ninguém perceber que, na verdade, eu encenava. Nunca me ocorreu que eu pudesse deixar alguém enxergar o que havia por trás da encenação, que pudesse existir alguém que me veria como eu sou. Ninguém nunca viu. Ninguém até Rhiannon. Ninguém desde Rhiannon.

Não sei para onde ir.

Não sei para onde ir e não posso ignorar a pergunta mais perigosa de todas:

E se eu quiser que me encontrem?

A
Dia 6.076

Acordo com uma mensagem de texto na manhã de um sábado.

Estou a caminho. É melhor que esteja de pé.

Eu imagino que mesmo dormindo na mesma cama noite após noite, em lençóis familiares, com paredes conhecidas ao redor, ainda existe uma sensação profunda de deslocamento ao acordar. Primeiro, um aperto para entender onde está, depois tentar chegar a quem você é. Comigo isso acaba sendo bastante confuso. Onde estou e quem eu sou são essencialmente a mesma coisa.

Nesta manhã eu sou Marco. Uso sua memória muscular para desbloquear a tela do telefone, enquanto ainda estou entendendo como se chama. Estou digitando *Acabei de levantar. Quanto tempo até chegar aqui?* antes de conseguir decifrar quem é Manny, a pessoa para quem estou escrevendo.

Dez minutos. Você pôs o alarme? Eu disse para programar o alarme!

Marco não programou o alarme. Eu nunca continuo dormindo se um alarme toca.

Pare de digitar, respondo. *Dirija.*

Cale a boca. Estou no sinal. Esteja pronto em nove.

Tento afastar a confusão mental sob o chuveiro, mas só fica um pouco mais claro. Manny é o melhor amigo de Marco. Consigo acessar memórias de quando ele era pequeno, então devem ser amigos de muito tempo. Hoje é um grande dia para os dois — de algum modo, sei que é importante eu me levantar e me arrumar. Embora não tenha total certeza do motivo.

São 9:04 — não tão cedo assim. Não sei dizer se há mais gente na casa, se ainda dormem, ou se sou o único aqui. Não tenho tempo para conferir — consigo avistar o carro de Manny parando junto ao meio-fio. Ele não buzina. Apenas espera.

Eu aceno pela janela, encontro a minha carteira e saio do quarto para ir até a porta da frente.

Manny ri quando eu entro no carro.

— O que foi? — pergunto.

— Juro por Deus, se você não me tivesse como seu alarme particular, ia perder a vida inteira. Trouxe o dinheiro?

Embora a carteira de Marco esteja no meu bolso, tenho a impressão de que a resposta é não. A mente é estranha assim: sem saber quanto dinheiro há realmente na carteira, sei que não é a quantia sobre a qual Manny está falando.

— Merda — digo.

Manny balança a cabeça.

— Vou começar a cobrar um salário de babá dos seus pais, seu idiota. Vamos tentar de novo.

— Um segundo — prometo. Saio então do carro e logo estou de novo na porta da frente, que esqueci de trancar quando saí de casa. Quando chego ao quarto de Marco, eu fico paralisado por um momento.

Onde está o dinheiro?, pergunto mentalmente a ele.

E, simples assim, sei que devo procurar uma caixa de sapatos debaixo da cama, onde um maço de notas me espera.

Isso é pra quê?, torno a perguntar.

Mas, dessa vez, nada vem. Algumas informações pessoais ficam mais superficiais que outras.

Quando volto ao carro, Manny finge que estava dormindo

— Não demorei tanto tempo assim — digo a ele.

— Meu amigo, você tem sorte de eu ter conseguido quinze minutos extras na porcaria da agenda. Estamos esperando por isso faz meses, cara. Deixe a sua idiotice no quintal de casa, ok?

De algum modo, Manny considera "idiotice" uma palavra afetuosa; ele fica entretido com os meus atrasos, não zangado.

— Então, o que você fez desde que te vi pela última vez? — pergunto. Essa é uma das muitas Perguntas Cuidadosas que tenho em meu arsenal.

— Bem, foram dez horas fodidamente solitárias, mas eu sobrevivi — responde Manny. — Estou animado por você conhecer Heller depois desse hype todo. A parada desse cara é de verdade, sabe qual é? Eu ainda não acredito que ele vai ver a gente.

— Incrível — digo. — Totalmente incrível.

— Ric vai ficar de queixo caído. Quero dizer, a cobra dele é demais, mas o que Heller vai fazer na gente vai deixar aquela cobra parecendo um *verme*, sabe como é?

— É isso aí.

Preciso entrar no jogo. Melhores amigos são como familiares quando conversam: o resumo da história que compartilham é uma lenha para decifrar. Eu me agarro onde consigo — nesse caso, sei que Ric é irmão de Manny. E não é preciso muita lógica para me lembrar da tatuagem de cobra em seu braço, e saber que é sobre isso que Manny está falando. O que quer dizer, eu sigo a pista, que Heller deve ser um tatuador. E Marco e Manny devem estar indo fazer uma tatuagem. A primeira dos dois.

Agora eu entendo por que Manny está tão animado. *É* um grande dia para eles.

Eu consigo ver o efeito narcótico que a expectativa está provocando em Manny; ele está sorrindo diante do que vai acontecer daqui a pouco, inebriado na trajetória que leva do agora para o depois.

— Você já decidiu o que vai fazer? — pergunta. Mas não dá a Marco tempo para responder, dizendo: — Não… espere até chegarmos lá. Me surpreenda.

— Isso é moleza — digo a ele.

— Mas não VAI AMARELAR! — Ele me dá um soco no braço de brincadeira. — Eu juro: a dor vai valer a pena. E estarei lá o tempo todo. Faça o que quiser, mas fique parado na cadeira, tá?

Ele está dizendo isso porque sente a minha hesitação, ou há um histórico de hesitação em se tratando de Marco? Suspeito que seja por causa de Marco, mas tenho medo que seja por minha causa.

Manny fala mais um pouco sobre quando Ric se tatuou, e sobre como ele ficou tirando o curativo para mostrar a todo mundo e quase pegou uma infecção por isso. Ao tentar fazer com que Marco se lembre da ocasião, eu vejo todo tipo de lembrança em vez disso. Ric e Manny me levando à praia, a sunga de Manny era uma versão infantil da de Ric. Eu e Manny sentados na varanda da sua casa, esperando a mãe dele chegar, arrumando as nossas cartas de Pokémon para trocar as repetidas. Mais recentemente: Manny beijando uma menina numa festa enquanto outra menina conversava comigo, tentando chamar a minha atenção. Manny jogando pedaços de nuggets em mim e eu jogando nele de volta — o mesmo de todos os almoços de aniversário desde que Marco consegue se lembrar. Quem for o aniversariante, ganha um McLanche Feliz.

Fico devaneando sobre os momentos que os dois tiveram juntos e Manny me deixa em meus devaneios. Não tenho certeza de quanto tempo dirigimos até chegar numa casa e Manny dizer:

— É aqui.

Eu nunca fiz uma tatuagem antes. Estava esperando que o estúdio fosse uma loja na fachada de um centro comercial, com letras em neon anunciando T-A-T-T-O-O. Mas o lugar parece uma casa em que uma família de cinco pessoas poderia viver, e ainda com uma edícula, como a de um dentista ou um médico que trabalhasse de casa. Era para onde estávamos indo.

— Se alguém perguntar, você tem dezoito anos — me diz Manny. — Mas ninguém vai perguntar.

Isso só me deixa mais nervoso. Manny bate à porta, que é aberta por um sujeito que tem provavelmente trinta anos e mais de trinta tatuagens pelo corpo — o mais variado tipo de pessoas em poses estranhas, sendo engolidas pela paisagem. Ele me vê olhando as tatuagens e diz:

— O jardim das delícias de Bosch.

— Heller, cara, obrigado por nos encaixar — diz Manny, cumprimentando-o.
— A lista de espera está em o que, uns três meses agora?

— Megan saberia dizer, eu não sei — diz Heller.

Ele nos conduz até uma sala de espera que claramente já foi o consultório de um dentista. Ainda tem alguns anúncios de aparelhos ortodônticos invisíveis e clareadores dentais no balcão. Mas o restante da sala está coberto por fotografias de tatuagens, cada uma delas tão detalhada que parece uma iluminura descolada da lombada do livro e distribuída pelo cômodo. É a transcrição de criaturas que nunca vimos antes, mas que ainda assim imaginamos ou tememos, castelos caleidoscópicos e desfiladeiros do tamanho de um coração humano. Todas no cenário de um corpo, embora cada corpo tenha sua própria cor, superfície e forma.

Eu sempre pensei no corpo como algo que é escrito de dentro para fora. Eu não preciso do nome de Rhiannon na minha pele, porque ele já está permanentemente nos meus pensamentos. Mas ao observar o que Hellen conjura ali, de repente entendo o desejo por aquela permanência visível, uma lembrança tão clara. Eu, que não tenho corpo, posso ter a certeza de que levo a minha vida comigo para onde eu for, porque é tudo que eu tenho. Mas entendo que se você tem apenas um corpo, há uma incitação para memorizar sua vida nele, para pegar algo que poderia ser apenas decoração e transformar em comemoração; escolhe-se algo que está sob a superfície, deixando que ascenda e possa fazer parte da maneira como você é visto pela primeira vez.

A parte assustadora, eu acho, não é a dor, mas a permanência. Heller atua num nível acima de borrachas, acima de teclas para deletar. A arte dele só vai durar o quanto dura uma vida... mas vai durar o quanto dura uma vida.

Eu quero fingir que estou passando mal. Quero alegar que vou desmaiar. Quero desistir, sair dali. Eu não deveria estar dentro de um corpo quando algo irreversível vai acontecer.

Mas sei que Manny não vai me deixar amarelar. Heller está lhe entregando um pedaço de papel e Manny o mostra para mim — um dragão com asas abertas, a graça sinuosa da tatuagem de Ric com um elemento extra que é o voo. Não é para ser um ícone ou um símbolo — não, deve viver e respirar na pele de Manny, para ser o seu manifesto particular do espírito de um dragão, para cativar e compelir de modos que não são possíveis para um humano.

— Agora você — diz Heller. Em vez de me entregar uma única folha de papel, ele me oferece três.

Na primeira há uma fênix trespassando as chamas abaixo dela, os olhos claros e a tranquilidade enquanto se transforma.

Na segunda tem um kraken, os tentáculos parecem um trevo que forma uma teia, os olhos mais escuros e mais distantes que os da fênix, como se conhecesse a própria majestade e não quisesse que o encanto se quebrasse.

A terceira é uma árvore, seu tronco tão sólido quanto o tempo, e as folhas tão efêmeras quanto esse mesmo tempo. Ela não se destacaria dos seus pares numa floresta, mas sozinha possuía uma magnificência simples, a consciência de uma criatura que se alimenta de luz.

Então... fênix, kraken, árvore. Fogo, água, terra. Cada um na sua própria arte, cada um tão real em sua própria lógica quanto uma visão diante dos olhos.

— Então chegou o momento da verdade — diz Manny. — Finalmente, depois de passarmos tanto tempo falando sobre isso. Qual você vai escolher?

É uma decisão importante. Marco deve ter alguma memória armazenada da escolha que planejava fazer. Deveria ser algo que eu conseguiria acessar.

Eu me concentro. Embora saiba que signifique um notável lapso interior, eu procuro. Eu pergunto. Mas não há resposta. Talvez Marco ainda não tivesse decidido quando foi dormir ontem à noite.

Mas agora é a hora da decisão. Ele estando aqui ou não.

Manny me vê vacilante e fica imediatamente angustiado.

— É agora, cara — diz. — Não vai vacilar comigo agora. As três são escolhas incríveis. Qual vai ser?

A fênix me chama. Ela me olha nos olhos e sabe quem eu sou. Ela sabe que cada um de nós pode ser mais do que uma só coisa. Ela sabe que nós vivemos num perpétuo estado de começos e num perpétuo estado de finais. Eu a usaria sobre a minha pele, se um dia eu tivesse uma pele que fosse minha. Eu a deixaria enviar sua mensagem muda para todos que eu conhecesse, como um caminho para que me conhecessem melhor, para que entendessem o meu voo um pouco melhor.

É a minha escolha.

Mas é a *minha* e não a de Marco.

— Estou aqui contigo — diz Manny. — Acredite em mim, eu não deixaria um idiota como você fazer qualquer coisa da qual se arrependesse.

Existe um lá fora. Existem palavras que posso dizer que fariam com que eu fosse embora, que fariam com que nós dois deixássemos Heller sem que nenhuma gota de tinta chegasse à agulha.

Mas há outro fator. E o vejo nos olhos de Manny. Ouço-o em sua voz. Sinto aquilo em toda a história que Marco está dividindo comigo. Se eu for embora agora, Manny jamais vai esquecer. Sempre haverá esse momento e tudo que estava levando até ele... e depois a decepção quando o momento desmoronou. Manny perdoaria Marco se eu fizesse algo para que nós dois fôssemos embora? Certamente. Mas ficaria tudo pior ao invés de melhor entre eles? E Manny é a pessoa mais importante na vida de Marco? Sim. E sim.

Com isso eu não digo o que deveria dizer. Ignoro a rota de fuga.

— Posso ser o primeiro se você quiser mais tempo — oferece Manny.

— Não — digo. — Eu já sei.

Fênix, kraken ou árvore?

Fogo, água ou terra?

Quem é você, Marco?

Qual deles é você?

Eu não sei.

Depois me dou conta de que eu não preciso decidir. Não conheço Marco bem, mas tem alguém aqui que conhece.

— Você decide — digo a Manny. — Você me conhece melhor.

Manny não esperava mesmo por isso.

— Você tem certeza? Mesmo?

— Mesmo.

— Você gosta das três?

— Gosto. Mas qual delas tem mais a ver comigo?

Para sua surpresa, Manny não hesita. E aponta imediatamente para a árvore.

— Sem dúvida — diz.

Se ele tivesse escolhido a fênix ou o kraken, eu talvez me preocupasse da escolha ser só para combinar com o seu dragão. Mas como ele escolhe a árvore, entendo que deve ser a verdade.

— Aí está sua resposta — digo a Heller.

— Tudo certo, então. Sente-se e vamos começar.

Eu me sento na cadeira de dentista enquanto Heller chama Megan, sua namorada/assistente. O negócio dos dois é eficiente e me explicam tudo enquanto preparam o que é preciso: como esterilizam os aparelhos na autoclave, como terão que raspar e limpar o meu braço antes de decalcar o desenho.

— Ele tem medo de agulhas — acrescenta Manny. — Então vai devagar, ou ele pode desistir.

Normalmente eu tentaria agir de acordo com a personalidade de Marco, mas decido que ele vai ser mais corajoso que o normal hoje e não terá medo de agulhas.

Depois que tudo está limpo e pronto, Heller decalca o desenho da árvore em mim, deixando o esboço de por onde a agulha e a tinta vão passar. É uma sensação estranha ter ele fazendo esse contorno na minha pele — mas é ainda mais estranho quando a agulha solta a primeira gota de tinta embaixo dela. A dor é como uma queimadura profunda. Eu esperava sentir algo mais fluido, mas em vez disso são picadas.

— Como você está? — pergunta Heller.

— Bem! — digo, tentando soar animado.

Mas Manny vê que estou tenso. Ele me vê apertando bem os olhos e depois abrindo.

— Vai ficar tão legal — diz ele para mim. — Você vai amar.

Acho que vai melhorar, mas a dor é constante, a pele reage a cada vez que o processo se interrompe. De todas as pessoas, deveria ser fácil para mim me afastar desse corpo, deixar eu me perder em pensamentos. Mas a presença da dor significa que não posso estar em lugar algum além de presente. Fico imaginando se essa dor agora é minha ou se na verdade é de Marco. O corpo se recorda da dor ou apenas a mente se lembra? Estou fazendo algo que os seres humanos querem fazer o tempo todo por pessoas que amam — sentir a dor por eles. Mas estou fazendo isso por um estranho, alguém que nunca vai saber que o fiz e que jamais reconhecerá ou apreciará tal feito.

Eu não fico assistindo ao que Heller está fazendo. Observo que Manny dá umas olhadas, vejo a reação dele à tinta e ao sangue enquanto a árvore toma forma. É tão evidente que ele se importa com o processo, porque se importa bastante com Marco. Imagino Rhiannon aqui comigo. Segurando a minha mão. Tentando me distrair da dor um pouco.

Então tento parar de pensar nisso. Não ajuda.

A agulha é persistente. Heller cantarola partes de uma música que soa dos alto-falantes. Embora a dor seja a mesma, independentemente da cor, ou do local do sombreado, percebo que sinto o desenho se formando. É difícil não pensar na árvore afundando na pele, cravando suas raízes. É também difícil não pensar que, embora as raízes possam ir bem fundo, elas nunca vão conseguir me alcançar. Vão chegar somente até Marco.

Horas se passam e, ainda assim, Heller não terminou. Ele precisa que as cores assentem antes de fazer os últimos e mais delicados detalhes da tatuagem. Ele me pergunta se eu quero ver, mas, quando faço isso, tudo o que vejo é uma bagunça gravada em sangue.

— Não se preocupe. — Heller me garante. — O sangue sai. A tinta fica.

Megan faz o meu curativo e então é a vez de Manny sentar na cadeira.

— Venha para mim, dragão — chama ele.

— Você é tão bobo — digo, já que acho que seria o que Marco falaria.

Manny ri.

— É preciso um bobo para reconhecer o outro, idiota.

A sensação de conforto é imensa. Quase me esqueço que não é realmente comigo que ele está falando. Quase penso que ele enxerga dentro de mim e sabe que sou eu quem está com ele nessa.

Mas é claro que é Marco quem fica ao lado dele. É Marco quem não o repreende quando no fim é Manny quem vacila e grita, apesar das tentativas de autocontrole. É Marco quem fica firme como uma árvore enquanto Manny se contorce como um dragão.

Quando terminamos, o maço inteirinho do dinheiro vai para Heller. Ele diz quando podemos voltar para terminar os últimos detalhes, e nos lembra que devemos deixar a pele cicatrizar antes de mostrar para os outros.

A dor passou. Para Marco, talvez nunca tenha acontecido. Eu a absorvi. Enquanto eu e Manny comemos uma pizza, dirigimos e assistimos a um filme, eu fico tocando o curativo no meu braço, pois posso sentir as linhas sob ele. Me ocorre que diferentemente de muitas pessoas nas quais habito por um dia, Marco terá uma marca mais perene da minha presença, ainda que ele nunca saiba disso. Agradeço pela marca ser dele, não minha — a árvore, não a fênix. A árvore me esconde melhor. A única pessoa que poderia me ver em seus galhos seria eu, num outro corpo, caso visse Marco novamente um dia. Mas isso raramente acontece. Marco verá a árvore todo dia. Eu terei que me lembrar dela — e sei que não vou. Assim como a dor se dissipa, os vestígios da memória também irão desemaranhar. Talvez eu me lembre que houve uma árvore, mas não de seus contornos.

Escondo minha melancolia quando Manny me deixa em casa, e escondo o curativo dos meus pais ao entrar. De acordo com Manny, esse foi um dos melhores dias da sua vida, com seu melhor amigo.

Naquela noite, no quarto de Marco, eu abro o desenho que Heller fez da árvore e tento memorizá-lo. Tento transformar meus pensamentos em uma tatuagem, mas eles resistem à tinta. Eu não quero que isso faça com que eu me sinta menos real, mas faz. Não consigo evitar a sensação do efêmero. Não consigo evitar sentir que meu destino é desvanecer.

X

Ajuda se a pessoa for fraca.

Se eu quiser algo menos desafiador, fico com alguém que já esteja prestes a desistir. Viver é uma luta e eu posso escolher as vidas que pararam de lutar, as que estão presas em sua própria solidão e/ou confusão e/ou dor. Quanto menos ligações, melhor. Quanto mais desespero, melhor. Algumas pessoas guardam a si mesmas como uma fortaleza. Mas outras deixam as portas destrancadas e as janelas abertas. Elas fazem um convite ao roubo.

Eu não me dei bem dessa vez. Minha vaidade achou que seria bom ser jovem, ser o centro das atenções. Mas depois de um dia, posso sentir o eu dele *querendo*, posso senti-lo tentando me rejeitar do mesmo modo que um corpo rejeitaria um órgão com um tipo de sangue incompatível com seu sistema. Os laços familiares dele são fortes. Há uma casa da qual ele sente falta. Há coisas que ele quer fazer. Posso senti-lo me pressionando. Resistindo. Eu poderia separá-lo desse corpo, me sobrepor a ele, mas demandaria tempo e energia. É melhor deixar a sorte rolar e ver o que eu consigo a seguir.

Enquanto isso, vou me divertir nas nossas últimas horas juntos.

Os jovens brancos e bonitos são sempre divertidos. A eles tudo é dado com naturalidade, são eles que encontram as portas escancaradas antes mesmo de tentar abri-las. Eles tiram vantagem. Às vezes, eles não sabem que estão fazendo isso. Na maior parte do tempo, sabem sim. É mais difícil apagá-los porque eles gostam da vida que levam. Mas eu fico do mesmo jeito, porque gosto da vida deles também.

Esse cara tem 1,82 de altura, talvez 1,85. Corpo de nadador. Dezoito anos. Calouro na faculdade. Já sabe qual fraternidade vai frequentar. Atraente o bastante para que eu conseguisse sexo, se quisesse sexo, e forte o bastante para machucar os outros, se eu quisesse machucar os outros.

Mas eu preferia mil vezes bagunçar a vida dele e abandoná-lo para limpar a sujeira. Levando comigo o quanto conseguisse de vantagem. Se não posso usar, não há motivo para ele ficar com ela quando eu tiver partido.

É bastante fácil executar meu plano. A namorada dele está mandando mensagens ininterruptamente. Enquanto eu tomava um café da manhã tardio, aparentemente esse cara deveria estar levando a garota para a aula. A princípio, ela está zangada porque ele não apareceu. Acha que ele ainda está dormindo. Mas o tempo vai passando e ela começa a ficar preocupada. A parte interessante é que ela está mais preocupada em saber se ele está sendo honesto com ela do que se ele está bem. Ela não se sente segura em sua posição.

Preciso de um veículo para o término dos dois, o que não é difícil de encontrar com o corpo desse sujeito. Leigh está trabalhando atrás do balcão em uma dessas cafeterias que ainda existem para a Starbucks humilhar. O Melhor Grão de Maryland. Ou algo do gênero. Leigh está lá e está entediada. Até que eu entro — e ela não está mais entediada.

Tudo sob controle.

Começo com um sorriso. Digo a ela que acabei de me mudar por causa da faculdade. Pergunto sobre a sua tatuagem. Garanto que ela perceba que meu olhar se demora ali quando ela puxa a manga para me mostrar a coisa toda. Sou o único cliente na fila, então nós temos todo o tempo do mundo. Faço uma pergunta para deixar claro que quero saber se ela tem namorado. Consigo a resposta que eu quero.

Em seguida eu me aproximo. Pergunto se ela pode me dar seu telefone. E quando ela diz sim e pega a caneta permanente que usa para escrever os nomes nos copos, eu peço que anote o número no meu braço. Bingo.

— Assim... — começo — eu não vou esquecer.

Ela está interessada. Está encantada. Escreve seu nome e o número do seu telefone do meu pulso até o cotovelo. Desenha até um emoji que pisca no final.

Agora é o momento de encontrar a namorada dele.

Leigh diz que o café gelado é por conta da casa, mas eu digo a ela que de jeito nenhum e faço questão de ser generoso com a gorjeta que deixo na jarra. O dinheiro não é meu, então posso ser generoso. Esse adolescente em particular dirige uma BMW — mamãe e papai lhe dão uma boa mesada.

A Namorada escreve de novo. A cada vez que ela faz isso, quero puni-la mais.

Não deixo que ela saiba que estou a caminho.

Eu zombo do limite de velocidade e ultrapasso os sinais vermelhos quando não tem nenhum carro vindo. Sou um jovem branco privilegiado — se a polícia pedir que eu encoste o carro, a pior coisa que poderia acontecer seria me atrasar alguns minutos para um lugar em que não preciso estar. Se eu fosse uma *garota* branca e privilegiada, eu nem sequer levaria uma multa, caso o meu sorriso fosse eficiente o bastante. E não estou preocupado se esse cara vai ter que pagar uma multa. Ainda por cima, ele ouve Maroon 5. Merece uma multa.

Para a sorte dele, não tem nenhuma viatura por perto para fazer com que pare. Eu localizo sua vaga no estacionamento do campus, e então sigo para o dormitório da Namorada. É só passar minha identidade na fechadura digital e estou dentro. O quarto dela fica no térreo. Eu não aviso por mensagem antes, apenas bato na porta. Quando ela abre, não parece feliz em me ver. Parece bem irritada.

— Porra, onde você tava? — pergunta a Namorada.

Eu me forço a lembrar do seu nome.

— Gemma — digo —, que bom ver você. — Dou um sorriso e ela baixa a guarda completamente.

Não me convida para entrar, mas eu entro assim mesmo.

Ela tenta discutir de novo, diz que não é como se precisasse saber onde estou o tempo inteiro, mas promessas são promessas.

Eu fico lá parado, sorrindo. Pelo que sei, esse garoto realmente ama Gemma. Pelo que sei, ele não se importa que sua vida amorosa esteja sob vigilância. Pelo que sei, ele é o tipo de cara que jamais trairia.

Que pena.

Eu abro os braços numa pose que diz o-que-eu-posso-fazer? E começo a contar. Ela leva seis segundos para perceber.

— O que é isso? — pergunta, apontando para o meu braço direito. — Que *merda* é essa?

Eu não digo nada. Continuo apenas sorrindo.

Ela se aproxima e segura o meu pulso. Vira meu braço para conseguir ler.

— Quem é essa merda de Leigh?

Eu paro de sorrir. E a encaro com firmeza antes de dizer:

— Não é da sua conta.

Acho que sou o único naquele quarto que está curtindo aquilo. Ela está uma fera e começa a chorar, o que faz com que fique mais zangada, porque está chorando na frente dele. Ela quer gritar, mas quando solta "O que você quer dizer com não é da minha conta?", soa mais como um apelo. Tenho certeza que se ele estivesse realmente aqui, seu coração se partiria em dois.

— Você precisa se acalmar — digo a ela.

Como esperado, isso só a deixa mais enfurecida.

— *Acalmar?* — grita, empurrando o peito do sujeito. — Não peça para eu me *acalmar* não, porra.

Eu começo a rir, porque, sério, é tudo tão previsível. Ela não gosta de me ver rindo (também previsível) e se lança na minha direção.

Tentativa idiota. Eu sou mais alto que ela. Maior que ela. Poderia acabar com ela. Poderia socar sua cara. Poderia quebrar seu braço em três lugares. Poderia passar as mãos em torno do seu pescoço e estrangulá-la aqui mesmo, e pronto. Ela está inteiramente sob meu controle, porque não sou responsável por nada. Ela não tem ideia do perigo estúpido que está correndo enquanto me golpeia e grita. Se eu não estivesse achando tão engraçado, bateria nela de volta. Poderia pegar a luminária da sua mesinha de cabeceira e golpeá-la. Poderia quebrar seus dentes ou partir seu crânio. Ela não faz ideia. Ela acha que o namorado está aqui. Ela acha que o namorado jamais faria isso. Mas se eu quisesse, poderia. Tenho todo o poder aqui.

Ela se agita na minha frente e eu seguro seu braço, prendendo-o atrás das próprias costas. Sua raiva se transforma em pavor. Esse cara nunca chegou perto de passar dos limites.

Ela se contorce diante do meu aperto. Eu me aproximo do seu ouvido e sussurro:

— Você manda muita mensagem.

Ela começa a gritar de verdade:

— SAI DAQUI! SAI DAQUI!

Eu a solto. Ela grita de novo:

— SAI DAQUI!

Sei o que vem a seguir. Em um minuto, ou talvez menos, alguém vai bater na porta, um amigo ou vizinho, perguntando se está tudo bem. No pior dos cenários, ficarei cara a cara com um segurança do campus.

No fim das contas, esse é o pior cenário para mim. Para a Namorada, há opções piores.

Mas agora me cansei. Há sempre um momento durante esse tipo de piada em que deixa de ser suficientemente engraçado para compensar o desgaste mental. Ela está tremendo e chorando agora, olhando para ele horrorizada. Eu tento absorver o máximo que consigo para que, quando acorde amanhã, ele sinta o eco do seu próprio horror, lembrando vagamente do que aconteceu, mas sem a menor ideia de por que fez o que fez. Provavelmente vai deixá-lo louco. Ela nunca vai perdoá-lo.

Acho que basta para mim.

— Te vejo por aí — digo. Tem um ursinho de pelúcia na cama dela, visivelmente amado. Eu pego o bicho e levo comigo para mais efeito.

No corredor, havia três pessoas que ouviam tudo e debatiam sobre o que fazer. Quando passo por elas, digo oi, e uma delas me cumprimenta de volta.

A Namorada precisa de uma rede de apoio melhor. Mas esse não é um problema meu.

Eu não posso voltar para o quarto desse cara agora, caso haja algum desdobramento do que acabou de acontecer. É melhor mantê-lo afastado até que volte a si e precise lidar com o fato.

Deixo o carro no estacionamento. Ando por um tempo. Quando preciso mijar, eu mijo, deixando duas senhoras que davam seu passeio vespertino chocadas. Penso em mijar em cima delas, mas até os velhos têm celular hoje em dia e não estou no clima de sentar no banco de trás de uma patrulha. Por um momento, penso em deixar esse garoto com uma perna ou coluna quebrada — se ele estiver imobilizado no hospital, talvez a Namorada ache de algum modo que a culpa foi dela; seria uma reviravolta interessante. Mas é difícil cronometrar para que eu não tivesse que lidar com a dor e a confusão. É melhor ir embora de maneira limpa. Garoto de sorte.

Consigo um quarto de hotel para ele. Que ele pense amanhã como foi parar ali e o que o número no seu braço quer dizer. Que o restante amanheça com ele. Sua vida está prestes a ficar bem feia.

Quando o sono vem, faço questão de me entregar completamente — trago as lembranças para a superfície da sua mente e desisto de vez da minha presença ali.

Na manhã seguinte, acordo dentro de outra pessoa, e em minutos sei que me dei bem. Um advogado de divórcios divorciado. Rico e miserável. Os filhos não conversam mais com ele. A hipocondria está aguda. O cabelo está ensebado; todas as camisas têm uma mancha de sopa que somente alguém que não se importa poderia ignorar. Não há ninguém para dizer a ele que leve suas camisas ao tintureiro, ninguém para tirar o lixo enquanto ele se preocupa em dar um jeito nas costas. É quase como se ele me desse boas-vindas quando eu chego. Quanto menos tempo ele tiver que passar na própria vida, melhor para ele.

Isso me serve.

Nathan

Não é como se tivéssemos chegado em becos sem saída. Porque nem existem estradas para percorrer.

Dá para perceber que o namorado de Rhiannon, Alexander, está um pouco confuso com o meu súbito aparecimento na vida dela. Ele não sabe dizer o que nos conecta... e quem pode culpá-lo por isso? Ela lhe disse que nos conhecemos numa festa — e, tecnicamente, é verdade. Mas não posso contar de jeito nenhum que sou atencioso não porque quero dormir com ela, ou namorá-la. Sou porque ela é a única além de mim que conhece a coisa mais incompreensível da minha vida.

Muitos casais na escola são grudados emocionalmente, mas Alexander curte que cada um viva sua própria vida — o que é ótimo para mim, porque ele não fica todo esquisito quando me encontra no computador de Rhiannon, ao lado dela, procurando por informações na internet sobre ladrões de corpos.

— Vendo mais vídeos de Lorraine Hines? — pergunta ele. É um chute muito bom, porque parece que todo mundo tem assistido a isso ultimamente.

— Só procurando por uma ilusória verdade — responde Rhiannon. O que poderia significar que estávamos procurando pela ilusória verdade num vídeo da Lorraine Hines. Mas eu sei que a localização de A é a verdade que a ilude.

Eu não sei como Rhiannon consegue fazer isso. É evidente que ela gosta de Alexander. É evidente que ele a trata bem e que Rhiannon ainda está se acostumando com a noção de ser bem tratada. Percebo também que ela nunca mente para ele, talvez porque ele não saiba qual é a pergunta certa a fazer. E mesmo que soubesse, mesmo que ela lhe contasse tudo... a parte estranha é que talvez ele acreditasse nela. Em nós. Mas dá para entender por que é mais fácil não arriscar nada disso.

Vasculhamos online mais e mais à procura de algum vestígio de A. Lemos sobre experiências de outras pessoas que foram possuídas e ficamos imaginando se são como nós, ou se são apenas cracudos, inventando tudo de um jeito que nós não fazemos.

Finalmente, eu pergunto a Rhiannon uma coisa que não sai da minha cabeça. Estamos em seu quarto, vendo os mesmos sites sobre "fenômenos estranhos" pela vigésima vez.

— Estamos procurando por algum sinal de A, certo? — indago.

Rhiannon concorda com a cabeça.

Eu pressiono.

— E se deixarmos um sinal para ele? Por que não deixar que A saiba que você está à sua procura?

— Como? — pergunta. Ela parece ficar na defensiva.

— Existe uma coisa chamada redes sociais, sabe? E você tem um nome bastante incomum.

— O que eu devo dizer? "Status: Sentindo sua falta, A." Alexander leria antes de responder: "Ei, gata, estou bem aqui."

— Ele não diria *gata*, diria? Eca.

— Não. Mas todo mundo lê o que eu posto. Não somente A.

— Você não precisa escrever uma mensagem, só dê um sinal.

— O que, por exemplo?

Penso por um instante.

— Vocês têm, tipo, uma música?

Ela me olha de um jeito estranho.

— O que foi? — pergunto.

Ela balança a cabeça devagar.

— Nada. Quero dizer, é só que... você estava lá. Quando A e eu falamos sobre isso, A estava em você. No seu corpo. É besteira, sério. É só uma música.

— Qual é a música?

Ela me diz o nome da canção e sinto o eco na minha memória — só consigo descrever assim. Eu não me lembro realmente de conversar com ela sobre a música. Mas o fato de termos falado sobre isso faz sentido para mim.

— Veja — digo.

Entro no YouTube e encontro o clipe da música. Então copio e colo o link no status de Rhiannon e na legenda escrevo: *Ouvindo essa música sem parar.*

— Ok — diz ela.

Aperto o enter. Entro de novo no YouTube e digito "I miss" na pesquisa. Entre outras coisas, vem uma música antiga do Johnny Cash, *I still miss someone*. Copio o link dessa também, volto nos comentários da postagem da primeira música e escrevo: *Essa aqui também*, e colo o segundo link.

— Não é muito sutil — me diz Rhiannon.

— Talvez para você. E para mim. E para A. Para o restante... *totalmente* sutil.

Aperto o enter e posto.

Rhiannon

Parece errado.
  Parece que estou implorando.
  Parece que estou dizendo que estou infeliz com a minha vida.
  Parece que estou dizendo que estou infeliz com Alexander.
  Parece que estou me expondo.
  Parece que estou gritando em um deserto.
  Parece que estou me preparando para me decepcionar.
  Parece que estou me preparando para o silêncio.
  Parece que estou quebrando uma promessa que nunca cheguei a fazer.
  Parece que estou desesperada.
  Parece que não pensei direito.
  Parece que estou dando algo que era só nosso para o mundo.
  Parece que eu não tenho o bastante de nós para poder oferecer qualquer
coisa para o mundo.
  Parece traiçoeiro.
  Parece que eu não tenho outra opção.

Postado por M às 22:34:

Acho que não consigo mais fazer isso. E por "isso" eu quero dizer "a vida". A dor é incontrolável — e não estou falando sobre o tipo de dor em que você toma um remédio e ela passa. Estou falando de uma dor que eu carrego comigo para todo lugar, uma dor que nada tem a ver com biologia ou com química. A dor começou por causa de quem eu sou. Agora ela é tudo que eu sou. Não há como tratá-la. Não há como apaziguá-la. Não há como conter suas garras. Mil vezes ao dia eu tento pensar num modo de me destruir sem machucar mais ninguém. Mil vezes por dia eu falho. A minha dor é a sensação de fracasso. A minha dor soa mais alta para mim porque aos outros é inaudível. Eu não espero que ninguém me ajude. O mundo a minha volta não existe. Estou nisso só, e se eu puder encontrar um modo de morrer só, morrerei.

A
Dia 6.082

Eu costumava pensar que ninguém conseguia me ver. O corpo em que eu estava era impenetrável por fora — ninguém mais suspeitaria que eu estava ali; dessa forma, mesmo quando eu desse uma escorregada, isso seria interpretado como ação da pessoa de quem eu tomava a vida emprestada. Ninguém é totalmente previsível — todos temos explosões surpreendentes. Eu me escondo atrás disso.

Com o tempo, fiquei melhor em me esconder assim que compreendi o que estava acontecendo. Quando criança, eu imitava muito mal, mas como crianças têm uma explosão surpreendente atrás da outra, nada do que eu fizesse jamais parecia assim tão estranho para que algum pai, professor ou amigo suspeitasse. Por volta dos dez, onze anos, entendi melhor os modos de desaparecer, ainda que não compreendesse por que eu era tão diferente de todo mundo. Nos últimos anos, tratei isso como um teste pelo qual estava passando. Parei de ficar imaginando como eu soava, porque o som dos meus pensamentos era o bastante. Parei de ficar imaginando como eu parecia, porque, independentemente de como fosse minha aparência naquele dia, era o bastante. Parei de querer que as pessoas me enxergassem, porque tê-las me vendo de verdade seria a derradeira falha do teste.

Eu me importava de verdade com os papéis que assumia porque não tinha mais com o que me importar. Eu só demonstrava raiva quando achava que deveria demonstrar raiva. Eu só demonstrava afeto quando sentia ser minha obrigação demonstrar afeto. Eu não sabia como era realmente sentir a maior parte dessas emoções, porque simplesmente nunca tive que expressar nenhuma delas. Somente a tristeza aparecia sem filtro, porque o que me fazia chorar muitas vezes era o mesmo que faria qualquer um chorar. Alegria, entretanto, era o oposto, porque a minha alegria estava sempre limitada ao fato de não ser realmente minha.

Somente com Rhiannon consegui ser quem eu era de verdade. Agora que isso já aconteceu, tenho medo de que uma parte desse ímpeto tenha permanecido comigo. Tenho medo de estar começando a aparecer.

Na segunda-feira, minha (temporária e por um dia apenas) melhor amiga me diz que sente que tem algo que não estou dizendo, algo que eu quero contar. Digo que não, que é só cansaço, que me perdi por um instante em meus próprios pensamentos. Não acho que ela tenha acreditado em mim, e, por um segundo, tenho vontade de contar tudo a ela, de contar sobre Rhiannon e perguntar o que devo fazer.

Na terça-feira, dois sujeitos na aula me dão trabalho porque esperam que eu concorde que seria melhor se o país fechasse suas fronteiras e que a maior parte dos problemas dos Estados Unidos hoje está ligada à imigração. "Você está mudando totalmente de opinião", me dizem, enojados. Eu sei que não deveria desviar do que a pessoa normalmente diria, mas não consigo me forçar a repetir algo que sei que não é verdade.

Na quarta-feira, minha (não realmente minha) namorada deve usar o mesmo xampu de Rhiannon, porque toda vez que se aproxima é como se eu caísse num alçapão. Quando ela me beija, eu me engano e finjo que estou no passado, imaginando que ele pode ser o presente. Devo me entregar bastante porque, quando ela me puxa de volta, diz:

— Bom, Tara, isso foi animado.

E eu digo:

— Adoro o seu cheiro.

Ela diz:

— Não tenho cheiro nenhum.

Eu quero dizer "Você tem o cheiro de Rhiannon". Mas digo apenas:

— Você tem um cheiro ~~de Rhiannon~~ só seu.

Na quinta-feira, estou de muletas e mal sei como usá-las. Depois do primeiro tempo, uma amiga segura a minha mochila e diz:

— Você precisa de ajuda.

Tenho a sensação de que o menino em que estou hoje já dispensou a ajuda dela antes. Mas dessa vez eu agradeço.

Quando chega sexta-feira, eu acordo no corpo de uma menina chamada Whitney Jones. Ela acorda às 5:32 da manhã para nadar e eu me forço a ir ao treino embora saiba que ela não vá render tanto. Leva apenas dois tempos na escola para que eu perceba que ela é uma das únicas meninas negras da turma — o que fica óbvio depois do terceiro tempo, de história, quando tanto a professora quanto os demais alunos ficam olhando para Whitney ao falarem sobre Selma, como se a cor de sua pele a tornasse uma especialista em algo que aconteceu décadas antes de ela ter nascido. Eu imagino que eles nem percebessem o que estavam fazendo — quando as pessoas pensam numa diferença, os olhos normalmente vagam para alguém que acreditam personificar essa diferença. Sempre me faz sentir estranheza, porque nem chego perto de passar por isso tanto quanto a dona do corpo em que estou. Tento entender o escrutínio num nível superficial —, que estão olhando para Whitney enquanto falam sobre John Lewis porque suas mentes pensam em *pessoas negras*. Mas agora, na paranoia, penso se também me veem, um tipo diferente de diferente, por baixo dela.

A melhor amiga de Whitney se chama Didi, e elas têm planos de ir ao apartamento dela depois da aula. Logo fica claro que Didi está obcecada com uma popular série de vídeos de um site chamado *Soro da Verdade*, criado por uma mulher chamada Lorraine Hines, cuja frase de efeito (que está por todo o site) é "A verdade É o soro". Cada vídeo no site é como uma confissão pública, só que *confissão* não seria a melhor palavra para descrever todos eles. Algumas verdades são mais políticas — uma mulher contando como é se sentir observada no metrô, um homem tentando explicar o conceito de raça para os filhos birraciais. A maior parte das verdades é muito, muito pessoal — pessoas não apenas admitindo casos extraconjugais, mas explicando por que acham que os casos aconteceram, ou pessoas confrontando dores da infância, incluindo (algumas vezes) culpas próprias, ou (mais comum) a culpa de pessoas em que confiavam e amavam. Não há uma narrativa imposta nem estrutura definida. A verdade se desvela da forma que tiver que ser quando é exposta para o mundo exterior.

Alguns vídeos têm cinco minutos e me levam às lágrimas. Outros têm dez minutos de duração e me fazem rir de tão verdadeiros que são. Didi e eu assistimos a cinco, depois dez deles. Às vezes, quando Lorraine Hines acha que a pessoa precisa conversar com alguém para revelar a verdade, ela faz algumas perguntas. Mas, na maior parte do tempo, ela não é enquadrada pela câmera, e só vemos quem está falando a verdade.

— Juro que eu poderia assistir a isso o dia todo — diz Didi, depois que vemos um senhor de sessenta anos falar sobre como ele nunca se interessou por sexo e acredita ter tido uma vida plena sem isso. — Ainda que depois eu sempre fique dividida entre querer que todo mundo seja verdadeiro assim na vida real e achar que isso seria muito, muito ruim. Porque uma coisa é ver as pessoas falando a verdade e outra é ter a pessoa falando a verdade na sua cara!

Eu concordo com a cabeça.

Ela continua:

— Tipo, por quanto tempo você acha que conseguiríamos ficar assim, falando somente a verdade?

— Dois minutos? — respondo. Isso pode ou não ser verdade.

— Vamos tentar! — diz ela, como se tivesse acabado de sugerir que sorrateiramente pegássemos chocolate na cozinha.

Eu dou risada.

— O quê? — pergunta ela. — Tá nervosa?

Não há como dizer a ela que não, que não é por isso que estou rindo. Estou rindo porque por um segundo achei que pudesse realmente jogar o jogo da verdade, que qualquer resposta de Whitney pudesse ser sincera enquanto eu estivesse falando.

— Você primeiro — digo.

— Faça uma pergunta inicial, tipo "Como foi o seu dia"?

— Certo. Como foi o seu dia?

— Não tem que ser… tudo bem. É engraçado, porque apesar de saber que estamos com o Soro da Verdade, o meu primeiro impulso foi responder que meu dia foi legal. E não é exatamente mentira. Mas acho que há muito mais. Eu estava ansiosa por esse momento porque sabia que seria a melhor parte do dia. Estou prestando atenção na aula, certo? Mas eu também meio que não estou ali. Não do jeito que estou aqui, me divertindo. Eu não *gosto* da escola. Acho que todo mundo gosta, pelo menos uma parte do tempo. Acho que quando a gente acerta uma pergunta ou tira um dez num dever se tem uma noção disso. Mas acho que é algo que significa muito para os outros, mas nem tanto para mim. Sabe o que eu quero dizer? Por exemplo, se eu tiro dez, isso significa muito para os meus pais e também vai ter um significado para quem quer que olhe o meu histórico escolar. Mas pra mim? Não é o que importa. E você? Como foi o *seu* dia?

Acho que posso responder essa, já que é a parte da vida de Whitney que conheço melhor.

— Ainda estou cansada da natação, que parece ter sido pensada para destruir o restante do dia. Dá uma animada durante um tempo, mas depois o cansaço bate e eu penso, *caramba, ainda tenho 13 horas de pé pela frente.* Experimentei como é preencher a vaga da cota para negros na aula de história. Sei que a minha vida é totalmente pautada pela história racial deste país, mas isso não significa que todo mundo tem que falar comigo como se eu fosse a representante dessa história racial na turma... como se todos os brancos da turma não tivessem sido moldados do mesmo modo! Isso é *muito cansativo.* E, mesmo no almoço, eu preciso ficar pensando se as pessoas me percebem pelo que eu sou ou pela minha aparência. *Cansativo.* Então eu acho que, analisando por um outro lado, eu concordo com você: essa aqui é a melhor parte do dia. Acho que algumas pessoas naqueles vídeos estão gravando porque gostam do som das próprias vozes, mas acho que outras genuinamente não têm ideia de por que estão falando a verdade para um monte de estranhos, e isso, pelo menos para mim, é muito mais verdadeiro. Quando se fala a verdade você deve aparentar medo e empolgação ao mesmo tempo, porque dizer a verdade é navegar entre esses dois sentimentos simultaneamente. — Me interrompo.
— É verdade bastante para você?

Didi parece que precisa tomar fôlego.

— Quero dizer... sim. Isso foi ótimo. Mas o que você quer dizer com a vaga da cota para negros? Não é assim que eu vejo você. Não mesmo. Você é só... Whitney.

Eu me toco que Didi pode ter estado na minha aula de história. Talvez eu não tenha notado sua presença, pois não almoçamos juntas e assim não a tinha identificado como a minha melhor amiga.

— Não você — explico. Digo mesmo não sabendo se é verdade, mas porque deixa tudo mais fácil. — Falo do Sr. Snyder.

— Snerder.

— Eu não disse Snerder?

— Não, você disse Snyder.

Ela me observa como se eu tivesse cuspido um pouco de soro da verdade no chão da sua casa em vez de engoli-lo.

— Você tá bem? — pergunta ela.

Em resposta, eu digo as mesmas palavras que já disse para tantas outras pessoas, sem que nenhuma delas tivesse jamais entendido o seu real significado.

— Não me sinto eu mesma hoje.

De algum modo, isso neutraliza a situação.

— Acho que assistir por muito tempo a Lorraine Hines faz isso — diz Didi. — Você provavelmente disse Snerder. E ele pode ser um imbecil completo. Independentemente da cor da sua pele.

Preciso me lembrar que eu sou Whitney. Preciso me lembrar que Didi é amiga dela. Preciso me lembrar que, se Whitney quiser chamar a atenção de Didi por suas suposições, é uma decisão de Whitney, não minha. Então, em vez de dizer a ela o que realmente penso, falo:

— Tanto soro da verdade me deu fome. Você tem pipoca?

— Vamos olhar — diz ela, deixando o assunto de lado tão rapidamente quanto sai da sala.

Pelo restante da tarde, até que eu possa pleitear a desculpa do jantar, eu danço conforme a música.

Ou seja: posso ser quem eu quiser.

E também: eu não sou ninguém.

Mais tarde naquela noite, no quarto de Whitney, eu tento não pensar em Didi e penso nas pessoas dos vídeos. Entro no site do Soro da Verdade, que foi projetado para parecer com uma revista de estilo de vida sobre a verdade, com Lorraine Hines na capa e no miolo. É um pouco desconcertante como ela fica animada vendo os outros se despindo ali. Porém, quando a eliminamos e deixamos apenas os contadores de verdades, há algo de magnético nesse despir e na bravura dos que se vestem de terror ou empolgação com tanta clareza.

Vejo mais alguns vídeos. Um pastor questionando Deus. Um adolescente descrevendo sua tentativa de suicídio e como é grato por seu estômago ter rejeitado o que ele tomou. Como uma avó, cuja grande verdade é ter sido muito feliz em sua vida, sente que, na cultura da reclamação, é visto com maus olhos quando alguém fala de uma vida que foi boa.

Quanto mais eu ouço essas verdades, mais sinto crescer minha própria inquietação. Por que essas pessoas dizem tudo o que querem enquanto eu preciso continuar em silêncio? Por que eu não posso estar com a única pessoa que levou a minha verdade a sério? Se eu entrasse nesse site e postasse um vídeo, haveria duas possibilidades, e as duas seriam ruins:

As pessoas não acreditariam em mim. Ou acreditariam.

As pessoas me tratariam como se eu tivesse enlouquecido. Ou acreditariam no que eu disse — e iriam me perseguir para entender como eu me tornei o que sou.

E se eu fizesse um vídeo, elas também não me veriam nele. E a vida de quem quer que eu tenha usado emprestado carregaria para sempre o estigma da minha presença em seu corpo.

Então… definitivamente não era uma opção.

Volto para a página do Soro da Verdade e vejo um botão de Verdade Anônima. Clico nele e Lorraine Hines surge na tela.

— Para muitos de nós, a verdade só pode ser dita se houver alguém ouvindo. Mas, muitas vezes, é mais difícil dizer a verdade se quem estiver ouvindo for alguém que conhecemos. Aqui, no Soro da Verdade, nós queremos oferecer um ambiente seguro para que você compartilhe a sua verdade com alguém que não conhece. Clique no link abaixo e você será pareado com uma pessoa aleatória que vai ouvir a sua verdade sem qualquer julgamento.

Eu não sei se acredito que alguém um dia vai conseguir ouvir sem julgamento — mas ainda assim clico no link. Não identifico nenhum risco. Estarei em outro lugar pela manhã.

Surge um chat com alguém cujas iniciais são WL. Antes de WL começar, há um alerta para lembrar que a nossa conversa será anônima. Digito as iniciais AA e entro.

Sinto um nervoso sem sentido por confiar em meu próprio anonimato — ainda que WL não possa me ver —, complicado pelo fato de sentir que já estou me escondendo no corpo de Whitney.

WL: Olá. Sou WL (não são as minhas iniciais de verdade) e serei o seu ouvinte da verdade hoje. Por favor, me conte a sua verdade.

Sinto certa decepção diante do roteiro tão ensaiado. Provavelmente estou falando com algum robô inteligente — semi-inteligente. Quase me desconecto. Mas então decido que não, devo ao menos reconhecer a minha reação, no espírito de dizer a verdade.

AA: Isso parece brusco. E vago.

Acredito que seja agora que vai ficar claro que estou falando com um computador.

WL: É sim. Mas é assim que funciona.

AA: O que você quer dizer com a "sua verdade"? Nós não temos muitas? Quero dizer, estou usando uma camisa vermelha agora. É uma verdade.

WL: Mas não foi sobre essa verdade que você veio falar, certo?

AA: Não, não foi.

WL: Então me conte essa verdade. A que te fez vir até aqui.

Por que estou aqui? Talvez para me forçar nessa questão. Porque a minha vida é assim: ninguém me pergunta nada. E se ninguém estiver perguntando, é fácil manter todas as respostas na prateleira, pegando poeira. Posso esquecer que existem. Posso evitá-las.

Não estou aqui pelo que acontece comigo todo dia. Estou aqui porque…

AA: Amo alguém com quem não posso estar.

Suspiro. É um esforço admitir isso, mesmo para um estranho. É um esforço admitir para mim também.

WL: Por que não?

AA: Porque ela não está aqui.

WL: Onde ela está?

AA: Está a mais de 2 mil quilômetros de distância. Eu a deixei. Tive que fazer isso.

WL não tem ideia da minha idade. WL não tem ideia da minha aparência. WL não tem ideia de onde eu estou.

De muitas maneiras, WL me conhece melhor que qualquer um que esteja bem na minha frente.

WL: Por que você teve que ir embora?

AA: Porque não tinha como ficar.

WL: Por quê?

AA: Porque tenho uma condição que me impede de poder ficar com ela.

É o mais perto que consigo chegar de explicar tudo. Sei que não é toda a verdade. Mas até mesmo com WL eu preciso traçar um limite. Posso esperar uma compreensão até certo nível.

WL: Uma condição médica? Uma condição psicológica?

São a mesma coisa, é o que eu quero responder para WL.

AA: Uma condição médica.

Mas isso não soa verdadeiro. Continuo digitando.

AA: Não, não é nada disso. É quem eu sou. Não é nada médico ou psicológico. Nem mesmo espiritual. É só... como é a minha vida.

WL: O que na sua vida te impede de ficar com ela?

AA: Eu simplesmente não posso.

WL: Por medo de um compromisso?

— Não — digo somente para a tela. Não é medo de compromisso. É saber que é um compromisso impossível. Eu não tenho medo algum.

AA: Não. Eu viajo muito, tenho que viajar muito. Não tem como ser diferente.

WL: Então não pode ficar em casa com ela?

AA: Adoraria ficar. Mas não posso.

WL: E você já conversou sobre isso com ela?

AA: Sim.

WL: E ela concorda que não tem jeito?

Diga a verdade, digo apenas para mim.

AA: Acho que sim.

WL: Você acha?

AA: Ela sabe sobre a minha condição. Acho que tentaria me amar apesar disso. Mas como sou eu quem viveu a vida toda assim, sei melhor do que ela que nunca vai dar certo.

WL: Isso é verdade?

AA: Claro que é verdade.

WL: Você tem certeza? Você deveria falar apenas a verdade aqui.

AA: Sei que é verdade.

WL: "Sei" é uma palavra forte. Você acredita. Você acha. Mas pode realmente saber?

Calmamente, eu digito:

AA: Seguindo qualquer lógica, nós não podemos ficar juntos.

WL: O que diz o seu coração?

AA: Meu coração quer que seja possível. Mas o universo não é regido pelo querer. Nem mesmo pelo precisar. Algumas coisas não funcionam, independentemente do quanto se queira.

WL: Isso não é verdade. É a teoria. O que você quer?

AA: Poder estar com ela.

Dói dizer isso. *Idiota, idiota, idiota.*

WL: O que ela quer?

AA: Eu não sei. Não sou ela.

WL: Por que não pergunta?

AA: Porque ela está lá e eu estou aqui, e é melhor para os dois que um não torture o outro.

WL: Ela te disse que é melhor?

Eu não lhe dei uma chance. Não queria que a discussão se prolongasse. Não queria que o fim destruísse tudo que tinha vindo antes. Quis deixá-la nos braços de alguém que pudesse amá-la por quem ela era — e que pudesse amá-la dia após dia.

AA: Não. Eu fui embora antes que ela pudesse dizer.

WL: Essa verdade é interessante.

Acho que o meu ouvinte não gosta do que está ouvindo. Tento me enganar, acreditando que minha preocupação é com a reprovação de WL e não com a insistente reprovação de meus próprios pensamentos.

AA: Há outros fatores.

WL: Quais são?

AA: Não posso lhe dizer.

Fico esperando WL revidar dessa vez, mas, em vez disso, diz:

WL: Eu respeito isso. Você contou a ela?

AA: Sobre os outros fatores? Sim.

WL: Contou tudo?

AA: Sim.

WL: E qual foi a reação dela?

AA: Ela não acreditou em mim. E depois acreditou.

WL: E como você se sentiu?

AA: Bem.

WL: Por que pararia então?

AA: Porque não pode dar certo.

WL: Ainda que vocês não possam estar juntos, vocês podem se falar. Por que você parou?

AA: Porque eu não queria magoá-la. Porque não quero me magoar. Porque tenho medo. Por querer mudar coisas que não podem ser mudadas... é devastador.

WL: Ainda assim... você quer falar com ela.

AA: Claro.

WL: Essa é a sua verdade.

Estou formulando a minha resposta quando outra mensagem aparece.

WL se desconectou.

O chat não se fecha. Como se eu quisesse uma transcrição das minhas verdades. Como se eu fosse esquecer aonde isso me levou.

Eu me afasto da mesa e só nesse momento me lembro que sou Whitney agora. Estou no corpo de Whitney. Por um momento ali, eu me esqueci completamente. Eu me tornei o ser sem corpo que imagino que todos se tornam quando estão totalmente envolvidos em pensamentos e palavras.

Eu deveria desligar o computador. Mas uma parte minha não quer pôr as respostas de volta na estante, não quer se afastar.

Volto para o teclado. E antes que eu desista, entro no Facebook e digito o nome dela. É um soco instantâneo no estômago ver sua foto, ver que ela existe além da minha memória.

Preciso ver mais.

Clico em seu nome e a página abre. A foto de perfil está maior agora — ela sozinha, sorrindo em frente a um cinema. A foto é recente, de uma semana atrás. Sei que eu deveria parar, que nada de bom pode vir disso, mas clico na aba de fotos. Quero ver mais.

E lá está ele. Alexander. Que conseguiu ficar. Que conseguiu ficar com Rhiannon.

Os meus instintos estavam certos, pois os dois parecem felizes.

Ainda que ele não esteja na foto de perfil, deve ser para ele que ela está sorrindo.

Volto para a página de fotos, um mosaico fotográfico do passado. A maior parte das imagens das primeiras fileiras tem fotos do casal. Depois algumas fotos dela sozinha. Algumas com familiares. Algumas com amigos. Não me lembro dos nomes deles. Não reconheço a maioria. Justin, o ex do mal, não está em nenhuma foto. O que é um alívio.

Sua vida recente está exposta diante dos meus olhos. *Mas não é a vida*, digo apenas para mim. *É apenas uma representação da vida.* Fico repetindo isso, mas a tristeza está me envolvendo. Digo que não é real, mas o peso disso é real. A verdade. A dura verdade.

Não tem nenhuma foto nossa.

Não porque ela deletou.

Nunca houve uma foto nossa.

Nunca houve um registro.

Nunca fomos uma parte do presente compartilhado, então não somos uma parte do passado compartilhado.

Isso machuca. Machuca tanto que a sensação atinge o corpo de Whitney: o meu lamento, a minha raiva, o meu desamparo são maiores do que o que a minha mente pode suportar.

Volto para a página inicial do perfil de Rhiannon. Estou me mantendo bem longe do botão para enviar mensagem. Não vou escrever para ela.

Suponho que eu deva agradecer. Anos atrás, não haveria nenhum modo de fazer isso. Eu seria um submarino sem um periscópio. *Ir embora* significaria *ir embora deixando tudo para trás*. Fora de vista, fora de alcance.

Mas agora ela está ao alcance — e eu posso me sentir alcançando-a. Há uma ilusão de que ela pode me sentir fazendo isso.

Ela não pode sentir que estou fazendo isso. Ela não pode sentir que estou vendo seu rosto agora. Ela não tem como saber. Ninguém pode me ver do mesmo modo que ela é vista.

Começo a descer pela página. A maior parte das postagens é de pessoas que a marcaram — agora que vejo os nomes dos amigos, eu me lembro deles. Preston gosta de postar vídeos de gatos. Rebecca comenta o quanto detesta os vídeos de gatos. Alexander posta obras de arte de que gosta — montanhas de Hockney e horizontes de Sugimoto.

E Rhiannon...

Rhiannon postou uma música. A princípio eu não dou muita atenção. Então percebo do que se trata. O que significa. Não... o que *poderia* significar.

Estou de volta no carro, cantando a plenos pulmões.

Não os meus pulmões. Os de Justin.

Não importa. Uma vez que Rhiannon sabe que estou ali, estou ali. Estou cantando com ela. E de novo no porão. Sendo Nathan.

Fico tão feliz pensando nisso. E triste.

Nós estávamos tão felizes. E tristes.

Não tem como ser sem querer. Não tem como não ter sido intencional. Eu deslizo a tela e vejo, nos comentários do post, outra música. Não a nossa música. Mas, ainda assim, irrefutável.

I still miss someone.

Ela postou isso para que eu visse? Ou só expressa como ela estava se sentindo? Sua própria piada interna?

O botão para enviar uma mensagem está me chamando.

Mas é uma sirene. Sei que é uma sirene.

Os limites entre *eu não posso fazer isso, eu não devo fazer isso* e *eu não vou fazer isso* estão confusos. Eu quase desejo que a janela da minha conversa com WL ainda estivesse aberta, então eu poderia perguntar o que deveria fazer. E WL certamente responderia: *Qual das três afirmações acima é a verdade?*

E eu responderia: *Todas elas são a verdade.*

E então: *Nenhuma delas é a verdade.*

Não sei se estou procurando por uma barreira, mas encontro uma. Estou, é claro, usando a conta de Whitney. Não posso escrever para Rhiannon agora. Somente Whitney pode. Rhiannon saberia que a mensagem era minha. Mas ainda haveria Whitney. Eu poderia roubar a conta dela — mudar sua senha, enviar mensagens secretamente por ali até Whitney recuperá-la. Mas que tipo de pessoa eu seria se fizesse isso com ela? Não uma que merece Rhiannon.

Terei que me contentar em saber que Rhiannon está ali.

Por enquanto.

Antes que eu passasse tempo demais vendo fotos que não deveriam ser vistas... antes que eu passasse tempo demais ponderando as palavras que não vou me permitir escrever... eu me desconecto. Limpo o histórico de navegação. E desligo tudo.

Sei que é errado pensar assim, mas sinto que Rhiannon está mais próxima agora.

... fracasso. A minha dor soa mais alta para mim porque aos outros é inaudível. Eu não espero que ninguém me ajude. O mundo a minha volta não existe. Estou nisso só, e se eu puder encontrar um modo de morrer só, morrerei.

Comentário de MoBetter:
Você precisa conversar com alguém. Procure ajuda. Há sempre um modo de tratar a dor. Se não houver ninguém próximo para você conversar, este é o telefone do CVV: 188. Boa sorte.

Comentário de AnarchyUKGo:
Faça isso mesmo. Mate quantos quiser. Leve todos os idiotas com você.

Comentário de 1derWomanFierce:
Pensa em outra coisa. Vai ajudar.

Comentário de PurpleCrayon12:
Eu também já tive esses pensamentos. Imagino como se fosse um estágio de eclipse. Acho que escrever ajuda bastante. Não guarde isso para si — expresse seus sentimentos. E MoBetter tem razão... você precisa conversar com alguém. O fato de que está postando sobre o assunto já é um bom passo. Mostra que você quer dividir o fardo. E tem muita gente amorosa e gentil no mundo disposta a carregar um pouco do peso. Você não está só.

Comentário de M:
Nenhum de vocês entende.

Rhiannon

Eu não sei em que estava pensando. Ou, pior, eu sei em que estava pensando. Achei que no minuto — não, no segundo — em que postasse aquela música, A saberia que eu fiz aquilo. E que eu receberia uma resposta imediatamente. Porque tudo parecia tão instantâneo quando A estava aqui.

Não. Sei que preciso parar. Ouvir a mim mesma. Pensar: eu amava mesmo A, ou amava a intensidade, a sensação de que as nossas órbitas tinham se aproximado tanto que caberiam num átomo, e uma explosão aconteceria se nos afastássemos? Como Alexander pode competir com isso? E por que exatamente eu estou pensando nisso como uma competição?

Alexander está aqui. Ele vence.

Mas não estou certa de que Alexander sente que está vencendo. Ou que sou algum prêmio.

É sábado e estamos a caminho da casa de Will para um piquenique no quintal. Eu deveria pensar que a casa era de Will e Preston, porque, desde que começaram a namorar, Preston passa a maior parte do tempo lá. Eu e Alexander estamos levando uma salada de frutas, o que quer dizer que tivemos que ir ao mercado (nossa primeira ida "como um casal" no mercado) para comprar 25 dólares em frutas que valessem a pena cortar e pôr numa tigela.

Estou dirigindo e Alexander fica olhando o celular, rolando a barra de postagens do seu Facebook. Eu na verdade só percebo quando ele pergunta:

— Ei, por que você postou essa música? — Ele levanta o celular para que eu possa ver o link.

— É só uma música — digo a ele. — Não saía da minha cabeça, então decidi castigar os outros também.

— Ah? Legal.

Ele volta a rolar a página, sem nem mesmo olhar os comentários do post e ver a segunda música. E a idiotice é que de repente estou zangada com ele por não ter lido mais... o que é *muito mais* idiota, porque ficar zangado seria exatamente o que Justin faria. Justin teria dado um ataque, ainda que não soubesse o significado daquilo. Ele teria me atacado.

Talvez nós herdemos maus hábitos dos ex que tivemos, assim como herdamos maus hábitos dos nossos pais, porque do nada me vejo arrumando uma briga com Alexander ao dizer:

— *Ah, legal?* E o que isso quer dizer?

Ele não desvia os olhos da tela do celular.

— Quer dizer que eu não sabia que você gostava dessa música, mas estou totalmente feliz por você gostar.

— Eu não postei para que você aprovasse.

— Eu não disse que você fez isso.

Sei que estou sendo irracional, e o tom de Alexander deixa claro que ele também sabe disso.

Eu devo me desculpar. A se desculparia. Justin, não. Alexander também se desculparia. Mas ainda estou zangada. Não com Alexander. Com o universo. Por acaso é Alexander quem está aqui para suportar esse peso. O que pode ser uma forma meio passivo-agressiva de fazer com que ele odeie esse universo injusto também. O que é bem confuso.

— Você teve notícias de Steve ou de Stephanie? — pergunta Alexander. Um assunto neutro.

— Sim. A guerra continua. Ninguém quer tomar um dos lados, então não convidamos nenhum dos dois. É estranho, mas Rebecca diz ser a única saída, quando estamos todos juntos.

— Faz sentido — diz Alexander, embora ele só tenha encontrado Steve e Stephanie uma vez e os dois passaram a maior parte do tempo implicando um com o outro para brigar.

— Casais são estranhos — digo.

Ele sorri ao ouvir isso.

— Sim, são mesmo. As pessoas solteiras também.

Não consigo ficar zangada com ele por muito tempo. Mas não acho que isso seja o bastante para chamar de amor.

Will montou uma fogueira para deixar o quintal quente para um piquenique. Nós nos sentamos em um cobertor repleto de comida. Will diz para Preston:

— Descasca uma uva pra mim!

E enquanto Will, Rebecca, Ben e Alexander riem, Preston faz exatamente isso. Depois ele segura a pobre casca da uva numa das mãos e a polpa gelatinosa na outra, e pergunta qual era exatamente a parte que Will estava pedindo. Ele diz:

— Sério, a verdade é que eu sempre quis que um garoto descascasse uma uva pra mim. Obrigado.

— Descasque um mirtilo pra mim! — ordena Rebecca para Ben.

— Não — responde ele. — Vai sujar tudo.

Rebecca está encostada em Ben. Will brinca um pouco com o cabelo de Preston. Alexander me oferece mais chá da garrafa térmica, e eu balanço a cabeça. Estou cercada pelos meus melhores amigos. Ao lado de um namorado que me trata bem. Estamos reunidos em torno de uma fogueira, seu calor vai criando uma zona de conforto na imensidão. Eu deveria estar feliz. Mas, em vez disso, sinto como se estivesse fora da minha própria alegria, parada olhando para ela. Quando eu estava com A, eu estava dentro dela. Podia alcançá-la livremente, podia reconhecê-la. Mas agora eu não tenho ideia do que fazer para chegar nela. Não tenho ideia do que ela realmente é.

Eu não entendo como é possível saber que se tem uma boa vida e ainda assim continuar sentindo como se estivesse perdendo alguma coisa. Eu não entendo por que eu não me entrego ao que tenho. O que eu tenho é bom.

— Quer que eu descasque alguma coisa pra você? — Alexander me pergunta.

Eu estremeço.

Ele não diz "o que foi", mas está ali. No modo como me olha. No modo como Rebecca, que me conhece ainda mais, me observa também.

— Não é nada — digo a ele, digo a todos eles. — Eu só estava pensando no meu pai chamando alguém de casca grossa quando eu era criança; eu não entendia e achava que, por baixo da grossa, havia outra camada...

— Isso sempre me intrigou! — diz Preston. — E... ah, Deus, quando a pessoa diz "saúde"? Sei que é educado, mas sempre me incomodou. UM ESPIRRO É TÃO RUIM ASSIM? Precisa me desejar saúde como se eu estivesse morrendo? Quero dizer, se você estiver sangrando no joelho todo, ninguém diz "saúde". Se você vomita, ninguém diz "saúde". Então eu nunca entendi por que diabos um espirro seria tão mais digno de votos de saúde.

Os outros começam a falar sobre coisas que os assustavam quando crianças. Eu como os morangos e deixo as folhinhas em um círculo sobre o meu prato. Acho que nenhum dos meus amigos percebe que não estou ali de verdade.

Não até começarmos a limpar tudo. Não até Rebecca ficar e esperar todos entrarem na casa para me perguntar se havia algo errado.

— Estou bem — digo. — Tá tudo bem.

Ela me olha de relance.

— Sempre que temos que repetir algo é uma meia-verdade. Algum problema com você e Alexander?

Balanço a cabeça.

— Nenhum problema. É só que... acho que é normal alguns dias não serem errados mas também não serem exatamente certos, né? Ele não fez nada de errado. Eu que não estou num dia certo. Sabe o que quero dizer?

— Totalmente. Tem uns dias em que olho para Ben e penso: *"Por que diabos estou me importando? Vamos terminar quando formos para a faculdade mesmo."* Acho que meu tempo poderia ser mais bem aproveitado de outra forma. Tipo, aprendendo russo. Ou assistindo a todos os filmes de mistério da BBC que eu puder encontrar na Netflix. Mas então ele faz algo bobo e encantador, tipo me mandar uma mensagem para saber como foi o meu dia, e eu fico toda "own, sim, é por isso que eu me importo". — Ela me entrega alguns pratos para levar para a cozinha. — Veja... com Justin você estava sempre tão desesperada para que ele te amasse que nunca chegou a experimentar realmente como é quando os dois estão em equilíbrio. É diferente quando há harmonia. Se acostume a isso em vez de ficar tentando entender como funciona.

Isso é típico de Rebecca: um pouco de sabedoria, um pouco de condescendência. O que eu quero perguntar a ela — o que não posso perguntar a ela — é se sempre parece que você está fingindo, se parte de estar num relacionamento é sentir como se estivesse atravessando os altos e baixos por estar em um relacionamento. Will e Preston estão juntos mais ou menos pelo mesmo tempo que eu e Alexander, no entanto eles parecem genuinamente felizes e genuinamente apaixonados.

Não acho que algum deles esteja pensando em outra pessoa.

— Vamos lá — chama Rebecca. — Vamos entrar. Você não precisa se comprometer para sempre, nem mesmo até amanhã. Mas se comprometa com o agora. Nós todos queremos que você esteja aqui.

Ela tem razão. Quando volto à cozinha, Preston me dá um abraço e Will aumenta um pouco a música e me chama para dançar, ainda que seu passo de dança característico seja numa roda de pogo. Alexander me serve limonada rosa. Ben chama Rebecca para dançar e ela se afasta. A noite começa a se desenrolar. Dou um jeito de entrar na minha felicidade. Mas estou sempre olhando para trás, conferindo de onde eu vim.

Comentário de M:

Nenhum de vocês entende.

Comentário de PurpleCrayon12:

Por que você diz isso? (Não pergunto para te contradizer. Quero saber por que sente que nós não entendemos.)

Comentário de M:

Eu não pertenço a esse corpo. Não tenho o que fazer com esse corpo. Esse corpo é uma prisão. Eu existo separadamente desse corpo. Mas eu não posso morrer, porque tenho medo de levar esse corpo comigo.

Comentário de PurpleCrayon12:

Às vezes eu gostaria de me separar do meu corpo.

Comentário de M:

Você dizer isso mostra o quão pouco entende.

Comentário de PurpleCrayon12:

Você não sabe nada sobre mim.

Comentário de M:

Isso não vai levar a lugar nenhum.

Comentário de PurpleCrayon12:

Eu entendo.

X

É fácil encontrar o menino, porque ele não se mudou. A vida dele continua a mesma.

Como ele nunca viu esse corpo antes, é fácil segui-lo. Ele não faz ideia de que estou aqui. Ele não faz ideia que eu voltei.

Cometi um erro. Quando entrei em contato com Nathan, quando disse o que ele queria ouvir — que ele havia sido possuído por um demônio por um dia, que suas ações não lhe pertenciam —, eu senti que tinha poder sobre ele. Sabia que não poderia tomar o seu corpo — seja lá qual for a razão, um corpo que já tinha sido ocupado desenvolvia resistência a uma nova ocupação. Mas pensei que sua mente seria, no máximo, um desafio menor. Um menino adolescente encontrado à beira da estrada, sem ter ideia de como foi parar lá ou do que havia feito — sua incerteza era a minha maior arma e seu desejo por certeza, minha maior influência. Assim, quando outro viajante de corpos contatou o menino, eu pensei: *Finalmente, um caminho*. É inútil ter um anzol se também não tiver a linha. Então eu manipulei o garoto e armei o confronto. O viajante foi até a casa desse menino, bem na minha frente. Eu a reconheci pelo que ela era, ela me reconheceu pelo que eu era. Ela estava com medo, como eu sabia que deveria estar. O ser humano deve vacilar quando confrontado com as manobras do que é maior que o Homem. Minha isca estava pronta, o anzol a meu alcance.

Mas então ela lutou e o menino me surpreendeu ao interceder, dando à menina uma chance de fugir. Eu fiquei furioso. Com o garoto, certamente — mas também comigo.

Eu me pergunto se Nathan sabe que o reverendo está morto.

Provavelmente não. Duvido que alguém tenha notado. E se ninguém repara numa morte, é difícil saber sobre ela.

Esse corpo é uma forma diferente de anonimato. Quando estou num novo corpo, tenho o poder de ser irreconhecível. Sou um completo estranho diante de quem estou observando. Sou cenário. E o tempo todo estou absorvendo seus movimentos, seus medos, suas falhas. É quase impossível fugir de mim.

Posso ser o homem ao seu lado no mercado.

Posso ser o homem que te devolve o troco.

Posso ser o homem na janela do outro lado da rua.

Posso ser o homem que entra no ônibus duas pessoas depois de você.

Posso ser o homem que te bate.

O homem que cutuca o seu ombro.

O homem no seu ponto cego.

O homem bem à sua frente.

Se isso não confere poder, não sei o que mais pode conferir.

Nathan não me vê no carro do outro lado da rua enquanto segue para a escola. Ele não tem ideia de que, depois da aula, sou quem anda atrás dele até entrar num café. Ele não acha estranho eu me sentar ao seu lado. Porque eu tenho um livro e estou virando suas páginas com intervalos regulares, ele não tem a menor ideia que é o meu foco.

Uma menina entra no café para encontrá-lo. Eles trocam gentilezas. Ele diz que ela parece cansada. Ela menciona uma conversa chata que teve com o namorado. Estou prestes a começar a ler as páginas que tenho na minha frente de tão desinteressante que aquela conversa é. Mas então ele pergunta se houve algum retorno de alguém que se chama A. Agora estou prestando atenção, embora a resposta dela seja não. Eles falam sobre rastrear A. Não falam se A é homem ou mulher. Eles não sabem que estou assimilando cada palavra.

Compreendo muitas coisas ao mesmo tempo:

Essa menina conheceu Nathan na noite em que ele estava possuído.

Era A que estava no corpo de Nathan.

A foi embora.

Mas ela ainda se importa com A. Muito.

Eu imagino A sendo a menina assustada e ignorante que conheci na casa de Nathan. É estúpido deixar pistas, e foi exatamente isso que A fez. Não sei se teria sido melhor educá-la ou matá-la. A existência dela, assim como a existência de qualquer viajante de corpos, ameaça a minha própria existência. Saber a verdade sobre um de nós é, no mínimo, saber uma verdade parcial sobre todos nós. Se as pessoas começarem a procurar, vão nos encontrar. Vão lutar. Por isso, devemos permanecer desconhecidos.

Está claro que A não sabe disso. E, por causa disso, A foi idiota. Ela pode ter fugido de mim e daquelas pessoas uma vez. Mas se foi capaz de cometer um erro uma vez, pode cometê-lo de novo e de novo.

Nathan e a menina, cujo nome ele não diz, continuam a conversar sobre outras coisas. Coisas chatas. Eu vou embora, porque é melhor sair dali a me tornar familiar. Não quero que se lembrem de mim. Meu trabalho aqui ainda não acabou, assim como ainda não está definido.

Ensinar ou matar?

Consertar ou destruir?

Estou achando um tédio essa coisa toda sobre A. Espero que isso signifique que ela não confia em qualquer um para dizer seu nome. Espero que tenha sido apenas um disfarce para o momento em que ela sentiu ser conveniente "confessar".

Eu me dou um nome, escolhido porque a primeira letra não faz o que você pensa que faria. Eu soube cedo que era homem. Mesmo quando fui punido num corpo de mulher, eu soube agir e pensar como um homem. Eu não teria chegado tão longe se não tivesse sido assim.

É isso que eu ensinaria para outro viajante de corpos: olhe ao redor. Veja a pessoa que considera ser a mais forte, e torne-se essa pessoa. Independentemente do corpo em que se esteja, seja essa pessoa. E quando aprender a ficar ali, quando tiver mais oportunidades, seja essa pessoa ainda mais. A sociedade é preconceituosa e repugnante. Use esse preconceito e essa repugnância em sua vantagem. Quase todo mundo faz isso, se tem algum poder.

Até mesmo o triste saco de pele e osso no qual estou agora tem mais poder que a maioria. Eu posso usar isso. Ter dinheiro confere uma vantagem, principalmente se você usá-lo. E sendo branco. E sendo homem.

Ninguém espera que esse homem roube, porque ele não precisa roubar. Então eu pego tudo que eu quero.

Vou a um restaurante, peço uma comida cara e depois saio andando antes da conta chegar. Vou até uma farmácia e pego uns comprimidos para dor de cabeça. Então, apenas por diversão, encontro um produto que vai fazer o alarme tocar — um barbeador elétrico, na prateleira de itens mais caros da farmácia — e ponho dentro da mochila de um adolescente enquanto ele procura por um desodorante. Culpa dele ter deixado a mochila largada assim.

Sei que tudo isso é brincadeira de criança, mas não é com brincadeiras de criança que preenchemos a maior parte dos nossos dias? Não é assim que os nossos líderes resolveram governar? Eu me encaixo bem.

Já estou ficando cansado deste corpo. Admiro a falta de resistência que ele oferece, mas sinto falta de ser desejável. Já vivi tempo o bastante no corpo de Poole; gostaria de voltar a ser um objeto de atenção carnal.

Antes de deixar o corpo deste homem, vou limpar sua conta corrente. Isso é incrivelmente fácil de ser feito. Só preciso ir até o seu banco, falar calma e tediosamente sobre precisar de fundos para um novo empreendimento, e então transferir a maior parte do dinheiro para contas que abri para mim mesmo anos atrás. Não sobrará praticamente nada para seus filhos; se eles merecessem mais que nada, penso que teriam ligado ou escrito em algum momento. Se estão contando com o dinheiro do pai quando ele morrer... bom, ele é meu agora.

Terei que esperar alguns dias para que a transferência ocorra. Vai valer a pena esperar.

Enquanto isso, há mais estrago a ser feito.

Há sempre mais estrago a ser feito.

A
Dia 6.088

Entro na página dela no Facebook o tempo todo, esperando que algo aconteça. Alguma outra mensagem. Confiro de hora em hora. Vejo que ela saiu com o namorado. Tomo um banho e penso na sua foto, no quanto ela parecia feliz ou apenas fingindo estar feliz. Sinto vergonha por querer que ela estivesse fingindo, então digo para mim que eu não queria isso *realmente*. Dou mais uma conferida depois de me vestir, tirando peças aleatórias das gavetas. Sem pensar no dia de hoje. Pensando apenas nela.

Então aquilo me atinge: acordei faz quase uma hora e ainda não pensei em quem eu sou hoje, não sei nem o nome da pessoa. Com alguns toques no telefone, estou olhando para o perfil de Moses Cheng no Facebook. Ele tem apenas 40 amigos. A irmã dele o marca em fotos de família, mas ele não posta nada. Não sei se isso significa que ele não tem muitos amigos ou que simplesmente não gosta do Facebook. Reviro um pouco sua mente e percebo que as duas respostas estão corretas.

A irmã de Moses está esperando por ele na cozinha.

— Aqui — diz ela, jogando uma barrinha de granola para ele. — Não podemos demorar. Temos que ir agora.

— Preciso pegar minhas coisas — digo a ela. Ela resmunga e me diz para ir buscar.

Espero que hoje Moses não precise de nada naquela mochila que já não tenha precisado ontem. Espero que ele tenha guardado o dever de casa, porque não tenho tempo de procurar. Sua irmã já começou a chamá-lo, apressada. E nem acho que ela esteja sendo impaciente, eu que estou atrasado. Porque me distraí pensando em Rhiannon.

No carro, a irmã de Moses o lembra de que não vai poder levá-lo de volta para casa — tem ensaio da banda.

— Você vai ficar bem? — pergunta ela.

Tenho certeza que consigo encontrar o caminho. E digo a ela que ficarei bem. Em seguida, resisto ao impulso de entrar na página do Facebook de Rhiannon com o celular de Moses, pois sua irmã está prestando atenção. Por causa da diferença de fuso horário, Rhiannon já está acordada faz horas. Eu não entendo por que ela não postou nada até agora.

Digo para mim que devo parar.

Não ouço o que eu digo.

Moses está mais para baixinho e fraquinho — o que normalmente ajuda quando se quer ficar invisível. Mas, por alguma razão, as pessoas continuam o enxergando e empurrando. É como um jogo reverso de pinball, no qual a bola permanece numa linha reta e são os controles que precisam atingi-la.

Melhora um pouco longe dos corredores. Mas não muito. Na aula de matemática, o sujeito na cadeira atrás da minha fica me cutucando com o lápis. Na primeira vez em que o faz, eu me assusto — e ele acha minha reação hilária. Não leva muito tempo para eu descobrir que o nome dele é Carl e que isso acontece com regularidade. Não encontro nenhuma memória de Moses reagindo. Então fico ali e aguento. Olho ao redor à procura de alguns olhares de solidariedade, mas parece que ninguém se importa. Moses não é o único acostumado com aquilo.

No fim da aula, a professora pede que o dever de casa seja passado de mão em mão até chegar na frente da sala e eu não encontro o papel na mochila de Moses. Enquanto isso, Carl está esfregando seu dever na minha cara, dizendo que eu devo passar para a frente. Eu quero rasgá-lo em pedacinhos. Quero jogar os pedacinhos de papel na cabeça dele. E, ao mesmo tempo, quero saber por que estou deixando que ele implique comigo. É como se ao longo do dia eu tivesse perdido qualquer possibilidade de agir no piloto automático. E eu preciso do piloto automático.

O sinal toca e Carl pega uma garrafa de Gatorade da bolsa, tira a tampa e joga o líquido dentro da minha mochila. A princípio, eu nem vejo o que está acontecendo, ainda com raiva de mim por causa do dever de casa. Então, vejo que ele está jogando a garrafa vazia lá dentro e me lembro que o telefone de Moses está ali. Embora eu saiba que não devo me meter, tiro a garrafa da mochila, seguro-a pelo gargalo e jogo na cara sorridente de Carl. É uma garrafa plástica, então o estrago é mínimo, mas a surpresa dele é imensa. *Agora* as pessoas estão prestando atenção e começaram a gritar que é uma briga. Mas eu não quero brigar, só quero salvar o telefone, então volto para a minha mochila, o que dá a Carl a oportunidade de que ele precisa para me jogar no chão. Por um segundo, consigo sentir que estou sendo levantado, mas logo estou caindo e acertando o chão, e ele grita que vai acabar comigo. A professora se aproxima agora e Carl diz que foi em legítima defesa. O segurança da escola chega, e é só um pouquinho menos beligerante que Carl. Sou levado para a sala do vice-diretor e ao longo de todo o percurso fico tentando secar o telefone de Moses — estou de fato perguntando se alguém pode me conseguir um saco de arroz da lanchonete, porque ouvi dizer que arroz pode ajudar, mas o segurança ignora completamente tudo o que eu digo. Olho para trás, certo de que veria Carl seguindo para o mesmo lugar. Mas, aparentemente, eu sou o único encurralado. Está no intervalo entre as aulas e os corredores estão lotados. As pessoas parecem confusas por me ver sendo escoltado pelo segurança. Noto que alguns perguntam aos amigos quem eu sou.

O telefone não liga. A minha mochila está deixando um rastro no chão de linóleo do corredor. O segurança grita comigo para que eu guarde o telefone, perguntando o que diabos acho que estou fazendo, como se ter um telefone inoperante na mão fosse admissão de toda e qualquer culpa.

Sou empurrado para a sala do vice-diretor. Ele está ao telefone, e, quando desliga, percebo que a ligação era sobre mim, pois imediatamente ele diz:

— Então… você acertou um colega com uma garrafa.

— Era de plástico — digo a ele.

Não deveria ter dito isso.

— Não me importa se fosse feita de penas. — O tom de voz exasperado. — Essa escola tem tolerância zero para violência. Zero.

— Por favor — peço. — Deixe-me explicar.

Sei que há um código de honra para nunca entregar outro aluno, nunca contar quem foi que lhe fez mal. Sei que só vou piorar tudo ao quebrar esse código. Mas o código de honra foi escrito por valentões, para proteger valentões, e eu não quero segui-lo.

Digo ao vice-diretor o que aconteceu. Conto sobre todos os abusos que Moses já aguentou de Carl e dos amigos dele — cada um que consigo encontrar nas memórias de Moses, até chegar ao dia de hoje. Quando digo ao vice-diretor como a garrafa foi parar na minha mão, vejo que ele olha para a mochila e a piscina de Gatorade que se acumula embaixo dela.

— Sinto muito por ter reagido — digo. — Sei que foi errado. Mas eu não aguentava mais. Precisava me proteger.

— Carl Richards diz que *ele* estava se protegendo de *você* — aponta o vice-diretor.

— Claro — digo, gesticulando para o meu próprio corpo. — Porque sou superameaçador.

O vice-diretor solta uma gargalhada com aquilo, então se recompõe, pega o telefone de novo e diz:

— Por favor, descubra em qual sala Carl Richards está e faça com que venha me ver aqui em 5 minutos. Obrigado. — Quando ele desliga, olha para mim por alguns poucos e duros minutos antes de dizer: — Tudo bem. Quero que veja a Sra. Tate na sala de aconselhamento agora. Diga a ela tudo que me disse e qualquer outra coisa que você venha a lembrar. Então espere aqui até as aulas terminarem. Vou conversar com o Sr. Richards e ouvir a "explicação dele" para depois definir com a Sra. Tate quais serão os próximos passos. É uma situação muito séria, que estou levando bastante a sério também.

— Obrigado, senhor.

Pego minha mochila encharcada e começo a sair dali.

— Você tem permissão para ir ao banheiro secar suas coisas. A sala de aconselhamento tem carpete.

— Entendido, senhor.

Sei que preciso sair dali logo, porque não quero esbarrar com Carl novamente. O que é covarde da minha parte, porque Moses terá que encará-lo uma hora ou outra — e já que a confusão é toda minha, deveria ser eu a enfrentar o primeiro e inevitável revide. Mas eu me esquivo, porque posso.

O banheiro está vazio. Uso umas 40 folhas de papel para secar tudo. Alguns dos livros têm as páginas manchadas de laranja e tudo que estava no fundo da mochila — um caderno pequeno, um pacote de chiclete, outra barrinha de granola — tem agora a consistência de uma pasta.

Tento ligar o telefone mais uma vez. Nada.

Quero ir até a biblioteca para usar o computador e entrar no Facebook.

Então eu me lembro: não, preciso ir até a sala de aconselhamento.

Assim que entro na sala da Sra. Tate, ela diz:

— Moses, isso não parece coisa sua. Não parece coisa sua mesmo! — Eu não me surpreendo por ela ter dito isso, mas me surpreende ela conhecê-lo o bastante para distinguir. É evidente que eles já conversaram antes, mas não sobre os problemas reais. Agora eu preciso lhe contar o que contei ao vice-diretor — e à medida que conto, vejo que ela parece mais e mais preocupada. Não tenho tempo de verificar, mas imagino que Moses só tenha ido até a orientadora para falar sobre notas e faculdades.

— Entendo, entendo — diz ela quando eu termino. Então fecha os olhos por um breve instante, inspira e retoma: — Veja. Você é um menino inteligente, Moses. E fez uma coisa estúpida. Mas parte de ser inteligente é fazer coisas estúpidas e aprender com elas. Temos uma política de tolerância zero para violência nesta escola. Mas também temos tolerância zero para o bullying. Quando essas duas coisas colidem... bom, precisamos ter um pouco de tolerância. Mas, seja como for, e eu realmente não posso interferir nisso, você não pode mais atacar ninguém na escola. Ponto final. Está claro?

Eu concordo com a cabeça.

— Bom. Agora me passa seu telefone. Verei se Mary da lanchonete pode separar um pouco de arroz. Ouvi dizer que é a sua melhor chance nesses casos. Ele suga a umidade. Você teria que perguntar ao Sr. Prue, de química, os detalhes.

Ela sai e eu fico ali, sozinho, por alguns minutos. O computador dela está ligado e fico pensando se tenho tempo de ver o Facebook e depois apagar o histórico. Parece arriscado demais. Um risco idiota. Na verdade, eu mal acredito que estou pensando em mim num momento desses. Seja lá o que o vice-diretor decidir, deixei a vida de Moses pior do que estava antes de eu entrar nela. Se eu estivesse focado nele e não em mim, eu teria trazido o dever de casa e minha mochila provavelmente estaria fechada. Eu teria pensado ao menos por um instante onde Moses costuma colocá-la, me assegurando que estivesse fora do alcance de Carl.

A Sra. Tate volta com um saco cheio de arroz e me garante que meu telefone está em algum lugar no meio dos grãos. Ela diz para deixá-lo ali até o dia seguinte. Falta apenas meia hora para as aulas terminarem agora, então ela me diz para ficar lendo num canto até o sinal tocar. Pego um dos livros e ela vê as páginas molhadas, deformadas e manchadas de laranja.

— Puxa vida — diz. — Ainda consegue ler alguma coisa?

— É principalmente nas bordas — digo a ela.

Está difícil virar as páginas e não estou de fato registrando nenhuma frase, mas faço questão de aparentar estar lendo para não ter que falar com ela de novo. Por fim, ela parece esquecer que estou ali, mesmo quando liga para o vice-diretor para perguntar o que deve ser feito agora. Eu não ouço a resposta dele.

Fico pensando se vão ligar para os pais de Moses. Pelas suas memórias, parecem pessoas razoáveis. Mas não é nada razoável o que o filho deles fez, e não há precedentes.

Quando o sinal toca, a Sra. Tate diz:

— Venha até a minha sala antes da aula amanhã. Pode ser às 7:15. Discutiremos os próximos passos então. Devo alertá-lo para não desconsiderar a encrenca em que você está metido e peço que pense muito longamente sobre o que fez. Não é para livrar Carl de nada que *ele* tenha feito, mas tem de haver formas de lidar com ele que não envolvam brigar na escola.

Eu não discuto. Mas a pergunta paira e acho que tanto eu quanto a Sra. Tate pensamos da mesma forma: Quais seriam esses métodos? Como parar alguém como Carl a não ser derrubando-o?

Meu palpite é que a briga não foi espetacular o bastante para ganhar proporções de fofoca na escola, porque chego ao meu armário sem ser impedido. Sinto que se algo tivesse se espalhado, a irmã de Moses teria tentado entrar em contato com ele. Apesar de saber, pelo que acessei, que ela costuma mandar mensagem para ele o tempo todo.

Não estou tão longe de casa — no máximo 15 minutos. Não vou poder olhar no mapa nem nada assim, mas confio na memória de Moses. Enquanto as pessoas sobem nos ônibus e pegam caronas, tento permanecer despercebido. Tem muita gente indo em direção ao Taco Bell ou ao McDonald's, então eu viro numa ruela lateral. Estou desesperado para entrar no computador de Moses, no quarto dele, de portas fechadas. Tento não pensar em como vai ser para ele amanhã ao acordar e perceber que precisa ir cedo para a escola, encontrar a Sra. Tate para o veredicto e saber se ele vai ser suspenso ou expulso.

Ouço um carro se aproximando e me afasto da rua para que ele passe. Mas, em vez disso, ele para do meu lado. Eu olho e vejo alguém que se parece muito com Carl — o irmão dele? — no assento do motorista, e Carl no banco do passageiro com mais uns outros caras atrás. O carro entra na minha frente, bloqueando a passagem, e para. Eu me viro para correr, mas eles já estão saindo do carro.

Eu sou tão, tão idiota.

— Ei, Cheng! — O irmão de Carl chama, batendo a porta do carro. — Você acha que é durão mas ficou chorando na sala da Petty? Acha que pode bater em alguém na sala de aula, é?

Ele é no mínimo uns vinte centímetros mais alto e deve pesar o dobro de Moses. Não tem como ser justo.

— Vai se foder, Cheng — vocifera Carl.

Eu não gosto do modo como estão usando o meu sobrenome.

— Está pronto para brigar agora? — provoca o irmão de Carl. — Vai soltar os seus golpes de caratê?

Eu quero sair do meu corpo, que nem é o meu corpo. Eu quero poder sair enquanto ainda não aconteceu o que vai acontecer. Fugir e lutar não são opções reais. Só resta o medo.

Proteja sua cabeça.

Não tenho ideia de como aprendi isso. Mas quando o primeiro golpe vem — o irmão de Carl se afasta e faz com que Carl golpeie —, eu não tento golpear de volta. Eu não abro a guarda atacando. Tento usar a parede ao meu lado para cobrir o máximo que der do corpo de Moses. Então eles começam a me chutar na lateral. Dói. Muito. Mas estou protegendo a minha cabeça. A cabeça de Moses.

Ouço gritos. Os chutes cessam. Mais gritos. Sinto que se afastam de mim. Algo macio chega e pressiona minha pele. As portas do carro abrem e fecham. O motor é ligado. Abro os olhos. É um cachorro — tem um cachorro do meu lado.

— Tudo bem? — pergunta uma mulher. Ela está com o celular na mão. Acho que deve ser para ligar para a polícia, mas, em vez de fazer isso, ela diz: — Eu filmei a cena toda. Tirei fotos de todos eles.

Estou tentando me sentar, mas realmente dói muito. Esfrego a minha testa e percebo que há sangue.

— Certo, certo — diz a mulher. — Não se mexa. Vou chamar uma ambulância.

Eu começo a chorar. Sim, porque está doendo. Mas também porque eu fiz isso com Moses. Eu fiz isso.

Tem mais gente ao redor agora, perguntando o que aconteceu. Um deles diz ser médico e que ouviu os gritos do consultório. Ele me olha e me faz levantar. Vamos até seu consultório e ele estanca o sangramento, explicando que é apenas um corte e que vou ficar bem. Parece mais que isso.

Depois ele checa a lateral do meu corpo e me diz que posso ter quebrado algumas costelas. Pede para eu me deitar. E pergunta pelo número de telefone dos meus pais.

Eu tento, mas não sei.

Explico sobre o telefone e provavelmente parece incoerente a princípio responder algo relacionado a arroz quando alguém pede o telefone dos seus pais. Mas em algum momento alguém pega o saco de arroz da minha mochila. Tiram o telefone de lá — cedo demais. Não está funcionando.

Peço que liguem para a escola. E que chamem a Sra. Tate.

Quando acham que não posso ouvir, o médico e sua assistente dizem não acreditar que as crianças de hoje em dia não sabem nenhum número de telefone de cabeça. Eu quero dormir. Mas me forço a ficar acordado.

A ambulância chega e sou levado para o hospital para exames de raios X e tratamento. Dez minutos depois, a Sra. Tate entra e diz que meus pais estão a caminho. Eu vejo que atrás dela está a minha irmã, chorando no corredor. Fico pensando se ela vai se culpar por ter me deixado ir andando para casa, ainda que eu tenha dito que ficaria bem.

Quando os meus pais chegam, minha irmã fica no corredor. Minha mãe pergunta como estou me sentindo e o que os médicos disseram. Meu pai está furioso e diz que os meninos que me atacaram estavam sendo presos enquanto falávamos. Aparentemente no vídeo aparece o rosto de cada um deles.

Eu deveria ter me confortado com isso. Mas não experimento nada parecido com conforto. Apenas dor, culpa, tristeza e um remorso monumental.

Eu costumava achar que fazia isso bem.

Não faço.

Sou um perigo para a pessoa em que eu estiver.

A mãe de Moses estuda a expressão dele. Quando o médico reaparece, ela pergunta se eu posso dormir.

— Não há sinal de concussão — diz o médico. — Vamos apenas terminar aqui, e você pode levá-lo para dormir em casa.

Pelo menos eu protegi a minha cabeça.

Não, não a minha cabeça.

A cabeça de Moses.

71

Eles me dão analgésicos. Eu os tomo. Assim que me deito na cama e minha mãe apaga a luz, eu desmonto.

Acordo várias vezes ao longo das próximas horas. Ou meu pai ou minha mãe estão sempre por perto vigiando. Minha irmã está com pena, mas se manteve afastada.

Eu não tenho energia para dizer nada, nem mesmo para entender se tem algo que possa ser dito. O sono me leva logo que pode.

Esse corpo está farto de mim por hoje.

A
Dia 6.089

Parece injusto acordar na manhã seguinte no corpo de outra pessoa.

Gwen tem diabetes tipo A e toma insulina, então sei que precisarei ter mais cuidado — o que é um hábito para ela não vai ser para mim. Sinto como se estivesse traindo Moses por não pensar nele, por não pensar no que pode ter acontecido com ele, mas sei que é mais importante prestar atenção em Gwen e no que ela vai precisar ao longo do dia. Ficar na cama me sentindo mal não é uma opção. Preciso me levantar, ser social, monitorar o açúcar no meu sangue e me sentir mal.

Alguém bate na porta.

— Você está acordada? — pergunta a voz; é a mãe dela. — Estamos todos esperando por você lá embaixo.

Ela tem um tom tão gentil que sei que não estou com problemas. Sinto que *deveria* estar com problemas.

Mas Gwen não, me lembro. *Ela não fez nada a Moses. Você fez.*

Ponho um roupão sobre o pijama e saio do quarto. Um som animado vem lá de baixo. *A cozinha*, a memória de Gwen me diz.

Abro a porta e ouço um "Parabéns pra você!". Os pais de Gwen estão lá, assim como quatro crianças menores que não compartilham nenhuma semelhança em suas feições, mas se parecem muito com uma família pela forma como interagem entre si. Há cookies na mesa da cozinha e eles formam F-E-L-I-Z-A-N-I-V-E-R-S-Á-R-I-O.

— Cookies no café da manhã — grita uma das crianças. Santiago, de sete anos. Ele está na casa faz três meses, então deve ser a sua primeira celebração aqui. Cookies no café da manhã é tradição nessa família. — Fizemos alguns especiais pra você!

Santiago tenta pegar um cookie, mas Alicia (nove anos) o impede.

— Ainda não — repreende ela. — Temos que cantar primeiro.

Uma interpretação animada de "Parabéns pra você" irrompe.

Gwen (dezessete anos) sorri. Porque garanto que ela sorria. Porque sei que ela deve sorrir.

Mas me sinto pior do que nunca. Por que logo esse dia de tantos outros? Por que vou usurpar de Gwen um dia feliz, principalmente depois de ter sido responsável pelo dia infeliz de outra pessoa? Como isso pode ser justo?

E por que estou esperando justiça?

A família de Gwen está tão animada por ela. Eles a amam tanto. Tento fazer com que isso me leve, com que o sentimento me receba na minha própria expressão de felicidade, porque às vezes a única coisa que pode nos levar para um lugar melhor é a força do convite de alguém que nos ama muito. Sei que a coisa mais justa que posso fazer por Gwen — além de ir embora, o que não posso fazer — é tentar retribuir para a sua família o carinho que estão dando a ela agora, sem que façam a mínima ideia de que ela não está aqui de verdade.

Não tem uma vela para ser soprada — avisam que haverá um bolo bem grande à noite. Agora são abraços e presentes até a hora de ir para a escola. Ozzie (dez anos) quer que eu use um broche que diz É MEU ANIVERSÁRIO na minha camiseta. Alicia lhe diz que broches assim não são legais quando se é *adolescente*, o que, ela enfatiza, é algo que ele *já deveria saber*.

Eu quase ponho o broche para ficar do lado de Ozzy. Mas tenho medo do que os outros no ônibus possam dizer.

Subo as escadas de novo, tomo banho e troco de roupa. No chuveiro, tudo que aconteceu me volta: Moses na cama do hospital, o olhar de ódio de Carl.

Não foi sua culpa, repito para mim. *Foi culpa de Carl. E do irmão dele. E de todos aqueles caras.*

Eu acredito nisso. Mas também acredito que Moses teria ficado bem se ele mesmo estivesse em seu corpo ao longo do dia.

Depois de me vestir, entro na internet para garantir que sei como a caneta de insulina funciona. É do mesmo tipo que tive antes, mas confiro novamente. A partir da memória de Gwen, confirmo também a dose certa. Em algum momento eu vou precisar dar uma corrida, que é o que Gwen faz para assegurar o nível de atividade física de que precisa. Depois da escola, normalmente.

Nem me aproximo do Facebook. Não há tempo. E eu não mereço ver nada que Rhiannon possa ter postado.

Imagino que terei algum tempo para pensar no ônibus, mas o melhor amigo de Gwen, Connor, está guardando o lugar da aniversariante. Ele joga pequenas serpentinas no ar quando Gwen se senta, e as pessoas lhe desejam feliz aniversário de seus assentos. Percebo que eu poderia ter usado o broche.

— Estou tão animado com a noite de hoje! — diz Connor. — Vai ser uma festa ótima. Seus pais são os melhores.

Eu não discuto. Em vez disso, penso nos pais de Moses ao lado de sua cama. Como acordaram hoje. As conversas que estão tendo. A mãe preocupada. O pai raivoso.

Chegamos à escola e logo Candace e Lizette se juntam a nós, mais melhores amigos de Gwen. E Emily, outra melhor amiga. Candace, Lizette e Emily decoraram o armário de Gwen como se fosse o maior estande de uma convenção de festas — Gwen deve amar pandas, porque há pandas por todo lado. E Candace, Lizette, Emily e Connor lhe deram livros infantis com pandas.

— No meu também tem donuts — diz Emily ao entregar seu presente.

Gwen agradece. Ela está maravilhada. E diz aos melhores amigos como está feliz.

Estou fingindo. Sou uma fraude.

A escola ainda é a escola e as aulas ainda são as aulas. Mas as pessoas são mais legais quando têm a chance de serem. Todos parecem saber que é meu aniversário.

— Você já entrou no seu Facebook? — pergunta Candace depois da aula de espanhol. — Postei uma foto de um panda muito fofo pra você.

Pego o telefone e vou olhar. São tantas felicitações pelo aniversário. Poderia passar o dia vasculhando a memória de Gwen para saber quem são todas essas pessoas.

— Não é muito fofo? — pergunta Candace.

Eu olho para a foto — é um panda do zoológico abraçando um panda bebê. Parecem os pandas mais felizes que eu já vi.

— Que amor — digo.

Então Candace me dá um abraço e segue para uma sala que não é a minha. Eu tenho cerca de um minuto antes da aula de física começar. Digito o nome de Rhiannon na busca. Mas, antes de clicar, Lizette está ao meu lado, e me pergunta se pode ver a foto que Candace postou, depois pergunta se fizemos cookies de manhã em casa.

Uso o minuto que eu tenho para falar com ela. Depois guardo o telefone.

Moses ainda deve estar sentindo dor.

Moses deve estar se perguntando o que aconteceu.

Moses deve estar com medo de ter que voltar para a escola.

Todos devem estar falando sobre o que aconteceu com Moses.

Talvez tenham visto o vídeo.

O que vão fazer com ele?

Emily cobre os meus olhos a caminho do almoço. Ela me guia, e eu confio nela. Não vamos para a lanchonete, mas para um canto da biblioteca. Lá, Emily rege meus amigos no que só pode ser chamado de um coral medley de aniversário, com a música *Birthday* dos Beatles em destaque. Há uma maçã com uma vela enfiada, cercada por outras maçãs.

— Sabíamos que você já comeria bolo mais tarde.

Todos brindam com maçãs, e depois seguimos para a lanchonete para almoçar de verdade. Não me deixam pagar.

Eu quero pegar o celular. Quero entrar no Facebook e procurar por Moses Cheng. Embora eu saiba que ele não vai postar nada.

E por Rhiannon. Embora eu me sinta mais distante dela do que nunca.

— Ah, não — diz Connor. — Ela não se atreveria.

Eu levanto a cabeça e vejo uma menina se aproximando da mesa. Antes de entender quem é, ela já está na minha frente, segurando uma caixinha azul com um laço amarelo amarrado.

— Aqui — diz ela com doçura. — Feliz aniversário.

Lizette estende uma das mãos para me impedir de pegar o presente.

— Nananinanão — diz. — Dee, você *não* foi convidada para a festa.

— O quê? — Dee devolve rispidamente, toda a doçura indo embora. — Eu não tenho permissão de dar um presente pra ela?

Lizette dá uma encarada nela.

— O único presente que ela quis de você foi algum amor e honestidade. Mas em vez disso você preferiu dar esse presente para Be-lin-da e nós *não* aceitamos presentes que eram destinados a outra pessoa nesta mesa.

Dee puxa a caixinha para si.

— Tudo bem, então. — E depois ela me encara. — Você não pode dizer que eu nunca tentei. Aqui estou eu, tentando. E veja como deu *supercerto*.

Dee se afasta, mas mesmo antes de estar longe o suficiente para não conseguir nos ouvir, Lizette, Emily, Candace e Connor estão me perguntando se estou bem, de um jeito que deixa bem claro que esperam que eu esteja arrasada.

— Estou bem — garanto. — Estou ótima.

O que é verdade, porque ainda não sei quem é Dee.

Lizette me dá um *high five*.

— Minha garota — diz.

O clima fica ainda mais festivo, como se eu tivesse derrotado um dragão. Eles vão ficar tão desapontados quando tudo voltar ao normal amanhã. A não ser que...

Levanto de onde estou.

— Onde ela está? — pergunto, procurando pela lanchonete.

Connor aponta para um canto.

— Ali. Por quê?

— Preciso dizer isso pra ela. Para que nunca faça de novo.

Meus amigos parecem surpresos, mas também felizes — e não estão me impedindo de ir.

Vou diretamente na mesa de Dee. Ela já está rindo com os amigos, provavelmente rindo de mim. Quando finalmente me vê, é a sua vez de parecer surpresa. Eu percebo que o presente não está por ali em lugar algum.

— O quê? — diz ela. — Você deixa seus amigos falarem comigo daquele jeito e depois vem aqui pra quê? O que foi?

— É sobre isso — digo a ela. — É sobre eu não precisar de ninguém para enxotar você. É sobre eu te dizer isso diretamente e dizer que não é para você repetir isso nunca mais. Chega. Chega de verdade. E eu queria que você ouvisse isso de mim.

Não lhe dou tempo para responder. Em parte porque eu comecei a tremer. Como se o meu corpo estivesse tentando me dizer alguma coisa.

À medida que sigo de volta para a minha mesa, já consigo ver meus amigos comemorando. Eles acham que eu fiz bem. Mas por quem eu fiz aquilo? Por Gwen? Por mim? Por Moses? Na boca do meu estômago, estou pensando: *e se ela gostar de Dee?* Mas eu não me permito conferir. O que está feito não pode ser desfeito.

— Aquilo foi lindo — diz Lizette assim que estou no meu lugar de novo.

— A melhor resolução de aniversário de todos os tempos — Emily cantarola.

— Melhor começo de aniversário de todos os tempos — concorda Candace.

E é Connor quem pergunta novamente:

— Você tá bem?

Repito que estou ótima.

Mas dessa vez sinto um vazio ainda maior. E eu nem sei por quê.

Gwen tem muitos amigos. Eles estão pelos corredores e nas aulas. Estão em sua página do Facebook. E na casa dela na festa de aniversário à noite.

Todos da família e muitos dos amigos ajudaram na decoração, então é como se todas as idades que vivi estivessem representadas — recortes de papel e desenhos com giz de cera ao lado de um resumo do ano anterior passando em *loop* na televisão. Amigos rindo. Amigos fantasiados. Amigos cantando. Gwen no centro de tudo isso.

Eu dou duro para me lembrar de quem é quem, mas mal consigo acompanhar. April (quatro anos) chega do meu lado e me oferece uma boa distração, principalmente porque muitos dos meus amigos precisam se apresentar para ela e explicar quem são.

Então chega o momento em que a luz é desligada e um bolo é carregado; são dezoito velas ("Uma extra para dar sorte!") piscando para me mostrar todos os rostos amistosos que se reuniram para celebrar comigo.

— Faça um pedido! — A mãe de Gwen chama, e eu quero pedir por notícias de Rhiannon e sei que deveria pedir pela rápida recuperação de Moses, então fico no meio das duas coisas, debatendo na minha cabeça por tempo demais, e todos podem ver que estou decidindo alguma coisa e acham engraçado. Peço que Moses se recupere o mais rapidamente possível e, no instante que as velas se apagam, a minha crença em pedidos se apaga também, e me sinto idiota por ter tanta angústia em mim e, também, uma repulsa por ter usado o pedido de Gwen.

Enquanto cortam o bolo, vou até o banheiro, aparentemente para checar o meu nível de açúcar (que está bom, embora eu não tenha tido a chance de correr com tudo o que aconteceu, e sinto um incômodo por isso. Na verdade, estou ali para sair de cena por um momento. Porque aqui não é o meu lugar. Quando eu era criança, conseguia me enganar e acreditar que os aniversários eram realmente meus, que havia uma correspondência direta entre a minha idade e a idade dos corpos em que eu estava. Então, quando estava com doze anos, aconteceu: dois aniversários na mesma semana. E, de repente, eu percebi que o que estava acontecendo comigo não era preciso nem previsível. O aniversário nunca tinha sido meu.

Um aniversário — um aniversário de verdade — é mais uma coisa que eu nunca vou ter.

Tentei escolher um dia meu. Cinco de agosto. Durou por alguns anos. Mas ultimamente parecia arbitrário, uma mentira que eu contava para mim para me sentir melhor. E no momento em que vi a mentira pelo que ela era, ficou difícil de acreditar.

Então eu me ensinei a não sentir falta. A saber que eu era diferente, e aceitar isso.

Dava mais certo assim. Mas não está mais dando certo.

Os sons da festa de aniversário que atravessam a porta fechada são inconfundíveis: os murmúrios animados das conversas, as risadas sinceras, os passinhos das crianças correndo em meio a todos como se fossem maiores e mais velhas. Eu reconheço esses sons e sei o prazer caótico que proporcionam, mas somente através de uma porta.

Sei que Gwen precisa voltar para festa. Sei que vão notar a ausência dela se sumir por tempo demais. Houve um tempo em que eu não sabia como era quando sentiam sua falta. Agora eu sei e entendo por que não posso fugir do amor que está sendo dado a Gwen.

Eu devo voltar para a comemoração e mergulhar de cabeça. Eu devo flutuar entre as conversas, nadar de presente em presente, de desejo em desejo. Algumas pessoas nadam para chegar a algum lugar. Outras para ficar em forma, ou mais velozes. Agora eu nado para não me afogar.

Comentário de M:
Isso não vai levar a lugar algum.

Comentário de Alguém:
Eu entendo.

Comentário de M:
Impossível.

Comentário de Alguém:
Ouça o que tenho a dizer primeiro. Eu tenho um transtorno de despersonalização/desrealização. Talvez você nem saiba o que seja. Eu não sabia até descobrir que eu tinha.

Como você, tem períodos em que me sinto completamente à parte do meu corpo e do mundo ao meu redor. É difícil expressar em palavras. A melhor forma que encontrei para explicar foi a seguinte: é como se tudo o que você visse fosse parte de um videogame. Só que no videogame você sabe que está segurando o controle. Por causa do transtorno, é como se eu estivesse assistindo ao videogame, mas sem ter o controle comigo. Tenho certeza de que sou um avatar e não uma pessoa. Tenho certeza de que a cisão entre o imenso número de pensamentos que tenho na minha cabeça e as ações a minha volta é ampla demais para que eu possa atravessar. Não estou apenas longe do mundo, estou longe DE MIM. Meus pensamentos são as únicas coisas ativas nas quais posso acreditar. E isso pode ser muito frustrante, muito confuso e muito dolorido. Por um tempo, achei que estivesse enlouquecendo. Somente quando descobri que havia um nome para o que eu tinha, e que não era a única pessoa passando por isso (2% da população sofre de alguma variação desse transtorno dissociativo), comecei a agir contra isso. Não é possível fazer com que suma, mas saber o que é e como funciona faz com que eu saiba controlar um pouco mais — controle-o dando-lhe um nome, para mim e para as outras pessoas.

Eu não estou dizendo que você tem um desses transtornos. Estou dizendo que independentemente do que estiver enfrentando, há quase 100% de chance de ter mais alguém passando por isso. Reconhecer, nomear e entender o quanto puder ser entendido são as coisas mais importantes que você pode fazer. Você disse que quer morrer. Eu já me senti assim também. Mas você tampouco quer matar o corpo onde está. Isso significa que você quer viver. E estar falando sobre isso — ainda que seja com estranhos — já é um passo positivo. Você está a caminho do reconhecimento.

Comentário de PurpleCrayon12:

Valeu por compartilhar, Alguém.

Comentário de M:

Agradeço por você ter contado isso. Mas comigo é diferente.

Comentário de Alguém:

Como?

Comentário de M:

Você experimenta a separação do seu próprio corpo. Eu estou num corpo diferente todo dia.

Nathan

Não é que eu seja totalmente antissocial — eu só não desvio do caminho para falar com alguém. Na escola, é claro. Eu falo com amigos. Falo com os professores quando eu preciso. Falo com a orientadora educacional quando ela "vem ver como estou", embora o que eu queria realmente lhe dizer é que, numa escola em que os alunos estão vendendo drogas, engravidando e metendo o pau uns nos outros pelos corredores, a atenção dela seria mais bem empregada com outros, não comigo.

Assim que a aula termina, eu normalmente não tenho mais energia social alguma. Se a minha mãe tiver me pedido para fazer alguma coisa na rua, eu faço. Caso contrário, vou direto para casa.

Estou a pé a caminho de casa na quarta-feira, quando um carro para ao meu lado e uma mulher abaixa o vidro do passageiro.

— Com licença — chama. E, honestamente, a minha primeira reação é querer que ela interpelasse outra pessoa. Mas não tem mais ninguém ali, então eu paro. Não digo olá nem nada disso, mas ela sorri e age como se eu tivesse dito.

— Estou meio perdida — diz ela. — Você poderia me ajudar?

— Claro — respondo. Embora agora eu esteja pensando: *Por que você simplesmente não usa o seu celular?*

Antes que eu consiga perguntar para onde ela precisa ir, ela me olha com uma cara de espanto e diz:

— Ei, você não é aquele garoto que foi possuído pelo demônio?

E eu me arrependo totalmente por ter parado. Essa mulher deve ter uns 50 ou 60 anos, e deve ter coisa melhor a fazer do que se lembrar de uma notícia de três meses atrás.

— Não sei do que você tá falando — digo a ela.

— É claro que você sabe! Você foi encontrado na beira da estrada. Disse que o diabo te embebedou ou algo assim. Foi hilário!

— Preciso ir — murmuro. Porque algo sempre me impede de ser totalmente grosso, então acabo sempre nesse estranho ínterim entre uma coisa e outra.

— Ah, não se preocupe! — chama a mulher. —· *Vigilabo ego sum vobis!*

— O quê?

— Me desculpe. Não vou mais incomodar você. Pode apenas me dar as direções?

Quero sair agora mesmo daqui, mas ainda assim: o ínterim da grosseria. Então digo:

— Claro. Para onde você vai?

— Maple Lane número 20 — diz ela, com um brilho no olhar.

É o meu endereço.

— Quê?

— Como te disse: *Vigilabo ego sum vobis.*

Mas que merda é essa.

— Eu não sei o que isso quer dizer! — digo a ela.

— Você vai descobrir! — cantarola. Então liga o carro e vai embora.

No fim da rua, ela vira na direção oposta à da minha casa. Mas continuo nervoso enquanto caminho. Quase ligo para a minha mãe, mas posso imaginar qual seria a reação dela se eu lhe dissesse para vir me buscar porque uma velha me fez lembrar que não se deve falar com estranhos. Minha credibilidade já estava abalada. Ainda que eu chore baixinho, eles agem como se eu estivesse exagerando.

Então ando até em casa com a câmera do celular ligada, vendo o que há atrás de mim, vigiando caso o carro volte. Quando chego, estou sozinho e tranco todas as portas.

Nada acontece.

Começo a pensar se ouvi mal. Talvez ela tenha dito Maple Drive e não Maple Lane — na cidade tem ambas.

Tento esquecer.

Três dias depois, minha mãe me leva para comprar calças novas.

Eu digo que não preciso de calças novas e ela aponta para a barra desfiada da cargo que estou usando e diz que estão — suas palavras — *inaceitáveis.* Da forma como diz, era praticamente um milagre que as pessoas não estivessem me jogando pedras enquanto caminho pela rua. Por baixo da resposta, sei o que ela quer realmente dizer: *Você já nos envergonhou o bastante este ano, não é mesmo? Vai continuar fazendo isso?* É claro que não há como ela apagar o que aconteceu quando A se apossou da minha vida. Mas ela *pode* comprar calças novas para mim.

Vamos até a Gap, e encontro exatamente as mesmas calças que estou usando, do mesmo tamanho. Acho que está resolvido, mas não. Ela diz que eu preciso experimentá-las.

Então lá estou eu, tirando a minha calça cargo para assim poder vestir a sua gêmea mais querida. Um par de tornozelos e sapatos surge na frente da cabine — imagino que seja o vendedor para perguntar se ficou bom, embora eu nem tenha tido tempo de vestir qualquer coisa. Mas, em vez disso, uma voz juvenil diz:

— Ei, Nathan... *vigilabo ego sum vobis!*

Sou literalmente pego de calças arriadas. Rapidamente me visto e abro a porta. Não há ninguém ali, então corro de volta para a loja. A única pessoa que encontro é a minha mãe, que já está me perguntando onde estão as calças novas. Eu passo por ela e tento achar a mulher que vi no outro dia. Mas não há ninguém que se assemelhe minimamente a ela — nem era a mesma voz.

— Nathan, estou falando com você! — minha mãe está dizendo.

Eu continuo procurando pela loja. Uma mulher encontra o meu olhar por um instante, depois vira o rosto. Não consigo me lembrar de como eram os sapatos que apareceram sob a porta. Eu não estava prestando atenção. Há mais algumas pessoas com aparência ansiosa, mas todo mundo parece ansioso hoje em dia. É apenas parte de quem somos, principalmente em público.

— Ficou bom? — pergunta minha mãe.

— É claro que sim! — grito, o que faz com que ela me lance a sua melhor expressão você-é-o-mais-ingrato-dos-filhos-na-história-dos-filhos.

— Bom, onde estão? — pergunta.

Eu volto até a cabine, mas alguém já tirou e provavelmente guardou a calça. Então eu e minha mãe começamos tudo de novo. Dessa vez não sou interrompido, e, na relativa tranquilidade do provador, pego meu telefone e digito *vigilabo ego sum vobis* no tradutor do Google.

É latim.

Estou de olho em você.

Poderia contar a Rhiannon sobre isso, eu acho. Mas ainda sinto como se eu fosse um menino aleatório que se convidou para a vida dela por causa dessa coisa estranha que aconteceu com a gente. Não sei se a nossa amizade é forte o bastante para que eu comece a assustá-la regularmente.

Então não digo nada. E sigo com a minha vida. Eu ligo o noticiário e tento fazer com que aquilo seja o motivo do meu estresse e ultraje, em vez de algo mais pessoal. Só que o noticiário parece um ataque pessoal contra qualquer pessoa com alguma inteligência e decência, o que não faz com que eu me sinta muito melhor. Tento pensar de que formas a minha mente poderia estar me pregando peças... mas dá no mesmo.

Principalmente quando continua a acontecer.

Dessa vez é a minha caixa de email que é invadida. Os e-mails começam e não param mais. Dezenas deles enviados em intervalos irregulares de um endereço que nunca vi antes.

O assunto é sempre o mesmo: *Vigilabo ego sum vobis*.

O corpo do e-mail fica em branco.

Eu mando uma mensagem de volta: "A"?

A única resposta é mais uma vez *Vigilabo ego sum vobis*.

No meio da noite, a campainha toca. Ouço meu pai sair da cama para atender. Ouço quando ele volta e diz para a minha mãe que não havia ninguém à porta.

— Alguma pegadinha — diz ele. — Provavelmente uma criança.

— Provavelmente alguém pegando no pé de Nathan — diz minha mãe sem necessidade. — Eu gostaria que deixassem a gente em paz.

Não fica claro se faço ou não parte de *a gente*.

No dia seguinte, estou sozinho em casa depois da aula.

A campainha toca.

Eu não atendo.

Toca de novo.

E de novo.

Eu não tenho como ligar para a polícia para reportar que alguém está tocando a minha campainha. A polícia já está no modo "Nathan faz alarde sem razão".

Depois do décimo quinto toque, eu desço até a porta.

— VÁ EMBORA! — grito. Mas não consigo ver ninguém pelo olho mágico. Vou até a janela da frente, puxo a cortina e dou uma olhada.

Tem um carro do outro lado da rua. Não é a mulher do outro dia. Não é uma mulher. É um homem, provavelmente da idade do meu pai. Ele está esperando que eu feche a cortina. Ele faz um gesto com a mão, como se fosse uma pistola, e atira em mim. Então murmura o que só pode ser *Vigilabo ego sum vobis*. Achei que depois disso ele iria embora. Mas não. Solto a cortina e volto para o quarto.

Ligo para Rhiannon. Não digo a ela o que está acontecendo, porque não sei se ela pode fazer qualquer coisa quanto a isso. Preciso apenas conversar com alguém, ter alguém comigo ao telefone caso o homem do outro lado da rua tente fazer alguma coisa.

Eu nem mesmo sei o que ele poderia tentar.

Mais tarde, olho novamente a rua e o carro não está mais lá.

Não quero mais ficar sozinho em casa. Vou até a biblioteca pública depois da aula. Eu me sento em um dos computadores, cercado por outras pessoas e seus computadores, e me sinto temporariamente seguro. Não entendo por que isso está acontecendo comigo. Não sei o que eu fiz para merecer que tudo dê errado.

Uma menina da escola, Alexandra Berkman, se senta ao meu lado. Assistimos a algumas aulas juntos e falamos sobre a de francês por alguns minutos. Então ela me pergunta se posso dar uma olhada nas suas coisas enquanto ela vai ao banheiro. Eu digo que sim, e, quando ela volta, pergunto se pode fazer o mesmo por mim.

É um banheiro só e alguém deve ter entrado assim que Alexandra saiu, porque a porta está trancada e preciso esperar alguns minutos para entrar. Por fim um menino de uns sete anos sai, desacompanhado. Não fico otimista em relação às condições em que vou encontrar o vaso sanitário. Mas entro mesmo assim.

Estou prestes a trancar a porta quando a empurram com força.

— Ei! — grito, imaginando que seja alguém tentando entrar, mas que não me viu entrar primeiro. Mas então o empurrão vem com mais força e sou jogado para trás. Um sujeito invade o banheiro — ele é grande, deve ser uns dez anos mais velho que eu. — Eu estou aqui! — protesto, e em resposta ele me dá um soco no estômago. Eu caio em cima do vaso sanitário, ele tranca a porta e me pega pelo pescoço. Eu chuto e tento escorregar por baixo das suas pernas, mas ele vai me apertando com mais força e não tenho ar o bastante para gritar. Ele bate a minha cabeça na caixa acoplada de cerâmica e dói para cacete.

Então, com uma careta, ele pergunta:

— Sentiu a minha falta, Nathan?

Eu não sei o que ele quer dizer com isso até... olhar em seus olhos e saber exatamente o que ele quer dizer. Eu só não sei como pode ser possível.

— Não está mais tão heroico agora, não é mesmo? — provoca. — Não tão desagradável. Nós tínhamos um acordo, não tínhamos, Nathan? E você quebrou o trato. Bom, *ego vigilabo fuerit vobis*. Só que chega um momento em que ficar de olho não é o bastante. Chegou a hora de você desempenhar o seu papel. E dessa vez você não vai estragar tudo.

Eu tento me fazer de bobo.

— Quem é você? — Engasgo. — O que quer dizer?

Ele me levanta pelo pescoço. Esse cara é forte. Muito mais forte que o reverendo Poole.

Estou apavorado.

— Não viemos aqui para você falar — diz bem calmamente o sujeito que costumava ser Poole. — É a minha vez de falar. E sugiro que você ouça.

— Sou todo ouvidos — choramingo.

— A não ser que eu remova um deles — diz ele, e não é de brincadeira. — Veja bem, Nathan, posso fazer o que eu quiser com você, quando eu quiser. Você jamais me verá chegando, porque posso ser qualquer um. Isso deveria estar claro para você agora.

Eu tento assentir, mas ele continua me segurando pelo pescoço.

— Entendi — resmungo.

— Ótimo — diz ele, me pondo no chão mas sem me soltar. — Você deve encontrar a pessoa que perdeu da última vez. Você não vai ter outra chance, assim como não tem muito tempo. Traga-a para mim na semana que vem, caso contrário eu vou começar a desmontar a sua vida pedacinho por pedacinho, até que não sobre nada.

— Mas nós não sabemos onde ela está! É sério, não sabemos.

— Bom, então... é melhor que encontre.

É estranho pensar em A sendo ela. É também errado eu ter usado o pronome "nós".

Demoro demais para responder. Ele me segura com a outra mão e me empurra em direção à pia, segurando atrás do meu pescoço. Eu dou impulso com as duas mãos e seguro a pia com força para que ele não consiga bater o meu rosto ali.

Ele me solta.

— Bom — diz. — Você tem alguma força aí dentro. Use-a. Mas não tente usar comigo. Isso seria uma irresponsabilidade com o seu bem-estar. E não conte a ninguém sobre isso. Nem mesmo para a namorada de A.

— Como você sabe sobre A? — deixo escapar.

Mas ele não vai me dizer.

— Entrarei em contato — diz.

Quando abre a porta, há uma fila de pessoas esperando. Elas parecem surpresas ao nos ver juntos dentro do banheiro.

— A gente estava trepando — explica Poole para a mulher que é a primeira da fila.

— O QUÊ? — grita ela. Para a minha sorte, ela parece ter uns cem anos.

Poole sai correndo da biblioteca, me deixando à mercê dos olhares zangados, curiosos e/ou enojados.

É só quando volto até onde Alexandra está que percebo que nem mesmo usei o banheiro, embora ainda precise.

— Você está bem? — ela me pergunta enquanto pego a mochila.

— É só... tenho algumas coisas para fazer — solto. Ela me lança um olhar que diz que não está exatamente interessada em ouvir os detalhes.

Ninguém estará. Não exatamente. Talvez Rhiannon. Mas sinto que contar para ela vai lhe trazer ainda mais problemas, especialmente se Poole de algum modo sabe que ela existe (quem mais poderia ser a namorada de A?).

Estou por minha conta nessa. E, ah sim, totalmente ferrado.

Não tenho nem ideia de como escapar.

X

Leva alguns dias até eu estar no tipo certo de pessoa para o que eu quero fazer. Não há nada como a decepção de acordar no corpo de uma velha — é bom para a invisibilidade e meio que só isso. Elas podem ser receptáculos de afeto, mas eu não preciso de afeto. O medo é bem mais eficaz.

Tentei dominar o caminho que leva de uma pessoa a outra. Tentei forçar a minha intencionalidade na equação. Mas a matemática metafísica me engana; aprendi como posso ficar em um corpo ao matar o hospedeiro, mas ainda estou à mercê dos deuses quando o assunto é viajar para o meu próximo corpo. Costumava haver alguma coerência em relação à idade, mas parece que isso se perdeu. Posso ser qualquer pessoa de um dia para o outro.

Naturalmente, eu tenho preferências.

Esse corpo é tão forte quanto a vergonha do seu dono anterior. Ele tem desejos que não são os desejos certos — não são desejos *aceitos* na comunidade em que vive. Ele não quer ser quem ele é, então posso entrar e tomar o seu lugar com facilidade.

Depois de assustar o pateticamente suscetível Nathan Daldry no banheiro da biblioteca do bairro dele, sigo para a academia. Ainda que a cabeça desse homem seja uma bagunça, o seu corpo é uma máquina bem afinada. Gasto um tempo na aeróbica, depois na musculação. Havia perdido esse ímpeto, a sensação da força, a gloriosa dor do esforço. Tem o suor, a aceleração do coração e uma luta para manter a respiração estável. Mas principalmente há a força. Posso me refestelar na força dele. Até mesmo quando sinto a força dos pesos contra mim, experimento meu próprio contrapeso, a minha força contra eles. Esse é o corpo que eu estava destinado a ter. É o único tipo de corpo que me permite sentir de verdade.

Levo-o ao limite. Depois vem o relaxamento, o chuveiro e a descontração. Mas ainda não estou saciado, mesmo ao sair. Não quero ir para casa. Eu quero sexo. Eu quero usar esse corpo desta maneira. Para ter prazer. Para ser desejado, e depois tirar vantagem desse desejo.

Não importa no que esse cara estava interessado antes. Então ele acessa um aplicativo de relacionamento e leva cerca de vinte minutos para que eu encontre o que *me* interessa. Um "encontro" é o nome. Mas na verdade é uma trepada. Uma e pronto.

Nos encontramos em um bar. Ela fica bêbada e eu, voraz. Nós dois sabemos o que faremos depois daqui. Eu até a deixo dormir comigo. Não por generosidade de espírito, mas porque eu sei que a vergonha dele vai aumentar enquanto ela estiver por perto. Se ele de algum modo sentir o que aconteceu, provavelmente não vai querer voltar.

O que, por ora, é bom para mim.

Ela, na verdade, parece emocionada quando eu pergunto se quer passar a noite. Grata. Isso me faz querer rir da sua cara.

Uma e pronto.

Me divirto.

Termino.

E corro.

Controlo a língua a noite inteira para conseguir mais dela. Na manhã seguinte, entretanto, enquanto ainda estou no corpo dele e ela continua na minha cama, eu chacoalho o seu corpo sem dó. Digo a ela que não foi bom e que eu só tinha deixado ela ficar por pena. Ela fica zangada e eu bocejo. Depois que ela sai correndo, tiro um cochilo. E em seguida eu volto para a academia.

Alguns amigos mandam mensagens para ele. Eu não respondo e eles não insistem.

Ligo no trabalho e digo que estou doente. Depois checo a conta bancária dele e decido que amanhã ele vai pedir demissão. Ele não faz ideia, mas já trabalhou pelo último dia da sua vida.

Quando você tem uma Ferrari, não a troca por um carro qualquer.

Esse corpo agora é meu.

Rhiannon

Os pais de Alexander viajam muito. Algo que envolve o trabalho de cada um deles e a necessidade de viajar. Eles não se veem muito e também não veem Alexander muito. A princípio eu achei legal eles nunca estarem por perto — eu pōdia passar quantas horas quisesse na casa de Alexander, fazendo dever no sofá verde-limão do seu quarto e me enroscando nele nos intervalos. Ele leria poemas, ou me contaria uma história, e nós nunca teríamos que nos preocupar com uma batida à porta.

Mas agora, embora eu goste da liberdade que a ausência deles nos proporciona, acho um pouco triste que deixem Alexander sozinho por tanto tempo. O quarto dele faz bem mais sentido agora — o modo como cria tantas distrações complicadas, todas as formas criativas de ter conversas com arte e cor e luz, quando não se tem conversas verdadeiras com outras pessoas.

Estou pensando nisso depois da escola na segunda-feira, mais uma vez no sofá verde-limão, supostamente fazendo o dever de biologia, mas na realidade pensando em como as nossas vidas funcionam.

— Você sente falta deles? — pergunto a Alexander. Ele está na cama, supostamente lendo *Robinson Crusoé*. — Seus pais, quero dizer.

Ele não me pergunta por que estou fazendo essa pergunta neste momento em especial. Em vez disso, diz:

— Sim, eu sinto.

— Eles não poderiam dar um jeito das viagens não coincidirem?

— Eles costumavam fazer isso. Quando eu era menor. Mas era sempre a mamãe que ficava comigo; não por ela ser a mãe, mas porque o trabalho dela era um pouco mais flexível. Infelizmente, não durou muito. Viajar é parte do que fazem e, se quiserem continuar em seus empregos, eles vão aonde precisam ir. É chato, mas paga as contas. — Ele se interrompe por um instante, e recomeça: — Não. Isso faz parecer que é pior do que é. E, honestamente, a verdade é que eles gostam do que fazem. E são bons nisso. E embora seja chato eles ficarem tanto tempo fora, seria muito pior se eles fossem infelizes.

— Faz sentido — digo.

Alexander fala muito sobre honestidade e verdade. É algo em que acredita. Ele está sempre me dizendo que uma das melhores coisas do nosso relacionamento é como flui naturalmente a sinceridade entre nós dois — seus últimos namoros não tinham sido assim e tudo desandou por conta disso.

Eu sei que ele está certo. E eu sei que sou muito mais sincera com ele do que era com Justin. Estou descobrindo que o melhor relacionamento possível é aquele em que se pode dizer qualquer coisa que passar por sua cabeça — independentemente de ser aleatório, difícil ou bobo — e a outra pessoa estar sempre disposta a te ouvir. Eu nunca tive isso antes. Com A eu me sentia assim, mas não tínhamos tempo para isso. Estávamos sempre muito enredados em entender como o relacionamento funcionaria, ou como não funcionaria. Com Alexander, eu posso perguntar pelos seus pais, ou posso perguntar do jantar, ou posso contar sobre um desenho a que assisti quando tinha seis anos, ou posso ler uma frase do meu livro de biologia com a voz do Caco, do *Vila Sésamo* — posso falar o que eu quiser, perguntar o que eu quiser. Ele está aberto para quaisquer palavras que eu fale para ele. Eu não preciso mais me preocupar em dizer a coisa errada. Em escolher as palavras certas, ou os pensamentos certos, para não se tornarem minas terrestres emocionais. Sei que ele não vai gritar comigo ou me deixar mal por ter dito algo idiota. É incrível ter essa pressão tirada de cima de você.

Ele pode fazer o mesmo comigo, é claro. Pode dizer o que quiser, perguntar o que quiser. Mas esse nunca foi o problema com Justin. O problema sempre vinha quando eu abria a boca.

O problema com Alexander é outro. O problema com ele é que ele é honesto e verdadeiro comigo e eu não sou honesta nem verdadeira com ele.

Ou talvez não seja um problema. Eu não sei. Porque *continua* sendo a verdade. Eu não minto para ele. É só que a verdade que lhe entrego não contém algumas frases.

Eu contei a ele sobre o Justin. Foi difícil. Não porque eu achei que ele fosse ficar do lado de Justin, ou me diminuir, ou decidir que não valia a pena estar com qualquer garota que tenha ficado com um idiota daqueles. Se eu não conhecesse o Alexander de verdade, eu teria tido medo dessas coisas todas. Mas porque eu conhecia o Alexander, o que deixava mais difícil era o meu próprio constrangimento. Não me incomodava que Alexander fosse ouvir o que eu tinha a dizer — incomodava que *eu* tivesse que ouvir. Que eu tivesse que me sentar, ficar em seus braços, e ouvir como eu havia estreitado minha visão a ponto de não ver nada além de Justin. Eu só me importava com Justin. Ele não me tratava bem, e raramente me ocorria que eu podia ser mais bem-tratada. Nenhum de nós sabia o que estava fazendo, mas não reconhecemos isso. Achávamos que aquilo era amor.

Agora eu sei: o amor não é tão simples. O amor nunca é sobre você dizer a si mesmo que deve fazer alguma coisa e então fazer. Nunca é sobre alguém te dizer que você deve fazer e por isso fazer. O amor não pode existir entre duas pessoas se elas não conseguirem sentir que o amor também existe fora delas. Pode envolver dor, mas não é para que você sinta dor o tempo todo. Então não é amor. É uma armadilha disfarçada de amor.

Alexander sabe que eu caí na armadilha. Ele sabe que não fui eu quem a montou, assim como sabe que eu deixei as minhas próprias armadilhas também. Eu contei isso a ele em parte para ser honesta, em parte para alertá-lo. Eu sabia que ele não se assustaria.

Ele disse que Justin não era mais uma ameaça para ele ou para mim. E disse que a garota que eu era enquanto estava apaixonada por Justin também não era uma ameaça, porque ela não estava mais aqui. Eu disse que tinha gostado de ouvir aquilo, mas que a velha Rhiannon nunca iria embora. Ela sempre estaria viva em algum lugar dentro de mim. Eu só preciso garantir que ela nunca mais fique no comando, independentemente do quão alto ela gritar exigindo seguir o seu caminho.

Eu disse isso tudo e ainda assim ele não foi embora.

Agora ele volta a ler *Robinson Crusoé* e eu deveria voltar para biologia. Vez ou outra ele murmura a música que está tocando em sua cabeça, sem nem perceber que está fazendo isso. Podia ser irritante, mas eu acho fofo.

Ele me contou sobre as suas ex, as que não tinham sido honestas com ele.

Uma se mudou e ele não se preocupou em manter contato. Uma continuou mentindo mesmo depois de terminarem, dizendo para todo mundo que havia sido culpa dele, que ele nem tentou fazer dar certo. Eles também não mantêm contato. A mais recente, no entanto, foi essa menina, Cara, e eles continuaram sendo amigos. Nós inclusive já saímos com ela, num grupo com mais amigos. Eu me senti meio estranha com aquilo, mas Alexander me disse que estava tudo bem, que ele e Cara sabiam que um não fazia bem para o outro sendo namorados, mas que, quando tiraram o relacionamento e deixaram a amizade, tudo se resolvera.

Pensar em Cara me faz questionar por que eu não posso ser amiga de A.

Sei que não é a mesma coisa. Sei que não terminamos porque deixamos de achar que deveríamos ficar juntos. Sabíamos que queríamos ficar juntos, ou pelo menos tentar ficar juntos — mas sabíamos também que *não dava*. O que não é a mesma coisa.

Ainda assim, não há nada que nos impeça de manter contato.

A distorção é que estou pensando nisso tanto para o meu bem quanto para o de Alexander. Porque, enquanto eu não consertar isso, a minha verdade será sempre desonesta.

E se a pedra no caminho é estar sentindo falta de A, então eu pelo menos deveria atravessar esse silêncio, porque o silêncio é a pior parte.

Não é sobre ter A de volta.

Não é sobre estar com A novamente.

É sobre saber onde A está e o que está fazendo.

É sobre ter A na minha vida da maneira que for possível para dar certo.

Então eu pego o telefone. Entro na minha caixa de e-mail. Tento não pensar demais no que estou fazendo. Apenas faço. Ponho o endereço de e-mail de A no remetente e um simples "Olá" no assunto.

Escrevo uma mensagem bem simples.

A,

Sei que você achou que seria mais fácil se fosse embora. Não está sendo. Mesmo se não pudermos ficar juntos, ainda quero falar com você.

R

Estou prestes a clicar no botão de enviar, mas releio e decido trocar algumas palavras.

A,

Sei que você achou que seria mais fácil se fosse embora. Não está sendo. Apesar de não podermos ficar juntos, ainda quero falar com você.

R

Sem reler, eu clico em enviar.

A resposta é instantânea.

94

Há uma mensagem na minha caixa de entrada que diz que não foi possível enviar o e-mail. Aquele endereço não existe mais.

Confiro o e-mail, reenvio a mensagem. A mesma coisa acontece.

— Argh — digo alto.

— O que foi? — Alexander me pergunta.

— Nada — digo. Então eu decido me aproximar da verdade e da honestidade. — Eu estava tentando mandar um e-mail para um amigo que se mudou. Mas a caixa de entrada está lotada, não existe mais ou algo assim. Meu e-mail não foi enviado. Eu gostaria de saber disso antes de perder tempo escrevendo a mensagem, não depois.

— Argh — diz Alexander.

— Exatamente!

Ele volta a fazer o que estava fazendo, murmurando feliz. Eu não posso voltar a fazer o que estava fazendo — agora que a vontade de falar com A se instalou, não vai passar.

Mas não tem outra forma de entrar em contato.

Lembro do post que deixei no Facebook. Das músicas. Se A viu aquilo, por que não respondeu?

Talvez eu não tenha sido clara o bastante.

Embora eu não possa ser clara demais quando estou num lugar onde qualquer um pode me ver.

A verdade desonesta.

Ou talvez esteja sendo somente desonesta mesmo.

Mas preciso tentar de novo.

Entro no meu Facebook. Penso em outra música para postar. Vou até o YouTube e encontro uma música chamada *Say something*.

Mas como A vai saber que é para ele dizer alguma coisa? Como vai saber que tem a ver conosco?

E como vou postá-la sem que ninguém mais saiba que é nossa?

Olho para Alexander na cama. Agora estou definitivamente sendo desonesta. Porque percebo como posso fazer aquilo.

Copio o link de *Say something* e na legenda eu escrevo:

"A… você pode me interromper a qualquer hora."

Posto. Solto o ar. Volto para a biologia.

Uns dez minutos depois, Alexander diz:

— Alguma coisa.

Eu olho para ele e vejo que está sorrindo. O telefone em uma das mãos.

— Então, você queria que eu interrompesse você ou foi apenas um modo de saber se eu estava olhando o Facebook quando deveria estar lendo esse livro terminantemente chato?

— As duas coisas, eu acho.

Ainda sorrindo, ele abaixa o exemplar de *Robinson Crusoé* e vem em direção ao sofá. Eu afasto as pernas para lhe dar espaço.

— E agora que você tem a minha atenção exclusiva... — diz ele.

Assim que ele se senta, ponho as pernas exatamente onde estavam, só que agora ficam sobre o seu colo.

— Você quer fazer o meu dever de biologia? — pergunto.

Ele balança a cabeça negativamente, de um jeito divertido e enfático.

— Você quer ler pra mim trechos sensuais de *Robinson Crusoé*?

Outra balançada negativa com a cabeça.

— Você quer me beijar por um tempo e depois pegar alguma coisa para comer?

Agora ele concorda com a cabeça.

E faz isso com entusiasmo.

Ele é a primeira pessoa com quem eu estou que é animada assim. Sem dúvidas. Sem arrependimentos. Sem conflitos. Apenas... feliz por estar aqui comigo.

Ainda me sinto desonesta. Mas a verdade, honestamente, é que eu quero beijá-lo. Realmente quero.

Então eu beijo.

A
Dia 6.099

"Say something". Diga alguma coisa.

Eu não vejo a mensagem até o dia estar quase no fim. E é estranho, porque o meu pai está pairando atrás de mim — não exatamente vendo o que eu estou fazendo, mas atento ao relógio para que eu não fique no computador mais tempo do que a meia hora designada.

É, estou de castigo.

Ou, melhor dizendo, Lilah White está de castigo.

Ela está sem celular. Precisa vir da escola direto para casa.

E não deve, sob nenhuma circunstância, falar com Jeff James.

Seu namorado. Ou seu ex-namorado. Depende de quem for responder. Ou depende de com quem ela está falando, porque parece haver pelo menos meia dúzia de versões diferentes por aí.

Os fatos, pelo que consigo entender, são:

1. Lilah e Jeff namoraram por um ano.
2. Um pouco depois do primeiro aniversário de namoro dos dois, Jeff decidiu que seria também o último e terminou com ela.
2.1 Ou, devo dizer, tentou terminar com ela.
3. Lilah não recebeu a notícia bem.
4. Lilah tentou reconquistá-lo.
5. Não deu certo.
6. Então Lilah decidiu encaminhar os nudes que Jeff havia mandado para ela para todos os amigos que ela tinha na lista de contatos do celular.
6.1 Outras pessoas apareciam em algumas dessas fotos.
7. Em retaliação, Jeff também vazou os nudes que Lilah tinha mandado para *ele*.
7.1 Outras pessoas apareciam em algumas dessas fotos.

8. Alguns namorados e namoradas das pessoas mencionadas nos fatos 6.1 e 7.1 não ficaram felizes com isso e se vingaram com mais nudes.

9. Não demorou muito para que alguém na escola percebesse que o corpo discente estava inundado de fotos de corpos de estudantes de repente.

9.1 A cadeia foi rastreada até chegar em Lilah.

10. Ela ficou de castigo e sem o seu celular.

11. Ela também foi proibida de ver Jeff, que também ficou de castigo e, eu imagino, proibido de vê-la.

12. De acordo com o que Lilah disse para alguns amigos, Jeff se sentiu tão mal com a coisa toda e ficou tão impressionado com o impacto do término em Lilah que quis voltar, e agora eles estão juntos.

12.1 Porém, considerando o que alguns dos outros amigos de Lilah tinham a dizer sobre Jeff hoje ("imbecil", "aproveitador", "idiota", "que bom que acabou", etc.), claramente há um contingente que acredita que os dois continuam separados.

De jeito nenhum perguntarei algo a Lilah para esclarecer — já foi bastante inútil chafurdar suas memórias com Jeff. E eu aprendi muito mais sobre a anatomia dele do que sobre seu emocional.

Todo o drama ocorreu na semana anterior, então consegui chegar ao fim do dia ficando em silêncio; havia tanta gente falando *com* ela e *sobre* ela que ela mesma não precisava contribuir com muito mais além de assentir uma ou duas vezes aqui e ali.

Felizmente, eu não estava em seu corpo no dia em que eles descobriram todas as fotos. A consequência uma semana depois ainda é forte demais. O pai dela não consegue encará-la (embora eu não saiba dizer se ele fazia isso antes das fotos vazarem). Mas mesmo com o olhar voltado para o chão ou para três metros acima da cabeça dela, ele ainda pode fazer cumprir a lei. E é por isso que me forço a digerir o post de Rhiannon, sentindo sua respiração no meu pescoço.

"Diga alguma coisa.

A… você pode me interromper a qualquer hora".

Da primeira vez que leio, meu coração deixa de bater por sete segundos. e no segundo seguinte são sete batidas de uma vez.

Ela está escrevendo para mim.

Falando comigo.

Está me dizendo alguma coisa.

Eu leio de novo. E de novo.

Deixo a música tocar. Agora o pai de Lilah está na geladeira, do outro lado. Ele para um instante quando a música começa, parecendo confuso. Mas ele prefere ignorar sua curiosidade a ter que interagir com a filha.

Me dê um sinaaaaaalllll, pede a música.

Eu leio o post de novo. E de novo.

"A... você pode me interromper a qualquer hora."

Olho os comentários, e o primeiro deles é de Alexander.

"Vou interromper você em exatos três segundos."

Em seguida um comentário dela:

"Obrigada pela interrupção. Entretanto minha declaração continua aberta".

O pai de Lilah nota algo em minha expressão e vem ver o que estou fazendo. Rapidamente volto para a página de Lilah. Infelizmente o primeiro comentário lá é de uma garota chamando-a de "vagabunda sem vergonha".

— Denuncie — diz o pai de Lilah, lendo sobre o meu ombro. Ele até se inclina um pouco para clicar na caixinha que apresenta a opção de denunciar o comentário.

— Não — digo instintivamente. — Isso só vai piorar as coisas.

Ele mantém os olhos na tela e diz:

— Bom, você deveria ter pensado nisso antes, não? — E em seguida denuncia o comentário da garota. Só que na verdade quem está denunciando é Lilah, porque foi ela que se logou.

O comentário desaparece.

Tenho certeza que Lilah diria "eu te odeio!" ou algo assim agora. Mas não vejo motivo para tal. E depois do que aconteceu com Moses, tenho mais cuidado para não abrir a boca quando não deveria.

Uma coisa que eu sei é que não vou conseguir responder para Rhiannon essa noite. Não desse computador.

Vou apagar o histórico do que vi, mas o pai de Lilah percebe e me impede com um tom feroz:

— O que você está fazendo?

— Nada — digo. — Hábito.

— Acho que sua meia hora se esgotou por hoje — responde ele, desligando a tela. — Se você precisar do computador para o dever de casa, me avisa e podemos prosseguir. A diversão acabou.

— Qual é, pai! — protesto... mas somente porque ele vai desconfiar se eu não o fizer.

— Vá para o seu quarto — diz ele. Suas palavras não têm a firmeza de um comando. Soam como se ele estivesse cansado de tanto repetir aquilo. E apenas uma semana se passou.

Consigo terminar o dever de Lilah sem o computador. E mais tarde, naquela noite, saio do quarto sem que ninguém veja e apago o histórico, assim Lilah nunca terá relação alguma com Rhiannon. Preciso fazê-lo rapidamente, antes que o pai de Lilah me veja. Finjo que foi por isso que não respondi a Rhiannon imediatamente. A verdade, no entanto, é que eu ainda não sei o que dizer.

Comentário de M:
Você experimenta a separação do seu próprio corpo. Eu estou num corpo diferente todo dia.

Comentário de Alguém:
Não é incomum se sentir alienado do seu próprio corpo. Sentir que não o conhece nem um pouco.

Comentário de M:
Estou dizendo: é impossível você entender. Não estou sendo metafórico aqui.

Comentário de AnarchyUKGo:
Que parada LOUCA! Continue, cara.

Comentário de Alguém:
Me escreve no privado?

Comentário de M:
Ok. Mas realmente não há como você ajudar. Eu já tentei de tudo. A única opção restante é me apagar.

Comentário de PurpleCrayon12:
Muitas vezes o momento que vamos nos apagar é o momento que mais detalhadamente precisamos falar.

Comentário de AnarchyUKGo:
Fala isso aqui: M-O-R-R-A

AnarchyUKGo foi bloqueado pelo moderador

Comentário de PurpleCrayon12:
Não dê ouvidos para esse imbecil. Ele (tenho certeza que é um homem) não entende.

Comentário de PurpleCrayon12:
Você ainda está aí?

Comentário de PurpleCrayon12:
Acho que vocês saíram do chat.

Comentário de PurpleCrayon12:
Boa sorte.

Comentário de PurpleCrayon12:
Ainda estou aqui, se quiser conversar.

A
Dia 6.100

Eu acordo no corpo de Alvin Ruitz e parece que esse corpo está feliz em me ver. Não preciso arrastá-lo da cama — está pronto para se levantar. Meus sentidos estão totalmente alertas e isso é raro às 6:49 da manhã. Tento entender um pouco do passado dele, mas Alvin me lança de volta para o presente, porque o presente chama: ME NOTE, ME NOTE, ME NOTE. Há tanto para notar. Tanto a fazer. O corpo está me dizendo para fazer tudo. Eu quero fazer tudo. Sou capaz de fazer tudo e hoje farei tudo.

Espere, penso comigo. Mas isso vem bem baixinho. Esse corpo tem uma voz muito alta hoje.

Sei que deveria ir até o computador e responder a Rhiannon. Mas antes quero limpar o quarto. Não: quero redecorar meu quarto. Vou começar movendo a cama para o centro do quarto. E talvez depois eu faça com que tudo no quarto gire em torno da cama. Isso seria muito legal. Só que eu preciso tomar café da manhã. É a refeição mais importante do dia e sou uma das pessoas mais importantes do mundo, de acordo com o corpo. E o corpo saberia.

Desejo um bom dia para os meus pais e minhas duas irmãs e eles parecem cansados quando se viram para me ver. Não consigo decidir qual cereal vou comer, então encho uma tigela pela metade com Sucrilhos, outra também pela metade com Granola, e decido que vou alternar colheradas de cada um deles. Minha mãe me pergunta a que horas fui dormir; diz que me ouviu acordado e já era tarde. Eu não consigo lembrar a que horas fui dormir. Não é importante. Por que perder tempo dormindo quando há tanto a ser feito quando você está acordado?

Termino o cereal e vejo que a porta de um dos armários está pendura-da pelas dobradiças; digo a meus pais que posso consertar, eles dizem que está na hora da escola, então concluo que só vou consertar quando voltar da aula, mas quando volto para o meu quarto percebo que não fiz muito da redecoração e também preciso mesmo escrever para Rhiannon, então abro o computador e tento ignorar minha irmã dizendo que está na hora de ir, mas logo entendo que está na hora de ir e percebo que posso mandar um e-mail para Rhiannon da escola.

É minha irmã mais velha quem dirige, e ela está irritada porque eu fico trocando a estação do rádio, à procura da música perfeita — tipo uma que seria muito bom cantar junto —, e vez ou outra eu acho que encontrei a música e canto junto um pouquinho, mas não é boa o bastante então eu mudo e ela me pede para parar, só que eu começo a dizer que "estou procurando a música perfeita" e ela diz que "é cedo demais para isso" — acho esse pensamento infeliz, porque você desperdiçaria horas do seu dia só porque é "cedo" e há tanto a ser feito e você não deve desperdiçar as horas. Estou pensando nisso, mas ao mesmo tempo também dizendo, e minha irmã no banco de trás está de fones e por isso não participa da conversa, mas a que está dirigindo me ouve e acho que estou conseguindo fazer da vida dela um pouco melhor, ainda que eu não ache a música perfeita.

Quando eu chego na escola, vejo meu amigo Greg e digo a ele que preciso escrever para Rhiannon e ele fica, tipo, "Quem é Rhiannon?", e é como se minha mente me empurrasse contra o meu corpo um pouquinho, porque eu sei que preciso calar a boca em relação a Rhiannon, então em vez de responder digo que estou redecorando o meu quarto e que quando as pessoas virem o que eu fiz, todos vão querer pôr suas camas no meio do quarto também. Ele me diz que estou acelerado hoje, não estou? E eu fico, tipo, por que ser devagar? Porque tem tanta coisa que eu posso fazer. Na verdade, eu me ofereço para ir até a casa de Greg depois da aula para redecorar o quarto dele também, mas ele diz que tudo bem, que seu quarto não é grande o bastante para ter a cama no centro. Digo a ele que isso é "pensar pequeno" e que "pensar pequeno leva a vidas pequenas", e então o sinal toca e preciso ir assistir à primeira aula, mas quando chego lá fico inquieto e querendo que acabe logo, porque a escola é só um modo de impor a lentidão em pessoas que não são assim, que são aceleradas, e eu poderia estar escrevendo para Rhiannon agora mesmo, mas em vez disso preciso ouvir algo sobre Oliver Cromwell e, com todo o respeito a Oliver Cromwell, Rhiannon parece um pouco mais importante para mim, o que o professor não parece perceber. Controlo a tentação de tirar o telefone do bolso, mas acho que já me encrenquei outras vezes nessa aula por pegar o celular, então não o faço, embora eu realmente queira pegá-lo porque Steve Jobs sabia que o iPhone seria um aparelho que quebraria a lentidão e pequeneza, e penso se teria um modo de fazer um aplicativo que ajudasse todo mundo a superar a lentidão e a pequeneza das coisas que a escola e o trabalho impõem sobre nós, e acho que isso seria uma ideia muito boa e quero logo contar a alguém, mas todo mundo aqui só quer falar sobre *Oliver Cromwell* e eu não aguento mais e digo para mim: A, *foco*, porque não posso simplesmente mandar uma mensagem para Rhiannon, preciso pensar num modo de fazer isso sem que seja Alvin escrevendo, porque não faz sentido se ela responder apenas para Alvin e não para mim, já que não serei Alvin para sempre, embora talvez isso fosse uma coisa boa, pois esse corpo está definitivamente me dizendo que é ótimo estar em Alvin e que os demais corpos não experimentam nem 10% do que Alvin experimenta e, preciso dizer, é *realmente convincente*, porque mesmo que Oliver Cromwell não reconheça, tem muita merda para fazer e não são as pessoas pequenas ou lentas que farão nada. Não, são as pessoas tipo Steve Jobs e eu que farão essas coisas.

O segundo tempo é melhor, porque é sobre *Jane Eyre* — é sempre *Jane Eyre*, *O sol é para todos* ou *Romeu e Julieta* — e precisa da participação da turma, então levanto a mão quando a professora pergunta sobre os temas tratados até agora e eu digo que é sobre como todos temos segredos escondidos que não deixamos que as pessoas que amamos descubram, porque sabemos que esses segredos vão assustá-las, e também falo sobre o que Rochester está guardando no sótão e a professora me interrompe para dizer que ainda não chegamos nessa parte da leitura, e continuo falando porque não dá para falar muito sobre os temas de Jane Eyre sem mencionar o que está no sótão, e então estou falando sobre *Vasto mar de sargaços*, que eu sei que não faz parte das leituras dessa aula — isso aconteceu em outra escola —, mas o ponto de *Vasto mar de sargaços* é engajar o leitor em temas de Jane Eyre e eu acho que talvez a professora nunca tenha pensado nisso, porque ela parece impotente, e começo a pensar que talvez eu devesse dar essa aula e vejo que meus colegas concordam comigo, com exceção de Greg e minha amiga Isabella, que parecem estar sinalizando para que eu pare. Mas agora eu esqueci totalmente qual era o meu ponto, porque tive que olhar para Isabella, e concluo dizendo que deveríamos, na verdade, estar lendo *Vasto mar de sagaços* também para avaliar todo o colonialismo no mundo de Rochester e a professora agradece minha contribuição e logo chama Rick Myers, que eu aposto que ainda nem leu o livro inteiro, porque está falando de Jane Eyre — a personagem, não o livro — como se ela fosse um paradigma da inocência, e eu digo que não, você não é inocente se é parte do sistema colonialista, e a professora diz que não é a minha vez, o que eu sinto como algo extremamente colonialista para ela dizer, mas acho que ninguém além de mim aprecia aquela ironia.

Eu tento explicar a ironia para Greg e Isabella entre os tempos, mas ambos parecem aborrecidos e sinto que eles estão ficando cansados, o que é um bom lembrete: às vezes os meus amigos são mais lentos e menores que eu e talvez eu precise lidar com os amigos como lidei com as músicas pela manhã — se eu ficar trocando de um para o outro, talvez eu encontre o amigo perfeito. Mas, enquanto isso, tudo bem se eles não conseguem cantar comigo o que estou dizendo. Não posso esperar que entendam tudo o que eu sei, porque, empiricamente, eu sei mais que eles. Ou, pelo menos, é isso o que o corpo está me dizendo, é o que estou sentindo, embora eu também esteja tentando pensar como A e os pensamentos estejam rápidos demais e frenéticos demais, como se o corpo não estivesse regulando quanto a minha mente pode absorver, então manda mais e mais e mais e mais pensamentos, e uma das razões por que não posso ser pequeno ou lento é porque se eu for pequeno ou lento de jeito nenhum eu conseguirei chegar a todos esses pensamentos e organizá-los de modo a ter alguma chance de fazer alguma coisa.

Ainda estou pensando em outras coisas que eu poderia ter dito na aula de inglês e por causa disso eu perco quase toda a aula de literatura hispânica, que vem a ser uma aula avançada que estou fazendo por viver cercado por espanhol a vida inteira, e de repente estou pensando que o aplicativo em que eu estava pensando antes poderia ser bilíngue, e isso está me deixando um pouco triste, porque já acho que de jeito nenhum eu consigo criar um aplicativo sozinho e de jeito nenhum vou conseguir dizer a coisa certa para Rhiannon. E se a razão para ter gostado tanto de *Vasto mar de sagaços* for porque sou *eu* quem está no sótão preso? E esse pensamento pode ser bastante deprimente, mas logo estou pensando e se o sótão na verdade for a realidade e todo mundo que estiver fora dele que não é real? E se eu for a verdade e eles estiverem apenas fingindo que são a verdade? E se eu não estiver escondido? E se eu estiver me escondendo em vez disso?

Pergunto isso a Isabella durante o quarto tempo na sala de estudos e ela diz que não há nada em mim que esteja escondido ou se escondendo, e entendo como um elogio. Ela diz também que estou sendo maníaco e acho que está com ciúmes, porque claramente estou alcançando mais que ela e entendendo muito mais que ela, e estou *gostando disso*, enquanto ela não parece estar gostando de nada. Há uma pequena parte minha — a parte que diz "ei, A aqui, não Alvin!" — que entende o que ela está dizendo, mas o corpo não parece se importar muito com isso. No máximo faz com que as engrenagens do meu cérebro fiquem mais lubrificadas, e então ainda mais pensamentos surgem, e consigo lidar com eles, consigo mesmo, mas não se eu continuar sendo interrompido por outras pessoas ou por mim. Na sala de estudos tem computadores, então digo a Isabella que preciso fazer uma coisa; sigo para os computadores da biblioteca e adivinha só? ELES BLOQUEARAM O FACEBOOK. Então preciso usar o meu telefone embaixo da mesa e, quando estou entrando na página de Rhiannon, uma das bibliotecárias me diz para guardar o celular e eu digo a ela que se os seus computadores me deixassem entrar no Facebook eu não precisaria estar mexendo no telefone — e digo isso do modo mais gentil possível, faço questão de não ser combativo, porque estou achando que talvez consiga convencê-la a desbloquear o Facebook, mas ela diz que esse é um espaço para estudo e que quando um professor pedir que o Facebook seja acessado por motivos de estudo, ela vai desbloqueá-lo. Daí eu começo a dizer para ela que existem centenas de cientistas sociais debruçados sobre o uso que fazemos das redes sociais para escrever a história do nosso tempo, e ela educadamente me diz que eu não sou um desses cientistas e pergunto como poderei ser um deles se o meu sistema educacional não leva em consideração o valor científico de analisar o que vem a ser, indiscutivelmente, a força social da nossa época, e ela diz que não está discutindo isso, mas a interrompo e digo que é *exatamente* o que ela está fazendo quando impede os estudantes de analisar o Facebook, e agora ela está me dizendo que estou falando alto demais para uma biblioteca e digo que fico perfeitamente feliz em sussurrar minha divergência contanto que ela esteja disposta a ouvir. Ela sorri ao ouvir isso, depois me diz que devo usar meus poderes de argumentação para coisas melhores, e eu começo a enumerar as minhas tentativas e como elas envolvem o Facebook e aplicativos, mas acho que ela deixa de acreditar na minha capacidade de argumentar, porque pede licença para procurar um livro para um aluno, e eu me viro para Geraldo, o cara que está ao meu lado, só que ele está apenas imóvel diante do computador dele e vejo que está usando a WIKIPÉDIA, e eu não acredito que a biblioteca permita a WIKIPÉDIA e não o Facebook, e eu gostaria de salientar isso para o Geraldo, mas reconheço que ele não vai ligar para a sutileza dessa observação, então em vez disso eu também entro na Wikipédia e tento aprender mais um pouco sobre Oliver Cromwell, porque ele aparentemente é bem importante.

É nessa pausa que eu tento me afastar um pouco desse corpo, tento ser mais como eu, A. Mas é difícil. A química enfeitiça em distrações e entusiasmos. Estou numa onda que nada tem a ver comigo, uma onda que mantém o volante bem longe do meu alcance.

Os pensamentos continuam vindo. Rhiannon e o *diga alguma coisa* estão entre eles, mas toda vez que chego perto deles outro pensamento entra no caminho. O melhor a fazer é tentar manter meus assuntos privados realmente privados. Porque Alvin não é muito perspicaz. Tenho tanto para sentir e tento sentir tudo de uma vez. Tenho tanto para fazer e devo tentar fazer tudo também.

Falo o tempo todo durante o almoço e quero falar ao longo da aula de ciências. No tempo de artes, eu praticamente explodo. Deveríamos estar trabalhando com natureza-morta, mas é como se eu contestasse todo o conceito de natureza-morta. Deixo para os meus colegas de classe tentarem desenhar maçãs. Eu estou tentando desenhar a pessoa presa na maçã, a pessoa no sótão da maçã e como o sótão se parece de dentro. Carvão não é suficiente para transmitir isso. Assim eu pego lápis de várias cores e canetas marca-texto das gavetas, pensando por que essas canetas têm texto no nome e os lápis não. O professor me pergunta o que estou fazendo, mas até onde eu sei, qualquer um que forçar um artista a desenhar uma maçã é o inimigo. Estou criando um delírio; estou pegando todas as engrenagens lubrificadas dos pensamentos e desviando tudo para o papel. É brilhante. Posso ver a verdade ganhando vida bem na minha frente. Estou fazendo algo que apenas artistas extraordinários fazem: estou pegando as nuances e as profundezas invisíveis para torná-las tangíveis. Quero que a turma inteira fique ao meu redor e veja como deve ser feito e, ao mesmo tempo, quero que todos saiam dali e me deixem sozinho para realizar esse milagre da aula de artes. Estou no precipício de algo maravilhoso — estou prestes a dar o salto — quando o professor *me interrompe*, na verdade põe uma das mãos em frente ao meu rosto, porque aparentemente ele está falando comigo e não estou ouvindo, e agora eu não tenho escolha a não ser ouvi-lo, e é como se a inspiração sumisse e eu não acredito que esse suposto professor de arte fez isso comigo; é claro que ele não entende o que estou fazendo, é claro que está surtando porque o que eu desenhei não se parece com uma maçã e digo a ele que precisa se afastar antes que o momento se vá, e ele claramente não gosta que lhe digam para se afastar, porque agora ele está dizendo que nós *tínhamos um acordo* e ele está invocando o nome da Sra. Schaffer, sugerindo que eu talvez deva ir falar com a *Sra. Schaffer agora mesmo* e, quando eu hesito, ele tira a minha arte de mim, o que realmente me chateia porque ainda nem tinha assinado o meu nome, e posso totalmente imaginar ele assinando o próprio nome ali e dizendo que o papel é dele, porque, embora não lembre uma maçã, ele deve entender o que eu fiz e agora vai dizer que foi ele quem fez, então eu faço o que tenho todo o direito de fazer, que é pedir que ele me devolva e ele diz que vai deixar na mesa dele por segurança — COMO SE EU PUDESSE CONFIAR —, e está perguntando se precisa ligar para a Sra. Schaffer e é só então que verifico e vejo que a Sra. Schaffer é tipo uma psicóloga da escola, e percebo que o único modo de sair dessa é responder sim, claro, irei vê-la. Saio da sala de aula e vou até algum outro lugar no qual eu possa usar o meu telefone até o sinal tocar. A parte de mim que não é Alvin sabe que provavelmente é uma boa ideia ver a Sra. Schaffer, mas o corpo não gosta nem um pouquinho dessa ideia, e manda ainda mais pensamentos e — complicado! —, começo a pensar em Rhiannon e como é bem mais tarde em Maryland, e agora ela já está a quase vinte e quatro horas sem uma resposta minha e se essa não for uma razão para desistir, qual vai ser? Então vou até o banheiro e me instalo confortavelmente em uma das cabines para ver o Facebook e ler o post de Rhiannon de novo. Eu quero ouvir a música e cantar junto, porque, já que veio de Rhiannon, é a música perfeita, mas tem uns caras usando as outras cabines e se eu começar a cantar eles não vão entender, então deixo tocar baixinho e depois aperto o botão de *curtir* e logo penso *não, não faça isso* e aperto de novo para descurtir, mas me preocupo se Rhiannon vai pensar que estou descurtindo ela embora as chances de ela ter visto sejam mínimas porque foi um segundo, talvez dois, e acho que a única coisa a fazer é criar um perfil novo, mas não sei bem como fazer isso pelo celular. Teria que me desconectar da conta de Alvin e não tenho certeza se estou no clima certo para falar com Rhiannon ainda e penso em centenas de formas para tornar a interface do Facebook mais simples quando um garoto grita "Quem está tocando música?" e eu quero pegar o meu desenho de volta com o professor, mas se voltar para a sala agora ele vai saber que não estive com a Sra. Schaffer e eu realmente acho que Alvin deva falar com a Sra. Schaffer, mas não sei onde ela está e esse corpo não vai me dizer isso facilmente. Eu sei que a resposta deve estar em algum lugar... canalizar a energia para encontrá-la é que é o problema.

E também preciso ir para a educação física. Basquete. Entro no jogo totalmente. Estou com tudo. Enxergo ângulos sobre-humanos. Estou compreendendo a trajetória da bola como ninguém mais na quadra. As pessoas estão me passando a bola porque veem que eu sei exatamente o que fazer. Às vezes eu me distraio com o que alguém nas arquibancadas está vestindo, ou com a cor dos tênis, porque me faz pensar que tipos de tênis ficariam mais bonitos nos meus pés, e ainda assim a maior parte dos meus lances acertam a cesta. Enquanto estamos voltando para o vestiário, Alex Nevens, que faz parte do time de basquete, me diz que eu estava com tudo. Eu não contesto.

Não acredito que ainda não escrevi para Rhiannon, e eu realmente queria não ter excluído a minha conta de e-mail para evitar a tentação de retomar o contato com ela. Então eu percebo que seria bem mais fácil criar uma nova conta do que uma página do Facebook, mas estou na aula de matemática e as mesmas regras draconianas relacionadas ao celular se aplicam aqui, então tento desviar a minha atenção para trigonometria, só que a minha mente é maior do que isso, e lá pela metade da aula uma mulher chega na porta e pergunta por mim, e eu sei imediatamente que é a Sra. Schaffer e que embora faltem apenas vinte minutos para as aulas terminarem, eu os passarei com ela.

Vou de bom grado. Ela me pergunta como eu estou e vejo que está com o meu papel da aula de artes na mão. Eu digo a verdade, que estou muito bem bem bem bem bem. O que talvez seja demais, porque posso ver que ela não acredita em mim e quando chegamos à sua sala parece superinteressada no quanto eu estou interessado pelo modo como os pôsteres das paredes estão todos um pouco tortos, como se ela estivesse testando os alunos com transtornos psicológicos para ver se acham que as molduras estão mesmo tortas ou se é apenas a percepção deles que não está funcionando. Sei que a minha percepção está funcionando, então divido com ela a minha teoria e preciso dizer que por um segundo a Sra. Schaffer realmente parece um pouco constrangida, porque claramente ela não faz ideia de que todos os seus pôsteres estão tortos, mas agora que eu apontei isso, ela vê, mas não pode ir até a parede consertar enquanto estou olhando, pois tem bastante ciência da dinâmica do poder e isso tornaria o meu poder um pouco mais dinâmico, como ele era.

Ela me pergunta por quanto tempo eu dormi na última noite, o que parece ser uma pergunta bem popular. Digo a ela que não tenho certeza, já que dormi. Mas então lhe digo que foram três horas. Talvez quatro. Ela me pede para descrever o meu nível de energia neste momento numa escala de um a dez, qual seria? E eu lhe digo que está normal. Um nove. Porque dez é reservado para pessoas como soldados ou astronautas.

Estou tentando fazer o melhor que posso, embora os olhos de Alvin não consigam não desviar para as molduras a todo instante e finalmente eu não consigo mais suportar e de modo bastante razoável digo para a Sra. Schaffer, "Com licença um instantinho", e então conserto cada um dos quadros. Você acharia que eu tenho um nivelador ou algo assim, porque estão tão certinhos. Então eu volto a me sentar.

A Sra. Schaffer diz que está preocupada comigo e que vai recomendar aos meus pais que peguem "uma opinião externa". Eu amo essa frase porque toda opinião que não é minha é externa, não é? Só eu estou aqui dentro. Só eu sei. Embora eu esteja me esforçando para lembrar que não sou exatamente *eu* aqui. Enquanto alguém que deve estar separado, que deve ser um observador, estou pensando, *Sim, Sra. S. Consiga ajuda para o Alvin.* Porque a opinião interna nem mesmo se reconhece como uma opinião. Acha que é a verdade. E ela está errada.

Eu quero lhe dizer a verdade, mas ela está ligando para os meus pais agora — ela nem mesmo me perguntou qual era o número; já o tinha em sua mesa. Estou ficando zangado não somente porque ela está me dedurando, mas porque sinto que ela me fez uma pergunta e depois me cortou antes que eu pudesse responder. Então, assim que ela põe o fone no gancho e me diz que eles estão a caminho, eu começo a lhe falar sobre o que aconteceu na aula de inglês, incluindo a injustiça tanto do comportamento da professora quanto do sistema, que mantêm pessoas trancadas em sótãos. A Sra. Schaffer acha isso interessante, mas não parece ter muito com o que contribuir e, em seguida, parece que eu pisquei e os meus pais chegaram, e isso me irrita, porque não acho que eu tenha chegado ao ponto, e me ressente, porque a Sra. Schaffer acha que pode introduzir um outro ponto, totalmente diferente, que só pertence a ela na conversa. Em seguida está perguntando aos meus pais essas coisas todas sobre mim *como se eu não estivesse na mesma sala que eles*, e ela diz casualmente que meus amigos estão preocupados, e fico pensando em quem são aqueles traidores. Mas não. Não vou deixar que isso fique no meu caminho. Não vou deixar que a falta de percepção afete as coisas que eu posso fazer. Estou feliz em voltar para o meu quarto para redecorar. Meu pai está dizendo a palavra *compromisso* e a Sra. Schaffer está dizendo que não é sobre aquilo que ela está falando, esse não é o primeiro passo, e eu quero dizer a eles, sim, tenho compromisso com muitas coisas, tipo o meu quarto, as pessoas trancadas nos sótãos, Rhiannon, e pensar em Rhiannon me leva de volta um pouco para a minha própria cabeça e, embora Alvin e o corpo dele NÃO QUEIRAM minha interferência aqui, eu acho que vou concordar com o que quer que seja que os pais de Alvin quiserem fazer, e meu corpo treme de verdade com esse pensamento, o que eu tento esconder, mas todos os adultos na sala veem e posso vê-los absorvendo mais um sintoma para a pesquisa no Google à noite, porque em algum momento abrimos a caixa de Pandora e encontramos toda essa tecnologia lá e ficamos UAU! COISAS! E então percebemos, ou talvez meio que percebemos — tipo muito ocasionalmente mesmo — que os deuses só nos deixaram essa caixa porque eles queriam que nos fragmentássemos, tanto como sociedade quanto como indivíduos, e agora somos todos escravos da fragmentação e alguns de nós levam isso melhor que outros, mas não é nossa culpa que nossos corpos tenham todos esses circuitos prestes a explodir, porque só quando a caixa foi aberta que os circuitos ficaram expostos e eu só quero pegar a cara do Steve Jobs e empurrar na lama, embora isso não seja muito justo porque ele só estava nos dando o que nós queríamos, de novo e de novo e de novo.

A Sra. Schaffer faz outra ligação e os meus pais ficam me encarando enquanto a Sra. Schaffer diz que pode me levar para uma avaliação amanhã às dez da manhã, e eu sinto que talvez não seja a melhor hora para dizer isso, mas provavelmente já estarei acordado bem antes disso. Os meus pais concordam com o horário e me arrebanham para fora como se fosse o meu primeiro dia no jardim de infância. As aulas tinham terminado mais de uma hora atrás, mas ainda há crianças por ali, e quando Isabella nos vê, ela se aproxima e é amistosa de verdade, e me vejo desprezando-a. Não vou dizer nada, mas então digo "E tu, Judas?". A princípio eu acho que ela não me ouviu. Mas então ela diz "Você não é assim, Alvin. Esse não é você e tudo o que estamos tentando fazer é trazer você de volta". Eu entendo o que ela quer dizer, mas começo a rir porque ela está enganada, porque o que é mais característico meu do que os meus extremos? Ou, pelo menos, é isso que o corpo quer que eu pense enquanto me encharca de química. Eu realmente preciso sair daqui.

Dói pensar que Rhiannon me pediu que dissesse alguma coisa e eu estou aqui, sem dizer nada. Sinto isso com tanta intensidade que o corpo de Alvin relaxa um pouco — ou talvez ele só esteja lançando a química para os meus próprios pensamentos. Percebo que não tenho o vocabulário correto para articular como é estar dentro desse corpo, porque, no carro a caminho de casa, o Sr. e a Sra. Ruiz estão me perguntando coisas e eu não tenho nada a dizer a eles além de:

— São só muitos pensamentos, todos juntos, ao mesmo tempo.

— Eu sei, eu sei — murmura a Sra. Ruiz, e não diz mais nada.

Quando chegamos em casa, vou até o computador, mas os dois estão parados no meu quarto me olhando, observando o que estou fazendo, então desço para ver televisão e fico trocando os canais até a hora de jantar. No jantar, eles perguntam como foi o meu dia na escola e eu conto tudo sobre como o meu desenho foi roubado e qual o motivo de ler *Jane Eyre* e por que Oliver Cromwell não é tão importante quanto todo mundo diz que é, e só paro porque acho que estou assustando as minhas irmãs e não posso esperar que elas consigam me acompanhar, não assim.

Finalmente vou até o computador depois do jantar, e tenho algum tempo enquanto os meus pais estão na cozinha conversando, as vozes abafadas pela máquina de lavar louça, para realmente ter alguma privacidade. Vou criar uma nova conta de e-mail e fico meia hora tentando pensar no melhor endereço, porque alguns deles, tipo ASenteFaltadeRhiannon, são meio óbvios demais e podem parecer estranhos se Alexander vir a caixa de entrada dela, porque namorados sempre olham o que está na caixa de entrada, ainda que digam que não o façam, e outros nomes são aleatórios demais, tipo quando digito A e o sistema sugere A798009043, o que seria impossível de lembrar, e eu fico pensando em quantos As seriam necessários para ter um login, mas AA-AAAAAAAA já está sendo usado assim como AAAAAAAAAA e, num determinado ponto, diz que tenho um endereço inválido, e eu finalmente me decido por AforR7777, porque 7 é o número da sorte e isso funciona.

E agora: o que eu escrevo?

Minha mãe entra no quarto e me diz que eu deveria dormir um pouco; olho para o meu relógio e de algum modo são onze da noite, o que não pode estar correto. E acho que talvez eu tenha passado algum tempo redecorando o quarto enquanto pensava no endereço de e-mail perfeito, porque todas as cômodas e prateleiras estão afastadas da parede, então tenho um caminho

AO REDOR do meu quarto se eu quiser andar em meio a todos os móveis. Digo a minha mãe que não estou cansado, mas na minha cabeça — na minha cabeça de verdade — eu sei que tenho que dormir até meia-noite, porque, se não dormir, o que acontece depois não é nada divertido. A questão é se eu mando o email para Rhiannon antes disso. Está tudo pronto para poder enviar, mas já é uma da manhã na costa leste então não é como se ela estivesse acordada nem nada, e a minha parte que é A — espere, a parte A sou eu totalmente, não somente uma parte — não tem certeza se consegue escrever com clareza agora.

É ridículo, mas eu corro ao redor do quarto com toda a energia que me resta. Se alguma coisa me faz tropeçar, eu deixo o espaço mais amplo. Me convenço que é um novo modo de decorar um quarto. Eu me sinto genial por ter inventado aquilo. Mas também estou me perdendo. Estou ficando muito cansado. Normalmente pegaria um pouco de café agora. Mas evito. Sei que meus pais ainda estão acordados com certeza, embora seja mais tarde do que costumam ficar. Mas também porque eu sei que preciso estar na cama meia-noite.

Escovo os dentes com tanta força que minhas gengivas sangram. Uso enxaguante bucal por pelo menos três vezes até não ter mais sangue. Não quero dormir com a boca sangrando. Então visto os pijamas e vou em direção a minha cama, e enquanto a lista de coisas que fiz hoje é bem mais longa que a da maior parte das pessoas, também estou ciente das coisas que não fiz, como escrever para Rhiannon, que era a única coisa que eu realmente queria fazer, mas às vezes o corpo é esperto demais e sabe como alcançar a mente, mais agora do que a qualquer outro ponto da história, e estou irritado com o meu corpo mesmo enquanto ele se prepara para a minha partida, enquanto ele me mostra que o seu maior ato de compaixão do dia é me deixar dormir, me deixar dormir, me deixar dormir.

Alguém: Olá

M: Oi

Alguém: O que você quer dizer com estar em diferentes corpos?

M: Quero dizer exatamente isso.

X

Fico imaginando em que momento os seres humanos vão deixar de precisar de corpos para viver. Fico imaginando se historiadores do futuro vão olhar para trás, em direção a esse nosso tempo, como o período do grande desastre. Pobres habitantes do mundo de algumas décadas atrás, que precisavam sacar dinheiro no banco, comprar comida no mercado, se excitar indo a um teatro obscuro, conversar no bar. Agora tudo que se precisa é um dedo, um cérebro e um computador — e até mesmo a necessidade do dedo é posta em dúvida. Posso satisfazer todas as minhas necessidades e ânsias sem me aventurar no mundo exterior. Minha identidade se arrisca por mim, no mundo inteiro. O corpo agora é uma reflexão tardia. O local de nascimento, não a casa.

Saber disso me dá uma vantagem. As pessoas que têm nostalgia de seus corpos, que acham que os corpos podem salvá-las do anonimato infligido a elas...

Elas já perderam e nem ao menos sabem disso.

A
Dia 6.101

Estou no chão, mas tenho um cobertor e um travesseiro. Enrolei o cobertor ao meu redor como se fosse um saco de dormir. Mas ele não é.

Estou ao pé da cama. Eu me sento e, ao olhar para a cama, vejo um homem, uma mulher e dois meninos mais novos que eu. Meus pais e meus irmãos ainda dormem. Pela sombra que a luz do abajur forma no ambiente, sei que estamos num hotel de beira de estrada. A mobília está gasta, o carpete, rasgado. Consigo ouvir uma torneira pingando no banheiro. Há cinco sacos de lixo enfileirados perto da porta, como se estivessem esperando para sair dali. Mas logo percebo que não é lixo ali dentro. É tudo o que temos.

São seis da manhã e eu ainda não deveria estar de pé.

Minha cabeça coça.

Tento dormir de novo.

Sou acordado cerca de meia hora depois por uma mão que me alcança da cama e me balança pelo ombro. Não tenho certeza se estou acordado ou dormindo; eu me distanciei da vida, mas não fui a lugar algum.

É minha mãe que me acorda, e ela está me apressando pois sou eu que tomo banho primeiro, e preciso fazer isso rapidamente. Quando ligo a luz do banheiro, juro que ouço o ruído de insetos se movendo para todos os lados. A pressão da água está mais para um gotejo pouco generoso. Saio rapidamente do banho e noto que as duas toalhas ainda estão molhadas do dia anterior. Enquanto me enxugo como dá, descubro que meu nome é Joe e que a minha família mora aqui faz dois meses, desde que fomos expulsos do nosso apartamento. Também percebo que deveria ter trazido roupas limpas do saco de lixo para o banheiro comigo. Quando saio de toalha, meus irmãos acham a coisa mais engraçada que já viram. Um deles pula para dentro do banheiro e tranca a porta enquanto ainda estou remexendo o saco à procura de uma cueca, então preciso trocar de roupa no corredor, que não é bem um corredor. O corredor é o que está lá fora.

Joe talvez esteja acostumado com isso, mas eu não estou. Não tenho ideia se Joe sente pena de si mesmo, mas eu sinto muito que ele tenha que viver assim.

Embora eu tenha acabado de sair do chuveiro, minha cabeça ainda coça. Quando um irmão sai do banheiro e outro entra, vejo que minha mãe percebe que estou com coceira. Tento parar de coçar. Quanto mais eu penso em não fazer, mais preciso coçar. Parece que tem alguma coisa rastejando ali. Coço bem no couro cabeludo e espero que venha alguma coisa nos meus dedos.

— Para com isso — diz minha mãe. Ela abre seu saco de lixo e pega um gorro de tricô vermelho cheio de corações. — Aqui — diz, passando-o para mim. — Coloca isso.

E eu não entendo como um gorro vai me fazer parar de coçar. E devo parecer confuso, porque ela diz:

— Apenas fique com isso, ok? E não coce. Se coçar, vão mandar você voltar pra casa. E você sabe que eu não posso ficar em casa hoje. Verei se Renee ainda tem aquele xampu. Vai ficar tudo bem. Só não seja mandado para casa. Se ficar de gorro, ninguém vai saber.

Agora tenho certeza de que estou com piolho e meu cabelo está repleto de fantasmas rastejando. Não sei ao certo se o gorro vai mantê-los ali.

Minha mãe bate à porta do banheiro e o meu segundo irmão a abre, de cabeça molhada, mas vestido.

— Não percam o ônibus — diz ela a todos. Então, quando nossas mochilas são retiradas de debaixo da cama, ela diz a cada um que nos ama e deseja um bom-dia.

Sendo o filho mais velho, percebo que sou o líder. Meus irmãos Jesse e Jarid acham o gorro muito engraçado, mas eu os ignoro. Acesso a localização do ônibus e começo a me encaminhar para lá, mas Jarid me interrompe, dizendo:

— Ei, e Jasmine? — Eu nem tenho tempo de perguntar quem é essa, porque uma voz surge do outro lado do estacionamento, falando:

— É, e eu? — Vejo uma menina da minha idade vindo na nossa direção. Ela olha diretamente para minha cabeça e diz: — Nem quero saber do que se trata. — Então nos guia até o ponto de ônibus, como a Wendy fazia com os Meninos Perdidos, em *Peter Pan*.

Estamos esperando o ônibus passar e é só então que penso em Rhiannon. Tento sentir o telefone no meu bolso, mas é claro que não há celular nenhum no bolso e eu duvido que haja um na minha mochila. Felizmente, haverá um computador na escola. Recordo que fiz um novo endereço de e-mail — mas não consigo me lembrar qual foi. Eu me lembro da enxurrada de pensamentos que tive, mas de nenhum deles em particular. Eu me lembro de correr em círculos em volta do meu quarto. Eu me lembro da expressão no rosto da orientadora quando eu ajeitei suas molduras na parede. Mas não me lembro o que havia nos quadros. Eu não consigo me lembrar da mobília em volta da qual eu estava correndo.

— Venha, Joe — diz Jasmine. Eu procuro e vejo que é um ônibus circular e não um escolar ali. Jasmine pega um cartão, e eu encontro um no meu bolso também. Os meus irmãos fazem o mesmo.

Não falamos no ônibus. Apenas observamos, cansados, os prédios pelos quais passamos e as demais pessoas no ônibus até percebermos que estamos encarando. Jasmine fecha os olhos e por um instante acho que ela adormeceu. Quando ela abre os olhos, noto que os fechou para pensar.

Quando aperta o sinal do nosso ponto, eu me levanto para sair. Do lado de fora do ônibus, eu a sigo até a escola. Meus irmãos vão até um dos prédios, eu e Jasmine para outro. Entramos, e começo a andar na direção do meu armário, mas paro quando Jasmine briga comigo e me diz que preciso tomar café da manhã.

Eu a sigo até a lanchonete, na qual ovos estão sendo retirados de uma cuba e servidos com uma fatia de torrada. No fim da fila, há uma travessa de frutas; Jasmine pega uma maçã e me entrega uma laranja. Então nos sentamos para comer e, ao fazermos isso, ela fica me olhando por tanto tempo que tenho medo de ter piolhos caindo dos meus cabelos.

— O que foi? — pergunto.

— Nada — diz ela.

A lanchonete não é como um refeitório de almoço — não tem nem duas dúzias de alunos aqui e todos estão quietos... ou pelo menos estavam até dois garotos pararem na nossa mesa. Theo e Stace. Stace já comeu metade da sua porção de ovos e os dois estão no meio de uma discussão quando se sentam.

— Estou te falando — diz Stace — tem queijo. Definitivamente puseram queijo. São ovos com queijo, cara.

— Não tem queijo nenhum. Mal tem ovo.

Stace dá outra garfada.

— Não seja implicante. Isso tá bom. Bom e com queijo.

— Não tem queijo. Nenhum.

— Foda-se. Tem sim.

Theo olha na direção de Jasmine em busca de ajuda.

— Você pode dizer pra esse idiota que não tem queijo nenhum nesses ovos, por favor?

— Pode ter — diz ela. — Vai saber.

Estou comendo um pouco agora e acho que pode ter queijo. Mas então como mais um pouco e já não tenho tanta certeza.

— Você sentiu o gosto, não foi? — Stace me pergunta.

E por estar, por algum motivo, gostando mais de Stace que de Theo, digo:

— Sim, senti. Parece um gouda.

Stace, Theo e Jasmine então me olham.

— Que merda é essa que você tá falando? *Gouda?* — indaga Theo.

— Você tá me zoando? — completa Stace, magoado.

— Acho que não — diz Jasmine. Ela me olha e comenta: — Você é uma caixinha de surpresas, não é mesmo?

Eu mal consigo me concentrar na aula. Agora minha cabeça não apenas coça como começa a suar. Chega ao ponto que preciso sentar sobre as minhas mãos para me impedir de coçar loucamente. O pior é quando eu imagino os piolhos marchando pelo meu pescoço, descendo por minhas costas, pulando no chão e subindo pelas pernas de todo mundo.

Somente uma professora, a de inglês, me pede para tirar o gorro.

— Eu não posso, senhora — digo. — Me desculpe.

Estou implorando e ela se compadece, me deixando ficar com ele.

Planejo ir até a biblioteca e usar o computador no intervalo do almoço, mas não há computador algum. Nem uma biblioteca.

— Quando deixou de ter uma biblioteca aqui? — pergunto a Jasmine enquanto comemos pizza no almoço.

— Quando pararam de se importar com a gente. — É tudo que ela responde.

Então eu coço um pouco o couro cabeludo por cima do gorro. Ela me vê coçando, mas não diz nada.

Ela me lembra Rhiannon, apesar de não ter nenhuma semelhança física com Rhiannon. Estou vendo o interior dela e é onde se parece com Rhiannon. Fico pensando se Joe a vê assim também. Quando termina o almoço, ela confere se todo o dever de casa que precisa entregar está na frente da mochila e me faz olhar também, possivelmente para se assegurar de que o fiz. No fim, eu lhe agradeço e ela não me parece ficar muito impressionada com esse gesto, o que me dá esperança de que talvez Joe na verdade reconheça o que está havendo.

Lá pelo sétimo tempo, a coceira na minha cabeça fica insuportável. Enfio o dedo debaixo do gorro para coçar e volto com um pequeno inseto esmagado sob a unha. Sei que eu deveria ir até a enfermaria da escola, mas lembro do aviso da minha mãe sobre ser mandado para casa. Espero até o fim do dia, quando ser mandado para casa não fará mais tanta diferença — mas então me preocupo que digam que não posso voltar amanhã. Também me dou conta de que preciso pegar Jesse e Jarid.

Encontro Jasmine depois da aula e deduzo que ela deve voltar conosco, mas ela me lembra que tem "um jornal para botar na rua" e, embora pense em algumas coisas idiotas que poderia dizer sobre botar um jornal "na rua", não digo nenhuma delas, porque está claro que ela está estressada com o prazo e está fazendo o que pode para levar a sério. Eu também não digo que vou sentir sua falta, porque suponho que não seja uma coisa que Joe diria, já que ele está acostumado a vê-la todo dia. Mas eu *sinto* falta dela enquanto eu, Jesse e Jarid voltamos para casa. Quando chegamos ao quarto do hotel, nossa mãe ainda não está lá e nosso pai parece estar dormindo na mesma posição desde que saímos. Só que as roupas são diferentes, o que pode significar que ele saiu e trabalhou, ou que se levantou com intenção de sair, mas decidiu não fazê-lo. Seja qual for o caso, meus irmãos ficam em silêncio perto dele, sem querer que o urso acorde.

Ainda são três da tarde e eu não consigo imaginar ficar o restante do dia nesse quarto claustrofóbico com seu silêncio claustrofóbico.

— Venham — digo a Jesse e Jarid. — Vamos para algum lugar. Tragam o dever de casa.

Quando chegamos na frente do hotel novamente, pergunto a eles se há um parque por perto. Pela reação dos dois, daria para pensar que perguntei por uma escada que levasse até a lua. Pergunto aos dois onde fica a biblioteca mais próxima e eles dão de ombros. Tento localizar uma na minha memória, mas não há nada ali. Olho na recepção do hotel, mas não há ninguém no balcão e também fico preocupado de estar chamando muita atenção para nós três, principalmente com esse gorro na cabeça. Tenho certeza que Jasmine saberia, mas ela não está aqui. Começo a andar com os dois e, em vez de achar uma biblioteca, acho um Burger King. Não tenho dinheiro, então comida não é exatamente uma opção, mas nos sentamos em uma mesa e imagino que se fizermos o dever ninguém vai pedir que a gente levante. Isso acaba dando certo, mas é difícil manter Jesse e Jarid concentrados quando há tanta gente comendo hambúrguer e batata frita ao redor. Eles não conseguem mais se conter quando alguém deixa uma bandeja cheia de batata frita numa mesa próxima da nossa. Jarid espia e, sem perder um segundo sequer, pega a bandeja. Jesse comemora e eu decido que não vou impedi-los. Em vez de devorar as batatas em desespero, eles degustam cada uma, delicadamente. É como se estivessem saboreando cada grão de sal antes de engolir.

Fico entretido com isso, mas, então, alguém que perigosamente se parece com um gerente vem até nós e não parece estar gostando.

— Receio que não possam fazer isso — repreende ele, pegando a bandeja. Jarid a puxa para baixo. — Solte isso — ordena o gerente. E algo no modo como ele fala com uma criança de dez anos de idade me faz reagir.

— *Você* que deve soltar — digo. — Meu irmão não fez nada de errado e se não parar de assediá-lo vou ligar para seus superiores no escritório e fazer uma reclamação. Não se pode roubar algo que não tem dono e, quando o meu irmão tomou posse dessas batatas, elas não eram de ninguém. Eu entendo que você pense que está apenas fazendo o seu trabalho, mas pressinto que, se eu for esclarecer qual é esse trabalho, agredir verbalmente alunos do ensino fundamental não fará parte dele.

Não é como ele espera que um adolescente sujo, com um gorro sarnento e ridículo, fale. Ele se afasta da bandeja e da mesa, mas de uma forma que parece que descobriu uma doença contagiosa e quer sair dali o mais rápido possível.

— Você não é bem-vindo aqui — diz. Então, para encerrar, ele volta para trás do balcão.

Jesse e Jarid, sentindo a vitória, terminam as batatas, e posso ver Jarid olhando de esguelha para as demais bandejas. Sei que pus o gerente em seu lugar — mas embora aquilo tenha feito eu me sentir bem por um minuto triunfante, agora me *ponho* em seu lugar, o gerente de um Burger King sendo muito mal pago para dar as ordens do rei. Pôr o gerente em seu lugar não parece mais um triunfo. Sei que ele não vai ligar para a polícia para nos tirar dali, mas suas palavras surtiram efeito — não me sinto bem-vindo ali, de um jeito como nunca me senti antes. Sinto como se estivéssemos sendo observados. Sinto que me intrometi. Sinto como se a qualquer momento seria anunciado que somos as pessoas que não podem pagar por um lanche no Burger King, que invadiram a lanchonete para pegar algumas batatas.

— Vamos lá — digo a meus irmãos. — Jasmine já deve ter chegado em casa.

Relutantes, eles pegam suas coisas e saímos. Ao chegarmos no hotel, encontramos Jasmine fazendo o dever de casa numa escada, seus livros espalhados no topo como se aquilo fosse uma mesa.

— Comemos batata frita! — informa Jesse.

— Que sorte — responde Jasmine, sem sarcasmo algum no tom.

Eu me pego desejando ter trazido algumas batatas para ela, embora eu não tenha comido nenhuma.

— Aqui — diz ela, abrindo espaço no topo da escada. — É hora de fazer o dever.

Nós três nos sentamos nas escadas com ela.

Quando voltamos para o nosso quarto, o sol está prestes a se pôr. Eu me surpreendo ao ver que nosso pai não está — depois percebo que ele trabalha no turno da noite e dorme de dia, e é por isso que mamãe não me queria por perto. Ela volta com um balde de KFC — não tem cozinha no quarto do hotel — e uma sacola do Walgreens com um kit de algo chamado *Xô Piolho!* dentro. Acho que o ponto de exclamação revela um entusiasmo um pouco suspeito… mas guardo isso para mim.

Vou lavar o cabelo depois do jantar. Digo a minha mãe que posso fazer isso sozinho, mas ela me pede para sentar no vaso sanitário porque é ela quem vai fazer. Quando ela tira o gorro, não gosta muito do que vê. Sigo suas instruções, enfiando a cabeça debaixo da água quente do chuveiro, e a deixo massagear meu cabelo com o xampu. Pentear é o segundo passo, seguido por uma missão exaustiva de procurar e destruir, com pinças, pelo couro cabeludo.

— Você está se atendo a minúcias — digo a ela.

Tenho medo do comentário ser tipo o gouda, mas ela ri e diz:

— É, eu acho que estou mesmo.

Como estamos sozinhos no banheiro — Jesse e Jarid já foram para a cama — há perguntas que quero lhe fazer. Mas percebo que são perguntas minhas, não de Joe e, entre nós dois, é ele quem tem o direito de fazer perguntas, não eu.

123

Quando ela se dá por satisfeita, terminamos, e lavo meu cabelo novamente antes de secá-lo. Parece melhor... mas não totalmente.

— Vamos levantar mais cedo e fazer tudo de novo antes de você ir para a escola — ela me diz. — E eu espero que você esteja gostando... porque *Xô Piolho!* não é barato.

— É a melhor noite da minha vida em anos — respondo.

É uma piada, mas ela suspira e murmura:

— Eu sei bem. — Então, quando vê que eu a observo, complementa: — Mais dois meses, querido. Tudo vai ser diferente em dois meses.

Antes da hora de dormir, eu digo a mãe de Joe que preciso de um pouco de ar; ela não faz pergunta alguma e me deixa sair. Volto para as escadas, esperando encontrar Jasmine. Mas ela não está. Ando pelo restante do corredor e não a encontro também. Procuro na memória de Joe para saber em que quarto ela mora — mas acabo descobrindo que Joe sabe que nunca deve bater à sua porta. Ela nunca me disse o porquê. Somos amigos de corredor apenas.

Sinto muito por não poder lhe dizer adeus. Ainda que, é claro, eu não pudesse lhe dizer isso.

Só quando estou de volta ao chão do nosso quarto, tentando encontrar a melhor posição para dormir, que eu penso em Rhiannon e no fato de ainda não ter respondido a ela. Agora parece mais complicado. Ela quer que eu diga alguma coisa, mas e se o que eu tiver a dizer for *É por isso que não posso fazer nada?* A vida sempre entrará no caminho. Independentemente de ser a minha vida ou a vida dos outros — não importa. É apenas a vida, e raramente ela é conveniente. Se eu tiver que escolher entre a pessoa a minha frente e a pessoa que não está aqui, é a que está aqui que será sempre a mais importante.

Diga alguma coisa?

Neste instante, tudo que sinto que posso dizer é *Eu não posso.*

Nathan

Ele pode ser qualquer um.

Qualquer professor da escola. Qualquer aluno. Só o vi sendo adulto, mas isso não quer dizer que não possa ter a minha idade.

Não tenho ideia de quais são as regras. Ou se existe alguma regra.

Não se deixe atingir, digo a mim mesmo. *É o que ele quer. Não se entregue.*

Mas ele poderia estar em qualquer carro passando. Ele poderia estar em qualquer loja que eu entrasse.

Ele pode possuir a minha mãe. Ou o meu pai.

Não é paranoia se a ameaça é real. Mas se assemelha mais a paranoia quando você é o único que sabe sobre a ameaça.

Os e-mails pararam. É como se ele soubesse que não precisa mais se incomodar.

Ele já me pegou.

— Você está um caco — me diz Rhiannon. — Por que está assim?

Estamos numa lanchonete num ponto no meio do caminho entre a minha cidade e a dela. Não há ninguém que a gente conheça ao redor. Queremos que seja assim.

Fico imaginando o que faz ela pensar que estou um caco. Eu realmente me arrumei bem para vê-la. Blusa de botão. Cadarços amarrados. Calças passadas. Mas alguns vincos começam a surgir.

— Não estou um caco — digo.

Ela toma um pouco do seu milkshake. E me olha séria.

Retribuo com o meu melhor sorriso.

— Não — diz ela. — Definitivamente, você está um caco.

Estou me esforçando muito para não aparentar. Estou me esforçando muito para não achar que ele é o senhor a duas mesas da nossa. Ou a garçonete. Ou o sujeito saindo do banheiro e olhando para Rhiannon ao passar.

Ela pega uma das minhas batatas.

— Tudo bem — diz. — Estou um caco também.

Antes que eu possa contradizê-la, ela continua:

— Por que A não me deu sinal algum? Quero dizer... tudo bem, acho que o que realmente quero perguntar é: e se A já me esqueceu? Você acha que é possível? E se tudo isso estiver apenas na minha cabeça? Não o fato de A ter estado aqui, mas ter significado o que eu achei que significou? Sei que A queria que eu seguisse em frente. Eu *segui* em frente... mas ao mesmo tempo não. E se A tiver seguido em frente? E se eu for a única que não consegue parar de pensar nisso?

Sei que é por isso que eu estou aqui, para que ela possa dizer essas coisas em voz alta. Para quem mais ela poderia dizer? Sou sua única testemunha.

E a ironia é que não faço ideia do que dizer a ela. Ela está falando sobre amor e eu sei mais sobre pingue-pongue do que sei sobre amor.

— Não tem mesmo como saber, né? — digo. — Quero dizer, você precisa do mago da ajuda, mas receio ser apenas mais um bobo da corte a seu serviço. E eu nem sei contar tantas piadas boas.

Falo sério, mas ela ri. Não um *hahahahaha* efusivo, mas um risinho agradecido.

Ela dá uma olhada no celular e o abaixa novamente em seguida.

— Não consigo suportar a ideia de A estar por aí e eu não saber nada além disso. E também não consigo suportar o fato de A *não* estar por aí — se algo aconteceu, se A desapareceu — e eu nunca ficar sabendo. O silêncio pode significar muitas coisas.

Quero lhe perguntar por que ela não acha que A poderia estar conosco agora, bem aqui neste lugar.

— Argh — resmunga. — Só estou te deixando pior, não é? Você é gentil por me ouvir. Sei que não existem muitas respostas. Mas manter todas essas perguntas dentro de mim, o dia inteiro, todo dia... faz com que eu me sinta uma fraude, porque o que penso é totalmente diferente do que conto para as pessoas.

— Você pode me falar qualquer coisa — asseguro. — Eu apenas não terei nada remotamente inteligente para comentar a respeito. Estou totalmente disposto a te proteger, mas só tenho uma arma de brinquedo.

— Você é tão bobão.

— É, sou, mas sou o seu bobão, né?

— É claro.

Fico imaginando se Rhiannon e eu somos como estranhos sentados lado a lado em um acidente de ônibus. Ambos sobrevivemos, podemos conversar bastante sobre isso e sobre o que aconteceu depois. Mas, quanto mais o assunto se desvia de acidentes de ônibus, mais parece que somos só conhecidos sobreviventes e não amigos.

Ela confere o celular de novo. Olha. Aperta algumas teclas.

— O quê? — pergunto. — O que foi?

Não que seja da minha conta, mas ainda que eu não seja um especialista no amor nem em garotas, sei que algo está acontecendo.

— É A — diz ela. — A escreveu.

Ela não percebe o quão alto está falando. Mas eu percebo. Não quero que mais ninguém nos ouça. Porque qualquer um deles pode ser uma outra pessoa.

Depois de observá-la por alguns minutos lendo e, imagino eu, lendo de novo, pergunto, baixinho:

— O que A diz?

Ela não responde. Só me entrega o telefone.

— Leia você mesmo.

Não é um post no Facebook; é um endereço de e-mail sem nexo.

Querida Rhiannon,

Vi o seu post sobre dizer alguma coisa… mas é difícil saber o que dizer. Eu genuinamente pensei que a melhor coisa seria nos separarmos, cuidar das nossas próprias vidas, sem nenhuma interseção ou comunicação. Talvez ainda seja a melhor coisa a ser feita. Mas também tenho dúvidas. E confusão. E tristeza.

Eu quero que você seja feliz. Não tenho certeza se posso ser feliz ou fazer alguém feliz. Não da forma como a minha vida funciona. Não por um longo período de tempo. E se você estiver feliz, posso certamente ir embora de novo. Mas se você não estiver feliz, e se realmente ainda estiver sentindo falta de alguém… então pelo menos nós podemos ter isso. Palavras. Interseções. Conexão. Duvido que seja de alguma ajuda dizer que sinto sua falta, mas não sou forte o bastante para não dizer. Me desculpe. Talvez isso só piore as coisas.

A

— Uau — digo.

A minha parte paranoica está pensando: de jeito nenhum dá para saber que foi A quem escreveu isso. Talvez tenha sido Poole. Talvez ele tenha achado o endereço de Rhiannon. Talvez seja apenas parte de um jogo. Não tem nada de específico aqui. Pode facilmente ser uma armadilha.

A minha parte não paranoica está pensando: não seja idiota. Ninguém mais poderia ter escrito isso além de A. É a única pessoa que pode saber como é se sentir assim.

— É — diz Rhiannon. — Uau.

— Acho que isso responde suas perguntas — digo a ela.

— Algumas.

— Mas traz novas perguntas também.

— Muitas.

Não sei dizer se ela está feliz. Parece mais estar perplexa.

— Como você vai responder? — pergunto.

Ela pega o telefone de volta.

— Não tenho certeza. Quero saber onde A está. E quero saber o que isso significa. A primeira pergunta deve ser fácil de responder. A segunda… não acho que A saiba também. E se nenhum de nós sabe o que quer dizer, como decidimos seu significado?

— Mas e o que *poderia* significar? — pergunto. — Não quero parecer grosseiro, mas… não é como se vocês pudessem ficar juntos, certo?

E o olhar que ela me lança agora… é como se tivéssemos sobrevivido àquele acidente de ônibus e eu tivesse perguntado: "Você tem certeza que quer entrar em outro ônibus?"

— Sei das limitações, Nathan. Sei que provavelmente estou ferrando a minha vida de novo. Sei que A provavelmente tem razão e que a melhor coisa é ficarmos separados. Mas não em silêncio. Isso é o pior. Então, embora eu saiba o que não pode acontecer, quero saber o que *pode* acontecer… tudo bem?

— Ei — digo, jogando as mãos para o alto —, a vida é sua. Faça o que quiser fazer. Só garanta que A fique longe do meu corpo enquanto estiver fazendo.

Certo, agora eu realmente espero que ninguém esteja nos ouvindo.

— Você parece estar zangado — diz Rhiannon, soando zangada agora. — Por que ficou zangado?

— Primeiro diz que estou um caco. E agora zangado. Obrigado.

— Tudo bem, se não está um caco nem zangado, me fala o que é.

— Estou zangado, tá? Estou zangado porque apesar de saber que, aparentemente, não é culpa dele/dela/deles, o que A faz *me incomoda*. De um modo que não parece incomodar você. Você está superanimada por ter recebido um e-mail de A, mas enquanto A estava escrevendo essa mensagem, outra pessoa, alguém como eu, ou você, estava totalmente inconsciente.

— O que você quer dizer com *aparentemente*? Nada disso é culpa de A. A não escolheu nada disso.

— Como você sabe?

— Porque se A pudesse escolher, estaria comigo agora.

No instante em que diz isso, ela não consegue acreditar no que falou. Então volta atrás.

— Desculpa, não sei se é isso. Não sei mesmo. Não sei de nada. É muita coisa ao mesmo tempo. Pelo menos nisso nós concordamos, né?

Eu não digo a ela que o que ela disse me assustou. "A estaria comigo agora." O que isso poderia significar? *No corpo de quem?* Sou gentil demais para perguntar. Mas a pergunta está ali. Assim como Poole. Em algum lugar.

— Tudo bem — digo. — Definitivamente é muita coisa de uma só vez. — Penso no que A escreveu. — Você acha que está mais feliz agora do que estava antes? Quero dizer, comparando ao momento em que nos sentamos nessa mesa e você ainda não tinha notícias de A. Você estava mais feliz?

— Posso te dizer a verdade?

— Não, prefiro que minta.

Por um segundo, ela pensa que estou falando sério. Porém, quando percebe que não, continua:

— Acho que é uma daquelas situações em que a palavra *felicidade*, ou até mesmo o conceito de felicidade, não quer dizer muita coisa. Porque acho que quando as pessoas querem que você seja feliz, querem dizer que você não é nada mais que isso. A felicidade é tão grande, tão iluminada, que tudo que se resume a ser feliz. E definitivamente há momentos assim. Eu definitivamente já me senti assim. Mas ouvir de A… se eu fosse listar os adjetivos que descrevem como eu me sinto, *feliz* não estaria nos cem mais. Tenho certeza de que está ali, sendo parte de algumas das outras palavras. Tipo, *feliz* definitivamente faz parte de *aliviada*, e estou me sentindo definitivamente aliviada por não estar louca e inventando tudo isso na minha cabeça. Mas quando A diz *feliz*, sei que o quer realmente dizer é *esperançosa*. E isso é muito mais complicado. Enquanto estou aliviada, animada e grata, não tenho certeza se estou com esperança. O que provavelmente é o que você está notando. Ou o que tem medo que eu sinta. Mas não... não estou feliz e não estou esperançosa. Só me sinto... melhor.

— Bom, certo. Não quero que você se sinta *pior*.

O telefone dela toca. Ambos ficamos surpresos. Acho que instantaneamente pensamos que é A ligando.

Mas de volta à realidade.

Rhiannon olha para a tela.

— É Alexander. Preciso atender. Ele nunca liga.

Ela atende e embora eu tente não ouvir, fico sabendo a essência da ligação. Algo sobre planos dos dois.

Depois que desliga, ela explica:

— Os pais dele não estão em casa. E ele quer cozinhar pra mim.

— Parece legal — digo.

— Eu sei.

— Então o problema é...?

— Não tem problema — diz ela. — A não ser, você sabe, todos os problemas.

— Gostaria de poder ajudar você.

— Acredite em mim, isso ajuda. Simplesmente poder falar sobre isso.

— Que sorte que seu ex-que-muda-de-corpos me encontrou pelo caminho! — brinco.

— A não é ex — diz ela sem brincar.

— Então ele é o quê? Além de, você sabe, não ser *ele*?

— É só que não penso em A como ex. É como se nunca tivesse terminado.

Ela se interrompe. E eu não a deixo fugir do assunto, dizendo outra coisa.

Naquele instante. Nós sabemos.

Chegamos ao centro de todos os problemas.

Alguém: O que você quer dizer com estar em diferentes corpos?

M: Quero dizer exatamente isso.

Alguém: Conte mais.

M: Você não ia querer ouvir.

Alguém: Eu quero.

M: Por quê?

Alguém: Porque sei que está dizendo a verdade, e também sei que não estou entendendo. Eu quero. Espero que sirva para alguma coisa. E lembre-se: sou a pessoa que pode entrar num modo que acha que a vida não é real. Não há mais muita coisa que me surpreenda a essa altura, em termos de como se pode perceber o mundo e o quanto as nossas percepções podem ficar individualizadas.

M: Certo. Se quer mesmo saber...

Alguém: Eu quero.

M: Você sabe o que disse sobre sentir que a vida é tipo um videogame? Que você é um avatar e outra pessoa tem o controle nas mãos? Bom, pra mim é o oposto. Eu seguro o controle. Eu faço os movimentos. Todo dia, isso muda. E é a esse avatar que as pessoas reagem. Esse é o jogo. E embora seja sempre eu a pessoa segurando o controle, a resposta de todo mundo ao redor depende inteiramente do avatar com o qual eu estou jogando. Mas — e é aqui que fica engenhoso — os avatares nunca são realmente meus. Estou apenas pegando emprestado de outros jogadores na partida. O que quer dizer que se eu fizer algo errado, eles perdem pontos. E se eu perder o jogo, eles perdem o jogo. Eles morrem. Então eu não posso parar de jogar, ainda que eu queira.

Alguém: Você não gosta do jogo?

M: Não. Se tivesse uma chance de ganhar, eu talvez gostasse. Mas eu não consigo ficar com nenhum dos prêmios. Sou um jogador de mãos vazias.

Alguém: É assim que vejo a vida quando estou na pior. O desvio pode ser bom por um tempo. Sinais e sons. Alucinantes. Mas acho que o que eu aprendi — e isso não foi fácil — foi que, para viver, você precisa acreditar que a vida é real.

M: O meu real e o seu real não são a mesma coisa.

Alguém: Acho que são. Ainda que as nossas percepções nos levem para direções diferentes, todos dividimos o mesmo real.

M: Não sei se consigo chegar aí.

Alguém: Você consegue.

A
Dia 6.102

Eu deveria estar na cama. Foi um longo dia no corpo de Joanie Kennedy. Escola. Uma aula de laboratório de química tensa. Skate com os amigos depois da aula. Jantar com a mamãe, o papai e irmão.

E também, no meio de tudo isso, os quarenta e cinco minutos na sala de estudos, quando ela escreveu um e-mail do qual jamais se lembrará ou saberá do que se trata.

Ela ficou olhando o telefone desde então. Entre um tempo de aula e outro. Durante o laboratório de química, para irritação de quem era sua dupla na aula. Ela tentou levar o celular junto quando foi correr na aula de ginástica, mas o treinador viu a um quilômetro de distância e o aparelho foi parar no armário. E mesmo quando ela o retirou de lá... nada. Na pista de skate, ela continuou olhando para o telefone e para o horizonte; a cabeça noutro lugar. Os amigos dela notaram, mas não disseram nada. (Também não disseram nada sobre como ela se saiu mal no skate quando tentou andar.) Nem antes do jantar, ou depois, nem quando ela foi ao banheiro para conferir o celular no meio da refeição.

É claro que Joanie não ligava.

Mas eu não consigo pensar em mais nada.

A certeza e a ruína estão de mãos dadas na minha cabeça. Tenho certeza que falei demais. Tenho certeza que falei a coisa errada. Tenho certeza que a assustei. Tenho certeza que quebrei uma promessa. Tenho certeza que deixei tudo pior do que estava.

Mas não terei certeza absoluta até ter uma resposta dela.

Se eu tiver uma resposta dela.

Depois do jantar, trabalho com apatia no dever de casa de história de Joanie. São quase nove da noite em Maryland. Dez da noite. Onze. Rhiannon já deve ter visto sua caixa de entrada.

Meia-noite.

Eu me sinto mais só do que nunca. Minha vida sempre foi repleta de pequenos abandonos. Esse é o primeiro dos grandes.

Não estou lidando bem com ele.

12:01 onde ela está. Se eu estivesse lá, estaria dormindo. Se eu estivesse lá, não estaria em lugar algum. Estaria no sono de alguma outra pessoa, desconhecida e irreconhecível até que o corpo dessa pessoa acordasse.

10:08 aqui. Checo o e-mail. Tem uma mensagem dela.

A,

Agora que sei como entrar em contato com você, não sei bem o que dizer.

Você não perguntou nada no seu e-mail. Então não tenho certeza de que respostas você quer e não quer ouvir.

Ou talvez seja tudo uma grande pergunta. É possível que seja isso o que fomos um para o outro: uma pergunta? Nunca uma resposta. Você nunca foi uma resposta para mim. Eu nunca fui uma resposta para você. Talvez tenha parecido que seria uma resposta. Mas quando chegou o momento de transformar em realidade, de dizer em voz alta... nós perdemos a capacidade de responder. As perguntas assumiram o controle novamente.

Você disse achar que a melhor coisa para nós seria a distância, cada qual cuidando da própria vida. Talvez você tenha encontrado a sua própria vida. Mas você não me deixou com a minha própria vida. Você me deixou com um namorado que parece ter sido encontrado para mim, o que é uma maneira bem escrota de se começar um relacionamento. Você me deixou com amigos que nunca, nem em um milhão de anos, entenderiam pelo que eu passei, ou no que estou pensando, ou sentindo. E, acima de tudo, você me deixou com perguntas.

Você diz que quer que eu seja feliz. Mas não pergunta se eu estou feliz. O que me faz questionar se você realmente quer que eu seja feliz ou se quer apenas sentir menos culpa por ter ido embora. Se você quer que eu diga que foi melhor assim... Não. Me desculpa. Você deixou tudo pior. Durante todo esse tempo, você podia me encontrar. E eu sabia que jamais poderia encontrar você. Honestamente, você achou que isso me deixaria feliz?

Às vezes, você é uma lembrança que não tenho certeza de ter vivido. Há momentos em que eu me esqueço completamente que conheci você. Mas há muitos outros mais em que me lembro.

Acho que o que estou tentando dizer é: senti sua falta. Mas você voltar só me faz pensar no quanto estou louca.

R

Eu não tenho muito tempo para responder. Não sei o que dizer — nunca pensei que chegaria nesse ponto, nunca planejei como responder à sua compreensível raiva. Tudo o que posso fazer é ir direto ao assunto.

Querida Rhiannon,

Eu sinto muito. Me desculpe por ter te deixado com tantas questões.

Me desculpe por não ter nenhuma das respostas.

Não posso fingir que sei como fazer isso. Nada disso.

Não sou como você. Nunca me apaixonei antes. Nunca estive num relacionamento antes. Você aprendeu coisas que eu nunca aprendi. Eu não queria terminar com você, mas eu sabia que precisava fazer isso. Eu não queria que você ficasse presa ao impossível. Fui embora daquele jeito porque acreditei que seria o melhor jeito de te deixar. Me desculpe por não ter sido. Eu não sabia como fazer, e a única pessoa com quem eu poderia conversar sobre isso era você — e parecia errado falar. Eu deveria ter conversado mais com você. Ainda que isso significasse ter a mesma conversa de novo e de novo até nos odiarmos mutuamente — pelo menos não teria dado a sensação de ter sido tão de repente.

Eu não quero te fazer perguntas, porque eu não quero que se sinta obrigada a me dar respostas. Mas eu acho que disse isso apenas para poder ignorar, porque é claro que a maior pergunta que eu tenho é: "O que você quer fazer agora?" Eu farei o que você quiser que eu faça. Eu tomei a decisão da última vez. Agora a decisão é sua.

A

A
Dia 6.103

A,

Desculpa. Eu acabei pegando no sono ontem. Preciso ir para a aula daqui a pouco. Então preciso escrever rápido.

Acho que entendo que, embora essa situação em específico seja (muito) nova para mim, tudo o que envolve um relacionamento é novo para você. Muito prazer! É uma bosta! (Tirando quando é incrível.)

Então, tendo em mente que você não faz nenhuma ideia do que está fazendo, vou te contar algo: você não pode delegar a decisão para mim. Eu entendo o que você quer dizer, mas isso não é o tipo de coisa em que revezamos. A questão é que sempre deveríamos tomar as decisões conjuntamente.

Parece errado escrever isso. Parece errado dizer que existe um "nós". Não existe um "nós". Você levou esse "nós". E eu não vou deixar que ele exista de novo tão facilmente quanto é digitar uma frase que contenha essas três letrinhas.

Eu nem mesmo sei quais são as suas opções. Tudo o que sei é que o silêncio absoluto não é um bom caminho a seguir. Nós tentamos isso. Não funcionou. Pelo menos não quando se trata de seguir em frente.

Preciso ir. Prometi um café a Preston.

R

R,

Eu não sei quais são as nossas opções. Estou com medo da minha animação só por estar falando com você.

A

A,

Uma parte minha está, tipo: Isso não está acontecendo. Não de novo. Não faça isso de novo.

Essa é a parte esperta.

A outra parte, no entanto, está adorando isso. Mesmo quando a parte esperta me diz para calar a boca, não escrever isso... bem, acho que anulei qualquer noção que tenho.

Isso não quer dizer que não estou mais zangada com você. Ainda estou zangada com você. Mas também estou a ponto de descobrir o que vai acontecer agora.

Quem é você hoje?

R

R,

Eu sou eu. Sou sempre eu.

Mas sei o que quer dizer.

Hoje sou Christopher Mowrer. Ele tem um pug chamado Gertrude, que dorme em sua cama. Foi difícil levantar de manhã.

Dito isso... se houvesse alguma forma de ir até aí agora, eu iria.

E por isso mesmo é melhor que eu não possa.

Quem é você hoje?

A

A,

Sou uma garota presa em sua própria confusão. Nem consigo dizer se a confusão me faz prisioneira ou se é a única coisa que me faz seguir em frente.

Preston tentou ajudar. Ele acha que estou tendo problemas com Alexander. Ele me passou o sermão todos-os-relacionamentos-têm--momentos-difíceis, como se estivesse casado há quarenta anos em vez de estar num namoro de dois meses. Eu deixei rolar, porque vi como ele estava gostando de ser útil e porque ele estava me lembrando que tenho um namorado que me trata bem e que é — se eu sair da confusão e vê-lo pelo que ele é — um cara bem incrível. Eu gostaria de tê-lo conhecido de outra maneira.

Mas não foi como aconteceu. E é fácil fingir que ele poderia ter conseguido chamar a minha atenção quando eu estava com Justin, e que ele poderia ter me livrado de Justin. Só que... isso não soa real. Foi você quem fez isso. Porque somente você me viu e entendeu o que precisava. Pelo menos inicialmente.

O que aconteceu conosco?

R

R,

O que aconteceu foi que comecei a ficar fora de mim. Comecei a me ver por meio dos seus olhos em vez dos meus. E imaginei ali um julgamento do qual eu não podia escapar. Não estou dizendo que você estava julgando — você não estava. Mas há algumas pessoas que você quer beijar mais que outras. Há algumas pessoas que você imagina ao seu lado, outras não. Isso é humano. Não é como deveria ser, mas é como as coisas são. E eu continuei me preocupando a cada dia, ao acordar, que eu não seria o bastante para você. E, para piorar, eu não conseguia me livrar do fardo que era saber que eu estaria sempre te deixando.

Então fui embora de uma vez. Para não te deixar mais dia após dia. E para me preservar antes de começar a descontar minha frustração e insegurança nos corpos em que eu estava. Eu vejo as pessoas se machucando o tempo todo. Não queria me tornar uma delas.

De novo: Não são coisas que você fez comigo. São coisas que fazem parte do que é a minha vida. E não tem como mudar isso. Não tem mesmo.

A

A,

Mas nós não tentamos de verdade, tentamos?

(Não posso acreditar que estou dizendo isso).

R

R,

O que você quer dizer?

A

A,

Quero dizer que tentamos por algumas semanas. VOCÊ tentou por algumas semanas. Você nunca estava longe demais. E mesmo quando estava longe... se soubéssemos que haveria um dia seguinte, e um dia depois desse, não teria tido tanta importância.

Agora a parte esquisita (certo, tem muitas partes esquisitas):

O tempo inteiro eu pensei que estávamos conversando, sendo honestos. Mas, agora, eu vejo que havia tantas coisas sobre as quais nós não estávamos falando — como, por exemplo, você ter tido medo de como eu veria o corpo no qual você estava. E também como precisávamos entender que um relacionamento poderia dar certo mesmo que não nos víssemos todos os dias. Em vez de termos essas conversas, nós paramos de conversar.

Até agora.

R

R,

Então você está dizendo que gostaria de tentar de novo? Ainda é impossível.

A

A,

Eu não sei o que estou dizendo, para ser sincera. Não estou dizendo nada que vai levar a uma conclusão. Estou escrevendo para descobrir para onde estou indo.

Eu deveria estar com Alexander agora. Mas não consigo. Disse a ele que não estava me sentindo bem. Quando deveria ter dito que estava inquieta. Incerta. Colocando tudo em dúvida para ter a resposta que eu quero. Não acho que a coisa em si seja amor. Mas definitivamente pode ser um efeito colateral.

Que diabos eu estou fazendo?

R

R,

Eu não quero que você tenha que mentir para Alexander. Ou para ninguém.

A

A,

Qual seria exatamente a outra alternativa? Dizer a verdade?

A única pessoa a quem eu poderia contar é Nathan. Se lembra de Nathan? Da festa no porão? Que pensou que estava possuído pelo demônio? Ele me achou. Nós conversamos. E embora ele seja romanticamente tão sem noção quanto você, é incrível poder dizer a verdade em voz alta sem acionar nenhum alarme.

Mas eu não escrevi para Nathan para contar sobre isso tudo.

Ele me ouviu quando senti sua falta, mas não tenho certeza se ouviria agora que te encontrei. Acho que ele me daria o mesmo conselho que qualquer amigo, se eu pudesse contar a eles a história. Posso ouvir a voz de Rebecca na minha cabeça (se lembra dela?). *Você conseguiu o que queria. Conseguiu as desculpas que queria. Você sabe que A está bem. Não força a barra.*

Mas eu vou forçar.

Onde você está?

R

A
Dia 6.104

R,

Denver.

Especificamente, em um torneio de debate na escola Littleton, um pouco ao sul de Denver.

Mais especificamente ainda, competindo como Bernardo Garrido. Felizmente, a categoria dele é Discurso Improvisado.

Bom dia.

A

A,

Boa tarde.

Denver é longe. Bem longe.

E eu não posso ficar o dia inteiro escrevendo pra você, pensando no que escrever para você e imaginando o que você está fazendo. Não posso.

R

R,

E se eu estivesse mais perto?

A

A,

Mas você não está.

R

R,

Mas e se eu estivesse?

A

X

Eu não atendi o telefone dele. Eu não verifiquei seu e-mail. Eu não fui buscar sua roupa na lavanderia. Eu o tenho mantido o mais longe possível da sua própria vida.

Ainda assim, fui descuidado.

Acabo de voltar de uma corrida e estou no chuveiro. Não ouço ninguém entrando no lugar. Nem mesmo sinto que algo não está certo enquanto estou me enxugando. É só quando saio do banheiro, indo para o quarto vestido com o roupão de seda do cara, que a vejo sentada no escritório, me esperando.

— Ora, vejam só — diz. — Você está vivo.

Ex-mulher ou irmã? Eu me pergunto — seu tom é de uma coisa ou outra.

Irmã, vem a resposta.

Ela continua:

— Tomando banho no meio do dia? Que vida você está levando, Pat.

— Saí para correr — explico.

— Ouvi dizer. Correu do escritório. Correu dos seus amigos. Correu até do seu clube do livro.

— Eu tenho um clube do livro?

— Sim. Você tem. E assim como a Donna, do escritório, Ralph, Jack e alguns outros amigos, a mulher que cuida do clube do livro... Elsa? Ou Elisa? Ela me ligou para perguntar por onde você andava, se estava tudo bem. Disse que não era comum você faltar, muito menos no mês em que você escolheu o livro.

— Que livro eu escolhi?

— Não é a questão, Pat. A questão é que tentei te ligar, tentei te mandar e-mail e, por fim, tive que vir até aqui para ver se você tinha morrido enquanto dormia.

— Eu não morri.

— Que pena. Se você já estivesse morto, eu não sentiria tanta vontade de te matar.

A resposta é boa e eu quase rio. Mas não quero lhe dar a satisfação de uma reação positiva.

— Agora que já tem provas de que estou vivo, pode ir embora? — digo em vez disso. — Tenho coisas a fazer.

— Tipo o quê? Existe um grupo de apoio para pessoas que querem desaparecer como você? Chama-se Anônimos Anônimos?

Vou para o quarto e fecho a porta. Passo um tempo me vestindo. Sei que não vou me livrar dela com facilidade, mas certamente posso fazê-la esperar.

Também tento alcançar algumas das memórias que ele deixou. É sua única irmã. Os pais estão mortos. Ela mora sozinha. Tem um tempo que os dois não se viam.

Levo quinze minutos antes de voltar para o escritório. Ela continua falando como se somente quinze segundos tivessem se passado.

— Você está encrencado, então? É isso? Se estiver, escondeu bem o que fez. Ninguém está te acusando de nada, além de ter sumido. Embora seu amigo do clube do livro tenha insinuado que você pode ter faltado porque não leu o livro, depois de forçar todos a ler. Bárbaro.

Agora eu rio, e ela me olha como se tivesse marcado um ponto.

— Eu li o livro — digo.

— E qual era o livro mesmo?

— Aquele com palavras.

— Deve ter sido difícil para você.

— Você quer alguma coisa para beber? — ofereço. — Tem bastante veneno de rato embaixo da pia.

— Cafeína demais — responde ela.

Eu não quero curtir a companhia dela. Sinto vontade de arrancá-la da cadeira, deslocando seu ombro, e depois empurrá-la para fora pelos degraus da frente. Eu estava começando a entrar na rotina e isso está atrapalhando. É essencial que eu não tenha ninguém por perto.

Ela se levanta. Percebo que esteve com a chave do carro na mão durante todo esse tempo.

— Veja — diz ela, se aproximando um pouco. — Eu não sei se isso é uma crise, ou uma epifania religiosa, ou se você simplesmente acordou numa manhã e disse: "Foda-se, Quero uma nova vida". Se for isso, um viva para você. Mas, ainda assim, precisa retornar as ligações das pessoas que se importam contigo. É o básico de um ser humano decente. E embora você nunca tenha sido um aluno extraordinário nesse quesito, sempre deu um jeito de passar.

— É mais fácil sem ninguém — digo a ela. — Você não tem ideia de como pode ser fácil.

— Você não acredita nisso.

Eu a encaro decididamente e falo:

— Acredito, sim.

Então ela vê algo, vê algo em seu irmão que a assusta. Ela pisca, mas percebo antes disso seu deslize.

— Vamos jantar — diz.

— Não quero jantar — respondo.

— Você precisa comer.

— É. Mas não tenho que comer com você.

Ela tenta sorrir com uma resposta sarcástica. E diz:

— Eu esqueci como gosto desse lado seu.

Ela não desiste. Continua me olhando nos olhos. Procurando por alguma coisa que não vai encontrar.

— Não precisamos sair — pressiona. — Posso fazer compras e nós comemos aqui. Vou preparar um pouco de Comida Zangada pra você. Se lembra disso?

Eu não procuro pela memória. Ou, ao menos, não tenho essa intenção. Mas de alguma maneira ela vem e eu a vejo bem mais nova, preparando jantar para o irmão porque a mãe está trabalhando e o pai está zangado. Macarrão com queijo, direto da embalagem. Queijo ralado por cima.

Tento afastar a memória. Não me importo. Não me importo com ela, ou com ele, nem com nada disso.

Preciso fazer com que ela entenda isso.

Preciso cortar esse laço. Já cortei os outros.

— Você é patética — digo. — Consegue ouvir o que está dizendo? *Comida Zangada*? Que criança idiota diz uma coisa dessas? — Vejo que minhas palavras a estão atingindo. Machuco um pouco mais. — Você é a última pessoa que eu quero ver e a primeira pessoa da qual eu quero me afastar.

Ela agora está genuinamente chocada.

— Pat, não.

— Não o quê? Diga a verdade, conte como se tornou uma mulher infeliz e fraca? É como se o pior dos nossos pais tivesse se juntado num corpo sem graça. Se eu nunca mais vir você pelo restante da vida, vou considerar uma vitória. — Agora ela está chorando. Bom. — Você não passa de peso morto pra mim, Wil. Está totalmente mort...

144

Eu não consigo terminar a frase, porque antes disso uma dor aguda atravessa o meu peito, e de novo. É diferente de qualquer coisa que eu já tenha sentido. É tão grandiosa que parece ser diferente do que qualquer um já sentiu antes. Eu ponho a mão no peito, arfando.

— Pat! — grita ela. Eu cambaleio um pouco e, em seguida, me aproximo da cadeira na qual ela estava sentada. — Pat! Você está bem?

Não posso nem brincar dizendo que não, porque não estou. É o corpo, o corpo está fazendo isso. O corpo está reagindo. Só pode ser isso.

Eu caio e fico inconsciente. Ela chamou uma ambulância. A ambulância está aqui. Entendo o que eles estão dizendo. Me dizem para aguentar. Estou aguentando. Eles não têm ideia de como estou aguentando, de como estou tentando ficar firme nesse corpo que quer me destruir, esse corpo que não me quer aqui. Não tenho certeza de que seja isso, de que se o corpo morrer, eu também morro — mas não vou arriscar. Faço tudo que me dizem para fazer. E deixo que façam tudo o que precisam fazer. A irmã segura a mão dele. Chegamos ao hospital. Ele está ligado a máquinas. Estou lutando contra isso. O monitor rastreia seus batimentos cardíacos e, embora eu saiba que os batimentos são dele, finjo por um momento que são meus, que estou em pleno controle e que posso sobreviver a isso. Eles dizem que é necessário fazer uma cirurgia de ponte de safena nele. Dizem que preciso de geral. O *quê?* Eu penso. Tento manter os olhos abertos. Eles se fecham. Estou perdendo, estou perdido, estou em nenhum lugar além de aqui dentro, estou aqui dentro, enquanto o corpo é aberto e fechado. Estou aqui dentro e ninguém sabe que estou aqui, ninguém jamais saberá que estou aqui, e isso não me deixa triste — me deixa com raiva. Fico irritado com ele, irritado com esse corpo, irritado por ele ter reagido mal assim, me jogado aqui desse jeito. Estou vacilando e estou aqui. Sinto o movimento. Sinto que estou sendo movido. Quando abro os olhos, me dizem para dormir. Então eu durmo. E então acordo na manhã seguinte em outro lugar, novo em folha.

A
Dia 6.106

O que eu faço agora?

Tento viver a vida da minha cabeça e a vida do meu corpo ao mesmo tempo, o que parece um equilíbrio inviável.

Eu acordo no corpo de Colton Sterling. Ele adormeceu de roupas e parece que as usou por alguns dias. Ou pelo menos usou o jeans. O quarto dele é uma zona completa. Ele caiu no sono com o videogame pausado. A tela me pergunta se quero continuar de onde ele parou.

Acesso um pouco a vida de Colton, e rapidamente percebo que é bem solitária. Nenhum amigo de verdade vem à mente. Somente muitos jogos e muitas pessoas com quem ele fala durante esses jogos, usando o fone. Pessoas de verdade irreais. Vozes que se manifestam em corpos pixelados enquanto mundos imaginários são explorados e inimigos imaginados são pulverizados.

Ele não carregou o celular durante a noite, então seu esqueleto sem vida repousa no chão. Eu plugo o aparelho na tomada, e espero até que tenha energia suficiente para poder mandar um e-mail para Rhiannon. Seria tão mais fácil mandar uma mensagem ou ligar, mas isso deixaria rastros e eu não quero deixar nenhuma das vidas que tomo por um dia com números misteriosos em seus telefones.

Sigo para o banheiro e tiro as roupas de Colton. Há contusões nas pernas dele que não sei como ocorreram. Há casquinhas de ferida em seus braços. Não consigo tirá-las no chuveiro, mas tento me livrar da camada bolorenta que recobre sua pele. Fico imaginando se é uma coisa com a qual ele foi se acostumando, se ele não liga mais. Eu me pergunto se amanhã ele vai se sentir vulnerável sem a camada. Exposto.

Quero que Rhiannon me veja agora. Quero que ela me dê uma boa olhada e me diga se realmente acha que pode me amar, independentemente de quem eu seja.

146

O que não é justo com Colton. Reconheço. E ao reconhecer isso, percebo reaver um pouco da compaixão que eu costumava sentir por cada corpo em que estive. Eu me lembro de vê-lo por meio dos meus olhos, de ninguém mais.

Quando volto para o quarto, preciso vasculhar um pouco até achar roupas limpas. Não tenho muito tempo antes da aula.

Mando uma mensagem rápida para Rhiannon.

R,

Bom dia. Ou boa tarde, caso você não veja isso até a hora do almoço. Sou um menino chamado Colton hoje. Acho que ele passa bastante tempo jogando videogame online. Quer me encontrar num Elf Parlor mais tarde? Serei um orc com uma rosa nos dentes.

(Quem dera fosse tão fácil assim nos encontrarmos na vida real).

A

Há mais a dizer. Sei que se matasse aula para ficar de bobeira o dia todo, Colton não se importaria. Mas a minha responsabilidade é fazer o certo por ele, não por mim ou pelo que ele iria querer. Então sigo para a escola.

Uma vez lá, uso a memória de Colton para me deslocar. Acho que estive nessa escola umas duas semanas atrás, mas já me esqueci quem eu fui naquele dia. Seja quem for, não pode ter sido alguém tão solitário quanto Colton — eu me lembraria disso. Aguardo alguém se aproximar dele, ou ao menos dizer oi quando passa, mas nada acontece. Nem mesmo um olhar de desprezo, ou de pena. Ele é somente uma parte da população geral, sem nenhum encontro específico.

Ele está acostumado a isso? Ele se importa? Ir para casa e se ligar a outros mundos é o suficiente? Talvez.

Vou para a aula. Abro o caderno dele e descubro que o jogo continua ali: desenhos de telas, cenários e avatares, começando nas margens e traçando seu caminho pelas páginas. Às vezes tem um balãozinho com diálogos — "Se abaixe e se proteja!", "Mas onde posso me proteger?" — e imagino se essas são as únicas conversas que Colton tem ao longo do dia.

Mesmo no almoço, seu lugar habitual na lanchonete é o equivalente ao vagão silencioso de um trem — todos utilizam seu próprio campo de força enquanto engolem batatas fritas e Coca-Cola. Poucos desviam o olhar para cima. A maior parte fica no celular. Imagino que se encrenquem por conta disso, mas o supervisor do refeitório nos deixa a sós. Pego meu telefone e encontro uma mensagem de Rhiannon.

A,

Acho que um orc com uma rosa nos dentes vai parecer bem bobo.

Enquanto isso, meus amigos estão zangados comigo e não sei o motivo. Ou talvez eu saiba. Rebecca fez um comentário no almoço, indagando se existiria algo como um equivalente local de um relacionamento de longa distância. A princípio, pensei que ela estivesse falando de você, mas logo percebi que ela não poderia estar falando de você, e que provavelmente estava falando de mim e de Alexander. Eu não estive com ele de verdade desde que começamos isso aqui. Sei que preciso. Só não sei bem como vou agir perto dele. E isso me assusta.

Agora... aula de inglês. Escrevo mais tarde. Boa sorte com Colton.

R

* * *

Na aula de educação física, estou enlouquecendo um pouco por não ter falado com ninguém o dia inteiro. Quando faço dupla com um cara chamado Roy no badminton, começo a conversar com ele como se fôssemos velhos amigos. Ele é educado, mas claramente prefere se concentrar no jogo a me conhecer.

Fico pensando se é isso que está me incomodando em relação a Colton. Ele é completamente desconhecido e não conhece ninguém também.

Eu não faço hora na escola quando o último sinal soa. Vou correndo para casa, assim como imagino que Colton faria nos dias em que está lá. Sei que o quanto antes eu voltar para o quarto dele, poderei me sentar e responder para Rhiannon. No entanto, parece mais importante estabelecer algum tipo de conexão para Colton, então carrego *World of Guilds* e ponho o fone. Pessoas me cumprimentam imediatamente pelo meu nome no jogo (ElfGunner17). Algumas vozes têm um sotaque europeu. Toda a conversa é focada na missão que está rolando. Não é nada pessoal, portanto. Mas é bom ter pessoas falando comigo e me ouvindo. Começo a me sentir melhor, mesmo enquanto mato inimigos e roubo tesouros para a minha guilda.

Horas se passam, mas não as reconheço como horas. O quarto fica escuro, mas não percebo direito, porque meus olhos estão acostumados à luz da tela. Só quando outras pessoas começam a se deslogar para jantar é que olho para o relógio. Vejo que são quase sete da noite.

O pai de Colton ainda está no trabalho e não consigo visualizar sua mãe. Então estou sozinho na incursão à geladeira e no preparo do jantar com o que quer que esteja lá dentro. Enquanto mordo uma asinha de frango, escrevo para Rhiannon, e, por mais que tente evitar, o molho apimentado acaba respingando na tela do celular.

R,

Sinto muito que seus amigos estejam tendo problemas com você. E que você e Alexander estejam tendo problemas. Quando eu pensava em te escrever, sempre me vinha essa preocupação, de que eu só complicaria as coisas. Não vejo como voltar atrás agora... mas tenho certeza que você vai me dizer se precisarmos parar. Porque eu nunca serei parte da sua vida aí. E você precisa ter essa vida.

Não tenho nada para contar daqui. Estou jogando videogame, matando coisas que não são reais.

A

Eu me preocupo por não ter mais o que dizer — quando saímos do tópico "nós", não existem mais muitas contribuições interessantes para eu dar. Somos jovens demais para ter conversas do tipo como-foi-seu-dia-amor? Sobre o que mais conversar quando estamos tão distantes um do outro?

Volto para o quarto de Colton e considero limpá-lo. Tenho apenas algumas horas, mas poderia diminuir o estrago aqui. O único problema é Colton ver isso ao acordar. De jeito nenhum ele vai acreditar que fez por vontade própria. Provavelmente começaria uma discussão com o pai por ter entrado em seu quarto enquanto ele dormia para mudar tudo de lugar. E o pai, é claro, não apenas negaria como duvidaria da saúde mental do filho por fazer essa acusação.

Então deixo a bagunça como está.

Entretanto, reúno algumas das roupas que estão pelo chão e ponho na máquina de lavar. De volta ao quarto de Colton, jogo as mesmas roupas já secas pelo chão novamente. Que ele pense que estão sujas.

Fico conferindo se tem mais algum e-mail de Rhiannon, mas não chega nada. Quando vou para cama, sinto uma necessidade infantil de ouvir a voz dela antes de dormir. Mal consigo lembrar de como era. Sei que poderia simplesmente ligar para ela, e poderia tentar apagar o histórico de ligações do telefone de Colton. Ela provavelmente já estaria dormindo. E tenho a sensação de que, por já ter interrompido a sua vida surgindo cada dia num corpo diferente do nada, eu deveria lhe pedir permissão antes de dar esse passo da ligação.

Mando outro e-mail para ela.

R,

Se um dia você quiser conversar, tipo falar de verdade, me avise e vou dar um jeito de te ligar.

Boa noite.

A

Felizmente, antes de cair no sono, eu me lembro de apagar o histórico e o registro desse envio do telefone de Colton.

Rhiannon

Se eu tento evitar meus amigos, eles sabem que tem alguma coisa acontecendo. E se os encontro, eles sabem que tem alguma coisa acontecendo. Então, basicamente, me pegaram.

Depois de me dar todo o tipo de conselho amoroso que tem para oferecer, Preston desiste. E quando digo *desiste*, quero dizer que ele volta a falar basicamente sobre si mesmo. No entanto, tenho a impressão que analisa as minhas respostas, tentando entender o que está havendo entre Alexander e eu.

Como sempre, Rebecca é mais direta.

— Estou preocupada com você — diz ela. Ou: — Quando você se perde em pensamentos, como agora, para onde está indo?

A única pessoa que parece desatenta é Alexander. Ou talvez simplesmente seja assim que ele funciona — analisando tudo com calma, sem se importar tanto com algo a ponto de ficar mal com aquilo.

Não. Injusto. Não posso mentir para Alexander e depois ficar zangada com ele por não perceber que estou mentindo. Não é assim que deveria ser.

O que realmente me tira do sério acontece quando estou a caminho do meu armário e vejo Justin com a nova namorada, Sonata. Eu sei que os dois estão saindo — ninguém hesitou nem por um instante em me contar isso —, mas, em vez de tentar esfregar aquilo na minha cara, Justin faz de tudo para que eu nem consiga me aproximar. Eles estão perto do armário de Sonata e, assim que eu viro no corredor e os vejo, eu espero que ele sinta a minha presença, que se afaste dela, ou que talvez fique olhando para mim enquanto a beija para me deixar com ciúmes. Mas, em vez disso, sou como um fantasma invisível. Ele diz alguma coisa e os dois riem com a piada. Parece que estão se divertindo. E fico pensando se era essa a aparência que eu tinha quando estávamos juntos.

Passo por eles. Continuo esperando que ele me veja, mas ele não vê.

Mesmo quando estou a salvo no meu próprio armário, longe dos dois, continuo pensando se eles estão felizes e se é possível que Justin saiba como fazer as coisas darem certo, quando eu claramente não sei.

Entre as aulas de artes e matemática, Alexander me escreve e pede que eu vá até sua casa para fazer o dever mais tarde. Eu já o dispensei tantas vezes que sei que preciso ir. Parece uma obrigação, no entanto, e isso faz com que eu me sinta mal.

Começo a pensar que eu e Alexander precisamos conversar e, assim que eu começo a pensar nisso, a ideia cresce dentro de mim, como se a conversa tivesse alma própria e estivesse ocupando o espaço de qualquer outra coisa em que eu poderia estar pensando. Sei que Alexander é um bom namorado, do mesmo jeito que sei que Justin foi um mau namorado e que A não é nada disso. Mas só porque Alexander é um bom namorado não significa que tenha que ser o *meu* namorado. O que é bem óbvio, mas as duas coisas (bom namorado e meu namorado) não pareciam ser dissociáveis até agora, porque eu estava vivendo com as duas ao mesmo tempo.

Depois de usar estar passando mal como desculpa, estou me sentindo péssima ao pensar no que está prestes a acontecer. Ainda que eu esteja no controle, a sensação é inevitável. Digo a mim mesma que isso nem tem a ver com A. Teria acontecido de qualquer jeito. A só me fez enxergar antes.

Não sei se acredito em nenhuma dessas coisas.

No instante em que vejo Alexander depois da aula, espero que ele veja os sinais de alerta, que sinta o que vem por aí. Mas, em vez disso, ele parece feliz em me ver, e me beija para dar oi como se um adeus jamais fosse existir.

Como sempre, seus pais não estão em casa. Com Justin, isso seria a senha imediata para o sexo. Com Alexander, porém, significa uma parada na cozinha para comer algo e então uma tarde que pode se desenrolar com naturalidade.

— Uva? — diz ele, me oferecendo uma tigela.

Eu pego um cacho e devolvo a tigela.

— Olha — começo. — Precisamos conversar.

Ele lança uma uva na boca.

— Legal. Vamos conversar.

Não ajuda o fato de ele ser tão cordato.

— Estou falando de uma conversa de verdade. Do tipo que machuca.

Ele come mais uvas, depois estende a tigela na minha direção novamente. Eu balanço a cabeça. Nem cheguei a comer as uvas que eu peguei.

— Você pode me contar qualquer coisa — diz ele.

— Não — respondo. — Não é verdade. Você sabe que não é verdade.

— Rhiannon. O que você quer me falar?

— Não está dando certo?

— O que não está dando certo?

— Isso aqui. — Gesticulo e aponto para nós dois.

Ele põe mais uvas na boca. Sua calma me enfurece.

— Você não tem nada a dizer? — pergunto. — Nada?

— Aqui — responde ele. Ele tira as uvas que sobraram e me passa a tigela. — Dê uma olhada.

Eu não entendo até olhar para o fundo da tigela. Ali, pintado de vermelho, tem o seguinte:

"Rhiannon, gosto de você por mais motivos do que o número de uvas nessa tigela".

— Ah — digo.

— Era para ser uma surpresa. Então... surpresa.

Eu seguro a tigela.

— Você pintou isso?

— Aula de cerâmica. Aos domingos.

A atitude decisiva seria jogar a tigela no chão. Assim eu o estaria libertando. E nunca o teria de volta.

Ponho a tigela sobre a bancada da cozinha com delicadeza.

— Eu não mereço isso — digo a ele. — É o que estou tentando dizer. Eu acho que não está dando certo, e a razão é minha cabeça estar num lugar e você, em outro. Sei que você não quer ouvir isso; ninguém quer. Mas, Alexander... eu preciso parar de ser injusta com você.

Ele se aproxima e põe os braços ao meu redor.

— Você não está sendo injusta comigo — diz ele. — Injusta com você mesma, às vezes. Mas nunca injusta comigo. Eu nunca quis que fôssemos o tipo de casal minha-metade-da-laranja. Quero que sejamos capazes de nos afastarmos quando quisermos nos afastar e que possamos nos aproximar quando quisermos isso. Prometo: haverá momentos em que a minha cabeça estará em outro lugar também. Eu entendo.

— Não é só isso — argumento. Mas então não consigo continuar... o que eu realmente poderia dizer a ele?

— Você quer definir as coisas — diz Alexander. — Todos nós queremos, até certo ponto. Queremos saber onde estamos pisando, aonde estamos indo, como se os sentimentos pudessem ser reduzidos a geografia. Nos tornamos obcecados com as coordenadas do outro. Mas eu não quero ser assim,

153

Rhiannon. E eu não acho que você queira ser assim também. Não quero um relacionamento que restrinja a liberdade; quero um relacionamento que estenda a liberdade. Sei que é muito para se absorver agora. Entendo que ainda não nos conhecemos completamente. Sei que é o começo. E sei, também, que esse é o seu primeiro relacionamento depois de tudo o que aconteceu com Justin; sei que estou à sombra disso, de alguma maneira. Mas é sério quando digo que há muitos motivos para gostar de você. Eu gosto mais da minha vida quando você está por perto... e esse é um motivo bom o suficiente para namorar. *Certo?*

Mas existe outra pessoa — é o que eu deveria dizer a ele. Isso deveria encerrar o assunto. Só que... ele vai perguntar quem é.

Eu poderia mentir. Poderia dizer que é Nathan. Poderia inventar alguém.

Mas o modo como ele está me olhando... é quase igual a como A me olhou quando estava no corpo de Alexander. Existe algo verdadeiro ali.

Começo a vacilar. E me afasto dele. E encaro diretamente seus olhos.

— Estou tentando terminar com você! — solto.

Ele ri.

— Eu percebi. Uva?

— Essa conversa não deveria ir por esse caminho.

— Para onde você imaginou que iria?

— Lágrimas. Raiva. Compreensão. Ou talvez raiva, depois lágrimas e compreensão.

— Acho que estou tentando pular direto para a compreensão. Olha, sei que sou um cara estranho. A arte esconde um pouco isso, mas no fundo... sou bem esquisito. Você nunca pareceu se importar com isso. E talvez seja presunçoso da minha parte falar, mas tenho a impressão de que você não acha que eu sou um cara errado para você. Estou certo?

— Certo.

— Então... isso quer dizer que tem alguma coisa acontecendo com você, alguma coisa que está te fazendo questionar a sua vida... e eu definitivamente faço parte dela. Eu não vou te dizer que posso deixar tudo melhor, duvido que possa. E não vou dizer que o nosso namoro deveria ser a prioridade acima de todas as outras coisas, espero que nunca tenha sido essa impressão que você tenha tido de mim. O que estou dizendo é: como eu posso te ajudar? Se for me afastando, tudo bem. Se você realmente pensa assim, é claro. Mas se você estiver preocupada de eu ficar devastado porque você está pensando em outras coisas além de mim... desculpe, mas isso não vai acontecer. Quero que você pense em muitas outras coisas além de mim.

— Todo mundo diz isso! — argumento. — Mas quando o circo pegar fogo...

— Que fogo? — Alexander me interrompe. — Que circo? Olhe para mim, Rhiannon. Olhe para a pessoa à sua frente.

Digo a ele:

— A pressão não está em você. Mas você faz parte dela. Sei que não é justo dizer isso, porque não há nada que você possa realmente fazer. Eu estou apenas muito confusa agora. E tentar ser uma boa namorada só aumenta a confusão. Não serei uma boa namorada agora. Você tem razão: não estou pensando em você. Não tanto quanto eu deveria. E as coisas em que estou pensando em vez disso... elas se sobrepõem a eu ser a pessoa de quem você gosta. Eu sei.

— E não há um meio de eu te ajudar?

Balanço a cabeça.

— Eu não acredito nisso — diz ele. — Ou, pelo menos, não quero acreditar nisso.

Agora estou completamente confusa em relação ao que estou fazendo. Estou fugindo da pessoa que gosta de mim e estou fugindo em direção a alguém que nunca poderá estar aqui comigo do modo como Alexander está.

Estou à beira do abismo, prestes a fazer algo muito estúpido. E basta um movimento errado de Alexander para que eu caia no abismo, direto no arrependimento. Eu quero que ele me empurre. Porque assim pelo menos eu teria uma resposta.

Mas, em disso, ele diz:

— Vamos fazer o dever de casa. Não vamos dizer nem sim nem não agora, porque é um questionário que estamos enfrentando. E não estamos nem na metade ainda. A parte boa é que temos muito tempo para terminá-lo.

Ele põe as uvas de volta na tigela, que tira da bancada em seguida.

— Estou falando sério — diz. — Vamos lá.

É o momento de expirar. O momento de benefício, não da dúvida.

Em vez disso, eu sussurro:

— Me desculpa. Eu não consigo...

E, antes que ele possa dizer qualquer coisa que me faça querer ficar, eu vou embora.

M: O meu real e o seu real não são a mesma coisa.

Alguém: Acho que são. Ainda que as nossas percepções nos levem para direções diferentes, todos dividimos o mesmo real.

M: Não tenho certeza se consigo chegar a isso.

Alguém: Você consegue. Porque vivemos no mesmo mundo. Com o tempo, tentamos nos fragmentar para não entender isso e, às vezes, é mais fácil privilegiar a nossa percepção da realidade em detrimento da dos outros para ignorar o fato de que vivemos no mesmo mundo. Mas a não ser que você esteja me escrevendo de outra dimensão, você é tão real quanto eu sou, e sua vida é tão real quanto a minha. Ainda que nem sempre você se sinta desse modo.

M: Mas você não muda todo dia.

Alguém: Nem você.

M: Como você sabe disso?

Alguém: Se eu voltar aqui amanhã e começarmos a conversar, você vai parecer diferente para mim?

M: Não. Mas só porque você não pode ver o meu corpo.

Alguém: Eu não estou falando do seu corpo. Estou falando de quem você é.

M: Seu corpo É quem você é.

Alguém: Mas você sempre tem um corpo, não tem? Ainda que ele não seja o mesmo.

M: Você está falando como se fizesse sentido para você. Não faz sentido algum!

Alguém: Eu estou acreditando no que você diz. O corpo não tem nada a ver com isso.

X

Embora acorde no corpo de uma jovem mulher, ainda sinto necessidade de comemorar. É a adrenalina de ter escapado por pouco. Eu poderia comemorar minha sobrevivência com algo grandioso. Talvez essa noite ela engravide. Ou atravesse a vitrine de uma loja dirigindo um carro. Ou uma coisa e depois a outra. O corpo está mais uma vez à minha disposição. Principalmente porque só ficarei neste aqui por um dia. Não tem utilidade para mim um corpo com menos de sessenta quilos. Eu almejo ser mais do que isso.

Estou cansado de esperar.

Preciso acabar com isso.

A
Dia 6.107

A,

Acho que terminei com Alexander. Digo que acho porque eu fui embora antes que tudo se confirmasse. É só que não era justo com ele dizer que estávamos juntos quando uma parte minha claramente ainda sente alguma coisa por você.

R

R,

Você tem certeza que quer fazer isso?

A

A,

Não. Mas como você pode perguntar isso?

R

R,

Eu sabia que ia piorar tudo.

A

A,

Eu não quero continuar com esse vai e volta de e-mails. Me liga.

R

— Alô.

É a voz dela. Eu não acredito que estou ouvindo a voz dela.

— Ei.

Ela nunca ouviu essa voz antes, é claro. A voz de Kristen. Ligando do telefone fixo de sua casa, então espero que o número se misture aos demais quando chegar a conta.

Ainda assim, há um reconhecimento.

— Ei.

— É maravilhoso ouvir a sua voz — digo a ela. Então percebo que é impossível ela me dizer o mesmo.

— É estranho — diz ela. — Falar pelo telefone. Nós nunca conversamos pelo telefone.

— Isso é tão 1985.

— Graças a Deus não caiu na caixa postal.

Brincar é uma sensação boa, mas depois é estranho, porque nenhum de nós sabe o que dizer em seguida.

— Senti sua falta — digo. — Eu só queria que você ouvisse isso em voz alta.

— Senti sua falta também. Ainda estou sentindo.

— Estou bem aqui.

— Eu sei. Exatamente.

Cometi um erro terrível. Levei a gente para o mesmo ponto em que já estivemos.

— Eu quero estar aí — digo. Como se isso fizesse alguma diferença.

— O que nós estamos fazendo? — pergunta Rhiannon. — Sem querer ir diretamente ao assunto, mas é o que eu penso todas as vezes em que te escrevo. E todas as vezes que recebo uma resposta sua, é no que estou pensando também. E na maior parte do tempo, entre uma mensagem e outra, eu penso nisso também.

— Eu sinto muito — digo. O que mais eu posso falar?

— Para. A essa altura estou fazendo isso conosco tanto quanto você. Podemos passar o restante de nossas vidas dizendo que sentimos muito, tanto um para o outro quanto para pessoas ao nosso redor também. Mas eu preferiria encontrar outra coisa para dizermos.

Fico sem palavras mais uma vez. O que mais eu posso falar? *Eu sinto muito* é natural. *Eu te amo* parece mais um desafio do que uma declaração.

— Eu quero te ver de novo.

Ela hesita por alguns instantes. Depois diz:

— Entra num avião então.

— Não é tão fácil — digo rápido e reflexivamente.

— Eu sei. — Ela parece chateada. — Mas você fez uma vez. Pode fazer de novo.

— Sim, mas essa vez envolveu uma adolescente que acordou num quarto de hotel em Denver sem ter a mínima ideia de como foi parar lá. Eu tentei voltar lá cedo na manhã seguinte, para inventar alguma história na qual ela acreditasse e para ajudá-la a pegar o voo de volta. Quando cheguei, ela já tinha ido embora. Espero que tenha visto a passagem aérea que eu deixei. Espero que não tenha surtado demais. Mas preciso viver com o fato de que ela teria *todo o direito* de ter ficado bem surtada. O que eu fiz foi errado, Rhiannon. Sei que fiz para me afastar, porque senti que precisava me afastar. Mas não é uma desculpa. E eu não pretendo fazer isso de novo.

— Então faça de outro modo.

— O que você quer dizer?

— Não tenho certeza! Mas talvez você acorde no corpo de alguém que está viajando para o leste. Ou alguém que tenha família em Maryland. Vamos tentar dar um jeito.

Mas vai fazer alguma diferença? Quero perguntar.

Só que… sinto também que perguntar não vai fazer diferença.

A batida é inevitável. Não tem como me desviar. Eu tentei fugir. Não funcionou.

Agora preciso tentar voltar.

Mona, 98 anos

Hoje é o dia. Santo Deus, sei que hoje é o dia.

Eu cheguei tão longe e vi por meio de tantos olhos. Já consigo ouvir as notas finais do hino de uma vida. Sei que esse corpo é o que me levará até Você.

Sinto muito que essa mulher não esteja aqui para presenciar isso, para ver a imensa dor nos olhos de sua filha. Ela está segurando a minha mão, Senhor, e eu sinto Você neste toque, assim como sinto Você se desfazendo neste corpo, minha vida se desprendendo.

Eu sabia que esse dia ia chegar. Não havia motivo para que eu fosse uma exceção apenas por ter vivido minha vida dentro das vidas de outros. Ultimamente, eu tenho sentido suas dores mais que suas alegrias; enquanto os corpos cultivam a dor, apenas a mente pode oferecer alegria. Passei a maior parte do tempo em hospitais ou hospícios, ou sob o afetuoso cuidado de enfermeiras tão cansadas quanto eu. (Elas têm a decência de esconder melhor do que eu, pela maior parte do tempo.) É uma bênção deixar esta Terra do conforto de uma casa, na cama em que esta mulher dormiu por décadas, as molas do colchão se curvando à memória do corpo dela. Não é a minha própria casa nem minha própria cama — nada disso, Senhor, nada disso —, mas ainda assim tenho a minha volta sinais de vida, algo que um quarto de hospital não pode oferecer. Agradeço ao Senhor por isso.

É difícil respirar agora. Logo será difícil demais. Eu já estive perto de Você antes, mas nunca tão perto assim. Espero que, quando o meu espírito subir até os céus, Você me receba de braços abertos e com sabedoria. Por que eu vivi assim? As escolhas que fiz foram as escolhas certas? Havia algo especial que eu deveria ter visto? Havia um jeito especial para que eu ajudasse?

Eu falhei e triunfei e falhei e falhei e triunfei e falhei de novo, mas sempre segui em frente, mesmo quando o mundo não me deu coragem alguma, quando a única voz que eu podia ouvir era a Sua: às vezes, límpida como vidro e alta como um trovão; enfraquecida e irreconhecível em outras.

Por muitos e muitos anos, lutei ao lado da justiça, mas essa briga teve um preço. Eu podia mudar suas mentes enquanto estavam sob o meu poder — mas o desafio mais profundo era mudar suas mentes quando voltavam a ser eles mesmos. Suportei essa vida vendo como era inacreditável o quanto os outros podiam suportar. Eu me agarrei às minhas histórias ao entender que cada um de nós tem uma multidão de histórias, e que nenhuma delas termina dizendo exatamente a mesma coisa. Cada um de nós guarda ao menos uma história que dói muito para contar. Cada um de nós guarda ao menos uma história na qual somos surpreendidos pela nossa própria força. Cada um de nós guarda uma história que nunca se tornou realidade — a história que mais gostaríamos de poder contar. Muitas vezes, não é nossa culpa que essa história nunca tenha acontecido; muitas vezes, ficamos presos por dependermos que as histórias de outros se combinassem às nossas. Todas essas histórias... Tive a honra, a tristeza, o espanto, o pavor de conhecer tantas delas, no curto período de tempo em que o Senhor me permitiu conhecê-las.

Assim como todos os sentidos são retirados desse corpo, como se visão, audição, olfato, paladar e tato fossem levados para mais longe, eu me esforço para rememorar os dias em que fui mais feliz. À medida que esse corpo se apaga, é como se alguém andasse ali, desligando as luzes de cada um dos cômodos. Me admira não o que eu vivi, mas minha constante ânsia por mais. Eu cansei, Senhor. Pronto, chegou a hora, Senhor, mas se Você me oferecesse mais um dia, eu o aceitaria. Não para dizer nenhuma das palavras que nunca cheguei a dizer. Não para ver alguém que não verei mais. Mais do que qualquer outra coisa, gostaria de me sentar pela última vez sob o sol de uma tarde de abril, com um bom livro sobre o colo, uma música tocando no rádio. Para ter um daqueles dias em que sentimos o pulsar da vida em cada coisa — aquele pulsar de glória que se reflete em cada uma das células do nosso corpo, manifestado num esplendor interno que muitas vezes estamos ocupados demais, ou nos cobrando em demasia, para perceber. Você nos dá os prazeres simples porque o restante é tão difícil. Eu entendo isso, Senhor, por causa de tudo o que Você me deixou ver. É uma honra a Ti que seja a hora e que eu queira mais.

Seguro a mão da filha. Eu não tenho forças para procurar pelo nome dela, menos ainda para dizê-lo. Sentirão falta dessa mulher de um jeito que ninguém sentirá a minha falta. Ela será lembrada de um jeito que ninguém se lembrará de mim. Amar e ser amado é deixar vestígios de permanência em um mundo com tanta indiferença. Eu devo confiar em Você, Senhor, para saber o que fiz, para dar algum valor ao meu devastado e esperançoso coração. Por noventa e oito anos, Você foi minha única constante, minha companhia, o único que sabe o que eu vi e o que eu conheci. Espero, de algum modo, ter ajudado Você a entender a verdade no coração de suas criações falíveis, vulneráveis e notáveis. Gostei de pensar em mim como os Seus olhos, Seus ouvidos, Seu tradutor na soma de nossos caminhos.

Eu amei essas pessoas o máximo que eu pude. Eu tentei ao máximo deixá-las melhores do que estavam antes de me encontrar. Tentei ao máximo que não ficassem piores. Trabalhei para manter aberta cada possível definição de quem uma pessoa pode ser, mesmo quando a sociedade não concordou comigo. Para fazer isso — para entender por completo como as pessoas podem se definir além de seus corpos — eu tive que aprender, aprender e aprender, e depois aprender mais um pouco. E por *aprender* eu quero dizer *desaprender...* e depois aprender e desaprender e aprender mais um pouco. Eu cometi erros, mas nunca fui detestável. Eu julguei incorretamente, mas sempre busquei soluções quando descobri minhas falhas. Eu pedi perdão, embora eu também saiba que Você era o único ciente de que eu precisava dele. Tentei levar uma vida boa, porque é o único modo que conheço para se viver uma boa vida.

Se eu pudesse ter um último pedido, seria dizer a Você: *Não desista deles.* O que significaria: *Não deixe que eles desistam uns dos outros.*

Sempre indaguei se, quando chegasse a minha hora, todas as vidas deles seriam mostradas para mim de novo — se todas as pessoas que eu fui voltariam a mim de alguma forma, se eu veria como aqueles únicos dias se somaram a uma única vida. Mas agora eu entendo: todos desapareceram. Há apenas eu agora. Há apenas eu e Você.

Eu me seguro naquela mão. Respiro pelo máximo de tempo que eu consigo respirar.

Todo viajante volta para casa.

Eu sou.

M: Eu não sei por que você confiaria em mim.

Alguém: Eu me perdi na minha própria vida. A ponto de nem mais reconhecer que era uma vida válida. O primeiro passo foi entender que havia algo errado. O segundo foi dividir isso com alguém. O terceiro, dar a isso um nome e tentar entender o máximo possível, de modo a ter poder sobre isso. O quarto passo é viver com isso e saber que haverá dias bons e dias ruins e que, às vezes, eu perderei o controle e, outras vezes, eu o retomarei.

O quinto passo é entender que muitas pessoas ao meu redor estão passando por variações do que eu tenho enfrentado.

Sei que pode parecer óbvio. Mas você precisa entender que empatia não é algo que me venha naturalmente. É algo sobre o qual eu preciso me lembrar. Porque se nada no mundo parece real, outras pessoas também podem parecer irreais. Eu preciso me lembrar que elas são reais. Eu preciso me lembrar que elas são, no fundo, como eu.

Por que eu acredito em você? Porque você é, no fundo, como eu. Você sente que sua vida está errada. Você precisa descobrir que não está. Você precisa viver com isso, precisa lidar com isso e compartilhar isso com os outros. Eu confio em você porque te reconheço. Porque reconheço a sua alma. E você não me deu nenhuma razão para não confiar em você.

Vou repetir o que disse acima de um jeito diferente.

Sei como é se perder na própria vida. Sei que você pode se perder tanto a ponto de querer que ela termine. Ou você pode se perder tanto que acaba se recolhendo numa carapaça, construída para que o restante do mundo fique lá fora. Eu já senti esses dois impulsos. Mas agora eu não quero mais estar perdido na minha própria vida. Eu quero pisar fora dela. Eu quero saber como as outras vidas são. Eu quero conectar e não recuar, ainda que em alguns dias eu ache que vá morrer na tentativa.

M: Não podemos nos encontrar nunca.

Alguém: Já não nos encontramos? Isso aqui não é encontrar?

Nos dizem que "Eu te amo" são as palavras mais poderosas que podem ser ditas. E, ainda que eu as ache poderosas, acho que igualmente poderosa é essa frase:

Eu comecei a conhecer você, e quero saber mais.

Helmut, 64 anos

Já faz quase quarenta anos que estou nesse corpo. Não há um único dia em que eu não pense no que eu fiz, sabendo que foi errado. Mas não posso fazer mais nada agora.

Depois de mais de vinte e cinco anos mudando de um corpo para outro, eu cansei. Me senti sob uma maldição. E quis quebrá-la. Estava morando no centro de Berlim e mesmo com o anonimato de uma cidade grande não havia como ter uma vida constante numa forma tão inconstante.

Não é como se eu tivesse acordado no corpo de Helmut sabendo que seria ele. Certamente havia um vazio em sua vida... mas eu havia experimentado vazios maiores em outros. Aquele dia calhou de ser um bom dia para ele — uma pequena conquista no trabalho, uma festa de despedida de um amigo à noite que me deixou um pouco bêbado e cheio de expectativa. Talvez eu tenha até me convencido, na minha embriaguez, que conduzi a vida de Helmut melhor do que ele já tinha conduzido. Quando vi suas memórias, havia muitos cantos escuros, todo um trauma que fazia com que fosse difícil para ele seguir em frente. Eu compreendia isso. Mas eu também sabia que aquilo jamais me incomodaria, não do jeito que o consumia. Eu podia libertá-lo daquilo. O único problema é que ele deixaria de existir enquanto ele mesmo. Eu seria a melhor versão dele. Na minha lógica distorcida, parecia a coisa mais benevolente a ser feita. Então, naquela noite, foi como se eu tivesse feito uma troca: perguntei a Helmut se poderia ficar e, apesar de não ter recebido resposta alguma, acordei na manhã seguinte ainda dentro do seu corpo, ainda dentro da sua vida. Eu não tinha a intenção de ficar muito. Mas dias viraram semanas. Semanas viraram meses. Comecei a me preocupar com o que restaria dele se eu desocupasse seu corpo. E eu também me preocupei com o que sobraria de mim, se eu tivesse que voltar para a vida que tinha antes. Então eu fiquei. Eu me apossei dele. Eu abusei das boas-vindas e não havia nada que Helmut pudesse fazer.

Agora já vivo a vida dele por mais tempo do que ele viveu. Mas ainda faço a distinção entre nós dois. Eu não me tornei Helmut. Nunca vou me tornar. Serei sempre o fingidor, o tomador, o ladrão.

Eu não queria ficar preso ao destino. Então fiz de mim meu próprio prisioneiro. O que ainda me deixava preso ao destino, e levando mais alguém comigo.

A única pessoa que pode me perdoar é a pessoa que eu não posso deixar livre.

Morris, 5 anos

Disse a mamãe que eu queria ir à praia de novo hoje e ela me perguntou quando eu tinha ido. Eu disse que ontem, quando ela tinha o cabelo castanho, e ela me disse que não sabia do que eu estava falando, então parei de perguntar da praia e falei para a gente tomar sorvete. Quando ela me perguntou qual sabor eu queria, eu acertei.

X

Do que eu me lembro?

Não de muita coisa.

Eu expurguei a insegurança sentimentalista que faz com que as pessoas se agarrem às suas memórias para mensurar um pouco do seu próprio valor no miasma não confiável de lembranças. Memórias — especialmente as que podemos chamar de *boas* — são distrações sem sentido, entrar num modo reprise da vida quando deveria estar focando no que acontece agora.

Você não leva sua casa junto quando viaja. Não há motivos para ser diferente com a mente.

Além disso:

Quanto menos vínculos você tiver com outras pessoas, mais sobra para você. Isso me serviu bem. Sem distrações, posso tomar posse quando eu preciso. Consigo apagar as pessoas cujos corpos eu estou ocupando, porque, quando elas tentam voltar, eu posso usar toda a minha força para afastar as memórias.

Mantenho alguns critérios. Ou, talvez, os critérios sejam pesados demais para que eu os deixe de lado, então não tenho muita opção. Seja qual for o caso, não é como se houvesse um espaço em branco onde a minha memória deveria estar.

A minha lembrança mais sólida da infância faz sentido para mim. Eu não a mantive porque signifique algo para mim, mas ela ficou porque era, e ainda é, *instrutiva*. Eu devia ter oito ou nove anos. Ainda no ensino fundamental. Ainda saindo na hora do recreio para almoçar. Ainda sem entender por que eu era diferente de todos os outros garotos e garotas. Qual era o meu nome naquele dia não tem importância. Eu era um menino e estava no topo do escorrega. Havia essa menina tentando passar na minha frente, dizendo que era a vez dela. Provavelmente havia alguma ordem ali que eu estava infringindo, afinal não estivera ali no dia anterior. Qualquer que fosse o motivo, ela me empurrou, e eu a empurrei também. Ainda consigo sentir a força nos meus braços e meu toque em seus ombros. Eu não estava pensando na direção. Empurrei de volta para o lugar de onde ela tinha vindo. O que significa que a vi caindo para além da escada e aterrissando no chão.

Havia lascas de madeira. Eu me lembro que a área ao redor do escorrega estava coberta por lascas de madeira. Eu me lembro do cheiro de pinho, embora fosse impossível ter sentido do poleiro que para o meu eu jovem tinha a altura de um arranha-céu. Eu me lembro das outras crianças gritando. De todo mundo gritando. Com a exceção da menina, deitada lá, com a perna num ângulo nada natural abaixo dela. Não havia sangue, mas ela não abria os olhos. Os adultos correram até lá. Eu não fazia ideia de quem eles eram, já que não tinha estado ali no dia anterior. Só continuei no alto do escorrega, olhando enquanto algumas crianças apontavam para mim e um adulto gritava para que eu descesse, descesse imediatamente. Alguém disse que a menina estava respirando; ninguém sabia se devia movê-la dali. Eu sabia que estava encrencado. Eu sabia que não seria certo escorregar para descer dali, então fui descendo pela escada em câmera lenta. Ninguém me segurou quando cheguei lá embaixo. Eu podia ter fugido. Mas fiquei lá enquanto ela começava a se mexer e, então, acordada, a gritar como um animal. Professores começaram a reunir os demais alunos, os levando de volta para a escola. Mas eu fiquei. Eu me castiguei com a dor daquela menina. A mulher que havia gritado para que eu descesse finalmente me levou até a sala do diretor. A ambulância chegou quando eu entrava lá.

O restante do dia foi uma sequência de adultos gritando comigo. Perguntando por quê. Dizendo *Você não é assim*, mas demonstrando em seus olhos que era exatamente assim que eu agora era para eles. Eles sabiam do que eu era capaz; se não tinham notado antes, estivera ali, à espreita, tudo agora liberado nessa pobre menina com a coluna fraturada, cujo nome não me lembro. Mas eu me lembro dessa frase: *coluna fraturada*. E, também, *pernas fraturadas*, mas já ouvira falar nisso antes. Eu não sabia que uma coluna podia quebrar.

Eu chorei. Disse que sentia muito. Sabia que eu tinha sido medonho. Se eu pudesse quebrar a minha própria coluna para salvar aquela menina da queda, eu faria isso. Tinha certeza.

Eu me lembro de ter ido dormir naquela noite sabendo que eu era tão terrível quanto todos os adultos achavam.

Então me lembro de acordar numa casa diferente, num corpo diferente, numa vida diferente. Sempre tinha sido assim, é claro. Mas o meu eu jovem achava que eu seria de algum modo punido se fizesse algo realmente perverso. O privilégio de escapar deixaria de existir.

Eu me lembro de perceber: a dor e o castigo não eram mais meus. Eu estava livre dos dois. Eu havia conseguido o que todas as pessoas queriam em diversas conjunturas de seus dias. Eu encontrara o botão de reiniciar.

E eu me divorciei da consequência desde então. Não tenho ideia do que aconteceu àquela menina. Seria uma história melhor se ela tivesse morrido, porque assim eu teria escapado de algo maior. Até onde sei, ela se recuperou bravamente e dez anos depois entrou em Harvard com uma redação inspiradora sobre quando um menino a empurrou do escorrega e como ela conseguiu se recuperar. *Minha coluna pode ter se quebrado, mas o meu espírito nunca esmoreceu*, ela talvez tenha escrito.

E o menino? Provavelmente o medicaram. Se ele não era o tipo de menino que empurrava uma menina de um escorrega, ele agora provavelmente é. A maioria dos homens é. Eu sei que eu sou.

Não é que eu ande pensando nisso. Não é como se eu estivesse no banho e tivesse devaneios sobre os danos que causei. Não existem crimes que eu esteja desesperado para confessar. Há apenas o crime secundário de esquecer. Como se não bastasse. Eu te machuco, e depois eu te machuco mais por não lembrar do que fiz.

O passado não significa nada para mim.

Eu o apago para onde quer que eu vá.

Aemon, 18 anos

Conheci Liam no Festival de Escritores de Melbourne. Eu era Peter naquele momento.

Isso foi há dois anos, quando eu tinha dezesseis. Eu estava no modo preguiça... que, tudo bem, não sumiu completamente. Mas naquela manhã em especial eu não estava prestando atenção mesmo. Só quando cheguei à escola descobri que eu era o único menino sem o uniforme, com paletó-suéter-gravata, que aparentemente era exigido em viagens. Quase não me deixaram ir, mas um professor de inglês interferiu, dizendo que de tantos alunos eu seria o que mais se beneficiaria de ter contato com tantos autores. De repente, eu estava prestando atenção, porque sempre fui leitor, mas as chances de parar na vida de uma pessoa que gostasse tanto de livros quanto eu eram mínimas.

Como era de se esperar, havia três livros diferentes na bolsa de Peter para eu ler no ônibus a caminho da cidade. Eu sempre enfrentava um dilema em situações como essa: voltar para o início do livro ou ler a partir de onde Peter parara? Se fosse um livro que eu já tinha lido, continuava de onde estava. Mas se fosse algo novo, eu mantinha o marcador dele no lugar e começava do capítulo um. Algumas vezes os nossos gostos coincidiam e eu conhecia um novo autor. Outras... parecia que estava fazendo dever de casa.

O gosto de Peter era muito bom — Larbalestier (*Razorhurst*), Lanagan (*Yellowcake*) e um exemplar de *Jasper Jones* para a aula. Apesar de estarmos indo para um festival literário, eu era o único no ônibus lendo. O amigo de Peter, Edward, se sentou ao lado dele, mas acho que estava acostumado com Peter lendo, porque simplesmente carregou alguns vídeos de comédia no celular e assistiu.

Enquanto grupo, a nossa escola estava inscrita para assistir a alguns Autores Muito Importantes falando sobre Assuntos Muito Importantes. O Sr. Williams, que havia defendido o meu não uniforme, me puxou num canto para dizer que confiava em mim para que eu fizesse minhas próprias escolhas, mas eu precisaria encontrá-lo sem falta na hora do almoço e absolutamente sem falta deveria estar de volta ao ônibus na hora predeterminada do retorno.

— Não me faça ser demitido por perder você — pediu.

Eu lhe garanti que faria como ele tinha pedido e, com um aceno para Edward, mergulhei na multidão na Federation Square. Um monte de escolas diferentes estavam lá, cada uma com sua própria indumentária engravatada. Para mim, era engraçado o quanto se podia dizer sobre uma escola a partir do modo como cada aluno usava o uniforme — alguns como se a elegância fosse um direito seu de berço, outros como se tivessem sido vestidos pela mãe para ir à igreja contra a sua vontade.

Eu olhei a programação e descobri que havia uma mesa sobre literatura queer. Como eu me identificava como queer desde a primeira vez que li as palavras "gênero não binário", concluí que era para onde eu iria. Era um pequeno espaço improvisado e estava claro que nenhuma das escolas havia decidido ir em massa assistir a essa mesa. Isso significava um número reduzido de paletós e gravatas, mas universitários de cabelo tingido em excesso, e alguns (eu percebia) eram não binários também.

Entrei. Podia ter me sentado em qualquer lugar. Mas acabei ficando ao lado de Liam.

A primeira coisa que notei: ele havia tirado o paletó.

A segunda coisa que notei: havia um exemplar de *Black juice*, da Margo Lanagan, no bolso. Não era *Yellowcake*, mas quase.

Terceira coisa que notei: os óculos do Elvis Costello.

A quarta coisa que notei: ele vendo que eu estava olhando para ele.

— Você trapaceou, eu posso ver — digo, apontando para o seu paletó.

— Gosto de pensar que sou um rebelde, não um trapaceiro — respondeu, seu tom autodepreciativo deixando claro que ele não se considerava nenhuma das duas coisas. O que era adorável.

Ele se apresentou como Liam. Eu me apresentei como Patrick. Porque não queria me apresentar como Peter e, naquele momento, a minha mente não podia se afastar tanto assim daquilo.

O moderador nos informou onde eram as saídas e o debate começou. Ainda que fosse muito interessante, eu estava prestando tanta atenção ao que estava ao meu lado quanto aos autores na minha frente — e achei que sentia Liam fazendo o mesmo. Isso se confirmou assim que a mesa acabou, porque voltamos a conversar como se não tivesse existido uma pausa de cinquenta minutos.

Pegue dois jovens queer, apaixonados por livros, e os deixe livres num evento literário — poderíamos também estar passeando pela Rive Gauche, em Paris, por todos os pensamentos que vinham dos nossos corações esquisitos e estudiosos. Liam era originalmente de Melbourne, sua mãe cuidava de uma papelaria em Fitzroy e o pai era oftalmologista. Eu lhe disse que era de Adelaide e que estava no festival com o meu pai, que trabalhava num festival literário lá e queria dar uma olhada nos autores. Nada disso era verdade, mas eu também lhe contei o que achava ser mais verdadeiro sobre mim: sobre me ver como uma pessoa, e não como um menino ou uma menina; sobre minha sensação de não pertencimento; sobre usar os livros para entrar em algo maior que a minha vida de agora.

Eu fingi que o Sr. Williams era meu pai quando apareci para o almoço. Dali, fui direto encontrar Liam, que me disse que não iria se apresentar para seus professores, embora tivesse que fazê-lo. Passamos a tarde entrando e saindo de mesas, pulando de ficção científica para questões do meio ambiente e então para autores estreantes não muito mais velhos que nós. Em algum momento, eu disse a Liam que meu nome era Peter e não Patrick. Ele não pareceu intimidado. Eu lhe perguntei se ele escrevia, e num cantinho tranquilo do prédio da AMCI ele puxou um caderno e, nervoso, leu pela primeira vez alguns poemas para mim, contando em seguida que os havia escrito pela manhã. Ele me perguntou se eu escrevia e eu lhe disse a verdade: que eu ainda estava observando e que ainda não havia encontrado as palavras.

A tarde estava passando depressa. Sua mão encostou na minha quando fomos assistir a quatro escritores falando sobre Margaret Atwood. Nós dois percebemos e fizemos com que acontecesse de novo. E então estávamos de mãos dadas, nem rebeldes nem trapaceiros, apenas românticos.

Eu sabia que não era verdade, mas poderia jurar que as centenas de pessoas que haviam planejado o festival o fizeram apenas para que eu e Liam nos conhecêssemos. Eles achavam que eram produtores de evento, mas na verdade eram cenógrafos. Nós viramos as estrelas dessa produção por acaso.

Então chegou a hora de ir embora. Eu lhe dei o meu e-mail: Aemon808. Ele disse que *Aemon* era uma palavra legal. Não havia como lhe contar que era como eu pensava ser o meu verdadeiro nome. Até me pegar dizendo que era como eu pensava ser o meu verdadeiro nome.

Ele gostou. Ele gostou eu ter escolhido esse nome.

Demos um abraço de despedida. E nos mantivemos abraçados o máximo de tempo possível. Nossos corpos reconhecendo o que nossas mentes e corações já tinham percebido.

Eu não queria partir.

O erro seria pensar que seria melhor se tivesse terminado ali. Apenas um dia perfeito.

Ainda assim teria doído. Qualquer término dói.

Durante meses, escrevemos um para o outro sobre qualquer coisa. Eu lhe contei sobre a escola, sobre coisas que eu pensava, sobre livros que eu lia. Para mim, a parte estranha era que parecia que eu estava contando toda a verdade — os corpos nos quais eu estava não tinham importância para mim, então também não tinham importância na história. Dividimos posts secretos no Instagram. Quando ele queria fotos minhas, eu ia nas contas de Peter e pegava algumas. Quando ele quis fotos de Adelaide, eu fui até lá — e, dado como a minha vida funciona, eu fiquei.

As fotos que eu podia pegar de Peter foram ficando limitadas — ele arrumou uma namorada, e muitas das fotos que postava eram com ela. Eu cheguei a sentir que tinha um estranho parentesco com ele, como se a aparência dele fosse a minha, porque era assim que Liam estava me vendo. Eu sabia que era errado, mas, quando se é diferente de todo mundo, você começa a acreditar que tem uma certa licença em alguns aspectos do que é certo e do que é errado.

Então eu recebi uma mensagem no meu Instagram: "Quem é você e por que está usando as minhas fotos?" De alguma maneira, Peter havia me encontrado. O certo e o errado haviam se reafirmado. Eu disse a ele que sentia muito e que não aconteceria novamente. O que significava que eu não podia fazer novamente.

Eu disse a Liam que tinha saído escondido de casa para ver a banda favorita dele em Adelaide, mas fui pego pelos meus pais quando voltei. Disse a ele que eles descobriram meu Instagram, tomaram o meu laptop e disseram que eu precisava focar nos estudos. Fiz com que parecesse que a culpa era deles. Fiz com que parecessem terríveis. Mas lhe disse que ainda podia mandar e-mails. Ele concordou com tudo.

Ficamos por mais de um ano naquele estranho espaço que era romântico, mas não era um namoro, importante, mas não melhores amigos, ligados um ao outro, mas não ligados a um espaço físico qualquer. Ali nós florescemos e ambos sentimos que deveríamos querer mais.

Eu nem percebi que o próximo festival de Adelaide estava chegando. Embora eu tivesse mantido a história de que meu pai trabalhava lá, não estava prestando muita atenção. Então, um mês antes, Liam me surpreendeu dizendo que iria ao festival. Muitos dos nossos autores favoritos estariam lá — e ele queria me ver. Finalmente.

Eu precisava lhe dizer para não ir. Eu precisava encontrar um jeito de lhe dizer isso sem estragar tudo o que tínhamos construído. Eu precisava ser o mais verdadeiro possível.

Então eu lhe disse que queria ficar no nosso espaço. Que fosse romântico mas não namoro, importante mas não melhores amigos, ligados um ao outro mas não ligados a um espaço físico. Ele escrevia e eu queria conhecê-lo por meio das suas palavras — e apenas por meio delas. E eu queria que ele me conhecesse do mesmo modo.

Tudo bem, ele escreveu. *Vamos manter isso puro.*

Isso me aliviou demais. E, paradoxalmente, me decepcionou demais também. Mas continuamos nos escrevendo como se nunca fosse existir uma chance de estarmos no mesmo lugar. Ele não me perguntou do Instagram ou pediu nenhuma outra foto.

Eu ainda lhe conto tudo com um asterisco.

Ele é, sem dúvida, a pessoa mais importante da minha vida. Então, todo dia, eu tenho medo de perdê-lo.

A
Dia 6.132

R,

Chegou o dia. Você acha que consegue vir até Nova York?

A

A,

Sim.

R

— Oi.

É a voz dela. Ainda não consigo acreditar que estou ouvindo a voz dela.

— Ei.

— Ah! Ei.

Conto o plano para ela. Digo por que precisa ser hoje.

Foram semanas até encontrar a pessoa certa. Eu jamais me esqueceria de Katie, a garota cujo corpo eu tomei para chegar até aqui. Eu não podia me esquecer da palavra para o que eu estava planejando fazer: *sequestro*. Eu não podia pegar alguém e jogar num lugar desconhecido. Antes, eu não sabia bem. Agora eu sei, então seria indesculpável repetir.

Então esperei. Escrevi para Rhiannon e a atualizei sobre o que estava acontecendo. Tentei não pensar que estava levando-a para um lugar impossível.

Rita tinha um namorado que poderia ter voado com ela até a costa leste... mas os dois ficariam de castigo por uma vida quando voltassem. Em relação a Simon, a mãe dele não se importava e o pai não existia, então, se ele desaparecesse, ninguém iria notar — mas também não haveria ninguém para levá-lo de volta para casa depois. Ana tinha um amigo que se mudara para Washington, mas os pais dela se sentiram aliviados quando

176

esse amigo foi embora e nunca iriam permitir que ela fosse visitar. Eu não queria criar problemas para ninguém. Eu não queria que ninguém faltasse um dia de aula. Ou perdesse o emprego. E nem mesmo um encontro que havia sido marcado na semana anterior. Quem era eu para desviá-los de qualquer coisa?

Então, em um sábado, eu acordei sendo Tyana Jenkins.

Ela mora com a mãe e o padrasto numa casa legal em Lakewood, no Colorado.

Seu pai trabalha em Nova York.

Eu conferi mais de uma vez: parecia que eles tinham uma boa relação. Ela passa a maior parte dos feriados com ele. Embora não seja um feriado, *é* um fim de semana. E ela não tem muitos planos.

Entro num site de compras de última hora. Como não é época de férias, existem voos baratos para Nova York. As informações do cartão de crédito já estão no computador.

Compro a passagem.

A seguir, mando uma mensagem para a melhor amiga de Tyana, Maddie, e digo a ela que preciso que ela me dê cobertura. Digo que estou com saudades do meu pai e que preciso vê-lo em Nova York. Digo que vou explicar melhor para a minha mãe depois, mas que preciso que Maddie diga que eu vou dormir na casa dela se mamãe perguntar. Ela escreve de volta: *Patty nunca vai ficar sabendo*. Imagino que Patty seja a minha mãe.

A família faz com que seja fácil para mim. Minha mãe precisa levar duas das minhas meias-irmãs para o que chama de "intensivo de dança", enquanto o meu padrasto tem que levar o meu meio-irmão para o futebol americano. Eles dizem que me encontram de noite. Eu digo que vou dormir na casa da Maddie. Pronto.

Volto para o meu quarto. Reservo um hotel próximo ao aeroporto JFK. Mando um e-mail para Rhiannon. E depois ligo.

— Então você vai me encontrar no aeroporto? — pergunto depois de ter explicado tudo.

— Vou levar pelo menos quatro horas para chegar lá, talvez cinco. Nunca dirigi numa cidade grande antes.

— Parece que o JFK é fora da cidade. Você não vai precisar atravessar Manhattan.

— Para mim tudo é cidade. E eu nunca dirigi cinco horas até um lugar antes. Então me deixa ficar nervosa, tá.

— Tá.

— Certo. Então… isso está mesmo acontecendo?

— Está — prometo. — Já estou a caminho.

Chego ao aeroporto com bastante antecedência. Delibero quando devo mandar uma mensagem para o pai de Tyana avisando que estou indo — cedo demais e ele pode ligar para a minha mãe, tarde demais e ele pode estar fora à meia-noite, quando vou precisar que esteja em casa. Decido que é melhor avisar quando for irremediável e eu estiver em Nova York.

Passei uma vida evitando aviões, sabendo o deslocamento que aconteceria por causa de tal viagem. Mas, dessa vez, eu me permito ficar confortável. Embora a passagem de Tyana seja de ida e volta, a minha é só de ida, e, dessa vez, estou bem com isso. A sensação, se muito, é ser a segunda perna de uma viagem de ida e volta.

Só quando o avião está pousando que as mãos de Tyana começam a tremer. Eu as encaro, pensando em como o corpo sabe o que eu estou sentindo, em como um corpo que não é meu ainda pode me expor.

Enquanto esperamos o avião taxiar no portão, escrevo para o pai de Tyana.

Quero te ver, então estou a caminho de Nova York. Só para essa noite.

Ele me escreve de volta no mesmo instante.

Está falando sério?

Digo que sim. Conto a ele que queria que fosse surpresa e que vou pegar um táxi do aeroporto para encontrá-lo no apartamento por volta das onze da noite.

Já são sete horas.

Deixamos o avião. Espero ver pessoas esperando com cartazes no portão, mas as únicas pessoas esperando são as que vão pegar o próximo voo. Percebo que se Rhiannon estiver aqui, vai ser do lado de fora, depois da segurança. Percebo que isso significa que ela está por perto. Tão perto.

Está acontecendo. É real.

Ali.

Procurando na multidão ainda que ela não saiba qual é a minha aparência.

Confiante de que vai ser capaz de me encontrar.

Segurando um papel que tem apenas "A".

Ela se vira na minha direção.

Ela me vê.

Eu sorrio.

Ela sabe.

O amor pode mudar de forma, mas ele nunca vai embora. O amor permite que você recomece de onde parou. A ausência pega o tempo emprestado, mas o amor é o seu dono.

— Ei.

— Ei.

Deixo a bolsa cair no chão. Eu dou um beijo nela. Ela me dá um beijo.

Ficamos, por um breve instante, no nosso próprio fuso horário. Todos os demais passam direto. Ficamos firmes ali.

Sim, tem gente olhando. Só quando nos afastamos eu vejo as reações. Algumas pessoas estão sorrindo. Outras estão incomodadas. A maior parte não presta atenção.

Nós também não prestamos atenção. Nem ligamos.

Eu achei que fosse me lembrar perfeitamente dela. Mas é bem melhor vê-la imperfeitamente, ver algo novo a cada vez que ela se mexe.

Ela estacionou no hotel do aeroporto, mas nós não temos tempo de parar lá. Preciso levar Tyana até o pai no horário, então precisamos ir para Manhattan a tempo disso.

— Nunca estive aqui antes — digo a Rhiannon quando entramos no AirTrain.

— Eu nunca vim aqui sem a minha família — diz ela.

— É emocionante.

— É uma boa palavra para isso.

Posso ver que ela está nervosa. Não sei se é por minha causa, por causa da cidade, ou por causa das duas coisas.

Pego sua mão.

— Vamos cuidar disso. Eu prometo.

Ela concorda com a cabeça.

Eu quero lhe dizer para não se preocupar com o futuro. O que importa é o agora. Mas eu também sei que pensar assim foi o que nos levou para o lugar errado da última vez.

Eu sabia que seria maravilhoso vê-la novamente. Mas agora, com ela do meu lado de verdade, também sinto que preciso ter cuidado.

Nós colocamos o papo em dia durante a longa viagem de metrô. Eu ouço sobre os amigos dela. Ela ouve sobre as minhas últimas vidas.

A princípio, ela não fala no Alexander. E eu me preocupo com isso. Então, quando a omissão se torna intrusiva demais, pergunto diretamente sobre ele.

— Ele é ótimo… eu acho. Não o tenho visto muito. Na verdade, acho que a palavra certa seria *evitado*. Tenho evitado Alexander.

— Por causa disso? — preciso perguntar.

— Sim e não. Quero dizer, óbvio que está relacionado, mas não é a única razão.

Estamos perigosamente próximos de falar sobre nós e eu ainda não quero abordar o assunto, não até termos tido tempo de entender isso aqui.

Rhiannon continua:

— Preciso que você saiba que, embora tenha dado alguns avisos, estou longe de sentir que a minha vida é normal agora.

— Pense nisso como um encontro — peço a ela. — Você veio a Nova York para um encontro. Isso é super-romântico. Uma loucura, até. E pode ser apenas um fim de semana, mas você vai, com certeza, aproveitar ao máximo tudo. Isso é perfeitamente normal. Sou a sua namorada à distância, que voou até a cidade para te ver.

Ela inclina a cabeça contra a minha.

— Que sorte a minha.

— E que sorte a minha.

Eu a sinto ali. Ao meu lado. Mesmo que a viagem terminasse agora, teria valido a pena. Ter a presença dela se sobrepõe a minha presença, e sentir o conforto dessa sobreposição de um jeito tão palpável.

A cidade nos deslumbra.

Descemos do metrô na Times Square e nossa visão fica ofuscada ao emergirmos. Parece que entramos num mundo artificial: é dia no meio da noite, um turbilhão humano que parece ter sido aleatoriamente selecionado entre a população mundial. Rhiannon pega seu telefone e começa a tirar fotos. Eu imagino que ela não vá querer que eu apareça nelas, porque não terei essa aparência amanhã. Mas quando tento sair do enquadramento, ela me pede que volte.

— Eu quero me lembrar de você — diz ela, e fica claro a qual *você* ela está se referindo. Ela não vai se lembrar de Tyana, porque na percepção dela, Tyana não está aqui. Somente eu estou.

Isso é a coisa mais incrível desse momento. Não o néon. Não o fato de estarmos no centro do mundo. Não. É saber que ela vai se lembrar de mim. Encontrei uma forma de existir assim.

Estamos morrendo de fome, então vamos a um restaurante que oferece um pretzel em todo prato pedido. Falamos sobre o que quer que venha à mente, compartilhamos nossos filmes e séries favoritos de Nova York, e então comparamos com o que vemos pela janela. Eu não quero ver a hora, porque parece ser a única coisa não inteiramente controlável agora. Estamos nos aproximando mais e mais das onze da noite, e a casa do pai de Tyana fica a uma considerável corrida de táxi dali.

— Você precisa ir — diz Rhiannon.

— Eu não quero.

— Não se preocupe. Nós temos amanhã.

Sorrimos ao ouvir isso.

Eu ofereço o dinheiro do táxi para Rhiannon voltar para o hotel. Ela promete que vai ficar bem.

Levanto um braço para chamar o meu táxi, como as pessoas costumam fazer na televisão. Um motorista para imediatamente, o que nos dá tempo apenas para uma despedida apressada.

— Eu te aviso onde estou assim que acordar — prometo. — Vai ser o melhor dos encontros na cidade.

Ela me beija.

— Parece incrível.

Enquanto o táxi se afasta, só consigo ficar olhando para ela do banco traseiro. Ela não para de olhar na minha direção até que eu saia do seu campo de visão.

— Tenho uma leve impressão de que sua mãe não sabe sobre isso — diz o pai de Tyana assim que entro no apartamento e nos abraçamos.

Percebo que ele está feliz em ver Tyana, mas também está preocupado.

— Não exatamente — digo a ele.

— O que ela sabe?

— Que estou passando a noite na casa de Maddie?

— Então "não exatamente" quer dizer "nadinha".

— É tipo isso...

— E o seu voo é amanhã?

— Estarei de volta às seis. Acredite, não importa se eu estiver na Maddie ou aqui. Ela não vai perceber a diferença.

— Bom, vamos torcer para que você tenha razão em relação a isso — diz ele. Depois balança a cabeça, e dá uma risada. — Quando a sua mãe fugiu no ensino médio para visitar o namorado, ela foi descoberta. Mas não fui eu quem te contou isso!

Ele diz que saiu e comprou sorvete para gente. Enquanto comemos, lhe faço muitas perguntas, e ele responde feliz cada uma delas. Mas quando a conversa se volta para a minha vida, eu solto o bocejo que estou segurando faz horas.

— Podemos conversar mais pela manhã? — peço a ele. — Estou exausta. São 23:35, não tenho muito tempo.

— Claro. Mas se eu terei você por menos de vinte e quatro horas, é melhor que não esteja planejando dormir até tarde. Temos pelo menos dois museus para visitar e chocolate quente gelado para tomar.

— Combinado! — digo, e bocejo novamente.

Espero que Tyana se lembre desse acordo de manhã. Espero que ela não se importe em estar aqui. Acho que ela vai ficar feliz, mas reconheço que meu palpite pode estar contaminado pelo que eu quero que seja verdade.

Antes de ir dormir, envio uma mensagem de boa noite para Rhiannon. Espero alguns minutos, mas a meia-noite está se aproximando rapidamente e, antes de ter uma resposta, mando outra mensagem, pedindo a ela que não responda. Então apago toda a conversa e qualquer registro de Rhiannon no telefone de Tyana.

Fecho os olhos às 23:52 e durmo imediatamente.

Rhiannon

Eu não quero pegar um táxi, porque, se pegar, terei que conversar com o motorista — ou pelo menos é o que eu acho. Táxis também são caros e, apesar da menina que A era hoje claramente ter dinheiro, eu me sinto estranha por aceitar dinheiro de alguém que não tem a menor ideia de o estar me dando.

Quero ficar sozinha com os meus pensamentos e, estranhamente, o único modo de fazê-lo é entrando num metrô lotado. Para mim é incrível ver quanta gente está acordada a essa hora — acho que todas as pessoas que estão acordadas num sábado à meia-noite na minha cidade provavelmente caberiam no vagão desse metrô. Mas também tenho quase absoluta certeza de que nenhuma dessas pessoas está pensando nas mesmas coisas que eu, imaginando que tipo de pessoa vai aparecer no meu "encontro" de amanhã.

Isso é estranho. Eu sabia que seria estranho, é estranho e estou dizendo a mim mesma que é claro que é estranho, mas logo vai voltar a ser menos estranho. Sei que passei a noite de hoje com uma menina que nunca vi antes. Mas, apesar disso, eu ainda senti como se a conhecesse imediatamente. Porque A era A. Talvez tenha sido um corpo diferente, uma voz diferente, uma altura e peso diferentes. Quando ela olhou para mim, era A. Quando ela falou comigo, era A. A forma como eu me senti — era A.

Não lembrava da viagem do metrô ter demorado tanto mais cedo. Talvez porque eu não estivesse sozinha. Ou talvez seja porque faz mais paradas a essa hora. Só está levando muito mais tempo, e eu não tenho nada para ler ou fazer. E estou com medo de acabar encarando alguém por muito tempo, porque podem puxar uma faca ou tentar falar comigo. E eu não sei o que seria pior.

A bateria do meu telefone está acabando e não quero correr o risco de ficar sem, então, apesar de ter sinal de vez em quando, eu desligo o aparelho. Estou isolada dos meus amigos, que a essa hora provavelmente estão dormindo, ou em alguma festa, mas não com seus telefones. Desculpas, desculpas. A verdade? Eu não saberia o que dizer a eles mesmo se entrassem em contato.

Rebecca acha que estou aqui visitando faculdades. Então tenho certeza que os meus outros amigos acreditam nisso também. É o que vou dizer a eles na segunda de manhã. Rebecca vai me ignorar um pouquinho porque queria ter vindo.

Já é quase uma da manhã quando o metrô chega na estação do aeroporto, e então percebo que a estação não é tão perto assim do hotel. Eu poderia ir até o aeroporto para ver se havia um *shuttle* para o hotel, mas não tenho certeza se haveria algum a essa hora. No fim das contas, acabo pegando um táxi.

É uma mulher dirigindo, então não me incomodo quando ela começa a conversar comigo. As perguntas que ela faz não são difíceis. É a minha primeira vez na cidade? O que estou fazendo na rua a essa hora? O hotel é bom? Era como conversar com os amigos dos meus pais.

O lobby do hotel está deserto. Imagino que um hotel de aeroporto não é exatamente o lugar em que as pessoas de Nova York se divertem a essa hora num sábado. O meu quarto tem cheiro de cigarro apesar de ser um quarto para não fumantes. A cama parece úmida. Não num local apenas, mas ela inteira. Fico pensando se não seria melhor dormir no meu carro.

O banheiro não é tão ruim. Mas a luz é desagradável, e, antes de escovar os dentes, me vejo no espelho, e é como se eu estivesse sendo apagada. Eu me faço a pergunta em silêncio, depois em voz alta:

— O que eu estou fazendo aqui?

Agora não consigo mais tirar da minha mente o pensamento de *Oqueeuestoufazendoaqui? Oqueeuestoufazendoaqui? Oqueeuestoufazendoaqui?* Não apenas neste hotel de merda, de onde só dá para ver uma autoestrada e outros hotéis pela janela. Mas aqui em Nova York, indo atrás de alguém que nunca vai poder ficar comigo. Não é exatamente a mesma coisa, mas eu não paro de pensar em como as coisas foram com Justin, como tantas vezes eu pensei que tinha acabado e depois eu convencia a mim mesma que não, que deveríamos ficar juntos. Então ficávamos. E depois acontecia de novo. Até que finalmente havia evidências demais para se ignorar. Sei que A não é Justin e as razões pelas quais não vai funcionar com A são completamente diferentes das razões pelas quais não funcionou com Justin. Mas, mesmo que sejam pessoas diferentes, talvez o padrão seja o mesmo. Essa crença infantil de que se você quer muito alguma coisa, você vai conseguir. E daí se A me faz bem e Justin me fazia mal. O que não dá certo, não dá certo.

Pare. Preciso pedir a mim mesma para parar. Escovo os dentes e depois me encho de coragem para deitar na cama úmida. Os lençóis não parecem tão ruins quanto o colchão. Mas o aquecedor está fazendo barulho. Eu me lembro do meu telefone, então o ligo e vejo as mensagens de boa noite de A, depois outra perto da meia-noite pedindo que eu não respondesse — como se eu fosse esquecer dessa parte. Talvez eu deva parar de subestimar meu próprio poder de me iludir.

Volto para a cama. O ruído do aquecedor não melhora. A cama não fica mais confortável. Tem luz entrando do quarto por meio das frestas do blecaute. Posso ouvir os carros na autoestrada. Por que tantos carros passando pela autoestrada? Estou sozinha. Vim aqui para ficar com A e estou sozinha.

Mas você sabia que ficaria sozinha, falo comigo mesma.

Eu só não saberia que a sensação seria essa, respondo.

Oqueeuestoufazendoaqui? Oqueeuestoufazendoaqui?

Sei que está tarde demais e estou muito cansada para voltar para casa dirigindo, mas, por alguns minutos, eu realmente penso em entrar no carro e ir. E dizer a A: "É a sua vez de vir atrás de mim".

O que não é algo que eu deveria estar pensando em dizer para alguém que acabou de me desejar um boa-noite sincero.

Tento me acalmar, embora tudo ao meu redor pareça agitado demais. O único jeito de adormecer nesse lugar é por pura exaustão e, em algum momento, eu chego lá. Mas depois que acordo, cedo demais, não há como voltar a dormir. Mando um e-mail para A, dizendo que estou acordada, mas não tenho resposta.

Não consigo ficar esperando aqui. Arrumo as poucas coisas que tirei da bolsa, faço check-out do quarto e sigo para o meu carro. Não sei para onde eu vou, mas sei que não é para esse hotel. Visualizo o mapa de Manhattan e decido que vou para o Central Park, que é o lugar mais fácil de se encontrar na cidade. Está muito cedo e é domingo, então não tem muito trânsito. Agradeço por isso. Já é estranho demais estar dirigindo na direção daquele horizonte de arranha-céus, e entrar nele. Eu não tenho lugar aqui. Não tenho noção de nada.

Encontro uma vaga colada ao parque e preciso verificar as placas de sinalização três vezes para ter certeza de que posso estacionar ali num domingo.

Então saio do carro e começo a caminhar. Somente os pinheiros oferecem algum verde contra o céu nessa época do ano, mas os galhos sem folhas me chamam mais atenção. Acho uma trilha onde eles se encontram por cima, coroando o espaço onde eu estou. A maior parte das pessoas ao meu redor está passeando com cachorros, embora a essa hora pareça mais que os cachorros que estão passeando com elas. Não esqueço nem por um instante que estou no meio de uma das maiores cidades do mundo, mas, ao mesmo tempo, gosto que o parque seja grande o bastante para deixar a cidade de lado. Estou com fome e provavelmente preciso de café, mas todos os vendedores ainda dormem. Caminho por trajetos sinuosos em que as pessoas e os cães desaparecem, e me pergunto se estou segura. Ando de volta até um espaço mais aberto. Uma área gigantesca marcada por campos de beisebol desertos. Ando até meus pés doerem, meu telefone apita e eu descubro para onde devo ir em seguida.

A
Dia 6.133

Rhiannon e eu nos sentamos em um banco de frente para uma colina particularmente íngreme no lado leste do Central Park. Eu lhe trouxe café. Enquanto ela beberica, olho para os seus lábios e como eles encostam na tampa do copo. Senti falta disso.

Estou contando a ela sobre esta manhã. *Contar a ela* é algo de que senti falta também. A sensação é de que algo que eu vivi não está completo até ser partilhado com uma pessoa em especial.

— Bom, o apartamento de Arwyn fica apenas a um quarteirão da casa do pai de Tyana. O que meio que prova uma coisa em que sempre achei: quanto mais gente ao redor, menor é a distância que eu preciso percorrer de um corpo para outro. Pense nisso. Se eu vivesse aqui, poderia ficar no mesmo bairro por meses. Talvez anos. Talvez eu nunca saísse de Manhattan.

— Isso facilitaria a vida — diz Rhiannon. — Mas não exatamente. Você continuaria mudando.

— Eu sei, eu sei.

Não falei sobre isso para ser um argumento em relação ao que deveríamos fazer. Não dessa vez.

Rhiannon faz um gesto em direção ao meu corpo.

— Então me conte sobre Arwyn.

— Sinceramente? Não tenho certeza de muitas coisas, já que eles também não têm. Então vamos dizer que eles estão se questionando sobre, tipo, quase tudo.

— Você falou "eles".

— Meio que quero fazer isso agora. Se eu não tenho certeza de como se identificam. Faz sentido para mim assim.

— Antes não fazia?

— Eu não precisava falar sobre eles antes. Sabe, não precisava falar com ninguém sobre isso.

— Então eu apareci — diz ela, se aconchegando.

— Isso — respondo, me aconchegando nela também. — Então você apareceu.

Acho que o Central Park deve ser um dos poucos lugares de Nova York que não parecem ter um dono, o nome de alguém ou uma pessoa lucrando com ele. É esse oásis de pura existência num reino de consumo. Por causa disso, eu já decidi que vai ser a minha parte favorita da cidade. Não que eu tenha visto muito do restante.

Eu devaneio por um instante, observando o parque, imaginando-o dentro da cidade. Rhiannon ficou em silêncio também. E acho que tudo bem. Não, isso é bom. Mesmo depois de estarmos distantes por tanto tempo, não sentimos que precisamos correr para juntar nossas vidas.

Estamos agindo como se tivéssemos tempo. Bastante tempo.

Rhiannon

Pergunto a mim mesma: *E se esse fosse o nosso banco?*

E imagino. Todas as manhãs nos encontramos aqui. Em alguns dias, A pode estar passeando com um cachorro. Em outros, A pode estar a caminho do trabalho. Eu provavelmente estaria a caminho do trabalho — numa cafeteria, ou numa livraria, ou numa cafeteria em uma livraria. Não abriria antes das dez da manhã — não, onze. Eu teria tempo para ficar no banco, tomando um café com leite ao lado de A, conversando sobre o nosso ontem, o nosso hoje e talvez sobre um ou dois amanhãs, pelo menos para mim. Às vezes eu chegaria no banco depois e teria que observar se a pessoa sentada aqui seria realmente A, ou se seria algum invasor… invadindo. Mas eu saberia assim que me olhasse nos olhos. Saberia assim que me desse um bom-dia.

Vamos envelhecer nesse banco. Todos os passeadores de cachorros, todos os corredores que passam por este exato banco, eles saberão que é o nosso banco. Ou, ao menos, o meu banco. Porque eu serei a que nunca muda. Quando chover, terei um guarda-chuva de bolinhas. Quando nevar, A vai trazer um cobertor para nos cobrir. No outono, nos vestiremos como as folhas. Não vamos perceber que estamos envelhecendo. Mas vamos envelhecer nesse banco. E seremos sempre as mesmas pessoas em nossa essência.

Não viveremos juntos. Raramente vamos nos encontrar à noite. Mas em todas as manhãs teremos o banco.

É uma fantasia legal. Mas não se parece em nada com a realidade.

A
Dia 6.133 (continuação)

Arwyn teve que furar a ida ao cinema no centro com os amigos e como eu não quero esbarrar acidentalmente com nenhum deles, sugiro continuarmos nessa região mais ao norte da cidade.

— Quer ir a um museu? — pergunto a Rhiannon. No mapa, parece ter um monte de museus ali por perto.

— Vamos ao Metropolitan — diz ela. — Fica bem ali.

Ela aponta para um prédio que lembra uma mansão na extremidade do parque. Depois, quanto mais perto chegamos, maior ele fica e mais parecido com um castelo do que com uma mansão.

Eu tinha visto a escadaria que leva ao Met em tantos filmes e séries de TV, que a sensação é de já conhecer o lugar; vê-la me provoca uma emoção de reconhecimento, não de descobrimento. Uma vez dentro do museu, eu pego um mapa e é como se, de repente, fôssemos viajantes no tempo, capazes de ir até qualquer momento da história para ver o que vai acabar ficando para trás. Não sei muito sobre arte, então não faço ideia de por onde começar. Também não sei de que período Rhiannon gosta mais, ou se não tem nenhuma preferência, como eu. O museu também vai me ajudar a descobrir mais sobre ela.

— Então, por onde devemos começar? — pergunto.

Ela boceja e fica vermelha de vergonha com isso.

— Desculpa! Eu não dormi muito na noite passada. Vamos começar com os impressionistas. As salas deles são sempre as minhas favoritas.

Consulto o mapa.

— Para cima!

— Você está animadinho demais.

— Acho que eu sempre consigo dormir.

— Não teria conseguido naquele hotel.

— Tão ruim assim?

— Não... foi ok. Só não estou acostumada a dormir sozinha em quartos de hotel.

— Eu queria ter ficado lá com você.

— Eu sei. Eu também.

Nosso desejo fica ali, pairando. Há uma qualidade de encantamento ao expressá-lo, ao saber que é o que ambos queríamos. Mas há uma tristeza também, porque esse tipo de escolha nunca caberá a nós.

Estamos atravessando um corredor forrado por esboços e fotografias antigas, cada uma em seu próprio recanto na parede, aos olhos do público, porém exigindo algum esforço para que sejam vistas.

— Eu gosto daquela — diz Rhiannon, se aproximando de uma imagem dos anos 1940, na qual quatro meninas — três menores e uma mais velha — observam seis bolhas de sabão subindo pelos ares em uma rua deserta da cidade.

Há uma certa simetria entre as meninas e as bolhas, como se houvesse uma relação significativa entre elas. O nome da fotógrafa é Helen Levitt e ela não deixou pista alguma sobre de onde vieram as bolhas ou quem são as meninas. O título da foto — *Children with Soap Bubbles, New York City* — não nos diz nada.

Rhiannon boceja de novo e se desculpa de novo. Passamos do preto e branco para o colorido, e das impressões para as telas. Somos recebidos por bailarinas retratadas em suas poses. Rhiannon se aproxima para observá-las e eu fico um pouco para trás, para vê-la se inclinar em direção às bailarinas do mesmo modo que elas se inclinam em direção à barra.

— Acho que o Degas é o meu impressionista favorito — diz Rhiannon quando eu chego mais perto. — Embora o Monet esteja logo atrás.

— Por que eles são chamados de impressionistas? — pergunto. — Quero dizer, as pinturas não são todas impressionistas?

Rhiannon desvia o olhar das bailarinas de Degas para me ver.

— Concordo. Mas há algo diferente nos impressionistas. Eles reconhecem que seus sujeitos estão em constante mudança e que estão capturando apenas um momento. E nem é um momento *definitivo*. Tipo, eles não estão dizendo que essa é a melhor forma de retratar essa cena ou essa pessoa. Estão dizendo que essa é apenas uma das maneiras de vê-las. Foi assim que eu vi... e então passou. Só que eu captei alguma coisa. Consegui registrar um pouco antes que eu também tivesse passado.

Outras pessoas estão tentando ver as bailarinas, então chegamos para o lado e vamos para outras salas, para os montes de feno de Monet e o chapéu de palha de Van Gogh. Nenhuma cor é uma só. Nenhum sólido é totalmente sólido. Tudo parece diferente quando vemos mais de perto. Penso no que Rhiannon disse, sobre como esses são momentos singulares, lampejos de impressões. Ao mesmo tempo, eles parecem combinações, montadas a partir de diferentes momentos e observações para chegar a algo quase impossível: um imediatismo eterno.

Eu quero dizer isso a Rhiannon, mas ela já está três quadros na minha frente. Ela vai passando pelas paredes até ver algo que chama a sua atenção; então se aproxima e dá à pintura ao menos um minuto antes de ir adiante.

Olho através de uma moldura da minha própria criação. Nós que frequentamos museus somos uma parte das telas enquanto elas estão em nosso campo de visão. Nós nos dissociamos da sala de modo a espiarmos por meio dos álamos. Dois de nós encaramos a mesma mulher de mais de um século atrás. Não sabemos nada sobre ela, mas ao mesmo tempo sabemos algo sobre ela. Procuramos pelas pistas em sua expressão.

Somos estranhos aqui. Nós nos reunimos para ver arte, e, do nosso jeito, por pequenas frações de tempo, trazemos a arte de volta à vida.

Rhiannon

Somos estranhos aqui. Olhamos para coisas diferentes, vemos coisas diferentes. Se eu não soubesse que Arwyn era A, eu passaria direto por eles. Mesmo agora, eu não sei o que dizer. Estamos cercados por algumas das mais célebres pinturas do mundo e não consigo pensar em nada para dizer que não diria para outra pessoa.

Na verdade, penso em quanto Alexander amaria isso. Alexander ia querer mergulhar os dedos nas pinceladas. Ele ia querer encontrar uma paisagem e entrar dentro dela.

Dawn, 45 anos

Somos estranhos aqui. Eu conversei com Irene, a guarda da sala 964, tantas vezes ao longo dos anos. Sei os nomes de suas sobrinhas e sobrinhos. Sei onde ela passou as férias. Sei que ela gosta mais de Monet que de Manet. Sei que seu favorito é Vermeer, mas ela raramente é escalada para vigiar a sala dele. Seu chefe acredita que, quando ela está na sala 630, ela presta mais atenção na *Jovem adormecida* do que nos possíveis ladrões e vândalos que entram ali. Ela admite que provavelmente é verdade. Por que trabalhar sendo guarda de um museu se não vai olhar os quadros?

Eu sei tudo isso sobre ela e, ainda assim, somos estranhos. Porque a cada vez que Irene me encontra, sou outra pessoa.

Eu me sento em frente da mesma pintura todas as vezes. Passei horas examinando-a. Se eu fosse sempre a mesma pessoa, talvez fosse suspeito. Ou pelo menos Irene saberia quem eu sou e viria me cumprimentar. Mas como venho num corpo diferente a cada visita, não fiquei marcado como um estudioso elaborando uma tese ou um ladrão planejando um roubo.

A família Monet no jardim em Argenteuil. Pintado por Manet quando os Monet estavam morando do outro lado do Sena durante o verão. Gosto do fato de eles terem sido amigos. Gosto de como o filho de Monet, Jean, está à vontade na tela, enquanto a mãe tira um tempo para posar e o pai, o que deveria saber mais sobre poses, aparece ao lado, cuidando do jardim.

Por que eu amo tanto esse quadro quando existem tantas outras obras maravilhosas ao seu redor? Eu nunca estive em Argenteuil, ou em lugar algum fora dos Estados Unidos. Pode ser simplesmente porque eu gosto dele. Mas para vir dia após dia (quando eu posso), é preciso também que ele fale comigo, e eu preciso voltar de novo e de novo para tentar entender o que ele está dizendo. No fundo do meu coração, eu acho que tem a ver com família. É sobre como aquele menino se recosta em sua mãe, perfeitamente sonolento de alegria. Eu devo ter me sentido assim em relação a alguém em algum momento. Sei que devo ter tido uma mãe — ainda que tenha sido apenas por aquele primeiro dia, eu devo ter tido uma mãe. Ela deve ter gostado de algum tipo de pintura. Talvez ela amasse essa aqui. Talvez seja por isso que eu amo tanto esse quadro. Talvez seja isso que eu quero que ele me diga. Quero acreditar que eu venho de algum lugar, que existem pedaços desse algum lugar encravados nos meus pensamentos. Não é como ser adotado ou criado longe dos seus pais biológicos — essas crianças podem, ao menos, olhar no espelho e enxergar alguns traços de onde vieram. Eu devo me fiar em coisas que parecem ter vindo de algum lugar mais profundo que a mera lembrança. Canções falam comigo. Vislumbrar pessoas nas vitrines fala comigo. Alguns nomes falam comigo mais do que outros. E esse quadro fala comigo.

Irene se aproxima e me pergunta se eu sabia que Renoir estava bem ao lado de Manet, fazendo o seu próprio quadro dos Monet. Eu digo a ela que sabia disso. Não digo que foi ela quem me disse, muitos anos atrás, e que ela me disse isso muitas e muitas vezes desde então.

A
Dia 6.133 (continuação)

Rhiannon boceja de novo. Dessa vez, ela não me pede desculpas. Talvez ela nem se lembre de que estou aqui.

Rhiannon

Eu já estou pensando na viagem de volta para casa. Não deveria. Ainda temos muito tempo.

A
Dia 6.133 (continuação)

Outro bocejo.

Estou começando a entrar em pânico. Não por ela estar bocejando — sei que ela dormiu pouco e sei que de certa forma ela dormiu pouco por minha culpa. O que me preocupa mais é não estarmos nos falando, porque assim deixamos de nos conhecer melhor.

Então digo a mim para parar. Para me acalmar. Estou pondo pressão demais em um único dia. Preciso acreditar que, como todos os outros casais, nós teremos vários outros dias como esse.

Eu a sigo de uma sala para outra, circundando os séculos e os continentes. Rhiannon para em frente a uma mulher chamada Madame X. É uma matrona bem branca num vestido bem preto, pintada por John Singer Sargent enquanto olhava para o lado direito. Eu tenho a impressão de que ela não está olhando para nenhum lugar específico; ela está olhando para a direita para que possa ser pintada olhando para a direita. É assim que vamos nos lembrar dela.

— Você já teve essa aparência? — pergunta Rhiannon.

— Como assim?

— Você já teve essa aparência algum dia?

Há pessoas por perto. E podem nos ouvir.

Rhiannon deve ter percebido a minha apreensão; ela ri e diz:

— Não se preocupe, estamos em Nova York. Tenho certeza de que você pode dizer qualquer coisa e ninguém vai ligar.

Eu analiso o quadro. Penso numa pele bem branca, em ter medo de pegar sol. Tento me lembrar de um vestido, qualquer vestido...

— Não tenho certeza. Eu não me lembro direito da minha aparência. Não é tão importante assim.

— Que estranho — diz Rhiannon. — Eu vejo uma pintura como essa, e penso como deve ser ter esse rosto, essa pele, essa sofisticação toda. Mas eu também sei que nunca serei assim, ou terei uma vida dessas. Mas existe essa possibilidade para você.

— Gosto que você esteja pensando dessa forma — digo a ela. — Mas não é como eu penso. Talvez eu devesse... não sei. Acho que eu poderia olhar mais para o espelho. Eu só realmente não me vejo quando sou outra pessoa, se é que isso faz algum sentido.

— Deixa eu te perguntar: como é a sua aparência agora?

Digo a verdade a ela.

— Eu não tenho ideia. Sei que tenho o cabelo curto, porque posso senti-lo.

— E é de qual cor?

— Castanho?

— Eita. Eu diria ruivo. E os seus olhos?

— Tenho dois.

— Mas são de que cor?

— Não faço ideia. Por que eu prestaria atenção nisso?

— Você é atraente?

— Eu jamais penso nisso. Quero dizer, se eu estiver provocando uma reação em outras pessoas, eu perceberia, acho. Mas nunca olho para o espelho e penso, *Ah, opa, estou muito atraente hoje?*

— Nossa, isso deve ser bom.

— *Você* pensa?

— Essas não seriam exatamente as palavras que eu usaria, mas definitivamente eu percebo se estou num dia bom ou ruim.

— É impossível você ter um dia que não seja bom!

— Obrigada. Mas não. Definitivamente eu tenho dias ruins.

— Então como está no dia de hoje, numa escala de bom para ruim?

— Eu dormi por duas horas e tomei o banho mais rápido que consegui. Acho que isso me leva diretamente para um dia ruim.

— Bom, isso só prova a questão. Você não tem objetividade. Porque o seu dia ruim é bem bom.

— Eu nunca reivindiquei objetividade. E você não deveria fazê-lo também.

— Foi um elogio!

— Estou ciente. Mas ainda estou presa ao fato de você não saber qual é a sua aparência.

— Eu nunca vou saber qual é a minha aparência.

— Você sabe do que estou falando: a aparência do corpo em que você está.

— Mas é o que estou dizendo: não sou eu! Não me lembro da aparência deles porque não sou eu.

Um homem andando pela galeria me lança um longo e estranho olhar. Adeus para a teoria de Rhiannon sobre dizer coisas estranhas em Nova York. Uma guarda entra para a sua ronda e o homem lhe diz "Tenha um bom dia, Irene!". Ele continua andando e ela responde "Tenha um bom dia também, senhor!", e então, num sussurro, ela pergunta "Eu te conheço?".

— Quando você se imagina, imagina o quê? — pergunta Rhiannon.

— Eu não imagino nada. Não tenho uma forma.

— Tudo tem uma forma.

— Então eu não tenho uma forma *discernível*.

Sei que todas as perguntas que ela está fazendo são óbvias. Sei que elas querem dizer que ela pensou em mim e que pensou em como ser eu deve ser. Porém, continuam a ser perguntas que ninguém me fez antes. E me preocupa que ela não esteja satisfeita com as minhas respostas.

— Como *você* me imagina? — pergunto.

— Eu apenas me lembro de como você foi, em qualquer um dos dias. Imagino que isso vai mudar uma vez que existam mais dias. Mas, nesse momento, eu me lembro de você assim, e sei que estou certa e errada ao mesmo tempo.

— Então como você sabe que sou realmente eu?

— Porque a maneira como você interage comigo não é como Arwyn faria. Há um carinho que eu consigo reconhecer. Uma afinidade. Um jeito de ver o mundo e de me ver, Rhiannon, nele. Desde aquele primeiro dia.

— Então não importa que eu não tenha uma forma?

— O que estou dizendo é que você *tem* uma forma. Apenas não é feita de pele, cabelo, olhos, células e sangue. É feita de outras coisas.

Penso no que ela disse enquanto vagamos pelas galerias dos surrealistas, e vejo as obras e nomes dos artistas. A minha forma é como uma escultura de Giacometti, uma pessoa desgastada até ser a mais fina das linhas? Sou um Miró, um circo errante com qualquer forma que surgir? Dalí pinta leões com e sem rostos em diferentes estágios, saindo de pedras como cascas de ovo coloridas e intitula a tela de *As acomodações do desejo*. Picasso nos reduz a um ruído geométrico. Magritte divide o corpo de uma mulher em quadros menores e chama de O *eternamente óbvio*. Isso — tudo nessa galeria — é mais como eu sou. Mas não exatamente.

Rhiannon fica ao meu lado enquanto eu encaro um Picasso: *Nu em pé junto ao mar.*

— Talvez esse seja eu — digo, assentindo em direção à tela. — Mais uma deformação que uma pessoa.

— Eu não acho — diz Rhiannon, baixinho. — Não é assim que eu te vejo.

Sei que o meu desespero súbito é ridículo. Mas eu olho para ela, penso em mim e vem à minha cabeça: *Como?*

Eu não quero que ela pense que sou tão sério — não tão cedo, não tão próximo de termos nos reencontrado. Então eu falo assim:

— Dava para imaginar que surrealismo e impressionismo teriam tanto em comum?

Acho que é uma pergunta sem resposta. Mas Rhiannon tem uma resposta. Ela nem espera para saber o que dizer.

— Porque — diz, apontando para a própria cabeça — os dois vêm daqui.

Rhiannon

Acho que precisamos comer alguma coisa. Olho meu telefone para saber as horas e vejo algumas mensagens de Alexander, perguntando o que eu estou fazendo. Desde o nosso não término, eu o mantive à distância sem afastá-lo completamente. Embora eu sinta o impulso de responder para dizer que estava agora mesmo observando o Van Gogh do cartão-postal que ele tem na parede acima da sua cama, não o faço. Eu não respondo nada.

A me vê olhando o celular e pergunta se está tudo bem.

— É Alexander — respondo. — Nenhuma emergência.

— E como está Alexander?

Eu não sei por que essa pergunta me irrita, mas é o que acontece.

— Por favor, não me pergunte isso.

— Ah, tudo bem. Não pergunto.

— Ele só queria saber o que eu estava fazendo. Não é nada. A pergunta muito mais urgente é: onde nós vamos almoçar?

— Na verdade eu sei responder essa. Ou vou saber, assim que olhar o mapa.

No fim das contas A havia feito alguma pesquisa sobre restaurantes vegetarianos para mim, e acabamos em um lugar chamado Candle Cafe. É mais elaborado do que qualquer restaurante vegetariano que eu já tenha visto, servindo pratos como seitan frito crocante e empanadas de tempeh. É também o restaurante vegetariano mais caro ao qual já fui, embora provavelmente não seja tão caro assim para Nova York.

— Não posso pagar por isso — digo logo para A.

— É por minha conta — diz A.

— Já discutimos isso. Não é por sua conta. É por conta de *Arwyn*.

Se estou um pouco exasperada com A, A está sentindo o mesmo por mim.

— Se Arwyn tivesse saído com amigos, eles estariam gastando essa quantia com o almoço também. Não estou lhes custando mais do que se eu não estivesse aqui. Acredite em mim, é algo sobre o qual eu já pensei a respeito.

— Uma das suas regras.

— Claro.

Eu lembro a mim mesma que todos temos regras, não somente A. Coisas que não são universalmente certas ou erradas — apenas pessoalmente certas ou erradas.

Desisto, e quando a comida chega, eu me sinto grata, só não tenho muita certeza se devo ser grata a A ou a Arwyn ou a ambos. Provavelmente a ambos.

A me pergunta sobre todos os assuntos dos quais não conversamos nos e-mails: escola, amigos e pais, e outras coisas que não são relativas a nós. Para alguém que esquece de tantos dias, A se lembra bastante do tempo que passou na minha cidade. Ficamos um bom tempo falando de Steve e Stephanie, do vai e volta dos dois — e como A os conheceu, sabe do que eu estou falando. Como A também não tem um lado na briga, sou capaz de observar coisas que eu não observaria com Rebecca ou Preston.

Preciso pegar o meu telefone e buscar por tempeh para lhe explicar o que é. A prova, gosta, e de repente estamos comendo um do prato do outro, rindo e conversando. Nós voltamos ao normal, nem um nem outro precisa ser o guia. Poderíamos ser qualquer casal do mundo almoçando e, ao mesmo tempo, somos claramente nós almoçando. Somos um casal como qualquer outro casal e somos nós. Eu não digo nada porque não quero estragar o momento. É a isso que estávamos tentando voltar. Não sem esforço — ainda precisamos nos comprometer, ainda precisamos nos importar. Mas o esforço não parece ser algo além. Parece um esforço normal.

Eu sei que provavelmente deveria estar mirando mais alto. Mas prefiro mirar no alvo.

— Olha! — diz A, apontando sobre o meu ombro.

Eu me viro e vejo que começou a nevar.

A
Dia 6.133 (continuação)

Saímos e o lado de fora mudou. Estamos parados na calçada, salpicada por flocos de neve que também nos cobrem enquanto caem. Sorrimos diante dessa oferta de magia, tirando a neve do cabelo para depois deixá-la ali mesmo. Sabemos que há lugares para onde podemos ir, com entradas baratas — lugares repletos de obras-primas medievais e charadas antigas, dinossauros reconstruídos e joias de valor incalculável. Mas resistimos aos espaços fechados e refazemos nossos passos, ainda que eles estejam cobertos agora, apagados por tudo que aconteceu desde então. Ficamos maravilhados com o que estamos vendo. Dizemos isso em voz alta para poder dividir. Dançamos junto com a neve que cai e, com isso, nos animamos. Voltamos para o Central Park, que caiu numa quietude eterna. Podemos ouvir nossos próprios passos. Podemos ver quando respiramos. Observamos quando todos os caminhos ficam brancos e seguimos por eles assim mesmo.

Rhiannon

Os arranha-céus desaparecem. A luz do sol tem um filtro cinza. As árvores envergam e os postes de luz guiam cegamente. O vento rodopia e padrões contraditórios se formam diante dos olhos. Os andadores de cachorros voltam para os canis e os esquilos voltam para sua cidade secreta. Os sons da quietude emergem quando os carros não mais tocam o asfalto. Podemos ouvir a forma dos nossos passos.

Até onde sabemos, somos as únicas duas pessoas em Nova York.

A
Dia 6.133 (continuação)

Estamos sentindo falta das roupas de inverno — cachecol e gorros e casacos para manter afastado o vento e suas garras.

Ela treme e eu a puxo para mais perto.

Eu tremo e ela me beija.

Encosto a minha testa na dela. As duas estão frias.

A neve se acumula a nossa volta. Nosso hálito ainda está quente. Estamos vivos para o encanto, e nós o reconhecemos.

Nenhuma palavra precisa ser dita. Mas dizemos mesmo assim.

Rhiannon

É um pequeno milagre encontrarmos o meu carro.

A neve transformou os carros estacionados em um estatuário, com um farol ocasional aparecendo. Vou limpar o para-brisa com a manga, mas A me impede, dizendo que devemos entrar, já que não vamos a lugar algum agora. Não tem neve o suficiente para bloquear a porta ou o escapamento do carro, então eu entro com cuidado, depois ligo o aquecimento e abro a porta do passageiro. A desliza para dentro e solta um *brrrrrr* alto até a temperatura subir para nos aquecermos.

Com os vidros cobertos é como se estivéssemos no nosso próprio casulo. A neve que está sobre nós derrete enquanto recostamos em nossos assentos — que o aquecedor faça o seu trabalho. Os carros que passam na rua são raros e vão devagar. Nosso carro treme quando um caminhão limpa-neve passa, abrindo o caminho na direção sul.

As mãos de A estão soltas no espaço que há entre nós e eu as seguro. Posso sentir meu telefone vibrar no bolso — outra mensagem.

— Você precisa atender? — pergunta A.

— Não, tudo isso pode esperar.

Estou confortável demais. Posso sentir minhas pálpebras começando a pesar.

— Não me abandone ainda — brinca.

— Estou tentando.

— Eu sei.

A voz de A é tão suave que mantém os meus olhos fechados. Mas ainda estou segurando as suas mãos. Ainda estou aqui.

— Eu não acredito que tenho que voltar dirigindo hoje — digo.

— De jeito nenhum você vai voltar assim.

— Eu preciso. Tenho aula amanhã.

— Cancelada por conta da neve.

— Quem disse?

— Eu disse.

O polegar de A está acariciando meu pulso, para baixo e para cima. O tempo desacelera até o ritmo desse movimento.

Calma. Eu estou calma.

O rádio permanece desligado. O telefone fica no meu bolso. A mão de A ainda está tocando a minha. A neve continua a cair.

Eu deslizo suavemente até os sonhos.

A
Dia 6.133 (continuação)

Enquanto ela cai no sono, eu fecho os olhos também.

Isso é o que eu sempre quis: desacelerar a frequência da expectativa e da dúvida para encontrar a inominável paz de seguir um ao outro e de seguir o dia.

Posso sentir quando a neve para de cair. Tem mais gente passando e um barulho de pás. Eu não acordo Rhiannon. Desligo o carro e espero que o nosso próprio calor dê conta até ela acordar.

Rhiannon

É só quando estamos indo jantar que pego o meu telefone. Preciso ligar para a minha mãe e explicar que a neve prolongou a visita à faculdade, que vou dormir mais uma noite no chão do quarto do dormitório de uma garota fictícia que estudava comigo no ensino médio. Imagino que pelo menos parte das mensagens que eu recebi seja da minha mãe — e talvez algumas de Alexander. Embora mamãe e Alexander tenham realmente mandado, fico surpresa ao ver que a maior parte das mensagens é de Nathan.

— Espera um instante — digo a A.

Algo está acontecendo.

X

A dor deveria ter ido embora. Não entendo por que não foi. Aquele corpo já foi esquecido. Ainda assim, neste novo corpo, vou sentir uma pontada no peito. Instintivamente, vou sentir a pancada que está chegando, a explosão prestes a acontecer.

Mas nada acontece. Porque estou em um corpo saudável. Estou bem.

Ouve-se essa frase o tempo todo: *à beira da morte*. O que não dizem é que uma vez na beira, a volta não é definitiva. Uma vez que a morte lhe toca, nunca mais é igual. Nem se você trocar de corpo. Porque não foi o corpo que esteve tão perto dela: foi a mente.

Preciso superar isso. Ou as coisas vão sair de controle.

O caso em questão:

Três dias atrás, eu acordei em um novo corpo.

Eu não escolhi deixar o corpo em que estava. Mas podia sentir a sua resistência.

Podia sentir ele chutando a porta. E talvez eu tenha pensado que os chutes fossem outra coisa, outro ataque vindo. Seja qual for o caso, quando eu fui dormir naquela noite, eu não o segurei com a força devida. Ou talvez eu não quisesse ficar tanto assim. Talvez preocupação — estúpida e persistente preocupação — tenha provocado isso.

O resultado? Acordei como uma mulher que precisava de uma bengala para andar.

Inaceitável.

No dia seguinte: um homem com cirurgia marcada para uma semana depois.

Pensei, *Tá de sacanagem?*

Ontem: um lutador de dezoito anos.

Bem melhor.

Ainda assim, vasculhei seu histórico médico para ter certeza de que estava tudo bem. Ou, pelo menos, tudo bem até onde ele sabia. Além de um braço quebrado no quinto ano e mononucleose no oitavo, eu estava saudável. Ele gostava da sua vida, então eu sabia que precisaria lutar um pouco para ficar. Mas eu precisava da vida dele, e lutaria com mais garra do que ele conseguiria compreender.

Eu fui fundo. E ainda estou aqui.

Só que, mesmo nesse corpo, estou vacilante, tenho uma incerteza. Como se o coração dele soubesse pelo que o outro coração passou. Como se a mente estivesse revirando e o toque da morte aparecesse.

E com essa lembrança de dor vem uma necessidade quase subconsciente de urgência. Se eu tivesse filhos, suponho que sentiria que deveria passar mais tempo com eles. Se eu estivesse procurando a cura do câncer, daria um passo adiante. Se eu estivesse construindo uma arca, diria a minha esposa para reunir os animais. Mas não tenho ninguém assim na minha vida. Nem projetos. Tenho apenas a pessoa a quem estou tentando encontrar.

Dou um suspiro, arrumo os equipamentos do lutador e coloco também uma faca, por garantia.

Nathan

Depois de ser pego não-exatamente-fazendo-sexo no banheiro, preciso encontrar uma nova biblioteca para estudar. Sei que provavelmente estou exagerando a importância e a lembrança do momento para qualquer pessoa além de mim mesmo, mas consigo imaginar o que poderia acontecer se a conexão fosse feita — não acho que meus pais fossem me colocar de castigo; acho que me trancariam para sempre no porão, impedindo que eu ganhasse mais um carimbo na minha Carteirinha de Pecador.

Estou apenas a poucas cidades da minha, mas não reconheço ninguém, o que é ótimo. É claro que, lá no fundo, não consigo não me preocupar com o fato de um desses rostos ser na verdade uma máscara escondendo Poole. E se alguém começa a prestar atenção demais em mim, o medo já não fica mais tão no fundo.

Tipo essa garota. Ela não para de olhar para cá. Quando eu levanto a cabeça, ela volta a achar interessante o livro à sua frente.

É um domingo tranquilo na biblioteca. Em sua maioria são pais e crianças se reunindo para a contação de histórias das duas da tarde. E eu. E a menina, com uma sacola esportiva ao seu lado e um livro cujo título eu não consigo ver. Quando tento ler, é a vez dela me pegar olhando e imagino nossos olhares se desviando depois do embate.

Eu tento ignorar. Digo a mim mesmo que se permanecer num lugar público, tudo vai ficar bem. Nada de intervalos para ir ao banheiro. E é claro que NO INSTANTE em que penso isso, a minha bexiga começa a dar sinal de vida.

Não. Está. Ajudando.

Pelo menos o banheiro nesse lugar não é individual. Então eu espero até ver um pai levando os três filhos para o banheiro masculino. E me sinto mais protegido. Corro para lá, sem tirar o olho da menina no trajeto.

O xixi sai bem. Devo bater algum recorde de velocidade. Quando volto, a menina não está mais onde estava — está vagando pelo meu cubículo, olhando as minhas coisas. Não que estivesse, tipo, mexendo em nada. Mas definitivamente dando uma conferida. Ela então desaparece entre as estantes e tenho a chance de ver qual é o livro que ela está lendo — alguma coisa chamada *Memórias de um homem invisível*.

Sutil. Muito sutil.

Uma parte minha fica, tipo, tudo bem, vou pegar minhas coisas e ir embora. A outra, no entanto, fica pensando que se continuar assim eu não terei mais nenhuma biblioteca para ir. E não vou ficar em casa o tempo inteiro.

E, também, por que você está me stalkeando? O que quer que eu faça? Me foi dada apenas uma missão: *encontre A*. O que é impossível.

Eu não posso deixar esse esquisito me assombrar desse jeito. Ele precisa enfiar naquela cabeça dura que *eu não posso ajudá-lo*. Ou ajudá-la. Seja qual for a corpo em que ele/ela decidir me ameaçar.

A garota me vê perto das coisas dela. Percebo que ela não sabe o que fazer.

— Ei — digo. — Você.

Ela está um pouco distante, e outras pessoas olham quando a chamo em voz alta. Eu não ligo. Ela parece mortificada. Mas se aproxima.

— Olha… — começa, pegando algo no bolso de trás.

Só que eu não estou no clima para ameaças.

— Não, olha você — digo. — Você precisa parar. Eu não posso te ajudar. Eu não posso fazer nada. E você me enlouquecer só vai… Em que isso ajuda você? Que bem isso te faz? Só me deixa em paz, tá?

Ela pegou o telefone. Eu não sei por quê.

— Do que você tá falando? — diz.

— Eu vi você me olhando — respondo. — Vi você olhando e vi você fuçando as minhas coisas. Quero dizer, não fisicamente, mas fuçando com os olhos. Quando eu fui fazer xixi. Então eu sei que é você. Sei o que está fazendo.

Ela literalmente põe as mãos para o alto e acaba puxando um pouco o cabelo. Seu rosto está ficando vermelho.

— Ai, meu Deus, isso é tão constrangedor. Eu sinto muito, me desculpa. Você me pegou.

Não era a reação que eu esperaria de um demônio que troca de corpos.

Eu engasgo:

— Quero dizer, eu só…

Ela continua:

— Não, não. Eu sou uma idiota. É só que… nunca te vi aqui antes. Venho aqui todos os domingos e nunca vi você. Então fiquei curiosa. E, merda, você é bonitinho. Teve isso também. Agora, obviamente, eu fiz papel de imbecil e você vai achar que eu sou maluca. A menina stalker da biblioteca que fala palavrão e te come com os olhos.

— Eu não disse que você me comeu com os olhos. Disse que você estava fuçando as minhas coisas com os olhos.

— Jesus. Foi o que eu quis dizer, claro.

— Quem diabos é você?

— Eu ia te fazer a mesma pergunta. Só que não usaria a palavra *diabos*.

Certo, ou Poole é um ator e tanto ou eu estava totalmente enganado em relação a essa menina.

— Agora estou começando a me sentir um tanto idiota — admito.

— Eu deveria ter alertado você… é contagioso.

— Bom, acho que nós dois estamos infectados agora.

Ela estende a mão.

— Sou Jaiden. Mas você pode me chamar de Garota Stalker da Biblioteca, para facilitar.

Eu seguro a sua mão e a cumprimento, como se estivéssemos em um MBA.

— Sou Nathan. Mas você pode me chamar de Garoto Extremamente Exagerado da Biblioteca, para facilitar.

— Deixando de lado o desconforto inicial, é um prazer te conhecer, Garoto Extremamente Exagerado da Biblioteca.

— O prazer é meu, Garota Stalker da Biblioteca.

Ela tira a sacola da cadeira ao seu lado e gesticula em sua direção, como se fosse um programa de auditório.

— Se importa de sentar comigo?

— Me ilumine.

Ela bufa.

— Você acabou mesmo de dizer "me ilumine"?

— Não me julgue.

— Sem julgamentos!

Como eu nunca estive num encontro antes, não tenho ideia do que conta como um encontro. Passar três horas de um domingo falando besteira na biblioteca conta? Contar piadas um para o outro e ser, tirando os pais, os participantes mais velhos na contação de histórias? Se uma garota encosta em você enquanto um voluntário lê *Última parada, rua do mercado*, é tipo o mesmo que, sei lá, beijo num beco? Se ela insistir em pegar alguns lápis de cor para a atividade infantil e colorir tudo o que você desenha, é um bom sinal? Quando ao final das três horas ela diz "Precisamos fazer isso de novo", ela está sendo tão específica quanto parece? Seria, por exemplo, "Nós precisamos voltar à biblioteca na hora da contação de histórias mais uma vez" ou tem outra interpretação? Se você propõe levá-la para almoçar, jantar, tomar um café ou qualquer outra coisa que não envolva crianças, você está propondo um primeiro ou um segundo encontro? Se ela disser sim, isso importa?

Eu estou feliz quando chego em casa. O tipo de felicidade que me preocupa se meus pais vão perceber. Tipo, se eu contar a eles que conheci uma menina, eles diriam apenas, "Não vemos a hora de conhecê-la", quando na verdade querem dizer, "Não vemos a hora de prendê-la a um detector de mentiras e descobrir que coisas terríveis ela já fez na vida, porque, certamente, deve ter sido algo bem ruim para ela estar disposta a ser vista com você".

Levo um instante a mais no carro para me recompor, então saio e sigo para a garagem. Eu nem percebo o movimento, de tão focado que estou em meus pensamentos. Não vejo nada de errado até sentir a ponta afiada da faca pressionando as minhas costas e ouvir a voz zangada ao meu ouvido dizendo:

— A partir de agora você vai fazer *exatamente* o que eu mandar você fazer.

A
Dia 6.133 (continuação)

Preciso falar com você.
   Por favor me ligue.
   Poole. Ele está aqui.

As mensagens de Nathan para Rhiannon não são longas, mas são incisivas.

— E você tem certeza que ele não sabe que você veio aqui me encontrar? — pergunto.

— Total. Ele sabe que eu estava procurando por você. Ele sabe que eu te achei. Mas ele não sabe que você está aqui.

A garçonete não deve estar entendendo nada. Somos dois adolescentes de frente para uma pizza e não demos nenhuma mordida. Isso não deve acontecer nunca.

— Preciso ligar para ele — diz Rhiannon depois que nos encaramos por tempo suficiente para perceber que ficar nos olhando não vai resolver nada. — Não posso deixá-lo sem resposta.

— Você precisa presumir que ele está com Poole, ainda que ele diga que não está.

— Eu sei.

— Eu sei que você sabe. Mas tive que dizer isso. É o nervoso.

— Também estou nervosa. E nem sei bem por quê.

Antes que eu possa explicar quem é Poole e o que eu acho que ele faz, ela levanta a mão e me pede silêncio. Já discou o número e o telefone de Nathan está chamando.

— Oi... Nathan? É Rhiannon. Recebi suas mensagens. O que está acontecendo?... Você está bem?... Ele está aí agora? Onde você está?... Eu saí para comer uma pizza com uns amigos... Não, não... Não sei onde A está... É sério... Qual é a mensagem?... Sei que você precisa insistir em falar com A, mas não sei nem onde A está nem como falar com A, e sou sua melhor opção... Certo, certo. Nathan... se acalme... Sim, eu entendo... Quando?...

Ah... Estou entendendo... E como é a aparência dele agora?... Certo. E ele *não* está aí agora. Mas você precisa falar com ele amanhã?... Entendi. Então, escute o que eu quero que você faça... Não, ouça. Quero que você tente não se preocupar agora. Sei que é difícil, mas você não tem o controle agora. Eu tenho, okay? Não há nada que você possa fazer. Nada. Eu prometo que vou te ligar amanhã de manhã... talvez até mesmo hoje à noite. Certo?... Isso mesmo. E, Nathan?... Obrigada. Você não fez nada para merecer isso. Nada. E eu prometo que vamos sair dessa. Vamos dar um jeito... Eu sei. Também não consigo acreditar. Mesmo... Exatamente. Eu vou... Boa noite, Nathan.

Ela desliga e me lança um olhar quase desesperançado.

— Você não imagina como eu queria te passar o telefone. Porque, sinceramente, era como se ele estivesse explicando a sétima temporada de uma série de televisão que eu nunca vi. Vou tentar recapitular: o reverendo voltou e quer ver você. Só que ele não é mais o reverendo. Foi algumas mulheres e alguns homens nesse meio-tempo, e alguns deles têm perseguido Nathan. Agora ele é um atleta fortinho, quase da sua idade, e prometeu fazer da vida de Nathan um inferno se ele não te entregar. Infernal do tipo violento. Nathan disse que ele não está lá agora — parece que Nathan está a salvo em casa, com os pais —, mas Poole vai entrar em contato amanhã e espera que um encontro com você tenha sido marcado. Se Nathan não fizer isso, ele vai sofrer muito. Nathan acredita nisso. Ele está muito assustado mesmo. Ele diz que mais assustado do que quando você o deixou onde deixou.

— Então a mensagem é que eu preciso encontrar Poole?

— Ah sim... isso. Foi mais específica. Foi assim: "Ouça o que estou dizendo. Veja tudo o que você pode fazer". Isso não é *nada* ameaçador.

— Tem um quê de líder de um culto, não tem?

— Ou orientador vocacional. Igualzinho.

Não posso acreditar que estou rindo.

— Por que estamos fazendo piada disso?

— Porque não sabemos o que mais podemos fazer?

Eu me sento novamente e suspiro.

— Ah é. Isso mesmo.

— Nathan estava muito assustado.

— Você se saiu bem tentando acalmá-lo.

— Não sei se funcionou direito.

— Quer testar comigo?

— Me diga o que você está sentindo.

Eu a olho por um instante. Não acho que ela compreenda totalmente como é estranho — e *continua* sendo — ouvir uma pergunta dessas, sabendo que ela quer a minha resposta, e não a de Arwyn.

Eu não escondo nada.

— Estou sentindo perplexidade, raiva, tristeza, e perplexidade de novo.

— Certo. Vamos analisar cada coisa de uma vez. Por que perplexidade?

— Porque eu dei uma resposta a Poole. Porque achei que tivesse resolvido as coisas com ele. Porque é como se ele sentisse que eu estou aqui, embora não tenha como saber que eu estou aqui.

— Por que raiva?

— Porque eu acabei de reencontrar você e é apenas nisso que eu quero pensar.

— Certo. Isso. Não achei que seria isso. Mas sim. Tudo bem. Tristeza?

— Tristeza porque sei que não tem uma maneira de não lidar com isso.

— Tem muitas maneiras. Você só não vai escolher uma. E perplexidade de novo?

— Porque não sei como resolver isso.

— Por quê?

— Porque quais são as opções que temos aqui, sinceramente? Você não estava lá da primeira vez. Não viu os olhos dele. Não sei se consigo explicar: era como se eu pudesse ver a dor que o corpo estava experimentando e, ao mesmo tempo, via o triunfo dele em meio àquela dor. Ele faz todas as coisas que eu não me permito fazer, e preciso acreditar inteiramente nas razões pelas quais não me permito. Então não pode haver conversa. Não posso ouvir, se é isso o que ele realmente quer… o que não é. Ele quer que eu siga o mesmo caminho dele. E eu não quero isso.

— Ficar no mesmo corpo?

— Bem, obviamente ele consegue mudar se quiser também. Não paro de pensar no que aconteceu ao reverendo Poole depois. Ele está vagando por aí com um buraco de meses na própria vida? Ou é algo pior? E o que me mata é que esse cara, a quem ainda preciso chamar de Poole, porque vou chamar como?, sabe quais são as respostas. Ele poderia me contar. Ele é a primeira pessoa que realmente pode me dar uma segunda opinião sobre todas as questões com as quais venho lidando sozinho por tantos anos. Mas a opinião dele é destrutiva, Rhiannon. Eu sei que é. Veja como ele está infernizando o Nathan! E o mais triste é que se ele tivesse tentado falar comigo como alguém que passa pela mesma coisa, eu teria conversado. Eu teria... comparado informações, acho. Mas agora, o que eu faço? Se ele chegou a Nathan, o que posso fazer para que não chegue até você? O que eu faria então?

— Opa, calma. Uma coisa de cada vez. A única coisa que temos que resolver agora é como respondê-lo.

Eu balanço a cabeça.

— Mas você não está vendo? Uma coisa leva a outra que leva a outra. E se você não tentar medir essa reação em cadeia, se não pensa na próxima coisa e na seguinte, pessoas se machucam. Eu já machuquei tanta gente sem querer, Rhiannon. Porque havia algo que eu não percebia. Algo que eu não estava vendo.

— Tipo o quê?

Eu conto a ela sobre Moses, sobre o que aconteceu naquele dia.

— Eu estraguei tudo — concluo. — E, porque estraguei tudo, a vida dele pode se complicar para sempre.

— Você não pode se culpar por isso. O que você precisa fazer todos os dias é impossível fazer com perfeição, A. Você entende isso, certo? Dirigir imediatamente a vida de uma pessoa para ela... me desculpe, mas todos nós faríamos alguma bobagem nessa situação. Independentemente de quantas consequências tentamos levar em consideração. Você pode passar a vida inteira avaliando essas consequências. E a única consequência seria que você não teria vida alguma.

Nós não estamos exatamente discutindo, mas também não parece que estamos concordando.

— Estou apenas dizendo que no instante que respondermos a Nathan, está *feito*. Estaremos envolvidos. E teremos que ver além disso.

— Isso já aconteceu, A. E já estamos na parte do ver além.

A garçonete voltou.

— Tem algo errado? — pergunta ela, com um gesto para a pizza.

— Não — Rhiannon lhe responde. — É que gostamos de falar antes de comer. É uma síndrome.

— Credo, só estava checando — murmura a garçonete, se afastando.

— É melhor comermos — diz Rhiannon.

Nós nos servimos algumas fatias. Não estamos com fome exatamente, mas é pizza e, quando começamos a comer, fica claro que comeremos pelo menos duas fatias a mais do que deveríamos.

220

Rhiannon continua:

— Então, deixando a lógica de lado, se você se encontrar com Poole, o que acha que pode acontecer?

— O mesmo da última vez. Ele vai querer que eu seja o seu parceiro nessa coisa que nós fazemos. Ele vai querer me ensinar como me aproveitar disso.

— E se você disser não?

— Aí que tá. Me preocupo que ele crie uma situação diante da qual eu não poderei dizer não. Antes, eu teria ficado bem. Iria simplesmente desaparecer.

— Mas agora?

— Você sabe muito bem por que eu não posso fazer isso agora.

Ela remexe um pouco da pizza no prato.

— Certo, vamos olhar de outra maneira. O que ele ganha tendo você como parceiro dele?

— Alguém com quem conversar, eu acho.

— Exatamente.

— Exatamente o quê?

— Estou só tentando pensar além, tá?

— Continue.

— Estou pensando... Poole deve ser solitário como você era. Acho que você tem razão: ele quer alguém para conversar. Ele tem procurado por alguém como ele faz um tempo. Então encontrou você. E te perdeu. Ele agora quer você de volta. Para não ficar sozinho.

— Mesmo que seja verdade, no que isso ajuda? Ele vai continuar não aceitando um não como resposta.

— Ajuda porque você vai ter poder.

— Como?

— Porque ele quer mais de você do que você dele. Isso significa que você tem poder. É assim que os relacionamentos funcionam.

— Isso é cínico.

— Não é, porque na maior parte do tempo o equilíbrio está em constante mudança e a diferença não é tão significativa. Mas nesse caso... a vantagem está com você definitivamente.

— Mas ele está disposto a machucar as pessoas!

— Não confunda maldade com poder. É um erro terrível que todos nós cometemos. Pensar que é preciso mais força para quebrar as regras da decência humana do que para segui-las e que, se as seguirmos, então devemos ser os fracos. Bobagem. Sim, ele é assustador. O fato de ele querer que você ouça significa que está louco para conversar com alguém que entenda o que ele está falando. Faz sentido. Nós procuramos as pessoas que nos entendem. Temos medo e ficamos de pé atrás, mas também precisamos delas nas nossas vidas.

— Como você consegue perceber essas coisas?

— Relacionamentos ruins. Relacionamentos bons. Estar com quem não entende você. Encontrar quem entende.

— Foi o que aconteceu conosco? Como podemos nos entender tendo vidas tão diferentes?

— Porque queremos ver a vida da mesma maneira, eu acho. Não tenho certeza. Sendo sincera, nunca tive certeza.

— Eu não entendo como as coisas acontecem. Não entendo como você pode surgir aleatoriamente na minha vida um dia e agora estarmos aqui, em Nova York, dizendo a verdade de um jeito que eu nunca, jamais pensei que faria.

— Se um dia eu fizer uma tatuagem, talvez tenha que ser: *eu não entendo como as coisas acontecem*. Simplesmente tenho fé de que seria bem pior se você soubesse como tudo acontece.

— Ele não pode me dar nenhuma resposta, pode?

— Eu não sei. Mas acredito que ele não possa te dar tantas respostas que você consiga realmente usar.

— Mas ainda assim...

— Mas ainda assim teremos que encontrar um modo de lidar com ele. Porque devemos isso a Nathan, que nunca fez nada para merecer estar envolvido nisso tudo.

Comemos mais pizza. E não elaboramos um plano.

Arwyn vai precisar voltar logo para casa. E Rhiannon vai precisar...

Não sei exatamente para onde ela vai.

— Você quer voltar comigo? Para o apartamento deles? Tenho certeza que podemos inventar alguma história e...

— E se eles acordarem no meio da noite sem saber quem é a menina dormindo no chão?

— Você não iria dormir no chão.

— Para. Você sabe o que estou querendo dizer. — Ela olha pela janela. — A estrada parece bem tranquila, eu deveria tentar.

Agora eu realmente sinto o desespero me tomando.

— Não. Por favor. Fique.

— A, eu tenho que voltar para casa.

— Então eu tenho que voltar com você.

— Ah, ótimo... E você quer que eu dirija? Acho que tem uma palavra para quando levamos alguém para algum lugar sem que essa pessoa saiba. Acho que é... *sequestro?*

— E se eu dirigir?

— Arwyn é de Nova York. Não fique achando que eles têm carteira de motorista.

— É sério. Eu devia ir com você.

Rhiannon

Eu não entendo como posso ter vindo até tão longe e, ainda assim, não saber o que eu quero.

Quero que nós fiquemos assim. Na cidade. Eu e A.

Parece possível agora.

Mas de volta à minha vida normal. Com os meus amigos. Minha família. Onde costumávamos ficar...

Eu não consigo imaginar. Não parece um futuro possível.

E sinto como uma fuga. Quem quer acabar com um futuro que sempre foi possível?

— Nós temos tempo — digo a A, porque quero que seja tão possível quanto verdadeiro. — A única urgência agora é Nathan. Temos que dar um retorno para Nathan. Eu voto em darmos a Poole um pouco do que ele quer, mas não tudo. Dizer a ele que você está considerando vê-lo, mas não tem certeza disso. Faça com que ele queira mais. Então esperamos pela oportunidade de você ir até Maryland, do mesmo modo que veio até Nova York. Ou trazemos todo mundo para cá. Vamos ver como as coisas acontecem.

— Okay.

— Só isso? *Okay?*

— Farei o que você me disser para fazer.

— Não. Isso soa como algo que alguém gostaria de ouvir, mas não é algo que eu gostaria de ouvir. E você não ia querer ficar comigo se fosse.

A concorda com a cabeça, compreendendo.

— Certo. Mas, nesse caso, o que você está dizendo faz sentido. Eu só quero fazer uma mudança.

— Que é?

— Fique até meia-noite pelo menos.

— Okay.

Alguém: Eu andaria por aí e pensaria: *eu me perdi.*

Saberia exatamente onde estava e pensaria: *eu me perdi.*

Olharia para o meu próprio corpo e pensaria: *eu me perdi.*

Você precisa acreditar que os opostos se atraem. Tive que entender que quando eu pensava *eu me perdi*, eu na verdade *achava* que tinha me perdido. As duas coisas opostas eram verdadeiras ao mesmo tempo: perder e encontrar.

Como foi com você?

M: Eu não tenho certeza. Eu olharia no espelho pela manhã e pensaria: *não sou eu.* O que era verdade. Não era. E assim eu começaria o dia. Sabendo que não era eu. E acho que o que mudou foi que, depois de um tempo, eu percebi que a maior parte das pessoas que olha no espelho não pensa: *sou eu, eu sou exatamente assim.* A maior parte pensa: *não sou eu.* E acho que isso fez com que eu me sentisse um pouco melhor, saber que eles pensavam assim também.

Nathan

Rhiannon me manda uma mensagem no domingo à noite, dizendo que vai ligar na manhã seguinte.

Não sei se Rhiannon entende totalmente o que é ter um louco que troca de corpo ameaçando te matar e matar as pessoas que você ama, porque, quando começa o segundo tempo de aula na segunda-feira, eu ainda não tive notícias dela e me preocupo se vou comprometer seriamente a atmosfera de aprendizado do terceiro tempo com o ruído alto das minhas palpitações. Então, entro rápido dentro do banheiro para mandar algumas mensagens e finalmente ligar para ela, embora eu ache errado fazer uma ligação do banheiro, mesmo que você não o esteja usando. Fico preocupado que de algum modo ela *saiba*. Mas minha preocupação maior é ela nunca ligar.

Ela atende depois do quarto toque. São 9:34 e parece que eu a acordei.

— Alô? Nathan? Que horas são?

Eu digo.

— Ah, merda! Eu cheguei muito tarde e ia dormir por apenas uma hora... acho que foi mais do que isso. Preciso ir para a escola. O plano era que eu não perdesse aula.

— Rhiannon?

— Nathan?

— O que eu devo dizer para o nosso amigo maléfico?

— Diga que A está pensando no assunto.

— *Pensando no assunto*. Isso não vai dar muito certo.

— Deixe claro que não é um não.

— Acredito que o termo em controle de raiva seja "cutucando a onça com vara curta". O que é muito fácil para você e para A, porque vocês não estarão com ele. Sou eu quem fica com a onça.

— Bom, enquanto você estiver cutucando, dê uma bisbilhotada também. Descubra o que conseguir sobre ele. Qualquer coisa que possa nos ajudar.

— Qualquer coisa que possa ajudar a fazer o *quê*?

— Pará-lo.

Não gosto de como isso soa.

— Por favor. Pare por aí. Porque qualquer coisa que você disser daqui em diante vai estar escrita na minha cara quando eu encontrá-lo, e é capaz de ele arrancar o meu rosto para ter a transcrição do que é.

— Certo. Eu tenho que ir mesmo. Depois conte como foi.

— Tem mais alguma coisa que você queira que eu faça pra você? Pegar um café com leite? Pular de uma ponte?

Rhiannon suspira, frustrada — mas pelo menos sei que ela está frustrada com ela mesma e não comigo.

— Desculpe. Obrigada, Nathan. Sinceramente, eu ainda estou acordando.

— A está com você?

— Não. A está em outro lugar.

— Onde?

— Não quero que isso fique escrito na sua cara. Saiba que não é perto daqui.

— Que coincidência. Exatamente onde eu gostaria de estar!

— Nathan, sério. Obrigada. Você é um dos bons.

— Pelo menos até que se prove o contrário!

Nós nos despedimos e eu dou descarga, como se precisasse de um álibi do banheiro para uma plateia inexistente.

Certo, eu meio que espero o Novo Poole sair da cabine ao lado da minha, dizendo que ouviu tudo.

Mas em vez disso só há um calouro na pia. Do jeito que ele está me olhando, como se eu fosse um completo desequilibrado, posso dizer que ele não é o Novo Poole.

Ele não me deu um número de telefone ou algum contato — caso ele queira, acho, tentar uma vida nova enquanto estiver esperando a minha ligação. Como ele queria uma resposta hoje, tenho certeza de que vai me encontrar de um jeito ou de outro.

E é por isso que eu evito ir até a biblioteca depois da aula. É claro que estou curioso para saber se Jaiden está lá, ou se ela só é a Garota Stalker da Biblioteca nos finais de semana. Mas a presença de Poole 2.0 acabaria definitivamente com qualquer encontro.

Dirijo até o shopping em vez disso. Tenho tanta necessidade de ir lá como de fazer uma lobotomia ou usar camisinha (não no sentido de que eu vá fazer sexo e não que eu vá fazer sexo sem camisinha). Enquanto dirijo até lá, vejo um carro me seguindo e, depois de algumas curvas, acho que sei quem é o motorista. Em um sinal, eu digito a placa do carro no meu telefone, embora não tenha ideia do que vá fazer com essa informação. Rhiannon queria que eu ficasse ligado, bisbilhotasse. Acho que uma placa de carro conta para isso.

Tem uma vaga logo na entrada do shopping e muitas mães com carrinhos nas proximidades, então imagino que seja o máximo de segurança que vou conseguir num estacionamento. Entro e sigo para a praça de alimentação, imaginando que seja improvável que o Sr. Poole Party quebre a minha cabeça na frente dos funcionários da pizzaria.

Fico sozinho na mesa por cerca de 37 segundos até a versão Poole garoto de fraternidade se sentar na minha frente.

— Espero que você tenha algo para mim — diz ele.

Não sei se é pelo nervosismo, ou porque a minha resposta para a pergunta dele é "não exatamente", mas seja qual for o motivo essas são palavras que saem da minha boca:

— Quer café? Eu quero um café.

Antes que ele possa reagir, estou de pé e seguindo para a Starbucks. Tem uma pequena fila, mas eu adio nossa interação analisando o cardápio. Peço um mocha Frappuccino — com chantilly, porque, ei, é uma ocasião especial — e pago com cartão, colocando-o lentamente na máquina. O poder da sugestão é muito forte, porque, em vez de me empurrar, o Garoto Poole pede um Frappuccino também (sem chantilly, seja lá por que) e paga com o seu próprio cartão. E nesse momento consigo ler o nome no cartão: Wyatt Giddings.

Placa do carro: anotada. Nome: anotado.

De nada, Rhiannon.

É um momento estranho enquanto esperamos nossos pedidos. Ele finge não me conhecer, mas ao mesmo tempo não me deixa sair de seu campo de visão.

Assim que pego a minha bebida, volto para a nossa mesa. Ele se junta a mim um minuto depois.

— Por que você não quis as calorias extras e a alegria do chantilly? Não é por causa do seu peso.

Parece que a minha jogada não-deixe-que-ele-perceba-como-você-está--apavorado está funcionando, porque ele realmente fica sem palavras por um segundo. Acho que ele não está acostumado a ficar na praça de alimentação batendo papo sobre o seu troca-troca de corpos.

— Você tem uma mensagem para mim? — pergunta ele, finalmente.

— Sim. Rhiannon falou com A. A está pensando no assunto.

— *Pensando no assunto?*

— Foram as exatas palavras dela. Não sei nada além disso.

Parece que Poole está prestes a esmagar o copo de Frappuccino.

— Não é bom o bastante — rosna ele.

— É tudo o que eu tenho. Pelo menos por ora.

— Eu disse... não é bom o bastante.

— Eu ouvi da primeira vez. Não mate o mensageiro.

— Você não tem ideia do que eu vou fazer com o mensageiro, se ele continuar entregando mensagens como essa.

— Aqui? Na praça de alimentação? Não deve ser permitido. E ainda por cima...

Eu me interrompo para ver o que vai acontecer. Depois de três impacientes segundos, ele diz:

— E ainda o quê?

— Você não pode me machucar agora.

— E por que não posso?

— Porque sou a única conexão com A que você tem.

Ele começa a se levantar.

— Vou te dar mais 24 horas. Nos encontramos novamente aqui amanhã; e se você não tiver marcado o encontro, farei o que eu quiser com você.

— Posso te fazer uma pergunta?

Ele está de pé agora, mas não se afasta.

— O quê?

— Qual o seu nome? Fico pensando em você como reverendo Poole, embora obviamente o uso desse nome tenha expirado. Quem é você agora?

— Por que isso importa?

— O que é um nome? Acho que importa muito. Quero saber como te chamar quando me referir a você.

— O meu nome agora é Wyatt.

— Bem, olá, Wyatt. Imagino que você agora não passeie muito pelo shopping. Você vinha quando era adolescente?

— Como você sabe se ainda não sou adolescente? Ou talvez eu nunca tenha sido adolescente. Você me viu em idades variadas.

— Apenas presumi. Bobeira minha.

Bisbilhotar. Não bisbilhotar.

— É estranho eu estar conversando com você, sabendo que Wyatt não é você? Isso acontece muito com você, de saberem o que realmente está rolando nessa interação?

— Não.

Eu não sei ao certo a qual pergunta ele está respondendo.

Tento pensar num encaminhamento para a conversa, mas ele pega o seu copo e vai embora.

Mando uma mensagem para Rhiannon: *Temos mais 24 horas.* Ela não responde imediatamente. Eu entro em algumas lojas, enrolo, enrolo, enrolo, e então finalmente sigo para o carro. Não me surpreenderia encontrar o vidro da janela quebrado e um animal morto jogado lá dentro. Mas o carro está como eu o deixei. E não tem carro algum me seguindo enquanto volto para casa — ao menos pelo que eu consigo perceber.

Assim que chego à porta, minha mãe grita, me perguntando onde eu estava. Eu respondo que no shopping e ela diz que "Você sabe que eu não gosto que você vá lá", o que (a) não é algo que eu saiba e (b) é meio que um estranho epicentro para a preocupação dela a essa altura. Eu me pergunto se ela já foi adolescente também.

Mas não vou lhe perguntar isso. Tenho coisas mais importantes a fazer.

Há uma pesquisa online sobre o Sr. Wyatt Giddings a ser feita.

X

— Você vai jantar conosco hoje? — pergunta a mãe de Wyatt quando eu chego em casa.

— Sim — digo, e sigo direto para o quarto dele.

Estou tentando ser estratégico aqui. Se tenho tido reações negativas dos corpos em que estou, talvez não seja bom forçar muito com a vida desse cara. Sinto que esse é o corpo certo para esse momento: forte, imponente, viril. E também, eu espero, alguém que tem mais a ver com A. Talvez o meu erro da última vez tenha sido me aproximar como uma figura autoritária. Talvez eu me saia melhor me aproximando como um igual.

Sinto falta de ter um espaço próprio maior do que um quarto. E não estou exatamente pronto para voltar para a escola — vamos ver quanto tempo leva para a secretaria notar minha ausência. Mas, por outro lado, é bom revisitar o que você deixou para trás de vez em quando, lembrar por que você deixou para trás.

Como todas as pessoas perfeitamente legais, os integrantes da família Giddings são definidos principalmente pela capacidade individual de serem chatos. Entretanto, a Sra. Giddings cozinha bem, e isso deixa o jantar moderadamente interessante. O irmão mais novo de Wyatt, North, é um tagarela — e felizmente está no oitavo ano, então não está falando sobre a recém-descoberta vadiagem de Wyatt.

As pessoas passam a vida inteira fazendo isso todas as noites. Eu não consigo compreender como suportam. Deixa todos os limites próximos demais.

Se A ainda acredita em coisas assim, preciso colocá-las em ordem. Sei que essa pausa é apenas para me fazer esperar, para me fazer pensar que estão dando as cartas.

Mas eles não fazem ideia.

Enquanto isso, eu passo o sal. Assisto a um jogo de hockey com o papai. Assisto pornôs no computador de Wyatt e faço as mesmas coisas que ele faria nesse momento.

Ele não tem motivo para resistir. E, por causa disso, ele será meu pelo tempo que eu precisar.

A
Dia 6.134

Acho que foi mais fácil para ela ir embora do que foi para mim ficar.

Ao vê-la saindo com o carro, eu me senti partindo a reboque. Mas ao mesmo tempo o sentimento é de que ele não me carregava.

Sei que preciso ser paciente. Sei que estamos num lugar melhor do que estávamos alguns dias atrás. Sei que preciso dar tempo ao tempo.

Mas a potência do que eu sinto sem ela é mais forte do que qualquer uma dessas razões, pelo menos quando eu acordo sem ela.

Mais uma vez, eu não me afastei muito — três quarteirões para cima desta vez. Hoje estou no corpo de Rosa Thien. O alarme dela tocou às 5:32 da manhã.

Primeiro, eu imagino que é porque ela tem algum tipo de treino. Mas não. É porque ela pega o metrô para a escola do outro lado da cidade e precisa de bastante tempo para ficar pronta.

Vou tropeçando até o banheiro e descubro que, embora o aquecedor esteja ligado a uma temperatura semelhante à superfície de Mercúrio, não tem água quente. Eu deixo o chuveiro ligado um pouco, pensando que talvez a água vá esquentar, mas depois de um minuto alguém bate com determinação na porta e um homem grita:

— Quatro minutos! Sem enrolação!

Eu cerro os dentes e suporto o quanto consigo. Quando já estou saindo, o chuveiro faz um barulho e uns pingos quentes caem.

Mais uma batida à porta.

— Um segundo! — peço.

Visto um roupão e enrolo a toalha na cabeça. Eu mal termino de sair do banheiro quando alguém — um irmão mais velho, imagino — me empurra para o lado e fecha a porta. A cabeça de outro irmão surge do quarto e ele pergunta:

— Ele acabou de entrar aí? — Eu concordo com a cabeça. A porta do quarto volta a se fechar.

A mesa de Rosa está cheia de maquiagens e o seu espelho tem uma série de fotos coladas que me dão uma ideia do que devo fazer antes de pegar o metrô. Tenho certeza de que Rosa consegue se maquiar em quinze minutos; talvez ela inclusive dê o retoque final durante a viagem de metrô — mas não sei se eu consigo fazer isso. Demoro mais tempo e, com certeza, pulei várias etapas. Tantas mães me ensinaram a fazer isso e ainda não é um hábito fácil.

Eu me distraio com facilidade e penso em Rhiannon. E quando não estou pensando em Rhiannon, estou pensando em Poole e no que eu vou fazer. Ao meu redor, o apartamento vai ficando mais e mais barulhento conforme mais gente se levanta — parece que Rosa tem quatro irmãos mais velhos. Todos eles ainda moram na casa.

Acesso a memória de Rosa o suficiente para saber que tenho de ir. Preciso me concentrar no lado certo para passar o cartão do metrô, qual a direção do trem e qual trem pegar. Não espero ter muito tempo para pensar no caminho, mas, no fim das contas, são pelo menos quinze estações até a escola. Em cada uma das quinze estações, mais gente entra no vagão até que ficamos tão espremidos quanto pessoas espremidas podem ficar.

Não sei como eu me sinto nessa situação.

É opressor, na verdade. Não por causa de quem ou do que eu sou. É opressor num nível humano básico. Ficar junto a tantos outros estranhos. Ter tantos rostos para observar. Ter tanta gente olhando para você ou desviando o olhar.

Minha mente volta ao fato de eu ter acordado tão perto de onde dormi. Significa que tem mais pessoas como eu ao redor? Ou não tem nenhuma relação? É só porque tem mais gente?

Mas se tem mais gente… isso não significa que tem mais gente como eu?

Eu nunca penso nisso. Pensei por um tempo, mas depois parei.

Agora estou pensando de novo. E a culpa é de Poole.

Acho que Rhiannon tem razão ao dizer que ele quer mais me ver do que eu quero vê-lo. Mas também tenho medo de que, assim que começarmos a falar, eu pire. Vou querer saber mais e mais e mais. E, depois disso, vai ser suficiente conhecer só mais uma pessoa como eu? Eu vou querer que existam mais e mais e mais de nós? A minha vida mudaria se, de repente, todos soubessem que nós existimos?

Sim. Porque eles nunca nos aceitariam.

Sim. Porque levaríamos a culpa por tudo que desse errado.

Sim. Porque apenas inspiraríamos medo, e não compreensão.

Eles nunca nos veriam como seres humanos. E a história é clara quanto ao que acontece quando alguém não é visto como humano.

Qual o propósito então?, eu me pergunto.

E depois a resposta: O *propósito é que você não quer estar só.*

E se Poole for assim também?

— Rosa?

Eu olho para cima e encontro uma menina que não gastou tanto tempo se maquiando quanto eu de manhã. Depois de um instante, a memória de Rosa me oferece um nome: *Kendall.*

— Oi, Kendall.

— Uau, você estava realmente focada; quase uma prática de ioga. Ioga no metrô. Isso totalmente deveria existir.

Durante o restante da viagem, Kendall me conta do seu final de semana, e eu tento não falar do meu. Ela diz que foi a uma festa num armazém, e eu imagino adolescentes bebendo ao redor de caixas que seriam enviadas para o Walmart. Sei que isso não pode estar certo.

Tenho sorte de ter Kendall como guia inconsciente, porque deve haver mais de mil crianças a caminho dessa escola. Preciso de toda a minha atenção para andar pelos corredores e toda a minha agilidade para passar pelos demais alunos e chegar nas aulas na hora. Em alguns momentos, eu penso se não entrei por acidente em uma universidade, porque há aulas chamadas Escrita Autobiográfica e Introdução a Termodinâmica. No fim das contas, Rosa é uma das melhores da turma e é preciso muito esforço para se manter no topo naquela escola. Cada nota conta. Cada dia conta. Eu dou o meu melhor.

No almoço, envio um e-mail curto para Rhiannon, que me diz que falou com Nathan. Trocamos algumas mensagens e fica claro que o teor da nossa conversa mudou de *oi como vai* para *o que vamos fazer.* Tento me lembrar de que não faz muita diferença eu estar em Nova York ou Maryland, porque eu ainda estaria na escola sem vê-la.

Depois da escola, Rosa tem grupo de debate. Quando termina, alguns amigos dela vão tomar um café, mas digo que preciso ir para casa. Eles não questionam.

Eu deveria voltar para o metrô... mas estou em Nova York. Como tudo acontece comigo, pode ser que nunca mais volte a Nova York. Embora faltem uns cem quarteirões, decido ir para casa andando.

As calçadas estão cheias, mas, por causa do frio, ninguém está se demorando. As pessoas estão envoltas em seus próprios mundos e a rua é apenas uma passagem de um ponto a outro da cidade. Não identifico muitos olhares de turistas; apesar de haver centenas de pessoas ao meu redor, talvez eu seja a única curiosa. Todos querem evitar os detalhes, enquanto eu quero percebê-los.

Os sapatos de Rosa são bem fofos e não foram feitos para andar mais de vinte quarteirões de uma vez. Eu não planejei isso bem, mas, sinceramente, não planejei nada. Acabo em um parque em frente ao Flatiron Building; se as pessoas me olham enquanto estou no banco, é pensando por que estou naquele banco no frio. Sei que elas provavelmente têm razão — não quero que Rosa tenha pneumonia por ficar ali nem uma lesão nas costas por andar mais do que devia com saltos. O corpo está tomando as decisões por mim. Que é como deve ser... mas eu me vejo desejando que não fosse assim.

Existe sempre o amanhã, penso. O que não soa tão possível quanto *algum dia* mas muito mais possível que *nunca*.

Paro em uma cafeteria francesa e peço um chocolate quente, que parece ter sido feito com um pedaço de nuvem de chocolate posto numa xícara. Se não posso me acalmar por completo, posso ter pequenos prazeres. Estou aqui respirando. Estou experimentando isso. Tenho um casaco quente para um dia frio. Tem uma garota lá fora que me conhece. Vou para casa e dormirei bem. Vou tentar não pensar nas coisas que eu não posso controlar.

Rhiannon

Quando as pessoas me perguntam sobre o meu final de semana, eu não sei o que responder. Sei apenas que não posso dizer a verdade.

Quando Rebecca me pergunta como foi o fim de semana, eu digo que não sei se conseguiria algum dia estudar na NYU. Falo que as ruas são muito barulhentas à noite. Ela me pergunta se eu fui a alguma festa e eu digo que estava entediada e que fui dormir enquanto todos iam para a rua.

Quando Preston me pergunta como foi o fim de semana, eu digo que não, não vi nenhuma celebridade na rua, e que não, não fui ver nada na Broadway, mas que sim, eu vi o Central Park, embora não, não tenha patinado, mas ainda assim me senti no centro do mundo.

Quando Alexander me pergunta como foi o fim de semana, fico tão envergonhada de responder quanto ele de perguntar. Ele diz que sentiu minha falta, principalmente quando começou a nevar. Disse que estava prestes a me ligar para brincarmos de escorregar na neve; tinha até escolhido a colina. Então ele se lembrou de que eu tinha viajado.

— Você não fez nada disso na cidade, fez? — perguntou ele. E eu disse que não, não fiz. Falo de um jeito que pareça que não foi divertido. Falo de um jeito que pareça que eu estava sozinha. Digo a ele que teria sido legal se tivéssemos aproveitado o dia de neve, só nós dois. Não é mentira e não soa como uma mentira. Mas ainda me sinto constrangida ao dizê-lo.

Quando minha mãe me pergunta como foi o fim de semana, eu digo a ela que gostei de ir para a cidade, mas que não tenho certeza se vai ser a minha escolha.

— Você pode ir para a faculdade onde quiser — diz ela, beijando a minha testa. — Contanto que não seja longe demais.

Quando eu pergunto a mim mesma como foi o fim de semana, fico constrangida de novo. Porque não sei o que eu quero ouvir.

A
Dia 6.135

Eu acordo em meio a uma onda de enjoo e, assim que me levanto, abro a boca e o vômito sai. Felizmente alguém deixou um cesto de lixo ao lado da cama. Eu vomito e me levanto quando tenho certeza de que não há mais nada para sair além de bílis.

Não é um bom começo de dia para Anil. Nem para mim.

A mãe de Anil entra no quarto logo em seguida, limpa tudo, verifica a minha temperatura e me dá um pouco de *ginger ale*. As borbulhas do refrigerante parecem estar se digladiando na minha boca. Volta tudo do meu estômago.

Eu fico me desculpando. A mãe de Anil apenas balança a cabeça dizendo "não, não" e pede que eu me deite novamente. Ela diz que vai telefonar para a escola. Enquanto ela vai para outro cômodo, eu apago. Quando acordo, vejo que ela deixou meu celular, o laptop e o controle remoto ao lado da minha cama. Um bilhete pede que eu ligue para ela no trabalho se precisar de alguma coisa.

Tenho o dia todo para mim, mas não posso ir muito longe. O corpo está operando dentro de sua própria gravidade, e a gravidade me puxa direto para a cama. Eu costumava ansiar por dias assim, quando eu tinha a desculpa perfeita para me esquivar da tentativa de encenação do dia de alguém. Eu podia ficar de preguiça sendo somente eu. Ler um livro. Ver televisão. Jogar videogame. Feliz com a minha própria companhia. Sem precisar de mais nada.

Quando me lembro desses dias, percebo que o único modo de vivê-los era acreditando que eu estava completamente à parte de qualquer outra narrativa. Eu tinha a minha própria trama, mas ela não se ligava a nada maior.

Agora estou na cama sentindo todas essas conexões. Com Rhiannon. Com Poole. Com qualquer um que seja como eu.

Não posso mais me recolher para dentro de mim.

Eu me sento na cama e pego o laptop de Anil. Tem uma mensagem de Rhiannon: Poole entrou em contato com Nathan de novo e está exigindo um encontro.

Chegou a hora.

Eu sei que chegou a hora. Continuo olhando suas páginas e vejo todos esses posts sobre uma marcha em Washington, no próximo final de semana. Vários amigos de Anil irão. A escola deles vai alugar um ônibus.

Sei que não estarei mais no corpo de Anil... mas espero que o corpo em que eu estiver esteja em condições de ir também.

X

Tenho consciência do quanto minha impaciência pode ser destrutiva.

Estou cansado da rotina de Wyatt, então eu me afasto dela. Ponho algumas roupas e um taco de beisebol no carro e saio dirigindo. Fácil assim.

Encontro Nathan indo para casa depois da escola. Encosto o carro, não digo nada. Ele começa a falar, mas eu continuo sem dizer nada. Ele vê o taco, mas não é rápido o bastante para sair da frente dele. Eu bato nos joelhos dele, e então ergo o taco ameaçadoramente na altura de seus ombros quando ele cai no chão, parando logo antes do golpe decisivo. Não preciso falar. Ele entende a mensagem.

Deixo o número de telefone de Wyatt com ele, que vai ser o meu número agora. Entro de novo no carro. E saio.

Imagino a repulsa de Wyatt. Ou a empolgação. Deixe um garoto livre para fazer o que quiser e ele frequentemente se revela perverso.

Eu sei que não vou voltar para os seus pais chatos e sua casa chata. Talvez ele nunca mais volte lá. Eu ainda não decidi nada, além de que a vida dele é inalteravelmente minha agora. O corpo não reclama quando penso isso. Wyatt não tem ideia.

O fato de seu corpo ser meu agora é o que me impede de causar mais danos. Não devo chamar atenção. Não ainda.

Eu espero.

Rhiannon

Todos os meus amigos estão animados com a Marcha pela Igualdade no sábado. Vamos nos reunir na quinta à noite na casa da Rebecca para fazer cartazes. Eu me programo para ir de carro com eles até Washington; mas o que eles não sabem é que, se tudo for como planejado, irei na noite anterior para ver A.

Na tarde de quinta, sigo para a casa de Nathan. Ele me mandou uma mensagem durante a aula: *Preciso que você me leve na biblioteca*. Eu não lhe perguntei por que ele precisava que eu dirigisse; eu apenas disse que sim.

Agora, quando ele abre a porta, eu vejo o que houve. Ele está usando uma bota imobilizadora.

— O que aconteceu? — pergunto.

— Esqueci de mencionar algumas coisas sobre o meu papel de mensageiro — diz ele, mancando até a porta. — Você dirige, eu falo.

Eu o ajudo a entrar no meu carro, chegando o banco do passageiro totalmente para trás.

— Ele ao menos poderia ter tido a decência de bater na perna que não serve para dirigir — diz ele quando eu estou no assento do motorista. — Acho que é errado esperar alguma consideração básica de um psicopata.

— Volte um instante e me diga o que aconteceu — peço. — E para qual biblioteca estamos indo mesmo?

Ele complementa as informações, explicando como Poole o surpreendeu e depois deixou seu número de telefone. E foi por isso que Nathan escreveu: para dizer que Poole estava ficando impaciente, o que nos levou a armar um encontro no sábado.

— Por que você não falou nada?

— Honestamente? Porque fiquei com vergonha. Já foi difícil explicar para os meus pais que eu fui atacado por um agressor aleatório no caminho da escola para casa. Eles acham que estou sofrendo bullying e estoicamente me recusando a contar os nomes dos responsáveis. Eles não sabem de nada!

— Eu sinto muito, me desculpe!

— E tem isso também. Não há motivo para você se desculpar. Você não me meteu nessa confusão. A confusão simplesmente se formou ao nosso redor, não foi?

— Ainda assim...

— Ele precisa ser impedido. Em resumo é isso, certo? Porque seu namorado/namorada não vai, tipo, convencer Poole a deixar de ser mau. Ele pode ser solitário, mas é também o babaca-mor, e a lógica tende a não funcionar com os babacas-mor. Eles têm sua própria lógica e ficam todos zangadinhos quando as pessoas não concordam com a teoria da terra plana deles.

— Eu não sei se temos como impedi-lo. Primeiro precisamos saber o que ele quer.

— Aparentemente, Wyatt está desaparecido.

— Wyatt?

— Wyatt, o adolescente em cujo corpo Poole está. Eu tenho monitorado as suas redes sociais e as coisas mudaram. Vários *Ei, cara, cadê, você?* e *Ligue para os seus pais, ok?* Calharam com ele usando meu corpo para treinar rebatidas de beisebol. Não é um bom presságio para Wyatt.

— Ele postou alguma resposta?

— Nada. Ele não posta faz dias. Eu suspeito que Poole não curta as redes sociais. O que é estranho, visto que muitos megalomaníacos modernos gostam.

— Coitado do Wyatt.

— É. Preciso te falar, eu não fiquei feliz por perder um dia da minha vida. Mas pelo menos A teve a decência de ir embora quando o dia acabou.

— Acho que tivemos sorte, de certa forma.

— De certa forma. Gosto disso. Quantos assim você acha que tem por aí? Dezenas? Milhares? Apenas A e ele?

— Eu não sei mesmo.

— Nem eu. É como se existisse essa nova camada à nossa existência. A matéria escura da humanidade.

— É por isso que você vai à biblioteca? Para pesquisar?

Nathan sorri e balança a cabeça.

— Não. Eu vou à biblioteca na esperança de ver uma menina.

— Uma em especial? Ou, tipo, uma garota qualquer?

— Uma garota bem especial.

Ele me conta um pouco sobre Jaiden — um pouco porque é tudo que ele sabe.

— Parece um começo promissor — digo a ele.

— Bem, vamos ver como ela vai se sentir quando conhecer a galera barra pesada que anda comigo.

— Diga que você estava resgatando um gatinho.

— De Satã. É a minha história: eu estava resgatando o gatinho de Satã.

— Como ela pode resistir?

— Facilmente?

Ele olha pela janela e caímos num silêncio. Finalmente ele diz:

— Eu também queria conversar com você. Antes do fim de semana.

— Sobre?

— Sobre se os Caps têm alguma chance na Stanley Cup esse ano.

— Sério?

— *Não.* Sobre a confusão em que nos metemos. Sei que eu me meti, e você foi mais, tipo, uma voluntária. Porque você ama A. Eu entendo isso. E sei que você tem muitos amigos que provavelmente te dão muitos conselhos não solicitados. Mas acho que, nesse caso, eles não fazem ideia do que você planeja fazer, ou do que pode acontecer com você. Então vou aproveitar essa brecha. Você conheceu A e ele era um lobo solitário... e, pelo que eu sei, A tem sido um bom lobo de companhia. Mas A está prestes a encontrar o líder da matilha. E, como já falamos, ele não é um cara legal. Ainda que A não se junte ao bando, vai saber mais sobre o alcance do que pode fazer. E eu acredito que isso é perigoso. Não apenas para você e para mim, mas para todo mundo. E é por isso que eu disse antes: Poole precisa ser impedido. E se A não está preparado para isso, você vai ter que pular fora. Não se afastar apenas de Poole, mas de A também. Mesmo que isso parta o seu coração.

— De onde isso veio?

— É o que me deixa acordado à noite, Rhiannon. Você e eu... Nós estamos tendo um vislumbre de uma coisa que pouquíssimas pessoas têm a oportunidade de ver. Mas precisamos lembrar que é um vislumbre, não estamos vivendo isso. Não temos ideia de como uma pessoa que está vivendo isso vai reagir a um convite para fazer parte do bando.

— A vai reagir como qualquer ser humano decente reagiria. A é assim.

— Eu quero acreditar nisso. *Você* quer acreditar nisso. Mas como podemos ter certeza?

— Não podemos ter, Nathan. Em relação a ninguém. Acreditar é tudo o que podemos fazer.

Nathan concorda com a cabeça.

— Justo. E que fique registrado: eu acredito em você. Por isso posso dizer essas coisas.

— E eu acredito em você. Por isso estou feliz que você tenha dito essas coisas.

— Chegamos a um entendimento. E aconteça o que acontecer no fim de semana, estou a apenas uma mensagem de texto ou ligação de distância.

— Certamente manterei você informado.

Quando chegamos na biblioteca, começo a sair do carro para ajudá-lo a descer.

— Não, não, eu consigo — diz.

— Precisa de uma carona na volta?

— Provavelmente. Te mando uma mensagem. Nem sei ao certo se ela estará aqui.

— Bom... boa sorte.

— Obrigado. Eu vou precisar!

Ele sai do carro e vai mancando para dentro da biblioteca. Eu sei que deveria ir embora, mas em vez disso estaciono o carro. Só quero ter certeza de que ele está bem.

Não preciso perambular muito pela biblioteca para ver que não sou mais necessária. Ele foi até uma mesa de leitura bem no meio; uma garota está de pé, gesticulando para que ele se sente. Os movimentos dele dão a entender que está contando sobre o resgate do gatinho de Satã. Ela está rindo, elogiando a coragem dele.

Eu me esgueiro para fora antes que ele me veja. Dirijo por apenas dez minutos antes de parar num sinal e ver que recebi uma mensagem dele.

Jaiden vai me levar em casa. ☺

A simplicidade disso me deixa feliz.

Também me provoca ciúmes.

Mas fico majoritariamente feliz.

À noite, na casa da Rebecca, eu tento não me distrair. Ela sempre fica nervosa quando as pessoas vão a sua casa — o pai gosta de interromper a cada cinco minutos com uma piada que ele ouviu, e a mãe, que se preocupa com tudo, se preocupa mais ainda que seus objetos de valor sejam roubados ou quebrados. Ela leva tudo para o quarto e fica de olho... Só que sempre tem alguma coisa que ela esquece de levar, então, frequentemente, enquanto o pai está contando piadas com o papa como se fossem coisas que adolescentes ainda contassem a seus amigos, ela entra furtivamente atrás dele, de robe e camisola, pega um Hummel de porcelana e corre de volta para o quarto.

Os pais de Rebecca gostam de mim mais do que gostam dos outros amigos dela, então, assim que chego lá, paro no quarto deles para dar um oi. A mãe está na cama, lustrando a prataria. Quando eu a cumprimento, ela age como se fosse perfeitamente normal fazer aquilo numa quinta--feira à noite.

— É bom que vocês estejam indo para a manifestação, crianças — diz. — É importante.

— É sim — respondo. — Estamos animados.

Um grupo grande da escola vai a Marcha pela Igualdade. A premissa é direta: estamos protestando contra qualquer lei e qualquer ação que não trate as pessoas como iguais. Independentemente de estar relacionada a gênero, raça, identidade LGBTQIA+, habilidade física — qualquer um que queira que sejamos tratados da mesma forma está sendo encorajado a marchar, a mandar uma mensagem a um governo que, frequentemente, se assemelha à fortaleza do homem cis branco hétero.

Na cozinha, tem material de arte por todos os cantos. Alexander está no paraíso. Enquanto observo por cima do seu ombro, ele costura uma fileira de silhuetas num banner. São pessoas de todas as formas e tamanhos. Abaixo ele desenhou os dizeres: SOMOS TODOS DIFERENTES. MAS SOB A LEI, SOMOS TODOS IGUAIS.

Quando Alexander está criando, ele fica totalmente imerso em si mesmo. Na verdade, é perceptível de fora, como se eu pudesse ver todas as possibilidades o circundando e, então, um lampejo de foco quando ele pega uma delas e leva para a sua ilustração. Preston e Will estão fazendo o que só pode ser chamado de batalha de glitter biodegradável na pia da cozinha; Rebecca está pedindo a Ben para verificar novamente a grafia de *transgênero*. Stephanie está num canto, chorando e sussurrando ao telefone. Alexander não percebe nada disso. Mas, alguns minutos depois, ele sai do transe e percebe que estou atrás dele. Então se vira e sorri.

— O que acha?

— Demais — digo a ele. — De verdade.

Ele assente, dá um último nó e baixa o fio.

— Acho que teremos uns cinco cartazes para cada pessoas marchando — diz ele, gesticulando para uma pilha no chão. No topo, AME O DIREITO DE AMAR escrito com as cores do arco-íris e glitter.

— A criação de Preston e Will? — pergunto.

— Rebecca, na verdade. A deles está embaixo.

Eu levanto a proclamação em arco-íris e encontro um dragão feroz feito com glitter.

Está escrito: O SEU MEDO NÃO VAI DITAR A MINHA VIDA.

— Gostou? — pergunta Preston.

— Amei — digo a ele.

— Estamos apenas tentando encontrar modos diferentes de dizer o óbvio — comenta Will. — Porque, vamos admitir, é surreal termos que marchar por algo que é tão óbvio, porra.

— O que você quer dizer? Eu não estou te ouvindo — grita Stephanie ao telefone.

Rebecca pula na direção dela.

— Ah não. Desliga, Stephanie. Apenas desligue isso.

— Eu não posso!

Rebecca tira o celular da mão de Stephanie, e ela não resiste muito para segurá-lo.

— Steve, agora não — diz Rebecca ao telefone. — Estamos numa zona não fode e você está fodendo isso. — Ela desliga. Stephanie chora mais um pouco.

Rebecca a levanta.

— Vamos lá — fala. — Hora de ir para o quarto.

Assim que ela sai, o pai de Rebecca entra, como se estivesse ali esperando.

245

— Ei, pessoal — diz ele, soando como o menino que foi escolhido por último na queimada e agora tenta seduzir para ser o antepenúltimo da próxima vez.

— Olá, Sr. Palmer — dizem Will e Preston.

— Vocês precisam de alguma coisa?

— Temos tudo menos igualdade, senhor! — responde Will num tom de voz infantil. Preston lhe dá um cutucão.

— Por falar em igualdade, eu já contei a vocês aquela do francês, do holandês e do inglês no campo de prisioneiros de guerra?

— Acho que já contou, senhor — diz Ben. — Certamente é memorável.

— Bom, então lá vai uma nova. O papa decide ter o seu próprio site e chama o departamento de TI, que lhe manda um padre, um rabino e um pica-pau. Vocês estão ouvindo?

— Acho que deixei algumas tintas no carro — diz Alexander para mim. — Quer me ajudar a buscar?

— Com certeza.

Escapamos do cômodo antes que o Sr. Preston chegasse ao rabino.

Lá fora, Alexander faz um gesto na direção dos degraus da entrada e nos sentamos ali.

— Senti sua falta — diz ele, procurando a minha mão. — Onde você esteve essa semana?

A mão dele está coberta por pontinhos de canetinha e restos de cola e glitter. Também tem glitter no seu cabelo e na bochecha.

— Você parece um projeto artístico — digo.

— Eu sou um projeto artístico — responde ele. — Quero dizer, nos meus melhores dias eu sou.

— E nos piores?

— Nos piores me sinto frustrado por estar separado das coisas que eu nasci para fazer.

— Nasceu para fazer?

— Você não se sente assim em relação às coisas? Embora sejam uma escolha, porque tudo é uma escolha, as coisas também são parte da sua missão. Eu jamais serei um consumidor, do ponto de vista de que vou consumir para destruir. Em vez disso, sou cíclico: eu pego alguma coisa, mas vou querer devolver para o mundo de uma forma diferente. Num mundo ideal, consigo pegar a inspiração que recebo e a devolvo como inspiração para outra pessoa. Eu quero fazer coisas. Não num vácuo egoísta, mas sendo parte do mundo. E eu quero amar. Quero amar indiscriminadamente pessoas, lugares e coisas. Mas não apenas isso. Quero amar verbos. Adjetivos. Quero amar além das categorias. Porque, no meu coração, eu sei que foi isso que eu nasci para fazer. E a vida? A vida é apenas o tempo que tenho para entender como fazer isso bem. — Ele ri, balança a cabeça. — Desculpa... deve parecer que estou falando um monte de bobagem. É que era nisso que eu estava pensando enquanto fazia aqueles cartazes, com os amigos que basicamente conheci por sua causa.

— Você não está falando um monte de bobagem — digo a ele. — Pelo contrário.

— Obrigado.

— Não tem por que me agradecer.

— Existem centenas de coisas pelas quais te agradecer.

— Para.

— Por quê?

É uma boa pergunta. Se ele está sendo sincero, por que eu quero que ele pare? Se ele está feliz, por que não posso deixar que me agradeça? Por que eu não posso lhe agradecer de volta por ele ter me feito feliz?

Penso no cartaz dele. Penso naquelas silhuetas. Quero perguntar a ele: e se por dentro todas elas forem a mesma pessoa, mas em corpos diferentes em dias diferentes, ainda assim seriam iguais a nós?

Ele diria sim. Eu sei que diria sim.

Mas ele também acharia uma hipótese louca.

— Rhiannon?

— Sim.

— Como foi a sua semana?

Penso na neve em Nova York. Penso na perna de Nathan com a bota. Penso em Poole, a quem eu consigo imaginar mesmo sem nunca ter visto. Penso na viagem de carro de amanhã. Penso em glitter, cola e pele.

— Minha semana não esteve sob o meu controle — digo a ele.

— E como você se sente em relação a isso?

— Eu acho que quero estar mais no controle. Mas ainda não sei como conseguir isso.

— Como eu posso ajudar?

Eu me aproximo dele.

— Eu gostaria que você pudesse. Mas não dá.

Eu sei que não deveria beijá-lo. Mas também sei que não deveria me afastar quando ele me beijasse. Não posso fazer essa desfeita com ele. Não posso mandar essa mensagem, de que ele não significa nada. Ele significa muito mais que nada.

Depois que o beijo termina, eu recosto nos degraus.

— Eu não sei o que nasci para fazer — confesso.

— Então você vai descobrir — diz ele. — Tenho fé.

Eu não te mereço, penso. Mas eu já sei qual seria a resposta dele para essa. *O amor nunca deve ser calculado em termos de merecimento.*

— É possível que tenhamos que voltar lá pra dentro — digo a ele. — Você não tem tinta no carro na verdade, tem?

— Não. Estava no chão, do lado do seu pé.

— A piada deve ter terminado a essa altura, né?

— Vamos torcer para o pica-pau já ter tido a palavra.

Ele levanta e estende uma das mãos para me ajudar a ficar de pé. Por um instante, olho para ele e me lembro do dia que o conheci, quando A estava dentro dele.

E me pego perguntando:

— E se você não estivesse sendo você mesmo no dia em que nos conhecemos?

Ele não pensa por mais que um segundo antes de responder:

— Acho que eu pediria que você julgasse com base em todos os dias depois desse.

Ele não afasta a mão. Ele não me diz que é uma pergunta estranha, um pensamento estranho. Ele ainda está aqui para mim.

Seguro a sua mão, e voltamos para dentro.

Naquela noite, quando chego em casa, escrevo para A:

A,

Eu pensei mais. Pensei muito mais.

Estou ansiosa para ver você amanhã. Eu estou. Mas ainda é estranho estar em um ambiente com todos os meus amigos e não poder conversar com eles sobre isso. Saber que eles nunca conhecerão você. Saber que você nunca vai ser uma parte do restante da minha vida.

248

Quer dizer, poderíamos contar a eles. Mas eu poderia garantir que o segredo estaria guardado? Não.

Preciso que você entenda: eu quero reescrever o mundo para que isso seja possível. Quero mesmo.

Mas como eu não posso reescrever o mundo... alguma outra coisa precisa ser reescrita. Seja lá o que nós vamos ser, precisamos escrever nós mesmos. E não vai ser se enquadrar em qualquer categoria que já tenhamos visto antes.

Precisamos de uma nova categoria, que nos permita sermos nós mesmos.

Talvez seja para isso que nós tenhamos nascido.

Vejo você amanhã.

R

A
Dia 6.138

Na sexta de manhã, eu dou muita sorte.

A família de Eboni já está planejando ir à Marcha com um grupo da igreja deles. O ônibus sai logo depois da aula.

Arrumo as coisas rapidamente e aviso a Rhiannon onde vou ficar. Eu li a mensagem que ela mandou e digo que conversaremos sobre isso depois. Principalmente porque não tenho ideia do que dizer agora.

Sei que ela tem razão. Sei que precisamos de uma nova categoria, de uma nova palavra para o que nós somos.

Eu só não sei qual é.

Imagino que eu terei tempo de pensar ao longo da viagem de ônibus — mas não é bem assim. O pastor não trouxe um rádio: ele quer que a sua congregação seja o rádio. Então, antes mesmo do ônibus passar por uma ponte ou por um túnel, a cantoria está a toda. Tenho certeza que Eboni, assim como todos que estão no ônibus, sabe as canções de cor. Então, toda vez que começa uma música, eu vou fundo e tento encontrá-la. Eboni tem uma voz adorável, mas a sua performance talvez não esteja tão segura hoje.

Passamos por muitos outros ônibus a caminho de Washington. Estendemos cartazes uns para os outros, cumprimentamos, cantamos mais alto, cantamos até a exaustão, e cantamos mais mesmo assim.

Há uma alegria fervorosa em agir. Há uma importância não abstrata no que estamos fazendo. O equilíbrio entre certo e errado está sempre em questão, e o único modo de se assegurar de que o nosso caminho é o da justiça é garantir que o nosso peso está firmemente fincado no lado certo. Estamos nos dirigindo até lá para somar o nosso peso à balança. Estamos cantando porque vozes somam tanto peso quanto os corpos.

Sei que estou simulando. Sei que estou aqui por outros motivos e que farei parte de outros planos. Mas preciso acreditar que eu também estou tentando ficar do lado certo da balança. Preciso acreditar que estou fazendo a minha parte, ainda que essa parte seja obscurecida pelas pessoas ao meu redor.

As pessoas se aquietam quando estamos perto de Delaware, se fecham em suas próprias conversas, seus próprios cochilos. Sinto o nervoso na boca do meu estômago, e penso se é por causa de Rhiannon, de Poole ou dos dois. Provavelmente pelos dois. É o nervoso que vem de saber que começos e finais são exatamente a mesma coisa, sem saber para onde esse conhecimento vai te levar.

O lobby do hotel é pura animação — um reencontro de pessoas que nunca se viram antes. Agora vem a parte difícil, já que preciso afastar Eboni do grupo sem levantar muitas suspeitas.

Consigo ver Rhiannon me esperando. Ela está olhando ao redor, mas eu estou longe demais para sinalizar. Sou apenas uma pessoa na multidão do check-in.

Eu quero me aproximar e dizer alguma coisa. Mas não quero ter que explicar caso alguém pergunte com quem eu estava falando.

Só quando nos aproximamos do elevador é que eu consigo chegar perto o suficiente para fazer contato visual. É o que basta. Vejo que ela me reconheceu. Sem dizer uma única palavra, explico a ela que estarei de volta assim que possível. Sem dizer uma única palavra, ela demonstra que entendeu.

No quarto, a mãe de Eboni pergunta se ela vai para a vigília na terceira Igreja Batista ou se vai ficar no hotel para a atividade com os jovens. Percebo que essa é a minha chance e digo a ela que irei na atividade com os jovens. Ela me estende um cronograma e eu vejo que há um evento para fazer cartazes e confraternizar no salão Tubman. Vai até dez da noite e já são oito, preciso correr.

Tenho medo de que alguém me veja saindo com Rhiannon, então, em vez de ir falar com ela, eu lhe direciono outro olhar que diz para que me siga até o lado de fora. Eu inclusive ando uma quadra a mais antes de me virar e vê-la, sorrindo.

— Seríamos ótimos espiões — diz Rhiannon.

— Imbatíveis — respondo. — Eu preciso voltar às dez, então nós... não temos muito tempo.

— Tudo bem, preciso dirigir de volta hoje à noite ainda. Para poder, você sabe, voltar para cá amanhã de manhã.

— É uma pena que você não possa ficar.

— É. Eu não sei muito bem como explicaria essa. Os meus pais acham que eu estou na Rebecca. A Rebecca acha que estou em casa, descansando antes do grande dia. Se Rebecca e meus pais por acaso começarem a trocar mensagens, estamos muito, muito ferrados.

— Nunca faça essa apresentação.

— É meio tarde para isso.

— Então acho que simplesmente teremos que arriscar.

— Os melhores espiões arriscam.

— Para onde vamos agora?

— Para o parque National Mall? Fica a alguns quarteirões de distância. E, sinceramente, a capital não é exatamente a cidade mais segura do mundo para duas adolescentes ficarem andando sozinhas a essa hora. Vamos nos manter nas ruas bem-iluminadas.

— Vai na frente.

As calçadas estão cheias embora os prédios, não. Muitas pessoas parecem estar na cidade por causa de amanhã... ou talvez Washington seja uma cidade na qual todo mundo que perambula pela rua numa sexta à noite se assemelha a um turista.

— Bom, Nathan confirmou com Poole. Ele vai te encontrar na praça de alimentação da National Gallery ao meio-dia. Você sabe que estará lotado amanhã, certo?

— Para mim, quanto mais gente, melhor.

— Nathan também mandou isso.

Ela estende o celular e eu vejo a página do perfil de Wyatt Giddings no Facebook.

— Essa é a aparência dele. Assim você sabe a quem procurar.

— Entendi.

— Presumindo que ele não mude antes.

— É, presumindo isso.

Rhiannon não me olha quando diz:

— Sei que essa não é uma conversa normal. Não tem que ser uma conversa normal. Eu não estou esperando que seja.

— Mas você não gostaria que fosse?

— Não. Acho que estou percebendo que não seria. Ou não. Não é isso. Estou percebendo que nunca vai ser normal para qualquer pessoa que não seja a gente. Mas se isso se tornar normal para nós, que bom. É tudo que podemos querer.

Estamos no parque agora. Eu viro à direita e vejo o Capitólio, supervisionando seus domínios, como se fosse um homem careca. Eu me viro para a direita e vejo o Monumento de Washington, um foguete pesado demais para levantar voo.

Nós nos sentamos e é meio estranho, porque dessa vez ela é mais alta que eu. Não é uma situação habitual para mim. Não que isso importe — é apenas mais um pequeno ajuste.

— Então, qual o seu nome hoje? — pergunta ela.

— Eboni.

— Me conte sobre Eboni.

Eu falo sobre a viagem de ônibus.

— Certo, mas e sobre ela? Você sabe alguma coisa sobre ela pelo menos?

— Não exatamente. Acho que minha cabeça está em outras coisas.

Percebo que essa não é a resposta certa.

— O que foi? — pergunto.

— Nada. Sempre penso que você os conhece, pelo menos um pouco.

— Isso faz ser melhor?

— Eu acho que sim.

— Provavelmente você tem razão. É só que estou negligente... por minha própria culpa.

— Acredite em mim, isso é fácil. Para todos nós.

Sei que isso é difícil para todos, não apenas para nós. A ansiedade fervente do primeiro encontro tem que esfriar até a satisfação morna por estar junto. Eu já passei por todos os estágios de uma relação; só nunca estive em nenhuma sendo eu antes. É como se eu tivesse visto o mapa, mas agora estivesse vivendo dentro da paisagem.

— Você quer conversar sobre a sua mensagem de ontem à noite? — pergunto.

— Claro. Eu nem sei ao certo se fez algum sentido.

— Fez. Eu só... não sei qual é a resposta.

— Nem eu. Sei apenas que precisamos encontrar em conjunto. Você tentou por nós da última vez. Não deu certo. E você não pode tentar por nós amanhã. Poole não pode te oferecer nada que nos dará uma resposta. Ele pode tentar. Ele pode tentar usar isso como vantagem. Mas você precisa impedi-lo. Eu não quero ser o seu ponto fraco.

— E eu não quero ser o seu ponto fraco.

— Então acho que chegamos a um entendimento. Sobre tudo o que não entendemos.

Eu coloco uma mecha do cabelo dela atrás da orelha. Encaro seus olhos. Sinto tanto amor por ela ali que é como o amor que sinto pela própria vida.

— Seja lá o que nós formos — digo —, seja lá o que nós fizermos, sempre vou agradecer por qualquer coisa que nós tenhamos. Sei que você tem muitos nós na sua vida. Mas eu tenho apenas você. E por mais difícil que seja às vezes, por mais que machuque, para mim importa mais do que você pode entender.

Então ela me envolve num abraço. E não me solta. Então sussurra:

— Eu entendo.

Ficamos assim por alguns minutos, em um abraço, deixando a cidade passar por nós. Depois nos recompomos e voltamos para o mundo.

— Vamos falar de amanhã — diz ela.

E repassamos o plano.

A
Dia 6.139

Eu acordo num quarto diferente no mesmo hotel.

Eu deveria ter desconfiado dessa possibilidade: estou em um hotel turístico em um destino turístico. Mas, ainda assim, é uma surpresa acordar no corpo de um adolescente das Filipinas e encontrar tantos pensamentos numa língua que eu não entendo. Rudy também fala inglês, então eu posso pelo menos traduzir os pensamentos. Entendo que a família dele passará uma semana nos Estados Unidos; eles vieram de Nova York e amanhã vão para Orlando. Eles não faziam ideia de que a viagem iria coincidir com a Marcha pela Igualdade.

Eu não preciso acessar a mente de Rudy para saber disso. Seus pais estão no quarto, muito agitados, espiando pela janela e discutindo sobre o que vão fazer. Eu entendo tudo com um atraso de três segundos, já que preciso usar a memória de Rudy para traduzir da melhor maneira que posso.

Embora ninguém tenha pedido a minha opinião, eu digo:

— Estamos aqui. Devemos ir ver as coisas.

Fico do lado do meu pai na discussão, e ele fica todo feliz. A mãe de Rudy tenta um pouco mais, mas é uma batalha perdida. Eu me sinto mal, porque o argumento dela é que é perigoso, e que podemos nos perder facilmente. O que é exatamente o que estou planejando que aconteça.

Enquanto nos revezamos para ir ao banheiro até todos nós estarmos prontos, o pai de Rudy liga a televisão. As câmeras de trânsito mostram ônibus entrando aos borbotões na cidade. A multidão já cresce ao redor e em frente ao parque. A previsão é que ao menos um milhão de pessoas marche, talvez mais. O alerta de segurança está em seu nível mais alto. O presidente diz estar "monitorando a situação" de um campo de golfe na Flórida.

Sempre que mostram carros entrando na cidade, eu fico procurando pelo de Rhiannon. Sei que ela está lá fora em algum lugar com os amigos. Combinamos de nos encontrar às onze horas.

Também sei que Poole está em algum lugar lá fora, se aproximando mais e mais. Vamos nos encontrar ao meio-dia.

Essas pessoas não significam nada para Rudy. E, ao fim do dia, espero que ele se esqueça delas.

Mas, pelas próximas horas, terei que fazer com que elas sejam mais importantes do que seus pais. Não mais importantes do que ele — independentemente do que aconteça, Rudy *deve* seguir sendo o mais importante. Não posso jamais me esquecer disso.

A sensação é pior, é estar pegando emprestada a vida de alguém que está tão longe de casa, tão longe dos amigos. Mas eu não tenho escolha.

Acho que terei tempo suficiente para ir até o parque... mas então paramos no restaurante do hotel para tomar café da manhã. Eu passo rápido pelo bufê, mas a mãe de Rudy come como se estivesse fazendo o seu próprio protesto, comendo um grão de cereal por vez, fazendo um intervalo de um minuto para cada gomo da grapefruit.

— É melhor irmos antes que fique muito cheio — digo.

E, então, cinco minutos depois:

— Se não formos rápidos, a entrada para o Air and Space Museum será bloqueada.

E quando 10:15 se aproxima:

— Tenho certeza que você pode levar esse croissant, se quiser. Quer que eu pergunte se eles têm uma embalagem?

— Os prédios não vão sair do lugar — responde a mãe de Rudy, partindo o croissant em pedaços tão pequenos que passariam despercebidos até para os passarinhos.

O pai de Rudy só fica olhando o telefone.

Deixamos o hotel às 10:37. É preciso apenas um passo para encontrarmos a multidão. É espantoso ver tanta gente. Um fluxo lento de manifestantes carregando cartazes, usando chapéus de arco-íris e comemorando a cada vez que alguém decide dar vivas. Posso sentir que a mãe de Rudy está prestes a voltar para o hotel, então me viro e digo:

— Encontro vocês aqui mais tarde. — E me enfio ali. Já me desculpando com Rudy pelos problemas que ele certamente terá, eu me movo rápido, indo de um lado para outro pela multidão.

Ninguém parece se incomodar com a minha passagem. Ninguém está com pressa; todos estão aqui para ficar aqui. Quando me satisfaço com a distância entre Rudy e os pais dele, dou uma olhada ao redor e vejo quem está na aglomeração, vejo de verdade. E o que realmente me atinge — o que é realmente maravilhoso — é que eu vejo *todos*. Não é a concentração habitual de norte-americanos, na qual é fácil pinçar quem é maioria. Não. Esse grupo é a verdadeira América, todas as raças, todos os gêneros, idades, estilos e preferências amorosas, juntos em uma rua, marchando com firmeza até o destino. Eu já fui tantos deles e não cheguei perto de ser todos eles. Eu poderia viver até ter um milhão de anos e nunca seria todos eles, não desse modo. E, mesmo com a pouca experiência que eu tive, o que está acontecendo aqui faz sentido para mim: o que pode fazer de nós mais iguais é nossa crença e desejo de igualdade. Eu senti isso em tantos corações, e agora todas as demais preocupações podem ser postas de lado para que esse sentimento fique acima dos demais.

Eu não sei como Rudy lidaria com isso. Não sei muito da sua vida em Manila. Mas preciso acreditar que ele iria se sentir em casa, que ele seria mais uma voz. Estamos todos no mesmo barco: todos queremos ser vistos com a mesma seriedade que os demais.

Continuo indo em frente, continuo passando por famílias, por amigos, por grupos da igreja, por apoiadores do movimento e por equipes de basquete do ensino médio com as camisas dos seus times. Vejo rostos que parecem familiares, rostos que eu já posso ter visto no espelho — mas eu não tenho tempo de parar e me lembrar, nem a memória para parar e pensar. Penso que sou uma parte disso, que o meu corpo conta ainda que não seja o meu corpo. Penso que estou fazendo diferença no lado certo da balança. Penso nisso tudo, embora eu saiba que preciso ir embora.

A National Gallery aparece no meu campo de visão. Já me atrasei meia hora, e ainda nem cheguei. O telefone de Rudy não está pegando nenhum sinal de Wi-Fi e não funciona nos Estados Unidos de outra forma. Não tenho como entrar em contato com Rhiannon. Preciso acreditar que ela vai me encontrar quando eu chegar lá.

Policiais estão espalhados pelo parque, vigiando. Em outra circunstância, poderia parecer meio sinistro, mas os oficiais estão sorrindo, conversando, cumprimentando de volta as crianças que cumprimentam eles. Quando eu saio da Constitution Avenue e me separo daquela onda de alegria e protesto, um policial se aproxima e pergunta se eu preciso de alguma coisa. De repente, receio que ele vá me dizer que o museu fechou, embora eu tenha olhado o site inúmeras vezes para me certificar de que não fecharia. Então digo a ele para onde estou indo. Ele assente e aponta a entrada lateral do prédio.

Sei que a ausência de um único corpo não será notada, mas eu vou sentir falta de ser parte do todo. Tenho certeza que o protesto ainda estará acontecendo quando eu sair do museu; tenho esperanças de que eu e Rhiannon possamos experimentar isso lado a lado.

Combinei de me encontrar com Rhiannon em frente à tela *Bazille e Camille*, de Monet, mas, quando eu entro na sala 85, vejo que o quadro está lá, e que Rhiannon não está. O museu está muito vazio para um sábado... e dá para ouvir o barulho da multidão lá fora, os cantos de celebração e os gritos de frases de protesto. Estou chutando que Rhiannon esteja presa. Com o trânsito, talvez ela nem tenha chegado a ao centro da cidade ainda.

São 11:45. Terei que encontrar Poole sem ela.

Eu desço para o subsolo que liga os dois prédios do museu, onde fica a praça de alimentação. Ao passar pela lojinha do museu, o coração de Rudy começa a acelerar, e de novo eu penso em como o corpo dele pode estar tão em sintonia com a cadência dos meus pensamentos. Aqui embaixo está mais cheio do que nas galerias — na maioria turistas se refugiando do protesto junto a alguns manifestantes fazendo uma pausa para comer. Fico feliz por não estar só, ainda que todos sejam desconhecidos. Eles não vão deixar que nada aconteça comigo. Chego alguns minutos antes, mas ele já está lá. Reconheço imediatamente, é o único adolescente com uma mesa apenas para ele. É difícil não pensar nele como Wyatt por um instante, porque, afinal, é Wyatt quem estou vendo.

Esse é o momento em que eu ainda posso ir embora, mas, em vez disso, eu me aproximo.

Ele vê quando eu me aproximo e se levanta. O gesto educado me surpreende tanto quanto o sorriso em seu rosto, ele parece quase grato por eu ter aparecido. Ele estende a mão e eu o cumprimento. Ficamos amigos no verão e estamos nos vendo no inverno. Somos conhecidos da internet que finalmente estão se conhecendo pessoalmente. Somos dois garotos que marcaram uma entrevista de trabalho ou um encontro. Podemos parecer qualquer coisa, exceto o que realmente somos.

— Você quer comer alguma coisa? — pergunta ele. — Ou quer café? — Ele aponta para o próprio copo. — Posso esperar se quiser pegar algo.

— Estou bem — digo a ele. — Comi muito no café da manhã.

— Bom, então... vamos começar?

Ele estende a mão para oferecer o lugar à sua frente. Eu tiro o casaco e ponho no encosto da cadeira antes de me sentar.

— Eu agradeço muito você ter vindo — diz ele.— E, antes de qualquer coisa, quero me desculpar pela última vez em que nos encontramos. Eu conduzi tudo mal e sei que quase não mereço uma segunda chance. Só posso explicar dizendo que foi emoção demais para mim finalmente ter te encontrado, ter encontrado alguém como eu. Foi uma coisa que eu nunca tinha tentado fazer antes, falar... sobre o que nós somos. E vou repetir quantas vezes precisar: eu estraguei tudo. Fiquei tão preocupado, achando que você fosse ir embora, que exagerei e fiz você ir embora. Qual o oposto de sorte de principiante? Azar de principiante? Estupidez de principiante? Espero que possamos atribuir a isso. Embora eu entenda se você não aceitar.

Quando imaginei essa conversa, não pensei que começaria assim. Estou olhando em seus olhos e no lugar de algo aprisionado estou vendo uma vulnerabilidade que parece genuína dele. Já passei dias sendo meninos como Wyatt: popular, inseguro, sua bondade sendo mais ou menos vista às vezes. Preciso me lembrar de que não estou falando com Wyatt, assim como a pessoa à minha frente não está realmente falando com Rudy.

— Eu te agradeço por dizer isso — digo a ele. — Você tem razão. Eu me assustei bastante. Mas preciso alertá-lo: não foi só o modo como você disse, mas o que você disse. Então se estiver planejando dizer as mesmas coisas... estamos apenas perdendo tempo.

— Eu não vou tentar te convencer de nada. Não vou tentar fazer com que você faça nada. Eu só quero conversar. E acho que você quer também. Porque imagino que isso seja tão assombroso para você quanto é para mim. A possibilidade de falar com alguém que realmente sabe o que é ser como nós somos. Ser tão passageiro e ao mesmo tempo tão enraizado nas vidas dos outros. Ter que viver cada dia sendo tanto nós mesmos quanto outra pessoa.

Quem mais sabe como é isso? Eu tenho muitas perguntas para te fazer. São tantas as coisas que eu tive que entender sozinho.

— Eu acho que você entendeu mais do que eu.

— Por quê? Porque dei um jeito de ficar nos corpos por mais de um dia? Isso é verdade... eu entendi algumas coisas, e eu adoraria dividi-las com você. Mas ainda há muitas questões para as quais não tenho nada além de especulação.

— Por exemplo?

Ele sorri.

— Por onde posso começar? No macro: por que nós somos como somos? No micro: quando nos machucamos no corpo de alguém, a memória da dor fica com eles ou viaja conosco?

— A dor não viaja. Mas a vergonha e o arrependimento por ter machucado alguém fica sim.

Ele se recosta, e olha para mim.

— Essa resposta — diz — é muito interessante.

O mais estranho dessa conversa é o quanto não parece estranha. Eu imediatamente sei que posso contar a ele coisas que não espero que Rhiannon entenda. Porque, mesmo sendo diferentes, eu e ele passamos por tantas coisas parecidas.

Lembre-se que ele bateu em Nathan, penso comigo. Mas então fico imaginando se eu que o levei a fazer isso, ao fazer um joguinho com ele. Não que seja uma desculpa. Mas pode ser uma explicação. Eu acho que ele compreendeu bem mais do que eu como seria essa sensação, a de finalmente encontrar alguém que entende como a nossa vida funciona.

— Você também deve ter perguntas — diz ele. — Não deixe que eu domine a conversa, porque é o que vou fazer, se tiver oportunidade. Eu mantive todos esses pensamentos e perguntas trancados e agora, tcharam!, aqui está a chave para ver como tudo funciona além da minha experiência.

— Certo — digo. — Vamos começar com o básico. Qual o seu nome?

— Esse é Wyatt.

— Não me refiro ao nome dele. Qual o seu nome? Fico pensando em você como reverendo Poole. Mas você não é o reverendo Poole.

— Hum. Você sabe que ninguém nunca me perguntou isso antes, né?

Eu sorrio, me lembrando de quando Rhiannon perguntou meu nome pela primeira vez.

— É louco, não? Passar uma vida inteira sem que alguém pergunte o seu nome.

— Você pode rir se eu te contar.

— Meu nome é A. Eu não tenho motivo para rir.

— Por ter escolhido esse nome quando era bem mais novo?

— Sim.

— Eu também. Talvez não tão novo quanto você. Mas ainda assim... novo.

— Então, qual é?

— Xenon.

Eu rio. Não para ridicularizá-lo. Mas pela surpresa.

— Você disse que não ia rir! — Mas ele também está rindo.

— Desculpa, sinto muito...

— Tudo bem.

— Por que *Xenon*?

— Eu gostava do X. Depois descobri que o que significa, e combina. Mas ainda que não combinasse, eu teria ficado com ele.

— Quantos anos você tinha quando o escolheu?

— Não tenho certeza... tudo não parece um borrão depois de um certo tempo? Sete, talvez? Oito? E você?

— Provavelmente cinco ou seis. Parece *sim* um borrão. Anos. Semanas. Dias.

— Esse foi um dos motivos pelos quais eu decidi ficar por mais de um dia. Para ter mais noção dos períodos de tempo. As outras pessoas podem dizer: "Ah, isso foi quando morei naquela casa" ou "Oh, isso foi quando eu namorei com ela". Ou "Os meus pais estavam vivos nessa época". Eu queria ter isso. Alguma medida que fosse mais longa que um único dia. Porque é muito difícil se agarrar a um dia só.

Ouvir aquelas palavras vindo de alguém que não sou eu, é como um soco no meu cérebro.

Preciso perguntar:

— Mas você não acha que é injusto com as pessoas das quais você está tomando a vida? Você não sente que está roubando esse tempo delas?

Wyatt se aproxima, como se fosse a primeira vez que estivesse dizendo algo que não quer que mais ninguém ouça.

— Acontece que... se eles não quisessem que eu os controlasse, eu não conseguiria fazê-lo. Há uma bela cumplicidade nisso. Eu só posso ficar no lugar das pessoas que não querem estar ali. Sei que você pode dizer que é uma justificativa egoísta. Acredite, questionei *profundamente* a mim mesmo ao longo dos anos. Mas já fiz isso o bastante para saber que ninguém entrega sua força vital a não ser que assim queira. Isso quer dizer que eu estou atacando os mais fracos? Possivelmente. Mas isso também quer dizer que eu estou lhes dando um tempo? É também possível. Não existe nenhuma certeza em nada disso, certo?

— Não — digo a ele. — Não há.

— Exatamente.

— E sobre Wyatt? — pergunto. Não sei se o que ouço é verdade, mas não quero interrompê-lo. Quero ouvir o que ele tem a dizer.

— Wyatt está perdido. Todo mundo acha que ele está no controle, mas não é verdade. Sinceramente, acho que não ficarei aqui por muito mais tempo; em algum momento ele vai querer sua vida de volta e vou acordar sendo outra pessoa. Mas, como você tem visto, quase todo mundo pode ceder um dia. Muitos podem ceder uma semana, Wyatt faz parte desse grupo. Quem é você hoje?

Eu lhe conto sobre Rudy.

— Então, com ele seria mais difícil. Tem a forte combinação de estar empolgado por estar de férias ao mesmo tempo que sente bastante saudade de casa. Poderia achar que alguém longe de casa seria mais vulnerável, mas acho que é o contrário. Além disso, é claro, tenho certeza que ele quer ver a Disney com os próprios olhos.

— Então você está dizendo que eu não deveria tentar ficar nesse corpo por mais de um dia? — pergunto.

— Não. Por que eu faria isso?

Quando eu o conheci sendo Poole, ele estava determinado a me fazer ser como ele o quanto antes. Mas talvez ele tenha aprendido alguma coisa desde então. Novamente, quero ver no que isso vai dar.

— Por nada — digo. — Ainda estou tentando encontrar o caminho certo aqui.

— Eu também.

Ambos descobrimos um novo território. Ambos queremos explorar.

— Olha — digo a ele —, eu menti para você antes. *Estou* com fome. Quer almoçar?

Ele sorri de novo, e gesticula na direção da lanchonete.

— Eu tenho todo o tempo do mundo — diz ele.

Sei que eu não tenho. Mas, por ora, sinto como se tivesse.

Pegamos uma pizza. Ele se oferece para pagar e, no caminho de volta para a mesa, eu pergunto sobre isso, sobre como ele se sente usando o dinheiro dos outros.

— Considero que são salários — diz ele, se sentando. — Por um dia de trabalho.

Eu nunca tinha pensado daquela forma.

Peço a ele que me conte mais.

Rhiannon

Demora uma eternidade para entrar em Washington. E mais ainda para chegar até o parque. Temos que largar nossos carros no subúrbio e pegar o metrô, junto com centenas de milhares de pessoas. No início o clima é de festa, mas conforme vai ficando mais e mais cheio, o clima passa a ser de festa lotada, o que não é nem um pouco divertido. Não para mim, pelo menos — Preston está amando e vai recebendo muitos elogios por sua roupa, que lembra a do Wally, de *Onde está Wally?*, combinada com um arco-íris. Os cartazes de Alexander também estão sendo muito elogiados. Sendo quem é, Alexander sempre dá um jeito de elogiar de volta, comentando sobre algum bóton que a pessoa está usando ou até dos cadarços rosa-shocking dos quais eles têm orgulho.

Eu provavelmente também estaria curtindo, se não estivesse tão atrasada.

Tentei entrar em contato com A por e-mail. Até mandei mensagem para Nathan, deixando-o de sobreaviso. Mas nenhuma notícia. Quando eu saio da estação de metrô, passa de meio-dia. A já está com Poole. Eu sou o apoio que não chegou.

Espero que esteja tudo bem.

Acho que a parte mais difícil vai ser despistar os meus amigos — mas isso acaba sendo o mais fácil, porque tem muita gente mesmo e porque é difícil para os grupos se manterem unidos naquela corrente de pessoas em movimento. Fiz questão de termos um plano para nos encontrarmos depois, caso nos separássemos — eu só não disse a eles que meu objetivo era usá-lo imediatamente. Quando me livro deles, consigo ouvir Rebecca e Alexander me chamando. Mas então um dos oradores começa a falar, a multidão avança, eu me abaixo em meio a um grupo com pessoas mais altas, ficando fora do campo de visão deles.

Também me asseguro de que meu celular está desligado. Direi a eles que pensei que estivesse ligado.

Quando chego à National Gallery, pergunto ao guarda onde fica a praça de alimentação, e ele aponta para uma escada que leva a um andar inferior. Preciso passar por uma esteira rolante coberta por luzes e espelhos, algo que se assemelharia a ficção científica nos anos 1950, e então chego lá, com quase uma hora de atraso. Eu não tenho ideia de qual é a aparência de A hoje — mas sei quem é Wyatt. O difícil é encontrá-lo sem ser notada. A foi taxativo sobre isso: Poole não deveria me ver sob nenhuma circunstância. Tínhamos que nos manter distantes. Era a única maneira de garantir que eu estava a salvo.

Eu me mantenho no canto, para onde os pais estão tentando direcionar as crianças e onde manifestantes mais velhos descansam um pouco da marcha. Meus olhos passam por Wyatt e A mais de uma vez antes de vê-los... porque a linguagem corporal deles é tão relaxada, tão unida, que erroneamente eu interpreto que são parentes ou amigos. A e Wyatt estão totalmente envolvidos um com o outro, conversando animados, completamente alheios ao que quer que esteja acontecendo a sua volta.

Meu primeiro pensamento é: parece um encontro que está indo muito, muito bem.

Depois eu me sinto idiota por pensar assim. A sabe o que precisa ser feito. Está dançando conforme a música. A está aprendendo tudo que pode ser aprendido.

Esse é o plano.

Sei que o objetivo é que Poole não saiba que eu estou aqui. Entendo que isso quer dizer que A não pode me procurar e, ainda que sentisse a minha presença, não poderia demonstrar. Mesmo assim, fico surpresa por me sentir tão fora daquilo. Quero me aproximar para ouvir o que estão falando, embora eu saiba que seria perigoso. Quero que A olhe na minha direção, para que eu tenha uma ideia do que está acontecendo. Quero ter certeza de que A está bem.

Mas... é óbvio que A está bem.

A parece feliz.

Em casa.

Sei que se pegasse e ligasse o meu telefone, veria meus amigos procurando por mim. Provavelmente eles estão preocupados. Terei que responder às suas mensagens. E é tentador voltar correndo lá para fora, encontrá-los e fingir que nunca consegui chegar aqui.

265

Mas não. Eu prometi a A que estaria aqui depois do encontro, para entendermos qual seria o próximo passo.

Então eu me sento. Tento ficar invisível ao mesmo tempo que mantenho livre o meu campo de visão.

Eu observo. Eu espero.

Eu imagino.

A
Dia 6.139 (continuação)

— Quantos anos você tem? — pergunto a ele.

— Não tenho muita certeza, na verdade. Ao me livrar da regularidade de mudar todos os dias, não pareceu mais tão importante. Vinte e dois? Vinte e três? Não muito mais que você. Eu costumava contar. Você ainda conta, não é?

— Sim.

— Me deixe adivinhar: Começou no dia 3.653.

— Sim! Meu aniversário de dez anos, ou, pelo menos, o primeiro aniversário de dez anos que meu corpo teve.

— Um número bem redondinho.

— Exatamente. Mais os três dias dos anos bissextos.

— Mas por que você ainda conta? Por que se importa?

— Porque sem isso eu seria somente um relógio de segunda mão. Preciso acompanhar uma parte maior.

— Sendo que a parte maior é a sua vida.

— Exatamente.

Ambos recostamos. E nos olhamos por um instante.

É a conversa mais incrível que eu já tive.

E acho que ele sente a mesma coisa.

— Quantos de nós você acha que existem, Xenon?

Ele geme.

— Por favor. Me chame de X. Se você é A, sou X. *Xenon* não é para ser usado em lugar algum além da minha cabeça. Parece bobo quando você diz.

— Mas é o seu nome!

— X. Por favor.

— Certo, X... quantos de nós você acha que existem? E você acha que estamos ligados de alguma forma?

— Como se uma pobre mulher continuasse parindo e o resultado fôssemos nós?

— Essa é uma ligação um pouco mais forte do que eu pensei. Até possível, acho.

— Acho que existem mais de nós. E acho que existem pessoas como nós faz um tempo, vivendo em segredo pelas mesmas razões que vivemos em segredo. Tanto nosso poder quanto nossa sobrevivência dependem disso.

— E você acha que sempre fomos assim? Desde o primeiro dia?

— Não dá para saber, é claro. Mas o que eu acho? Acho que nascemos do mesmo modo que qualquer outra pessoa, e, no segundo dia, acordamos no corpo de outro recém-nascido. Aquele primeiro bebê perdeu o primeiro dia de sua vida, mas como ele vai saber? Nós vamos embora muito antes de qualquer memória ser formada. — Ele me olha. — Você está sorrindo. Por que está sorrindo?

Digo a verdade.

— Porque eu me perguntei sobre isso milhares de vezes ao longo dos anos. E, num determinado momento, eu desisti de ouvir a resposta de alguém. Então estar conversando com você sobre isso é… não é o que eu esperava.

— Você achava que eu ia bater na sua cabeça, te levar na minha van branca para depois sugar a sua alma e pôr dentro de um monstro que eu construí.

— Algo por aí — digo. Ele ter falado da minha cautela me fez lembrar dela. Só porque ele está brincando sobre a van branca não quer dizer que não tenha uma estacionada lá fora, as chaves estão no seu bolso.

Ele parece alarmado com o meu alarme.

— Eu realmente causei uma senhora primeira impressão. Já passou mais de uma hora: posso me desculpar de novo?

— Tudo bem — digo. — Essa hora mudou as coisas.

Antes eu teria suposto o pior. Agora estou tentando não supor nada. Porque eu quero que continuemos conversando.

— Para mim também.

— E o que mais?

— Você disse que não se vê como *homem* ou *mulher*?

— Não. Você se vê?

— Definitivamente sou homem.

— Isso é tão estranho para mim. Você acorda em corpos femininos de vez em quando, não acorda?

— Eu acordo em corpos femininos. Mas nunca acordo mulher.

— Mas por que escolher?

— Porque todos os seres humanos precisam ser uma coisa ou outra.

— Isso está longe da verdade.

— Ok, ok, eu reconheço esse ponto. Mas para mim é importante ter uma identidade concreta, mesmo mudando a forma física tantas vezes. Talvez mais por causa disso. É importante saber quem você é. Como se parece...

Não acredito que ele está dizendo isso.

— Você sabe qual é a sua aparência? — interrompo.

— Sei qual *deveria* ser a minha aparência. É muito claro para mim.

Faço um gesto para Wyatt.

— Seria assim?

Ele olha para as mãos de Wyatt, depois para mim.

— Está próximo o bastante.

— Então você escolheu.

— De certa forma, sim. Eu fui repetindo até acertar. Ou acertar o suficiente. Você vai poder fazer isso também.

— Mas eu não quero.

— Por que não?

— Porque uma vez que tem preferências, uma vez que começa a pensar nas pessoas como melhores ou piores, de repente haverá pessoas melhores e piores. E eu tratarei as piores muito mal, somente porque tenho preferências. Eu não acredito nisso. Eu não acredito que corpo algum seja inerentemente melhor ou pior que qualquer outro. O mundo exterior faz os seus julgamentos. E tenho certeza que as pessoas fazem seus próprios julgamentos internos. Mas quando eu estou dentro, não estou ali para julgar. Senti isso acontecer alguns meses atrás, quando comecei a me ver como se o mundo exterior pudesse me enxergar. Eu comecei a sentir uma certa propensão a achar que eu não tinha o tamanho ou o gênero certo. E isso, mais do que qualquer outra coisa, me fez ver que eu estava no caminho errado. Com isso, eu fui embora. Tentei não me enxergar através dos olhos do mundo exterior.

— Através dos olhos *dela.*

— Dela?

— Da garota que você ama. Você ainda não me contou sobre ela. Mas imagino que tenha relação.

— Como você sabe sobre Rhiannon? — pergunto, embora eu já saiba a resposta.

— Nathan, se lembra? Não se preocupe... ele não me contou muita coisa. Eu só sei que ela foi o canal dele até você. Mas eu deduzi. Você deve amá-la.

Parecia inútil negar.

— Amo, sim.

— E, naturalmente, isso faz você se sentir visto. Pelo "mundo exterior", como você diz.

— Faz. Você já esteve apaixonado assim?

— Certamente. É difícil para nós, não é? Quase impossível. Mas não totalmente impossível. Esse vácuo entre *quase* e *totalmente* é por onde estamos sempre tentando passar, não é mesmo?

— Sim.

— Mas ouça o que está dizendo. Como ela pode te amar se você não se permite ter uma forma real? O que ela deve amar... um nome? Como você pode lhe dar uma coisa que não tem?

— Estamos tentando entender.

— É o que precisa fazer. E eu quero ajudar. Sei que a minha reputação não é muito boa para isso. Mas eu já passei por isso, A. E, por causa da minha experiência, consigo ver todas as barreiras que no momento são invisíveis para você. Consigo ver o cerne do problema, o que constrói todas as barreiras.

— E qual é?

— Você tem certeza que quer ouvir a resposta?

— Eu quero ouvir.

— Acho que você passou a vida sendo subserviente aos donos dos corpos que ocupa. Em vez de se tratar como um ser humano completo, e nós *somos* seres humanos completos, você se trata como se fosse um parasita, uma infecção, um vírus que dura vinte e quatro horas, que tem alguma escolha em relação ao estrago que causa. Então você se segura. Você nega a si mesmo a sua própria humanidade para perpetuar a deles. Mas eu te pergunto o seguinte, e é algo que perguntei a mim mesmo por muitos e muitos anos: Por que a vida deles vale mais que a sua, só por ser quem você é?

— Eu não penso neles como tendo mais valor do que eu.

— Sério? Com quem você gastou mais energia ao longo dos anos? Qual padrão foi quebrado quando você se apaixonou por Rhiannon?

— Mas que opção eu tenho?

— A primeira é se definir. — Ele empurra a cadeira para trás e se levanta. Por um estranho momento, acho que a conversa terminou, que ele está muito decepcionado comigo e que vai embora. Mas, em vez disso, ele diz: — Vamos fazer uma excursão. Não tem um museu por aqui?

— Tudo bem — digo, pegando o casaco e recolhendo a minha bandeja.

— Deve haver milhares de imagens de pessoas nessas galerias. Eu acredito que, lá no fundo, você tem noção de quem você é. Vamos andar pelo museu até encontrar alguma com a qual você se conecte.

— É como se você estivesse me perguntando qual o meu tipo. Estou falando, eu não tenho um.

— E eu estou dizendo que acho que todos nós temos um tipo. É só uma questão de admitir, ou não, para nós mesmos.

— Tá bom — digo. — Vamos tentar. — Não é muito diferente do que Rhiannon me pediu para fazer no Met. Não acho que os resultados vão ser muito diferentes agora.

Somente agora eu percebo como o lugar ficou cheio. Os discursos continuam acontecendo no parque, mas tem mais gente entrando, descansando os pés cercados por arte.

— Isso é bom — diz X. — Museus são para vermos outras pessoas, assim como todo o resto. Você também pode se encontrar em um deles.

Quero dizer a ele que eu me vejo em todos eles. Mas nem tento. Então me pergunto como eu sou. Não como eu quero parecer — posso bater nessa porta, mas atrás dela não há nada.

Há uma exposição de fotografia no térreo, imagens que cobrem o período que vivemos até agora no século XXI. Eu olho nos olhos de camponeses e publicitários, anglicanos e africanos, famílias do subúrbio e soldados do outro lado do mundo. Não olho para onde eles estão, tento ver seus rostos em vez disso, seus olhos. Ao mesmo tempo que sinto que poderia acordar sendo qualquer um deles, não sinto que nenhum deles seja mais eu do que outro. É claro que alguns se identificam mais com a minha experiência. Mas não com quem eu sou.

Mudamos para as pinturas. Melindrosas da era do jazz e migrantes trabalhando em campos cor de sépia.

— Nada? — X me pergunta.

Balanço a cabeça.

— Você? Se vê em algum lugar aqui?

— Nessa sala acho que isso aqui é o mais próximo. — Ele aponta para uma escultura, o *Torso de um jovem*. A forma grega típica para o torso de um jovem. Forte. De algum modo sem expressão. — Só que eu tenho os meus membros.

— Suponho que também não seja de bronze.

— Depende do dia.

Estou tentando conciliar a pessoa que conversa comigo com o reverendo Poole que eu conheci. Digo para mim que não conheci realmente X naquele dia; corri antes de poder conhecê-lo. E parece que ele aprendeu algumas coisas desde então.

— Vamos tentar no andar de cima — sugiro.

Seguimos até uma sala com linhas pretas e telas brancas.

— Não sou eu — brinco.

Então entramos na sala seguinte e me surpreendo. De repente, estamos cercados por todos aqueles estranhos campos de cor, flutuando um no outro. Alguns se assemelham a horizontes, outros a montes. Algumas cores combinam. Outras brigam e se complementam ao mesmo tempo. São nuvens, porém sólidas. Estão em silêncio, mas falam. Não fazem nenhum sentido e fazem todo o sentido.

— Isso? — pergunta X.

— Sim — digo.

— Rothko. Interessante.

Eu não quero que a minha forma seja uma forma. Quero que a minha forma sejam cores. Todas as cores. Cada dia uma combinação diferente.

Sei que não sou isso. Sei que não sou uma abstração. Essa não é a resposta. Mas é a melhor resposta, bem melhor que pegar um tipo de corpo e dizer: "Esse sou eu".

— Não quero te desapontar — digo. — Não quero que pense que não estou tentando.

— Não! Não tem como você me desapontar. Tudo o que disser é significativo para mim. Estamos descobrindo, não estamos? Essa é a razão para estarmos juntos. Descobrir. Você não acha que há muitas coisas para descobrir?

— Com certeza.

Ficamos lado a lado, olhando para um retângulo cinzento pairando sobre um retângulo vermelho. Quanto mais eu olho, mais percebo o cinza se tornar muitas cores, como se houvesse ondas de verde, roxo e azul por baixo dele.

Ouço passos atrás de nós e me surpreendo, pois sei que é Rhiannon que entrou na sala. Rhiannon, procurando por mim. Eu deveria ter encontrado com ela muitas horas atrás. Espero que ela tenha visto o que está acontecendo. Tenho certeza de que ela entenderá.

Seria muito fácil virar, pedir que ela se juntasse a nós, e apresentá-los. Mas alguma cautela restou do meu primeiro encontro com X, porque não é o que eu decido fazer. Em vez disso, eu paro e, enquanto X continua em frente, ponho as mãos atrás das costas. Então faço um coração com os dedos e depois mostro cinco dedos três vezes, esperando que ela vá entender que estarei no nosso ponto de encontro em quinze minutos. Ouço os passos se distanciando.

— Acho que um passeio pelas galerias renascentistas não vai fazer qualquer diferença, no que concerne à nossa excursão — diz X.

— Suponho que não.

— Bom então. E agora?

— Receio que eu precise encontrar alguém.

— Rhiannon?

— Não. Os pais de Rudy. Eles já devem estar mortificados sem saber onde ele está.

— Novamente, vou apontar de leve, mas com veemência, que a vida de Rudy não é mais importante que a sua. Rudy está perdendo um passeio por Washington que basta olhar para alguns cartões-postais para sanar. Você já foi a esses monumentos? Tirando o tamanho, não há nada memorável em relação a eles. Ao passo que o que você está fazendo hoje, isso aqui, ouso dizer, tem muito mais importância.

— Eu sei, mas imagino que possamos continuar amanhã.

— Isso sem dúvida. Estamos apenas começando. Você precisa me desculpar, sou impaciente! Foi uma grande tarde para mim.

— Para mim também.

— Bom. Então continuamos amanhã. Eu estou numa suíte no Fairport. Você pode me encontrar e vamos de lá. Se me der o seu e-mail, posso mandar os detalhes e o número do meu celular.

Seria ridículo usar Nathan como garoto de recados a essa altura. Portanto lhe dou a informação, que ele digita em seu celular.

Quero dizer, no telefone de Wyatt.

— E quanto a Wyatt? — pergunto. — Ele não precisa voltar para casa?

273

— Alguma hora ele vai. Como eu te disse, eu não teria como ficar aqui se ele não me quisesse aqui. E é final de semana. Os pais dele vão achar que ele ficou no protesto por mais um dia.

— Eles não sabem onde ele está. Estão preocupados.

— Por que você diz isso?

— Nathan me mandou a página de Wyatt no Facebook. Para que eu soubesse quem era você.

— Esperto da parte de Nathan. Para falar a verdade, eu nem olhei a página de Wyatt no Facebook. Você posta como se fosse um deles quando está em seus corpos?

— Procuro evitar.

— Eu também. Parece errado contribuir com algo que conta como permanente — ou pelo menos o mais permanente possível para a tecnologia moderna. Então não, eu não tenho postado. E, sim, tenho certeza de que isso está enlouquecendo alguns, porque Deus me livre alguém ficar offline por uma semana. Como ele ousa! Mas te garanto que é o único lugar que considera Wyatt um desaparecido. E ele vai voltar em breve.

— Certo. Vejo vocês dois amanhã sendo assim.

— É uma pena que você tenha que ir agora.

— É mesmo.

— Vou te mandar as informações agora mesmo, e se você acabar tendo algum tempo livre mais tarde, me avise.

— Eu duvido que os próprios pais percam Rudy de vista agora.

— Então não vá!

— Pare.

— Me desculpa. Entendi. De verdade. Estou apenas sendo egoísta. Quero conversar mais com você. Nós ainda nem ficamos cara a cara direito. O que é uma expressão bem ruim para usarmos, mas você entendeu.

Não consigo segurar o riso.

— Entendi.

— Que bom. Agora vá ser o catalisador de uma reunião de família. Espero que não despachem você de volta para Manila essa noite como castigo.

— Nem brinque com uma coisa dessas.

— Sim, por favor, não me faça viajar por dezoito horas para a parte dois dessa conversa.

— Vou garantir que não aconteça.

O único jeito de me forçar a sair dali é lembrar que Rhiannon está nos impressionistas, esperando por mim.

— Talvez eu fique mais um tempo por aqui para tentar ver o que você vê. Boa sorte.

— Para você também.

Eu começo a me afastar. E X chama:

— E A?

Eu me viro para ele.

— Sim?

— É muito bom conhecer você.

— Eu digo o mesmo.

A minha mente mal faz parte do meu corpo enquanto sigo da ala oeste do museu para a leste. Foi quase ridículo procurar pelas paredes por algo similar a mim, quando a pessoa mais parecida comigo que já vi na vida estava bem do meu lado.

O museu é gentil o bastante ao oferecer um monte de superfícies refletoras, então posso conferir se X está sendo fiel à sua palavra ficando na sala de Rothko em vez de me seguir. É só quando eu me afasto mais dele que a realidade do dia volta. Penso em Rudy e nos pais dele. E penso em Rhiannon, que eu encontro exatamente onde deveríamos ter nos encontrado algumas horas antes.

— Sinto muito pelo grande atraso — digo imediatamente.

— Sinto muito por ter chegado atrasada. Nós subestimamos o trânsito umas duas horas. Como foi?

— Foi incrível, Rhiannon. Nem sei como descrever. Ele sabia exatamente sobre o que eu estava falando. De dentro. Ele tem se perguntado as mesmas coisas que eu tenho me perguntado.

Conto mais sobre a conversa — exatamente sobre o que foi. Eu não quero esconder nada dela.

Não espero nenhuma reação específica dela, sei que isso é tão novo para ela quanto é para mim. Ainda assim, me surpreende com o quanto ela está preocupada.

— Você está falando sobre ele como se fosse um cara legal — aponta ela.

— Mas não é exatamente isso que temos visto. Ele bateu no Nathan, A. Não uma vez, mas duas vezes. Você lhe perguntou sobre isso?

— Não. Não surgiu o assunto — digo, sabendo como parece terrível.

— Bom, eu não estava esperando que ele mencionasse. Mas você podia ter falado. Por curiosidade.

— Eu pergunto a ele amanhã. Pensei nisso... pensei mesmo. Mas não era o momento certo. Eu estava aprendendo tanto com ele. Eu não queria cortar isso.

Rhiannon suspira.

— Você tem certeza que ele não nos seguiu até aqui?

— Ele ficou para analisar melhor aquelas telas.

— Ele ainda está no prédio? É sério? — Ela olha ao redor rapidamente. — Vamos. Agora. Eu vou na frente e vou sair pelo lado do parque, porque vai ter mais gente. Fique atrás de mim, mas não perto demais. E se você esbarrar com ele de novo, fique ciente que eu vou simplesmente continuar andando. E depois te mando um e-mail.

— Eu não tenho sinal de celular se não estiver no wi-fi.

— Tem wi-fi gratuito em todos esses museus, A. Juro por Deus.

Não nos despedimos. Ela sai. Eu espero meio minuto e saio atrás.

Eu não vejo X se esquivando ou se escondendo atrás de nenhuma escultura. Não acho que precisamos agir como espiões agora. Mas não tem jeito de chamá-la de volta.

Forço meu caminho à frente. A multidão ficando mais e mais densa. Quando estou do lado de fora, na escadaria do museu, eu já a perdi completamente... até que ela segura o meu braço, dizendo:

— Vamos.

Parece realmente haver milhões de pessoas no gramado. Pelos alto-falantes, conseguimos ouvir alguém cantando *Imagine*, e uma boa parte das pessoas cantando junto. Tento fazer o mesmo enquanto seguimos na direção do National Museum of American History.

— Espere — falo, segurando Rhiannon por um instante. — Olha isso.

Milhões de pessoas complementam a harmonia, imaginando um mundo de paz.

— É bastante inspirador — diz Rhiannon.

Eu conto a ela a minha teoria sobre o equilíbrio entre o certo e o errado, e como estamos ajudando a balança pesar para o lado certo.

— Gosto disso — diz ela. E, no último verso, nós cantamos juntos.

Quando termina a música, mais aplausos.

— Vamos entrar ali. Encontraremos um lugar calmo.

Entramos no museu de história, e achamos um canto, com uma exposição de máquinas de somar antigas, que não está muito movimentada. Quando Rhiannon diz que precisa ir correndo ao banheiro, eu pergunto se posso usar o telefone dela. Ela não pergunta o motivo, apenas desbloqueia a tela e me entrega o aparelho. Eu ligo para o hotel no qual os pais de Rudy estão e deixo uma mensagem para eles, dizendo que está tudo bem e que voltarei até a hora do jantar.

— Você tem certeza que não quer que eu transfira a ligação para o quarto? — pergunta a telefonista.

— Nãooooooo — digo a ela. —Está bom assim. — E desligo.

O telefone apita quase que imediatamente — fico achando que é a segurança do hotel, tentando me localizar para os meus pais. Mas, em vez disso, é uma mensagem de texto de Alexander: *Espero que esteja se sentindo melhor. Queremos te encontrar.*

Quando Rhiannon volta, eu lhe entrego o telefone e explico por que precisava dele.

— E você recebeu uma mensagem — digo.

Ela lê e volta o olhar para mim.

— Mandei uma mensagem para eles dizendo que a multidão estava me sufocando e que eu precisava sair um pouco e sentar. Mas preciso encontrar com eles novamente. Não quero perder tudo. Quero dizer, quero estar também em algumas das histórias deles, sabe. Fiquei então pensando: você podia vir comigo.

— Você acha?

— Claro, por que não? Podemos dizer que nos conhecemos no museu, quando estávamos descansando um pouco. Qual o seu nome?

— Rudy.

— E de onde você é, Rudy?

— Manila.

— Que fica em...

— Nas Filipinas.

— Espero que seu voo de volta não seja hoje à noite.

— Por que todo mundo fica repetindo isso?

Ela me olha de um jeito esquisito.

— Com quantas pessoas você tem conversado?

— Duas. Mas são dois em dois agora, no que diz respeito a esse comentário.

— Posso te perguntar uma coisa?

— Qualquer coisa.

— Você não notou que eu estava seguindo vocês porque nunca fiquei realmente muito perto. Então eu não conseguia ouvir o que estavam dizendo. Mas na última sala, a que tinha os quadros do Rothko, alguma coisa aconteceu. O que foi?

— Eu vi os quadros. E me vi também. X... Poole me pediu que encontrasse alguém numa fotografia ou pintura que se parecesse comigo. Como imagino que eu seja. Mas nada havia me dado um clique até ver aqueles quadros. Sei que é estranho...

— Não, não é nada estranho.

— Não?

— Não. Eu me sinto da mesma maneira. Essa é a minha sala preferida do museu inteiro. Temos essa grande paisagem que é o nosso eu físico, e outros artistas pintam isso. Mas quando estamos falando da nossa paisagem interior, dos nossos pensamentos e das nossas emoções, acho que é quando chegamos a Rothko, Picasso e até mesmo O'Keeffe, que consegue pintar uma flor e é como se ela estivesse florescendo do seu tórax. O que eu acho que estou tentando dizer é o seguinte: Quando você se sente assim por causa de Rothko, não pense que é porque você é diferente; é algo que todos nós podemos sentir.

— Certo — digo. — Bom saber.

— Acho que ele não é o único que te ensinou alguma coisa hoje.

Eu sorrio.

— Não, não é.

Ela me beija.

— Certo, então. Vamos encontrar os meus amigos?

— Não sei.

— Não sabe?

— Exato.

— Por que não sabe?

— Porque não tenho certeza se consigo agir como um estranho que acabou de conhecer você. Seus amigos vão perceber. Eu vou cometer um deslize. E você também ficará em estado de alerta, se eu estiver lá. Totalmente. Principalmente com Alexander presente. Você não vai ficar confortável comigo e eu não vou ficar confortável com você. Eu entendo, sei que se existe uma oportunidade para sair com os seus amigos, é num evento como esse, em que todos estão tão naturalmente misturados. Eu amo que você ache que nos preparamos para isso. Mas não tenho certeza.

— Acho que pareceu uma ideia boa quando estava somente na minha cabeça — concorda Rhiannon. — Eu só preciso voltar para eles, mas também quero ficar com você. Principalmente porque não conversamos de verdade sobre todas as implicações de você ser tão amigável com alguém que pode ser facilmente perigoso... você o chamou de X?

— É o diminutivo de Xenon.

— Ele tem o nome do planeta de onde veio?

— Isso não é legal.

Rhiannon suspira.

— Não. Tenho certeza de que não é.

— Eu provavelmente nem deveria ter te contado, para começar. Ele me dizer o nome foi algo importante. Sou a primeira pessoa a quem ele contou na vida. Assim como você foi a quem eu contei.

— Igualzinho.

— Você sabe que não estou dizendo que é a mesma coisa.

— Ok. Eu sei. Estou apenas preocupada por você estar falando que se deram tão bem. Queria que você tivesse visto o Nathan todo machucado.

— Eu sei. Vamos ver o que acontece. Te disse que vou perguntar para ele amanhã.

— Onde você vai encontrá-lo amanhã? Ele vai ligar para Nathan para arranjar tudo? Se for assim, ele precisa saber logo disso.

— Não. Eu dei um e-mail. Vamos combinar diretamente.

— Que ótimo.

— É um e-mail, não um rastreador.

— Quero que você o encontre de dia. E depois quero ver você à noite para jantar. Posso voltar para cá de carro.

— Parece um plano.

— Então tá.

— Espere — digo. — Mais uma coisa.

— O quê?

Eu a beijo. Uma. Duas. Três vezes

— Ah, isso — diz ela.

— É, isso.

O telefone dela apita de novo.

— É melhor encontrar com eles logo.

— Boa sorte. Tem bastante gente por aí.

— Se eu esbarrar nos pais de Rudy, devo dizer a eles onde você está?

— Muito engraçado. Só que... não. — Rapidamente eu traduzo algo no cérebro de Rudy e digo: — *Tayo nagkakaintindihan sa ganito eh.*

— O que quer dizer?

— Nós nos entendemos tão bem.

Dizemos tchau mais umas dez vezes. Até ela finalmente me deixar só com as máquinas de somar.

Fico triste por vê-la indo embora. Mas feliz por só ter que esperar até amanhã para encontrá-la de novo.

Pego o telefone de Rudy e vejo que definitivamente tem sinal de wi-fi ali.

Nem preciso olhar para saber que X me mandou um email. Eu poderia entrar em contato agora mesmo. Poderia passar o restante do dia com ele, continuando a nossa conversa.

Mas não. Eu me lembro de Rudy. E me lembro dos pais dele.

Começo a me encaminhar de volta para o hotel.

Sei que estou fazendo a coisa certa, encarando as consequências por Rudy ter partido. Mas não consigo evitar pensar que, de algum modo, X tem razão: esse dia significou muito mais para mim do que um dia na capital significaria para Rudy. Mesmo que seus pais estejam preocupados, mesmo que ele se encrenque por conta disso... ainda assim terá valido a pena, pelo menos por hoje.

Nathan

Eu me sinto mal por perder o protesto devido a não-poder-andar-por-causa--dessa-bota. Jaiden sugere vir para assistir e celebrar comigo pela televisão. Digo que parece uma ótima ideia, mas que eu teria que ir até a casa dela. Na minha, se ficássemos empolgados em frente da televisão os meus pais iriam zombar.

Meu joelho está bom o bastante para entrar no carro — o que for preciso para sair de casa.

Jaiden não chega a me avisar que a sua família tem quatro cachorros e aparentemente dezesseis gatos — é uma função manobrar, mas Jaiden se apressa em me ajudar, nos dando um monte de desculpas para bastante contato físico. Nós assistimos à marcha pela televisão, vibrando com os que estão lá como prometido, comendo nachos demais e depois trocando de canal para fazer uma maratona desse programa sobre a família real britânica agindo de modo Muito Importante e Muito Problemático.

Somente quando Jaiden está na cozinha, preparando mais nachos, que eu penso em Rhiannon e A. Mando uma mensagem para ela: *Como foi?*

Eles conversaram, ela responde.

E A entendeu como fazer para destruí-lo?

Não exatamente.

Como assim não exatamente?

Acho que foi mais amistoso.

Eu não posso acreditar no que estou lendo. Aviso Jaiden que vou mancar até o banheiro, e ligo para Rhiannon de lá.

— Inaceitável! — digo. — Totalmente inaceitável!

— Eles precisam conversar mais. É muito importante para A encontrar alguém na sua situação.

— Não é a mesma situação. A é legal. Poole NÃO!

— Eu sei. Eu sei disso. E A precisa entender. E vai.

— Não gosto disso.

— Eu sei. Também não gosto.

— Então eles vão se encontrar de novo. Poole vai me mandar quando e onde?

— Não. Eles estão se falando diretamente agora.

— Merda, Rhiannon. É sério. Que merda.

— Não se preocupe...

— E quanto a Wyatt? Ele tem algum espaço nisso?

— Eu realmente não sei o que te dizer.

— Me desculpe. Eu sei que não é você. — Ouço o que parece ser um mar de vozes atrás dela. — Você ainda está aí?

— Sim. Vamos num restaurante tailandês em Dupont antes de voltar. Tem gente demais agora. Vai ser uma longa noite.

— Certo. Me mantenha informado.

— Farei isso.

— Divirta-se.

— Você também. Está em casa?

— Estou na Jaiden. A garota da biblioteca.

— Bom, então se divirta muito mesmo.

Sinto que fico vermelho.

— Ok, tá, vou lá.

— Tchau, Nathan.

— Tchau, Rhiannon.

Volto, e eu e Jaiden comemos mais nachos e acompanhamos mais dos problemas da rainha. É divertido. Muito divertido. Eu não quero ir embora, mas estou cansado e a minha perna começa a doer. Estou prestes a dizer isso, quando ela diz que eu tenho queijo no canto da boca e, de alguma forma, ela limpar isso se transforma no nosso primeiro beijo. E eu não penso na minha perna nem em mais nada por um instante.

Eu planejo voltar direto para casa. Mas alguma coisa me impede e, quando eu dou por mim, estou digitando o endereço de Wyatt no meu celular. Eu dirijo até lá.

Não sei o que estou esperando encontrar. Carros de polícia, talvez? Detetives esquadrinhando o gramado à procura de pistas sobre o desaparecimento dele?

Em vez disso, vejo um cara fazendo arremessos numa cesta de basquete. No escuro, eu não consigo distinguir os seus traços. É Wyatt? Ele voltou para casa? Eu desço do carro para ver melhor. Calculo que vou fingir estar na rua numa caminhada para a reabilitação. Devo ser um péssimo ator, no entanto, porque o cara para de arremessar a bola, me olha e diz:

— Posso ajudar?

Não é Wyatt. É alguém mais novo do que ele, um pouco mais novo do que eu. O irmão dele, que sinto conhecer por causa das fotos do instagram.

— Estou procurando o Wyatt. — Me pego dizendo.

— Estamos todos procurando o Wyatt — diz ele.

— Acho que eu já sabia disso.

Ele me olha.

— Ele fez isso com você?

— Não, não foi ele — digo. Porque é a verdade. — Parece o tipo de coisa que ele faria?

— Não. É que ele estava tão estranho nessa última semana. Não foi à aula. Não estava sendo ele mesmo, sabe como é. E daí... *puf!* Ele é o tipo de cara que mandaria uma mensagem para avisar que estava indo de um cômodo para o outro, caso fôssemos procurar por ele. Então eu acredito em qualquer coisa a essa altura.

Por um momento, eu penso em lhe contar a verdade. Mas depois penso: O *que ele faria com ela?* Também o imagino perguntando o meu nome e entrando para dar uma busca no computador, e achar toda a minha história. Acredito que pelo menos eu seria coerente. Mas não de um jeito que posso esperar que ele entenda.

Então tudo o que digo é:

— Gostaria de poder ajudar.

— Por que você está procurando por ele?

— Sou apenas a dupla dele no laboratório da escola. A gente tem um projeto. E como ele não tem respondido às minhas mensagens, eu pensei em simplesmente dar uma passada aqui.

— Bom, direi a ele que você veio aqui. Se, sabe como é, ele voltar um dia.

Mais uma chance de lhe dizer a verdade. Mas, em vez disso, eu agradeço e volto andando para o meu carro.

Não é uma sensação boa estar indo embora.

283

X

Posso sentir Wyatt lutando contra mim. Posso sentir ele querendo a vida.

Eu o empurro para o fundo. Faço com que fique calado.

Agora isso significa muito para mim.

Eu já senti um poder antes, mas sempre foi o poder de um só. Dessa vez, estou agarrando algo além disso, entendendo o que pode acontecer quando o poder de um cresce e abarca outros que são como você é. Conheço a minha própria força. Com A, eu posso, no mínimo, entender melhor essa força, e até aumentá-la.

Porque, lá no fundo, acho que A quer a mesma coisa.

Viver em isolamento não é mais suficiente.

Se você quer poder de verdade, deve se unir aos que são como você e enfraquecer os demais.

A
Dia 6.140

Eu acordo no mesmo hotel, até perceber que é outro hotel. Não me lembro tanto do quarto para notar a diferença. Mas, quando olho as memórias de Andy para ver quem eu sou, estou a três blocos de onde estive no dia anterior. Também tenho dois colegas de quarto: Shane e Vaughn. A princípio, acho que viemos para o protesto, mas, no fim das contas, é uma convenção para os calouros do estado e viemos uma noite antes para a marcha.

Estou aliviado por não termos que fazer check-out às onze horas.

Estou de pé antes de Shane e Vaughn. Tem uma terceira cama no quarto, dobrável, mas Shane e Vaughn estão dormindo de conchinha na cama de solteiro ao lado da minha. Isso me diz tudo o que eu preciso saber.

Vou na ponta dos pés até o banheiro e levo o computador de Andy comigo. A primeira coisa que vejo é uma agenda detalhada que ele montou para toda a convenção. Hoje ele tem preparação de debate com Shane e Vaughn até meio-dia. Depois é a cerimônia de abertura e os primeiros eventos e painéis que valem a pena. Andy marcou suas escolhas, mas nenhuma é obrigatória. O time deles não compete até amanhã.

Em seguida, olho o meu e-mail, e encontro os contatos de X. Digo a ele que o encontrarei às 12:30 no lobby. Podemos ir de lá.

Também envio uma mensagem para Rhiannon e digo que podemos nos encontrar às seis horas; peço que ela escolha um lugar.

Ouço um movimento do quarto e grito um "Bom dia" para que as coisas não esquentem além da conta. Então fecho o laptop, entro no chuveiro e tento me preparar para o dia. Minha mente está tomada por todas as coisas sobre as quais eu e X podemos conversar. Mas preciso me dar algum espaço para conduzir a vida de Andy por algumas horas antes disso.

Você não tem que fazer nada, posso ouvir X dizendo.

Quando saio do banheiro, Shane e Vaughn me dão sorrisos sonolentos. Vaughn sai da cama e é o próximo a tomar banho. Shane continua a sorrir, se espreguiçando na cama.

— Estou transbordando de alegria — diz ele.

Do lado oposto da cama, três cartazes estão encostados na parede, um para cada um de nós. SOU INTERSEXO E IGUAL. SOU ASSEXUADO E IGUAL. SOU QUEER E IGUAL. Acessando as memórias de ontem, descubro que o primeiro é de Shane, o segundo é meu e o terceiro de Vaughn.

Depois que Shane toma banho, descemos para o café da manhã e, em seguida, ficamos no quarto para os ajustes do nosso debate. O assunto é que a água é o recurso mais importante da humanidade, e é função do governo prover a todos gratuitamente. Nosso papel é argumentar que esse é o caso, e nós três passamos meses pesquisando sobre a história dos governos e o fornecimento de água. Nesse treino em especial, estou muito aquém de meus companheiros — mas não serei o debatedor amanhã, então posso ser momentaneamente o elo mais fraco.

Shane percebe que não estou prestando atenção.

— Ainda agitado por causa de ontem? — ele me pergunta.

Eu digo que sim e não é mentira.

Quando chega a hora de ir para a cerimônia de abertura, digo a Shane e Vaughn que quero pular o evento para explorar um pouco mais a cidade. Peço a eles que me deem cobertura e reforço que não irei para o quarto por pelo menos algumas horas. Digo que escrevo dando notícias. Eles me chamam de preguiçoso e rebelde, uma ofensa para tudo o que um calouro zeloso representa. Mas, quando eu saio, eles não dão o menor sinal de que vão deixar o quarto tão cedo.

Chego ao hotel de X alguns minutos antes da hora, mas ele já está aguardando; as pernas balançando para lá e para cá de impaciência ou empolgação. Ele não sabe qual é a minha aparência hoje, porém, ao ver que me aproximo, X se levanta e sorri.

— A, eu suponho? — diz ele quando chega perto.

— Ao seu dispor.

Ele me pergunta se quero almoçar, e eu o sigo até chegarmos no Capital Grille na esquina. No caminho, ele me pergunta sobre o restante do meu dia de ontem como se não houvesse tantos outros assuntos para conversarmos. Eu lhe conto sobre a bronca que levei quando voltei para o hotel e como os pais de Rudy ameaçaram cancelar a viagem para a Disney.

X ri.

— Eles têm passagens compradas para Orlando. Irão na Disney World. E se seu castigo for ir apenas ao parque do Harry Potter, ele na verdade se deu bem.

— Você já foi?

— Sim.

— Você já visitou muitos lugares?

— Mais do que a maior parte das pessoas, eu imagino. — Ele me olha e balança a cabeça. — Você realmente não faz ideia da liberdade que tem, não é mesmo?

— Eu só não fui muito longe.

— Por quê?

— Como assim *por quê*?

— Por que não foi longe?

— Bem, porque só é possível ir para onde as pessoas cujos corpos você ocupa estão indo. E eu me acostumo com uma região, então não é muito fácil sair dela.

— Entendo que isso seja assim até ter idade para dirigir, até lá praticamente todo mundo está sujeito a uma limitação. Mas depois disso? Você pode viajar para qualquer lugar.

— Até meia-noite.

— NÃO até meia-noite. Você pode ficar. Eu já te disse isso. Ou, se você insistir nessa história de ficar só até a meia-noite, simplesmente leve-os o mais longe que conseguir chegar.

— E abandoná-los? Eu já fiz isso. E me senti muito mal.

— Você se sentiu mal porque está permitindo se sentir mal. E, provavelmente, deixa esse sentimento neles também. Não é assim que se faz. Você precisa pensar nisso como uma aventura, fazendo com que eles pensem assim também. Sim, pode ser desnorteante para quem não está acostumado a acordar num novo lugar, sem se lembrar completamente de como chegou ali. Como seria muito mais legal se acordassem achando que fizeram algo incrível e louco na noite anterior, e que foram espontaneamente levados a um lugar novo. Você pode deixar esse pensamento com eles. Pode fazer com que acreditem nisso.

— Mas e se estiver fazendo algum mal a eles?

— Acho que você precisa ter cuidado para não misturar inconveniência com fazer mal. São duas coisas bastante diferentes. Você obviamente se mortifica em fazer mal a eles. Justo. Mas eu acho que, em 99% das vezes, o que você chama de fazer mal para eles não passa de um inconveniente.

Chegamos ao restaurante e nos sentamos perto da janela. Interrompemos a conversa para pedir, depois continuamos.

— Qual o lugar mais longe que você já foi? — me pergunta ele.

— Denver.

— Quando?

— Uma semana atrás.

— Ah, então foi lá que você se escondeu.

— Eu não estava me escondendo. Para que se esconder quando já estou assim todo santo dia?

— Porque encontrou alguém que viu você. Rhiannon. E você não estava se escondendo todos os dias. Teve que voltar a se esconder todos os dias.

— Como você sabe disso?

— Não foi só você que teve uma Rhiannon. A minha se chamava Sara. Vou te contar sobre ela num outro momento; é uma longa história e temos outras coisas para conversar.

Quero falar sobre Sara. Mas fico pensando se é muito doloroso. E eu respeito que não somos tão próximos para tocar em certos assuntos por enquanto.

Eu lhe pergunto mais sobre quais partes do mundo ele conheceu, depois pergunto sobre algumas das pessoas que ele já foi. É tão estranho para mim que ele tenha tido tantas idades diferentes; quando lhe digo isso, ele comenta:

— Você também poderia experimentar viver a vida assim.

— O que aconteceu com o reverendo Poole? — pergunto.

— Uma pergunta direta e vou te dar uma resposta direta: ele morreu.

— Quando?

— Um pouco depois que o deixei. Causas naturais.

— O que isso quer dizer?

— Nesse caso, quer dizer que foi a razão para eu ter ficado tanto tempo no seu corpo: a parte dele que eu substituí já estava morrendo. Talvez já estivesse perto. A minha presença o manteve vivo por muito mais tempo do que teria ficado de outra maneira. Assim, quando eu parti para a próxima, ele partiu também.

— E você acha que se ele tivesse morrido enquanto ainda estava dentro dele...

— ... então eu teria morrido também. Não acho que somos imortais, A. Não acho que uma vida possa existir sem um corpo. Assim, se o corpo em que estivermos morrer, imagino que nós vamos morrer também. Eu adoraria estar errado, mas não é o tipo de coisa que se testa, né?

— Não, não é — digo. E penso novamente no reverendo Poole e no corpo em que X está agora. — E Wyatt? Se você ficar muito tempo dentro dele vai acontecer o mesmo?

— Desconfio que ele vai ficar bem quando eu for embora. Vai ficar faltando uma semana em sua vida, mas vou tentar preenchê-la da melhor forma que puder.

— Mas ontem você disse que ele está permitindo que você fique em seu corpo?

— Sim. Se ele, de alguma forma, não me quisesse aqui, não acho que eu poderia fazer isso. E é por isso que acho que você deveria fazer a mesma coisa. Ou pelo menos tentar. Qual o nome dessa pessoa em cujo corpo você está hoje?

— Andy.

— Certo. E se Andy perder o dia de amanhã, além do de hoje, vai significar tanto assim? Se ele realmente quiser viver a vida dele amanhã, então você não vai acordar sendo ele. É simples assim. Mas, se de algum modo, ele se sentir aliviado por você ter assumido o controle... então você ganha mais um dia. E você vai se espantar quando perceber o quanto pode conquistar sendo a mesma pessoa por alguns dias.

Se isso fosse um debate, eu perderia, porque o melhor argumento que tenho é *Não é assim que deveria ser.* O que não faz sentido algum, porque a mesma coisa poderia ser dita sobre acordar num corpo diferente todo dia. Deixamos o *deveria* para trás assim que nascemos.

E assim eu não discuto. Em vez disso, eu peço a ele que me conte sobre algumas das pessoas que já foi. E ele disse que vai contar, contanto que eu conte sobre algumas das que eu fui.

A maioria das minhas histórias envolve situações na escola, ou famílias das quais me lembro em particular. Eu não lhe conto nenhuma das histórias envolvendo Rhiannon, porque essas pertencem a ela e a mim. Ele, por sua vez, me conta de voos em jatinhos particulares de empresas e noites em Paris. A maior parte das pessoas que ele se recorda ter sido são homens, e eu me lembro que é somente quem ele sente ser, o que é uma escolha tão legítima quanto a minha imprecisão (ou seria abertura?).

Ficamos tanto tempo conversando que há uma troca de turno dos garçons. No fim, X insiste novamente em pagar. Eu não discuto.

— Vamos dar uma volta? — pergunta ele. — Continuar a conversa?

Peço licença para ir ao banheiro e assim poder olhar o celular de Andy. Mando uma mensagem para Shane e Vaughn para dizer que estou andando pelos museus. E eles me dizem que não estou perdendo muita coisa e que a nossa orientadora deve estar fazendo o mesmo, porque ela sumiu.

Vejo o meu e-mail e encontro uma mensagem de Rhiannon, dizendo para nos encontrarmos numa livraria, Politics and Prose, às seis. Terei que pegar o metrô ou um táxi, mas ela promete que vai valer a pena.

Quando volto para a mesa, a conta já foi paga e X está pronto para ir.

— Quer ver alguma coisa em particular? — pergunta ele.

Penso em tudo que eu ouvi falar ou experimentei em relação a Washington ao longo dos anos.

— Os pandas? — digo. Na verdade, eu me lembro de ir ao zoológico com a minha mãe muitos anos atrás.

— Não fica perto e está bem frio. Mas podemos ir, se você quiser.

— Ah não, tenho que chegar no hotel até cinco horas.

— Você não *tem que.*

— *Quero chegar.*

Ele sorri.

— Entendido. Que tal simplesmente voltarmos para a minha suíte no hotel? Tem uma sala de estar e podemos ficar à vontade.

Se dois dias atrás alguém me dissesse que eu iria seguir Poole até sua toca, eu teria chamado o meu eu de dois dias depois de idiota. Mas, agora, não parece ser nem um pouco arriscado ou insano. O que eu achava que ele faria comigo? Ele poderia me amarrar ao aquecedor e insistir que eu acatasse suas ordens — mas bastaria nos aproximarmos da meia-noite para que eu fugisse.

Enquanto andamos para lá, ele diz:

— Você tem sido muito cortês comigo.

Não tenho certeza se isso é um elogio ou uma crítica.

— Como assim? — pergunto.

— Não mencionou o que eu fiz com o seu amigo Nathan. Eu devo desculpas aos dois, o que não é nada complicado de fazer: eu sinto muito por ter feito o que eu fiz. E eu também devo a você uma explicação, o que é mais complicado, porque eu mesmo não entendo completamente. Não quero de jeito nenhum que você pense que estou colocando a culpa nele, pois não estou. A culpa é minha.

"Por motivos que eu imagino que agora estejam mais claros, eu estava desesperado para encontrar você. Ter chegado tão perto de conversar desse jeito, de ter essa *identificação*, e depois você desaparecer... foi devastador. A única vez em que senti algo assim foi com Sara... e não foi a mesma coisa. Embora eu tenha me aberto com ela, ela não podia entender totalmente pelo que eu estava passando. Novamente, não foi culpa dela. Nesse caso, não foi culpa de ninguém. Mas com você... havia a possibilidade de uma troca real, de uma compreensão real. Que eu perdi. Porque, como já demonstrado, lidei com isso muito mal.

"Percebi que Nathan era a única conexão que eu tinha até você. E eu sabia que um pedido direto não ia funcionar. O que ele me devia? Então decidi assustá-lo. E funcionou. Funcionou muito bem. Até ficarmos emperrados de novo e o jeito que encontrei de desemperrar foi assustando-o ainda mais. Mas, de novo, o que eu fiz foi imperdoável, não importa o desespero que eu estava sentindo. Quero apenas reconhecer isso para que possamos seguir em frente."

É uma surpresa para mim que ele tenha tocado no assunto. E um alívio também.

— Você deveria estar se desculpando com Nathan — digo. — Não comigo.

— Eu sei. Mas não imagino que ele queira estar no mesmo ambiente que eu agora. Então você pode, pelo menos, transmitir a mensagem?

Concordo com a cabeça.

— Farei isso.

Sinto que eu deveria dizer outras coisas, mas não sei quais são elas. Que violência é errado? Ele parece saber disso. Que desespero não é desculpa? Ele parece saber disso também. Penso em alguns dos erros que eu cometi, especialmente o modo como sequestrei Katie e levei para Denver. Não é como se eu não tivesse culpa alguma quando se tratava de decisões danosas feitas no calor de querer algo.

— Eu me lembro de Nathan logo depois da sua experiência com ele — continua X. — De como ele estava assustado. Você deve ter saído do corpo dele de modo abrupto, porque normalmente eu sinto uma transição ao sair. Você não?

Eu me lembro de falar sobre isso com Rhiannon, depois de ter visto a vida por meio dos olhos dela por um dia. A reação dela não foi de jeito nenhum a mesma de Nathan.

— Gosto de pensar que há um meio de fazer com que seja mais fácil para eles — digo.

— Tem de haver. De outra forma, as pessoas teriam percebido. Falariam mais sobre isso. Elas entenderiam o que acontece, e isso seria devastador para nós. E para eles. O nosso poder particular se tornaria a crise pública deles. Você pode imaginar quantas mentes mais seriam desestabilizadas nessa já desestabilizada era? Já é ruim o bastante lutar contra a sua própria biologia, a sua própria química. Mas imagine pensar que um dia você pode acordar tendo outra pessoa no comando do seu corpo? O que já é frágil, quebraria.

— Então você está dizendo que nos mantermos em segredo serve a eles também?

— Certamente. Serve a todos nós.

Chegamos ao seu hotel, e ele me leva para a cobertura. Quando ele me falou que estava ficando numa suíte, eu imaginei um apart-hotel — um hotel normal, só que maior e com uma pequena cozinha.

Esse quarto é muito maior do que isso.

Na verdade, é como se estivéssemos no apartamento de uma pessoa rica. Tem uma sala de estar. Uma sala de jantar. Uma cozinha. E, provavelmente, um quarto e banheiro (dois banheiros!) adiante.

X gesticula para um dos sofás.

— Sinta-se em casa. Quer algo para beber?

— Água está bom.

— Tem um bar completo aqui. Pode perder a linha.

— Certo, então... *ginger ale*.

Ele balança a cabeça, entretido.

— Fique à vontade.

Não creio que X saiba como é engraçado ver Wyatt sendo o lorde dessa mansão em particular. Wyatt se parece com um cara que poderia estar entregando pizzas. Não parece alguém que teria as chaves de uma suíte.

X me entrega o que tenho certeza ser a mais cara lata de *ginger ale* que já segurei. Ele pegou uma Coca-Cola.

Sei que não é uma das perguntas que normalmente somos encorajados a fazer, mas, já que estamos longe de estar em circunstâncias normais, pergunto:

— Como você pode pagar por isso?

— Investimentos inteligentes.

— Com o dinheiro de quem?

— Vou explicar.

E ele explica. Algo sobre contas estrangeiras, ativos e liquidez. Eu entendo apenas metade, mas a metade que entendo é a seguinte: ele pega dinheiro de algumas das pessoas que ocupa e deposita em sua própria conta.

— Isso não é, tipo, roubar? — pergunto.

— Sim e não. Sim, porque o que um dia foi deles fica sendo meu e não é um presente dado espontaneamente. Não, porque tenho muito cuidado de pegar somente daqueles que têm dinheiro sobrando. Tudo o que preciso fazer é imergir naquela faixa de renda elevada três ou quatro vezes por ano e pronto. Não vou tomar dinheiro de uma família de sete pessoas, vivendo num apartamento de dois quartos. Se bobear, eu entro na minha própria conta e deixo algum para que resolvam seus problemas. É uma das nossas grandes habilidades, poder redistribuir riquezas.

— Mas você está tirando vantagem!

— Sim! E você precisa tirar vantagem também, A. Precisamos de cada possível vantagem para conseguir sobreviver. Você acredita que liberdade é essencial, certo? Que todo homem merece ter a própria independência?

— É claro.

— Bom, e de que outro modo teremos a nossa liberdade se não temos os nossos próprios recursos? Como teremos nossa independência, se não pudermos fazer as nossas próprias escolhas? Você deve ter notado: a sociedade gira em torno de dinheiro. Também deve ter notado que a nossa condição corporal temporária não nos oferece uma forma direta de ganhar dinheiro. Então temos que "tirar vantagem". Se virmos qualquer tipo de vantagem, devemos agarrá-la.

— Que outras vantagens existem? — pergunto a ele, com receio e curiosidade ao mesmo tempo.

— Temos a vantagem de podermos nos afastar de qualquer coisa, A. Qualquer coisa menos a morte. Não temos que lidar com as consequências como as outras pessoas. Nem temos que viver ancorados a corpos que odiamos, o que acaba sendo uma questão para muitos deles. Nós temos a vantagem de conseguir enxergar de ângulos que eles nem podem imaginar. E quando assumimos posições de poder, nós tomamos aquele poder como nosso por quanto tempo o quisermos, apenas pela virtude de acordar no lugar certo.

— Ainda existem consequências pelo que fazemos.

— É claro que existem. Estou dizendo apenas que temos uma relação diferente com elas.

— *Você* talvez.

— Se você ainda não tem, terá. Mas eu suspeito que você já tenha, ainda que não reconheça.

— O que quer dizer?

— Quero dizer que você não pode viver com as consequências de todos os atos de todas essas pessoas. A capacidade da memória não é tão elástica assim. Eles vivem com o que você fez com eles. Você não. É assim que deve ser.

— Não consigo ver o mundo assim. Não consigo tomar vantagem deliberadamente.

— Você consegue. Você precisa. E você vai.

— Você não sabe sobre isso.

— É claro que eu sei! Você é jovem, A. E esse é um passo bastante inicial na sua curva de aprendizado. Posso ver que já brotou uma inquietação em você. Já está quebrando as regras que você estabeleceu. Já está olhando além do que você é. Isso é bom. Algumas coisas que eu fiz estão infringindo a lei? Sim. Mas você e eu estamos quebrando as leis da natureza desde o dia em que nascemos. Nesse instante, você pode dizer que quer seguir as regras, não tirar vantagem, continuar vivendo sem que ninguém note que você esteve por aqui. Mas se isso ainda não te consumiu, vai consumir em breve. Dia após dia sem viver a sua própria vida. Ano após ano sem ser você mesmo. Seria diferente se você realmente acreditasse ser uma dessas pessoas. Mas você não é. Você sabe que está fingindo. E uma pessoa só consegue fingir por tanto tempo até encarar uma escolha: comprometer a si mesmo ou comprometer as regras. Encontre um modo de defender você sendo você. Se significar que outras pessoas devem sofrer para que você consiga o que quer... bem, A, é assim que o mundo funciona. E permitir que você seja a pessoa a sofrer eternamente não faz de você alguém melhor. Apenas mais infeliz.

— Então você não pensa nem um pouco neles?

— Você está me ouvindo? Eu penso neles o tempo todo! Se eu quisesse, poderia acabar com a vida de cada um deles. Só por diversão. No primeiro dia que passei dentro de Wyatt, eu podia ter encontrado uma arma e feito com que ele matasse a família inteira. Se amanhã eu acordar sendo uma menina na sua convenção de debate, poderia me acabar de beber num bar e trepar com um vendedor de seguros do Colorado... sem camisinha.

Estou ciente, de uma forma que você não está, de todas as consequências que as nossas ações podem ter. É preciso muito controle para não tirar mais vantagem.

É como se ele estivesse me pedindo que o elogiasse por evitar fazer coisas em que eu nunca cheguei a pensar, para começo de conversa.

— Ficando dentro deles por mais tempo, você não está os machucando mais? — pergunto. — Sei que está dizendo que eles deixam que você fique, mas, mesmo que isso seja verdade, você não continua tirando vantagem ao lhes dar essa opção? E quando você vai embora, eles não pioram?

— Não temos como saber, temos?

— E Wyatt? Quanto tempo tem agora? O que vai sobrar de você, Wyatt?

Estou olhando em seus olhos enquanto pergunto, e, no instante em que faço, há uma fagulha que vi na primeira vez que conheci X, quando ele era Poole. Por um instante, eu vejo outro par de olhos por trás. Pedindo. Suplicando.

Depois X pisca e Wyatt se vai.

— O que foi? — pergunta X, percebendo a minha expressão.

— Talvez eu tenha visto Wyatt. Não sei.

X sorri.

— Incrível. Poder fazer essa pergunta e obter uma resposta. Como foi?

Eu descrevo.

— Certo. Qual o seu nome hoje mesmo?

— Andy.

Ele se inclina e me olha nos olhos.

— Tudo bem, Andy. Você está aí? Mostre-me onde você está.

Ele olha fixo por alguns segundos. Depois mais um pouco. Eu tento não piscar.

— Nada. Você sentiu Andy, de algum modo, tentando emergir?

— Não. Você sentiu Wyatt?

— Possivelmente.

— Isso não significa que ele quer voltar?

— Não sei o que quer dizer.

Ele bebe um gole de Coca-Cola, esvaziando a lata.

— Acho que está bom por hoje. De repente fiquei muito cansado. Mas, de novo, isso foi extraordinário. Você não acha? Conseguir conversar sobre essas coisas… extraordinário.

Eu só tomei um gole do meu *ginger ale,* mas também sinto que deve ser hora de ir.

— Amanhã? — pergunto.

— Claro. Amanhã. Entrarei em contato. Me avise quem é você ao acordar.

— Você também — digo.

— Eu espero ser Wyatt. Mas veremos.

Espero que ele não seja Wyatt, mas não falo nada. Apesar de toda a nossa honestidade, ainda sinto que há coisas que não posso dizer.

E ainda assim... X tem razão. Ainda que eu não concorde sempre com ele, é extraordinário ter essas conversas. Não vejo como não ter mais isso.

Rhiannon

Estou começando a me sentir como alguém que trabalha em Washington, indo e voltando de lá de carro por três dias seguidos.

A viagem dessa tarde é diferente da que fizemos de volta para casa ontem à noite, quando o carro estava tomado por música — Preston sendo o DJ de iPhone, enquanto eu, Alexander e Will cantávamos juntos o que quer que ele tocasse para nós, não importava se soubéssemos ou não a letra. De vez em quando, o carro de Rebecca passava por nós e lá, no meio da noite e da estrada, a gente baixava os vidros dos carros e cantava pela janela. Eu não estava pensando em A. Não até deixar Preston e Will na casa de Will, e então ficar sozinha com Alexander no carro — eu, Alexander e a invisível presença de A entre nós dois, evitando que eu dissesse algumas das coisas que eu queria dizer, porque não queria que A me ouvisse dizendo a Alexander como a noite tinha sido boa.

Ele me deu um beijo de boa noite e eu sei que a noite poderia ter sido bem mais longa. Mas, quando me afastei, ele não quis saber o motivo. Ele apenas sorriu, disse que eu era a melhor motorista-manifestante que um garoto poderia querer e subiu para o quarto, para criar mais coisas sobre aquele dia.

Agora era ele o invisível no carro. Acho que todos são invisíveis no carro. A, Alexander, Rebecca. Nathan também. Nathan, que está me mandando mensagens sem parar, dizendo que eu não posso deixar A desistir de se livrar de Poole.

Eu vi o irmão de Wyatt, ele me conta. *A situação é péssima.*

Eu sei que é. Tudo isso é péssimo.

Mas o que posso fazer?

Chego cedo na Politics and Prose, então dou uma olhada na mesa de indicações da livraria e vejo alguns títulos que parecem interessantes. Agora eu só preciso que eles vendam vales-presentes de tempo, para que eu leia todos eles. Seria uma boa estratégia.

Quando termino de olhar, pego um café e escolho uma mesa para nos sentarmos, e espero A chegar. Lembro de quando sentei e esperei A na livraria próxima à minha casa, antes de saber que A era A. Estava esperando Nathan entrar e, em vez disso, chegou uma garota.

Parece que tem muito tempo. Não de um jeito ruim. Embora eu consiga reconhecer a menina que eu era, não vejo mais que uma leve semelhança com quem eu sou agora. A vida antes de A parece ainda mais vazia que a vida sem A parecia.

Ao mesmo tempo, penso se esse não é mais um daqueles dias. E se a conversa nessa loja tiver o mesmo efeito daquela conversa? Isso é possível?

Meus olhos estão abertos. Eu não quero fechá-los. Quero que fiquem mais abertos.

Vejo quando A entra. Vejo quando A me localiza. O sorriso.

E penso: *Não subestime a dádiva que é ter alguém que sorri sempre que vê você.*

A me conta sobre Andy, sobre X. Eu ouço. A pergunta como foi o meu dia, como foi o restante do protesto. Dou uma versão reduzida da história. Quero voltar a falar de X.

— Nathan foi até a casa de Wyatt — conto. — Eles não fazem ideia do que aconteceu com ele. Você pode imaginar como deve ser? Temos que encontrar um modo de salvá-lo.

— Não é tão fácil. Não é como se eu pudesse lançar um feitiço e libertá-lo.

— Mas X não ouviria você?

— Não tenho certeza.

— Então por que você ainda está conversando com ele?

— Porque ele sabe de coisas! Estou tendo conversas com ele que não posso ter com mais ninguém. E se acabar... eu não sei o que vou fazer.

— Então você está disposto a deixar que os pais de Wyatt achem que ele está morto para poder ter alguém com quem conversar?

— Do jeito que você fala parece que é assim.

— Mas é exatamente como é, não?

— Eu não estou no controle! Ele está no controle!

— Porque você está deixando que ele fique no controle.

— Porque ele sabe mais do que eu.

— Não estou convencida de que vale a pena saber o mesmo que ele sabe. Te ensinar a ter vantagem? É esse o grande conselho?

— De novo, você fala de um jeito que parece...

— Estou falando exatamente do jeito que estou ouvindo!

A pressiona as palmas da mão sobre a mesa e endireita-se na cadeira. Depois respira fundo e me olha.

— Nós estamos brigando — diz. — Por que estamos brigando?

Era uma vez uma garota que teria respondido: "Eu não sei". Eu era a garota que teria se aproximado para os nossos joelhos se tocarem e dito: "Eu não quero brigar". Eu teria parado. Porque mesmo se não fosse o que a outra pessoa precisasse, era o que eu precisava.

Não mais.

— Estamos brigando porque o amor não é só quando a convivência é perfeita, quando tudo é fácil — digo. — Estamos brigando porque não estamos conversando sobre coisas triviais; são as mais significativas possíveis, e, porque eu te amo e você me ama, nós temos uma obrigação, um compromisso com o que tem significado, em vez de deixar passar batido somente porque não queremos discutir. Sabemos que estamos do mesmo lado. Só quero que você perceba o quanto a influência de X é preocupante. Assim como você me ajudou a ver o quanto Justin era perigoso. Assim como eu imagino que você me ajudaria a ver o quanto X é perigoso, se os papéis estivessem invertidos.

— Os papéis jamais estarão invertidos.

— Sei disso. Meu ponto é que eu estou te ajudando do mesmo modo que você me ajudou. Isso também faz parte do amor. Se lembra do que você disse ontem sobre o protesto, que existe um equilíbrio constante entre o certo e o errado, e que nós estávamos tentando jogar o nosso peso para que a balança pendesse para o lado certo? Bom, adivinha? Essa batalha é travada dentro de nós também. Você decide para que lado a balança pende em todos os momentos. E se você tiver sorte, muita sorte, você terá pessoas na sua vida que jogarão seu próprio peso em sua balança, para ajudar mesmo em momentos em que a influência do lado errado esteja mais pesada. Estou tentando fazer com que você mantenha as coisas pendendo para o lado certo. Mas eu só posso fazer com que oscile. No fim das contas, você que tem o controle da balança.

A me encara por um instante e depois diz:

— Você está certa.

— Sei que estou — respondo. — Ainda assim, é legal ouvir você dizendo isso.

— O que precisamos fazer então?

— No mínimo contar aos pais de Wyatt onde ele está. Talvez isso faça eles irem atrás dele.

— Talvez. Mas isso também pode colocar os pais de Wyatt em perigo.

— Por que você diz isso?

— Por nada. Uma hipótese que X mencionou. Que eu tenho certeza que foi apenas hipotética. Mas ainda assim.

— Qual a outra opção?

— A única que eu consigo pensar é se tem alguma forma de fazer Wyatt expulsar X. Mas... não sei se daria certo. E a única pessoa a quem posso perguntar sobre isso é X.

— Ou talvez você possa dar um ultimato: se ele não libertar Wyatt, você nunca mais vai falar com ele. Vai desaparecer.

— Não sei se isso vai funcionar.

— Ou você simplesmente pede a ele porque é a coisa certa a se fazer.

— Eu realmente não sei se isso vai funcionar.

— Então partimos para a opção mais drástica.

— Que é?

— Fazer com que Wyatt expulse ele.

— Certo. Mas vamos dar mais uma chance a X. Ver se consigo convencê--lo. Acho mesmo que ele está aproveitando essas conversas tanto quanto eu. Posso tentar mais um dia?

— Um. E é isso. E até mesmo isso é injusto com Wyatt.

— Eu sei. Agradeço.

— Eu não estou te dando permissão nenhuma aqui.

— Não. Agradeço por brigar comigo. Eu gostei.

Dou um sorriso.

— Quando você quiser.

— Então isso é uma parte do nosso seja-lá-o-que-for sem nome?

— Sim.

— E vamos tentar entender o que nós somos?

— Hoje não. Hoje vamos simplesmente andar pela livraria e ler coisas um para o outro.

— Parece perfeito.

— Nem tanto. Mas vou dizer que está próximo da perfeição.

Pelo restante do tempo que temos juntos, nós não conversamos sobre **X** nem sobre Wyatt, Alexander, Nathan ou qualquer outro. Somos apenas **eu** e A, a livraria e milhares e milhares de livros. Mergulhamos de poesia para jardinagem, de política para prosa. Nós nos fechamos dentro do nosso próprio mundo e, nele, somos toda a companhia de que precisamos.

A
Dia 6.141

Victoria tem apenas uma colega de quarto, Lara. O outro parceiro de debate das duas, Lionel, está no quarto ao lado. Lara me acorda às 7:30 em ponto e diz que eu tenho exatamente meia hora antes da preparação final. O debate mesmo é às dez.

Eu explico a situação para X numa mensagem e digo que estarei com ele assim que der. Ele me responde, dizendo para eu largar o debate. Eu digo que não posso fazer isso com Victoria, Lara e Lionel. *Você nem os conhece*, ele escreve. E alguns segundos mais tarde complementa: *O que é muito nobre da sua parte. Te vejo à tarde. Você sabe onde me encontrar.*

Quando saio do chuveiro, encontro Lara e todas as nossas notas organizadas na mesa do hotel. Ela deve ter avisado Lionel assim que eu me vesti, porque, menos de um minuto depois, há uma batida na porta. Eu me sento em frente à mesa, abro a pasta e vejo a mesma pergunta para o debate que Andy tinha no dia anterior.

Só que nós estamos do outro lado.

— Só pode ser sacanagem — digo.

— Como é? — pergunta Lara.

— Você se preparou, certo? — Lionel parece ansioso.

— Talvez mais do que devia — murmuro.

Eu me sinto ainda pior quando chegamos à sala de conferência em que o debate está acontecendo. Andy, Shane e Vaughn estão lá, já se posicionando no palco. Shane parece energizado, Vaughn parece estar com os nervos à flor da pele e Andy parece… cansado. Muito cansado. Eu sei que ele estava deitado na cama à meia-noite. Mas não tenho ideia da hora que acordou ou do quanto precisou se atualizar antes do debate.

Eu gostaria de poder desaprender tudo o que vi nas notas deles. Mas, já que não posso, o dilema é: A quem eu devo mais, a Victoria ou a Andy?

De algum modo, Lara me salva, porque ela fala sempre que tem oportunidade. E quando ela não está falando, está ocupada escrevendo notas para Victoria e Lionel com o que devem dizer. Então sigo a sua deixa. Eu não me desvio dos temas que sei que Andy vai abordar. O debate permanece o mais justo possível, mesmo com a minha presença ali.

Eu não sei se nos saímos bem ou mal. Quando os jurados voltam e dizem que o time de Andy ganhou, aquilo é indiferente para mim.

Lara, entretanto, fica furiosa.

— Vocês estão de brincadeira? — diz, alto o bastante para todos na sala ouvirem. O nosso orientador tenta fazer com que ela pare de falar e isso só a deixa mais zangada.

— Você não pode ganhar sempre — resmunga Lionel.

— É o que você acha! — grita ela de volta. Depois ela reúne suas coisas e diz: — Preciso me preparar para o meu próximo evento. — E sai aborrecida.

— Se você precisar de metade da minha cama à noite, é toda sua — diz Lionel. Ele não está dando em cima de mim, só tem medo do que Lara possa fazer.

— Vou ficar bem. Acho.

Nosso orientador sugere irmos almoçar. Eu começo a balbuciar uma desculpa, mas então Lionel me lança um olhar pidão e eu cedo.

Já passa de duas da tarde quando chego na suíte de X.

— Não conseguiu se livrar das brincadeirinhas orais? — diz ele assim que me vê. Por um momento, penso que ele e Lara fariam um belo casal.

— Na verdade, foi tudo muito estranho. Se lembra do Andy, de ontem?

Eu conto a ele o que aconteceu e sobre o dilema em que fiquei. Ele pega uma lata de *ginger ale* para mim, sem nem perguntar se eu quero. Ele está bebendo água ou vodca.

— O que você teria feito? — pergunto.

— Eu teria usado a informação que eu tinha.

— Mas não seria injusto com o Andy?

— Talvez… mas como você poderia saber que Victoria não anteciparia os argumentos de Andy mesmo sem ter informações privilegiadas? Não saberia. E se aconteceu de você acordar no corpo dela, depois de passar um dia sendo o seu oponente, ela não tem nenhuma culpa disso. Se eu fosse você, eu teria ido com tudo.

— Por que isso não me surpreende? — digo.

Acho que ele pode se ofender, mas, em vez disso, ele ri.

— Fico feliz por estarmos nos entendendo.

Eu sei que deveria perguntar sobre Wyatt de novo... mas me lembro também de como isso encerrou a conversa do dia anterior. E tem outras coisas que eu quero saber primeiro.

— Como você acha que funciona? — pergunto a X. — Como eu posso ser Andy num dia e Victoria no outro? E por que nunca acordamos no corpo da mesma pessoa duas vezes? Você acha que existe algum padrão geral? Você acha que algo disso deve ter um sentido ou é tudo simplesmente aleatório?

— Hummm, começando com as perguntas fáceis. — X toma um gole da sua vodca-ou-água. — Mas entendo você. Eu também ficava voltando para essas questões.

Sinto uma onda de animação — é possível que ele realmente saiba todas as respostas? Então a sensação diminui quando ele diz:

— Posso te contar as minhas teorias, mas são apenas teorias. Precisamos reunir mais evidências. Com você aqui, acho que pelo menos dobramos a base.

— Quais são as suas teorias?

— Vamos primeiro atacar a pergunta de por que as situações não se repetem? A minha teoria é que o corpo desenvolve imunidade a nós quando saímos. Uma imunidade espiritual, digamos assim. A porta pela qual entramos pode ser acessada somente uma vez. Depois que saímos, o corpo sabe como trancá-la.

— E sobre como vamos parar onde paramos?

— Acho que é uma relação entre nós. Se tiver mais de nós nas proximidades, ficamos mais perto. Se estivermos afastados, viajamos para mais longe. Mas, novamente, é especulação.

— Eu pensei nisso também.

— O único modo de testar seria ter uma amostragem maior. Suspeito que isso não vá acontecer tão cedo.

— Certo, voltando. Você já se perguntou o que está por trás disso?

— A grande pergunta. E a resposta é: nós nunca saberemos. É Deus? Um algoritmo? Somos apenas parte do experimento de ciências de um aluno do colegial do século XXIV? Isso está além do meu conhecimento. O que descobri de importante foi não me importar com uma coisa nem outra.

Falamos mais sobre isso e depois sobre viver em segredo.

— Você deixou Nathan pensar que eu era o diabo — digo.

— Era a língua a que ele daria mais atenção. E foi melhor do que lhe dizer a verdade.

— Você contou a verdade para Sara? — pergunto.

— De algum modo, eu sabia que você mencionaria ela. E a resposta é não, eu não contei a verdade para ela.

— Mas como você explicou a Sara as suas mudanças?

— Você consegue acertar a resposta dessa.

É óbvio.

— Você não mudou.

— Exatamente. Realmente ajuda no relacionamento ter o mesmo corpo todo dia.

— Mas não foi o bastante.

— Por que diz isso?

— Porque você tem se referido a ela no passado.

— Ah, por isso. Sim. Com certeza acabou. Mas isso não quer dizer que não foi o bastante. Foi o bastante até ter sido o bastante para mim. E eu percebi que fomos feitos para sermos solitários. Ou, percebo agora, para termos apenas a companhia dos nossos. O amor com alguém entre aspas: normal... não foi feito para nós.

— Talvez não para você.

— Ownnnn. Você parece tão triste. Tenho certeza que Rhiannon é uma menina adorável. Tenho certeza de que ela é digna de todo o seu afeto. Você só não está pronto para enxergar a longo prazo, e tudo bem. Mas sabe o que acontece a longo prazo, A? Ela vai querer coisas diferentes das que você quer, porque ela sempre terá coisas diferentes disponíveis para si. Tenho certeza que ela é compreensiva, mas também tenho certeza que nesses três dias em que temos conversado, eu demonstrei mais compreensão por sua vida do que ela jamais poderá demonstrar. E esse não é um ponto fraco dela. Ninguém que não seja como nós poderia de algum jeito entender como é ser como nós. Sei que você é fã da empatia, mas não vai além disso.

— Acho que *fã* não é a palavra certa para...

Ele gesticula com desdém.

— Eu sei. Escolhi mal a palavra. Mas você certamente entende o que eu estou dizendo.

— Você não conhece Rhiannon. Ou como é com Rhiannon.

— Então nos apresente! Eu adoraria conhecê-la.

Não quero. No meu âmago, eu não quero. E sei que é um mau sinal. Digo:

— Primeiro, eu adoraria não encontrar mais o Wyatt. Você poderia, por favor, deixar que ele volte para os pais? Vai ser bem mais fácil conversar com você, se eu não ficar pensando neles ou nele.

— Outro limite de empatia! — X vê que isso não cai bem comigo. — Vejo que você está ficando preocupado com Wyatt. E se está preocupado com Wyatt, você não tem realmente ouvido nada do que eu tenho falado. Wyatt não tem mais nem menos direito de viver do que eu. No fim, quem vence fica com o espólio. E, nesse caso, eu fico com o corpo, porque quero o corpo mais do que ele. Eu te garanto que você vai aprender que suas necessidades são tão importantes quanto as deles.

— E se eu te disser que não volto aqui a não ser que você mude de corpo?

— Não acho que você seria capaz de suportar a culpa, caso alguma coisa aconteça a essa outra pessoa. Você tem certeza de que quer levar isso adiante?

— O que quer dizer?

— Você sabe exatamente o que eu quero dizer. — Ele suspira. — Olhe para nós, ignorando o terreno comum novamente e sendo enredados nessas disputas mesquinhas. Certamente nós somos melhores do que isso.

— Eu quero que você deixe Wyatt ir embora.

— E eu não me submeto ao que você, ou qualquer outra pessoa, queira.

Eu me levanto.

— Então acho que eu vou embora.

— Ah, não estrague tudo, A. Seu coração mole está te ensurdecendo. Você não está me escutando quando deveria estar fazendo isso ao máximo.

— Você não me conhece.

— Conheço sim. E sei que você vai voltar amanhã. Eu estaria te desmerecendo, se você não estivesse resistindo. Mas acho que a resistência é apenas um show que você está dando para si mesmo. Alguma hora, ele vai acabar e então eu poderei realmente te ensinar coisas.

306

Quando eu me aproximo da porta, eu me viro e digo para ele:

— Vou pedir pela última vez que você não seja Wyatt quando eu te encontrar amanhã.

Ele ri e balança a cabeça. Então, volta para o seu drinque, como se eu já tivesse ido embora.

Eu saio.

A
Dia 6.142

Preciso ganhar tempo, assim digo a X que tenho atividades o dia todo, porque a convenção termina à noite. O que é totalmente verdade, embora os amigos de Marlon percebam que ele está um pouco distraído das atividades. Eles implicam bastante com ele quando um dos oponentes do debate flerta loucamente com ele depois, e ele nem nota.

— Onde você está com a cabeça? — pergunta um dos amigos.

Eu não posso contar que a minha mente está numa última conversa que estou prestes a ter. Porque, independentemente do plano dar certo ou não, eu tenho certeza de que nunca mais vou falar com X.

Eu deveria sentir algo parecido com alívio, mas não é assim. Preciso me lembrar constantemente de Wyatt. Se é uma competição entre ter mais perguntas respondidas e uma pessoa reconquistando a vida... não deveria haver competição. A prioridade é óbvia.

Chego ao hotel de X um pouco depois de cinco da tarde. Envio uma mensagem para Rhiannon, avisando que vou entrar e que não poderei olhar o telefone na frente de X. Ela pede que eu ponha o telefone de Marlon no modo de vibrar; ela vai ligar quando chegar a hora.

Eu tenho cerca de vinte minutos, talvez trinta, para ter mais alguma pergunta respondida.

Existe apenas uma coisa que pode cancelar o plano: bater na porta de X e encontrar alguém que não seja Wyatt. Eu me pego desejando isso enquanto estou ali parado, esperando.

Mas quem abre a porta é Wyatt.

— Finalmente — diz X.

Eu não posso olhá-lo nos olhos. Não ainda.

— Me desculpe. Os debates atrasaram.

— Você venceu?

Sinceramente, eu não me lembro. Mas digo a ele que sim.

— Que bom. Pelo menos isso.

Ele vai na frente e eu garanto que a porta fique entreaberta, destrancada. Então o sigo até a sala de estar. Ele deixou uma lata de *ginger ale* para mim.

Sentamos confortavelmente e falamos um pouco sobre como foi o dia — ele diz que voltou à National Gallery para ver novamente os quadros pintados por Rothko, mas eu não acredito totalmente nele. Acho que só está me dizendo o que acha que eu quero ouvir.

Talvez ele venha fazendo isso durante todo esse tempo.

Estou lhe contando que tenho sorte da escola de Marlon só deixar a capital amanhã, quando ele me interrompe:

— Me dei conta de que você ainda não me perguntou como eu consigo ficar por tanto tempo nos corpos em que entro.

— Eu preciso saber algumas palavras mágicas? — digo, tentando manter a leveza.

— Não. Mas, como em todas as coisas, *há* estratégias.

Ele atiça a minha curiosidade. É claro. Mas penso comigo que ficar tanto tempo num mesmo corpo só pode resultar em danos. Então é melhor não saber.

Preciso lhe perguntar outra coisa. E então falo:

— Você já matou alguém?

X ri.

— De onde você tirou isso? Você ainda está pensando no reverendo Poole?

Por esse comentário, eu sei: ele matou o reverendo Poole.

— Não, eu só…

— Tudo bem. Nunca pensei que me fariam essa pergunta tão diretamente; apenas reforça o laço que temos. E vou responder com sinceridade: depende da sua definição de *matar*. Pessoas já morreram por causa das minhas ações? Certamente. Eu sei quantas foram? Não mesmo. Mas se eu já matei alguém deliberadamente? Se eu assassinei a sangue-frio sabendo que poderia me safar acordando simplesmente em outro corpo na manhã seguinte? Não, não o fiz. Mas definitivamente eu gosto da noção de que poderia fazer isso. É a manifestação extrema da nossa condição, a vantagem derradeira. Você logo vai ver.

Ele fala com tamanha alegria que é como se estivesse relatando com conhecimento de causa e não especulando uma hipótese.

— Você já machucou alguém? — pergunto.

— Sim. Mas nunca mais do que mereceram. Preciso que me provoquem. Humanos, infelizmente, são especialistas fortuitos em provocação. Principalmente quando bebem.

— E você nunca conheceu mais ninguém como nós?

— Vejo que você andou compilando uma lista, A. Tudo bem, estou pronto para responder. A resposta é não, nunca encontrei. Ouvi falar sobre pessoas que diziam viver como nós, mas ou elas eram um engodo ou desapareciam antes que eu conseguisse seguir o rastro adequadamente. Você foi o único que deixou rastro suficiente para eu seguir. E me sinto grato por isso ter nos trazido até aqui.

— Mas por quê? O que você acha que faremos juntos?

— Já que estamos na capital do país, eu provavelmente deveria responder "dominação mundial", e rir maniacamente em seguida. Quem dera meus objetivos fossem tão sublimes. Talvez um dia eles sejam, com um bom número de outros como nós. Vejo que, com o dobro de nós, temos o dobro de oportunidades. Se eu pudesse reunir o que tenho da minha vida, nós poderíamos reunir o dobro juntos.

— Roubando?

— *Vivendo*. Estando no lugar certo na hora certa. Independentemente de ser Nova York, Paris ou Tóquio. Você gostaria de ir a Paris?

— Eu nunca nem pensei na possibilidade. — Porque jamais achei que fosse possível, sem ter que ficar lá para sempre.

— Podemos ir para lá depois. Traga Rhiannon. É bem romântico.

Por um instante, eu imagino: correr pelas ruas como no cinema, segurando a mão dela enquanto olhamos a Torre Eiffel ao pôr do sol.

Mas... quem eu sou nessa imagem?

O corpo de quem eu peguei?

— Você ainda seria Wyatt? — pergunto.

— Eu acho que seria mais vantajoso para mim ser mais velho — responde X. — Você também. Trabalharemos nisso.

— Por que você consegue ter idades diferentes e eu não?

X dá de ombros.

— Você teria que perguntar a Deus, ou ao algoritmo, ou ao menino do projeto de ciências do século XXIV. Quando eu comecei a ficar por mais de um dia, eu saí do padrão. Para minha imensa tristeza, eu ainda não consigo definir quem eu serei em seguida, mas acredito que seja o próximo passo. Quando conquistarmos isso, dá para imaginar o que poderemos fazer?

— O que você poderia fazer e o que eu poderia fazer são, eu acho, coisas diferentes — especulo.

X dá uma risada.

— Por enquanto. Você ainda não tomou o gostinho. Assim que tomar, viverá ansiando por mais.

O telefone começa a vibrar no meu bolso. Pode inclusive estar tocando, de tão alto que é o ruído.

— Você tem que atender? — pergunta X.

— Não — digo, tentando soar casual. — Tenho certeza que é alguém da turma procurando por ele.

— Então é melhor não atender.

Tenho tempo para mais uma pergunta.

Não consigo pensar em nada.

Em vez de perguntar, eu falo:

— Quero que existam mais de nós.

X me olha de um jeito estranho e depois diz:

— Eu também.

Há uma batida na porta.

X se levanta, confuso, e solta um "olá".

Eu também me levanto. E fico entre X e o quarto.

A porta se abre. E Nathan entra mancando.

— Ora, olá, *Xenon* — diz ele.

Os pais e o irmão de Wyatt estão atrás dele.

— Wyatt — digo — você está preso no seu próprio corpo. Você precisa lutar contra isso agora mesmo. Precisa ficar no controle.

— O que você está fazendo? — indaga X, ao se virar para mim.

Ele tenta fugir para o quarto, mas eu impeço sua passagem. Envolvo meus braços ao seu redor.

— Wyatt! — grita a Sra. Giddings.

O Sr. Giddings parece apavorado.

O irmão de Wyatt, North, corre e passa os braços em torno de Wyatt também. X está resistindo, enfurecido.

— Wyatt! — grita North. — Wyatt, você precisa lutar!

O Sr. e a Sra. Giddings se juntam a nós.

Seguramos firme.

— O nome dele é *Xenon* — digo a Wyatt. — Expulse ele daí.

Wyatt

— Wyatt, você

pode

— Wyatt

— Está aí?

— Nós te amamos, volte para

— Wyatt, é

— Encontre a sua

North?

— Estou aqui

Mãe?

— Precisamos que você volte, ele está te machucando. Você precisa vir

Quem é?

— Ah, Wyatt

Não chore, mamãe.

— lute

O quê?

— sabemos que você está aí, podemos

te ver. Você pode ver a gente?

— WYATT!

Cansado.

— Precisamos de você, Wyatt. Precisamos de você aqui. Diga a Xenon para ir embora. Você é nosso filho. Ele não é o nosso filho. É você quem precisa de nós. Ele vai nos machucar, Wyatt. Precisamos de você, Wyatt.

Eu estou aqui.
Certo?
Eu estou aqui?

— Nós te amamos, Wyatt

Nós amamos você tanto.
Eu sei, mãe.
— Amamos muito. Nós te amamos e precisamos de você aqui, Wyatt.

Pai?
Uau, pai.
— Venha, Wyatt. Precisamos de você. O time precisa de você. Eu preciso de você.

— Wyatt, não seja tão idiota.
Você que é idiota, North.
— Não vamos aguentar muito mais. Precisamos de você, Wyatt. Precisamos ter você de volta. Precisamos que você

diga, você quer estar aqui?
Quem é você?
— Wyatt, você quer estar aqui?
Sim.
— Você sente falta deles?
Sim.
— Você quer estar aqui com sua mãe, seu pai, North e todos os seus amigos?
Sim.
— Eles precisam de você.
Estou aqui.
— Nos mostre que você está aí, Wyatt. Mostre

Estou aqui.

Dói.

— WYATT!

Mãe.

— WYATT!

Dói muito. Muito mesmo.

Eu quero.

respirar.

— O que está acontecendo?

Está tudo bem, North.

Está tudo bem.

A
Dia 6.142 (continuação)

— Ele tá vivo? — pergunta Nathan.

— Está respirando — diz North.

Estou ali em pé, pairando acima deles, como se Wyatt ainda estivesse nos meus braços. Acho que nunca vivi algo tão assustador quanto o momento em que ele passou da luta para a completa imobilidade, caindo como uma corda que tivesse sido cortada do teto.

A mãe de Wyatt grita.

Ele abriu os olhos.

Ela diz o nome dele repetidas vezes.

Ele tosse.

— Mãe?

Ele está coberto de suor. Trêmulo. E respira com dificuldade.

— É como se ele tivesse tido um ataque cardíaco — diz Nathan.

— Com a diferença que o coração dele voltou a bater — digo.

— Vamos torcer.

Vejo a expressão dos seus olhos quando a família o rodeia, chorando.

Vejo a expressão em seus olhos e sei que não pode ser X.

— Acho que ele se foi — digo a Nathan. — X se foi.

— Ou ele simplesmente passou para outro corpo?

Balanço a cabeça e respondo:

— Não acho que alguém consiga viver sem um corpo. Nem mesmo por um segundo.

Acho mesmo que ele foi embora.

Nathan envia uma mensagem de texto, e, no segundo seguinte, alguém bate à porta.

— Tudo bem se eu entrar? — Rhiannon pergunta.

— Sim — digo a ela. — É seguro agora.

Wyatt não tem ideia de onde está nem por quê. A família dele me pede que explique.

Eu tento.

Sei que foi preciso muita persuasão de Nathan e Rhiannon para trazê-los até aqui. Imagino que eles não tenham exatamente acreditado, mas estavam dispostos a fazer o que fosse preciso para ter o filho de volta. Agora, estão vivendo um tipo diferente de descrença, em que sabem o que sabem, ainda que não faça sentido para o restante do mundo.

Wyatt ainda está abalado e desorientado, então não tenho certeza do quanto ele absorve do que eu digo. Ele não se lembra de nada da última semana — não se lembra de conversar comigo, não se lembra de bater em Nathan. (Tanto ele quanto os pais estremecem quando isso é mencionado, mas eu falo sobre isso porque espero ser o ato mais visceral e memorável de X no tempo em que esteve no corpo de Wyatt).

Eu imploro a Wyatt e a sua família que não contem a ninguém sobre isso. O Sr. Giddings, na verdade, ri quando eu peço e me garante que o segredo está a salvo. Enquanto ele diz isso, eu começo a ver a vergonha rastejar pela consciência de Wyatt. Nathan e Rhiannon devem notar o mesmo porque os dois se metem e dizem que adorariam contar mais a ele sobre isso e sobre como acontece.

— Você vai achar que ninguém entende — Nathan lhe diz. — Mas não é verdade. Nós entendemos.

Wyatt assente diante disso, mas continuo achando que ele ainda está tentando entender quem somos.

— Como ele pagou por esse quarto? — North pergunta, olhando ao redor.

— Não foi ele. X, que estava nele, tinha seus próprios meios.

— Parece que ele tinha grana.

— Talvez.

Por um instante, penso se temos como conseguir os dados de cobrança com a recepção. Para rastrear as contas de X.

Depois penso: *Não. Você não quer fazer isso.*

Olho para a mesa ao lado do sofá em que Wyatt está deitado e vejo a lata de *ginger ale* ainda ali. Sinto como se a minha mente estivesse me levando para um lugar escuro. Por mais cruel que X tenha sido, ele sempre foi legal comigo. E eu fiz ele desaparecer. Eu o matei.

— Talvez a gente deva deixar vocês a sós um pouco — digo para Wyatt e sua família.

— É — diz Rhiannon. A Sra. Giddings protesta, mas não com veemência suficiente. Acho que todos eles precisam se recompor um pouquinho.

— Certo, então — cantarola Nathan.

Não sei ao certo para onde iremos; quero simplesmente sair daquele quarto.

Enquanto esperamos pelo elevador, Nathan diz:

— Isso foi *incrível*.

E eu reajo.

— Não! — grito com ele. — Isso não foi incrível. Nós apagamos alguém da face da Terra. Nós salvamos alguém, mas também fizemos alguém desaparecer. Sei que foi a coisa certa a fazer, mas *não* é motivo de comemoração.

Nathan recua, e eu levo um instante para perceber que eu o segurei pela camisa. Solto.

— Desculpa — digo.

— Não, não... eu entendo — responde ele. — Mas talvez, sabe, seja melhor eu ficar por aqui e pegar uma carona de volta com eles, tudo bem? Tenho certeza que vocês têm muito sobre o que conversar.

Estou prestes a me desculpar de novo, mas Rhiannon me interrompe e diz:

— É, parece uma boa ideia.

O elevador chega. Somente e eu e ela entramos.

Ficamos em silêncio por alguns quarteirões, como se tanto eu quanto ela soubéssemos que precisávamos de um tempo para nós mesmos. Mas logo começo a contar para Rhiannon como foi, todos nós segurando o corpo de Wyatt com força, dizendo a ele o que estava acontecendo e implorando para que nos ajudasse, mesmo enquanto X gritava, rugia e resistia. North, inteligentemente, segurou as pernas dele, então, mesmo quando X conseguiu soltar os braços por um momento, ele não tinha como sair dali.

Encontramos um banco no jardim de esculturas da National Gallery e nos sentamos em frente a uma árvore metálica comprida.

— Você não sabia se ia dar certo, né? — Rhiannon pergunta.

— Não. Não sabia.

— E deve ter sido estranho ter dado certo.

— Não é estranho — digo a ela. — É assustador.

— Por quê?

— Por que você acha?

Rhiannon balança a cabeça.

— Não. Não pense assim. Isso jamais aconteceria com você. Porque você não faz o que ele faz. Você se importa com as vidas que está pegando emprestadas. Elas não precisam expulsar você dali.

— Mas se elas quisessem, poderiam fazer isso.

— Somente se soubessem que você está ali.

— Mas você está falando comigo sendo eu... como Marlon não sabe?

— Porque eu não estou falando com ele. Estou falando com você.

O telefone dela toca. Ela pega o aparelho, olha para a tela e diz:

— Nathan.

Depois de conversar com ele por um minuto, ela se vira para mim e diz:

— Eles estão se preparando para voltar pra casa, querem agradecer. Nathan vai voltar com eles. — Ela me passa o telefone e eu falo, um tanto desconfortável, com cada um dos Giddings. Eles estão muito agradecidos. Não sei se percebem que a única razão para X ter chegado perto de Wyatt foi para que pudesse chegar até mim.

Assim que desliga, Rhiannon me diz que veio em seu próprio carro para o caso das coisas não darem certo.

— Eu não queria voltar de carro com eles se falhássemos em trazer Wyatt de volta — admite ela.

— Faz sentido.

Agora é o telefone de Marlon que vibra. Os amigos dele estão tentando entender por que ele perdeu o jantar e querem saber onde Marlon está.

— É melhor pensarmos num álibi muito bom — digo. — Do que você acha que o Marlon gosta?

— *Hamilton?*

— Por que diz isso?

Rhiannon aponta para a capinha do celular do garoto. Que, sem sombra de dúvidas, é uma capinha do musical.

— Eles estão em turnê, e aqui em Washington agora. Vamos mandá-lo para lá.

— Como nós vamos conseguir um ingresso?

Rhiannon sorri.

— Ele não precisa ir. Precisa apenas pensar que foi. Vamos lá.

Chegamos no teatro quando o público está entrando. Rhiannon tira uma foto de Marlon em frente da marquise, fazendo um sinal de joinha. Ele envia para todos os amigos. Eles respondem imediatamente.

Não pode ser!

Como você consegu...

A gente te dá cobertura aqui!

Eu e Rhiannon seguimos para jantar e, no caminho, dividimos o fone de ouvido para escutar a trilha sonora do musical.

Acabamos indo numa pizzaria a alguns metros da Politics and Prose. Estamos ansiosos para comer e cansados pelo dia. Estou curtindo o tempo que tenho com Rhiannon, mas a cada cinco minutos, mais ou menos, eu penso: *X foi embora. Foi embora mesmo.*

E eu não sinto alívio. Sinto culpa.

Sei que não posso guardar isso. Então conto a Rhiannon.

Ela não entende, diz a voz de X na minha cabeça. Não a voz dele de verdade, é claro. Mas agora uma parte minha vai usar a voz dele para ligar os pontos.

Não importa. Eu quero contar, respondo.

— Existem outros — ela me garante. — Se havia dois, possivelmente tem três, ou até três mil. Você vai encontrá-los. Pode ter essas mesmas conversas com eles. Sem o elemento perverso.

Nunca saberei quão perverso.

Assim como nunca saberei se eu poderia, de algum modo, convencê-lo a ir por outro caminho.

Eu duvido. Mas vou sempre pensar nisso.

— Então, qual é o seu plano? — pergunta Rhiannon. E, vendo a minha expressão, ela esclarece: — Para a noite de hoje, quero dizer.

— Vou voltar para o teatro na hora que *Hamilton* terminar, e pedir a alguém um canhoto do ingresso. Depois vou até uma área residencial, porque, se continuar dormindo num hotel, acabarei acordando em Paris antes que eu perceba. E quero ficar aqui. Perto de você.

— Quer que eu fique com você?

— Não. Você precisa voltar. Tem aula amanhã.

— Eu sei. Mas fico se você precisar de mim.

— Se essa é a condição para você ficar, você nunca vai conseguir ir embora.

— Você não precisa de mim.

— Eu realmente preciso de você. E do nosso seja-lá-o-que-for-isso.

— O amor que não consegue encontrar a palavra certa.

— Sim. É isso o que temos.

— É estranho.

— Certamente.

— Não... outra coisa. Eu ia dizer que é estranho pensar em como eu sempre pensei que a nossa grande pergunta fosse se conseguiríamos ficar juntos. Mas é como se a pergunta tivesse mudado, e agora não é mais *se* podemos ficar juntos, mas *como* vamos ficar juntos.

— E qual a resposta a essa pergunta?

— É a palavra que ainda não conseguimos encontrar. Mas ela está ali. Eu posso sentir.

Eu também posso. E não sei como chamar isso também.

Apenas agradeço por isso existir. Agradeço que continue, depois de tudo o que aconteceu.

Um casal mais velho é gentil o bastante para me dar o canhoto de um de seus ingressos. Em seguida, eu ouço mais um pouco da trilha sonora, enquanto caminho para o Dupont Circle, escrevendo a noite de Marlon em sua mente e esperando que as memórias que estou criando pareçam reais.

Um pouco antes da meia-noite, uso o telefone de Marlon para pedir um carro pelo aplicativo. O motorista sabe que é para levá-lo de volta ao hotel.

Caio rapidamente no sono no banco de trás do carro.

Rhiannon

Volto para a minha vida. A estar por perto é, sem dúvida, uma parte dela. Mas não a define. Não pode.

Naquela noite, volto para o carro andando devagar. Não consigo afastar a imagem de Wyatt e sua família da minha mente nem o pensamento de que, se não tivéssemos feito alguma coisa, ele poderia ficar perdido para sempre.

Percebo que essa é a sensação de fazer parte de algo muito maior que si mesmo. Não apenas com amigos, mas com estranhos.

E que me permite entender a força que é necessária não apenas para A ser humano, mas para todos nós sermos, se quisermos ser importantes não só para amigos, mas para estranhos também.

Meses atrás, quando eu estava com Justin, eu nunca nem teria chegado perto de pensar essas coisas. Estava ocupada demais olhando para baixo para enxergar. Consigo ver isso agora.

Não é que eu sinta que tudo mudou.

É que a mudança, uma vez iniciada, é contínua.

É assim que sinto.

Quando chego à escola na manhã seguinte, parece ser como qualquer outra quarta-feira. A animação do protesto deu espaço para os temas de sempre.

No almoço, digo para Rebecca:

— Você acha que tudo o que acontece na escola pode ser categorizado como fofoca ou estresse?

Ela pensa no que eu disse por um instante, então responde:

— Acho que é bem por aí.

Cada conversa que eu ouço ganha instantaneamente a sua etiqueta. Fofoca. Estresse. Estresse. Estresse. Fofoca. Estresse. Até as minhas próprias conversas. Mas não os meus pensamentos. Esses são bem mais complicados. E quando estou trocando mensagens com A, descobrindo onde A está, o que A está fazendo, parece ser mais que fofoca e menos que estresse.

Depois da aula, eu passo tempo com Alexander e me dou conta que nossas trocas também resistem a categorias. Quando expliquei a ele que procurei abrigo na National Gallery durante o protesto, ele me perguntou o que eu tinha visto. Contei a ele sobre a sala com os quadros do Rothko e como eu ainda estava tentando entendê-los. Ao chegarmos agora em seu quarto, vejo que ele pendurou um projetor em seu laptop.

— Antes de pegarmos os livros, que tal darmos uma volta pelo universo do Sr. Rothko? — pergunta ele.

Eu desligo as luzes e, pela hora seguinte, passamos de uma pintura a outra, o quarto refletindo as cores das paredes. Alexander põe uma música e não falamos muito — somente o que não queremos guardar, as observações que queremos que sejam compartilhadas.

Encontrei alguém descontraído que me leva a sério.

Eu gosto mesmo de você, penso. Não em relação a nenhuma outra coisa. Não com base no dia em que nos conhecemos. Da sua própria maneira.

E essa acaba sendo uma das observações que deve ser dita em voz alta.

Eu conto a A sobre isso. Quero poder contar tudo para A. Falo isso também.

A responde imediatamente, dizendo que é exatamente assim que deve ser. O que quer que eu sinta por Alexander, ou por qualquer outra pessoa, não interfere no que-quer-que-seja-que-temos.

Juntos, nós estamos em um lugar separado, olhando dali para todo o restante.

Depois da aula na sexta, eu dirijo novamente para Washington.

A está esperando por mim perto das cerejeiras, que se parecem com qualquer outra árvore nos meses antes de florescer. Decidimos andar ao longo do rio Potomac até o pôr do sol. O caminho é sinuoso e praticamente sem turistas. As rajadas congelantes ainda não deram o ar da graça.

Embora tenhamos escrito sobre as nossas semanas, não é o mesmo que falar sobre elas. Então agora podemos falar, ver como os acontecimentos se transformam em histórias.

— Nenhum sinal de X? — pergunto.

— Não. — Eu vejo o pesar na sua expressão, e quero encontrar uma maneira de animar A.

— Nathan tem ido à casa de Wyatt todos os dias — digo. — Ele está se recuperando bem, considerando tudo. Ele tem certeza de que não teria durado muito mais.

— Fico feliz por ele.

— Você não parece feliz.

A me olha pesarosamente.

— Estou feliz e triste ao mesmo tempo. Um sentimento não anula o outro. Eles coexistem.

— Tínhamos que fazer o que fizemos — lembro.

— Não. Não é isso. É só que... é o jeito como ele *foi embora*. Fico pensando em como Nathan e eu seremos as únicas pessoas no mundo que vão se lembrar dele; e Nathan bem mais ou menos. Porque ele estava escondido, ninguém sabia que estava lá. E eu sei que ele fez coisas horríveis... Eu provavelmente não tenho ideia do alcance do que ele fez e quantas outras vidas ele tomou ou arruinou. Mas acho que não estou pensando nele tanto quanto estou pensando em mim, em como seria fácil desaparecer sem deixar vestígio. Se isso tivesse acontecido comigo, teria sido como se eu nunca tivesse existido nesses dezesseis anos. Eu sei que posso morrer; todos nós podemos morrer. Mas nunca ter existido... isso parece bem pior.

— Mas isso não vai acontecer com você. Não mais.

— Quando Wyatt empurrou X para fora... o que aconteceu com o corpo dele foi como um pico de febre. O corpo não o queria lá.

— Porque X estava lhe fazendo mal. Você não é assim.

— Espero que não. Mas como eu posso saber? Como eu posso julgar o dano que causo? Ninguém deveria ser o juiz de si mesmo.

— Por isso que você tem a mim. E vai encontrar outras pessoas. Para conversar. Para ter certeza de que está tudo bem.

— Mas por que você ia querer fazer isso? Por que você ia querer se prender a alguém como eu? Eu não consigo entender.

— E eu não entendo por que você ia querer se prender a alguém como *eu* — digo. — Não acha que eu preciso da sua ajuda tanto quanto você precisa da minha? Você não acha que eu preciso de alguém que me ajude a fazer julgamentos, que garanta que minhas ações não causam nenhum mal? Sim, são duas situações diferentes. Mas eu e você somos humanos. E isso quer dizer que temos basicamente o mesmo potencial infinito de estragar as coisas e precisamos basicamente da mesma quantidade infinita de paciência e bondade para sermos quem devemos ser.

— Você não é tão confusa quanto eu.

— Só vou dizer que a competição vai ser divertida.

A para de andar.

— Sério. Fico pensando se você não estaria melhor sem mim. Eu só pioro as coisas.

Agora eu fico zangada.

— Você não aprendeu *nada*? Está mesmo me dizendo que quer fugir novamente?

— Não. Não é isso. Mas...

— Não tem *mas*. Já passamos por isso uma vez e não vamos ficar andando em círculos. Está me ouvindo agora?

— Sim.

— Ótimo. Porque eu só vou falar uma vez. O propósito do amor não é ter momentos divertidos sem nenhum momento difícil, nem ter alguém que gosta de você pelo que você é, mas não te desafia a ser ainda melhor. O propósito do amor não é ser a solução, a resposta ou a cura para a outra pessoa. O propósito do amor é ajudar o outro a encontrar o que eles precisam, da maneira que você puder. O que nós temos, definitivamente não é normal. Mas o propósito do amor é escrever a sua própria versão do normal, e é exatamente isso o que nós vamos fazer. Eu nunca serei a sua namorada. Nós nunca nos veremos todos os dias e apresentaremos nossos amigos um para o outro. Nós *não* vamos à festa de formatura. Não vamos nos preocupar se terminaremos tudo quando a escola acabar. Não vamos nos preocupar se terminaremos tudo quando a faculdade acabar. Não vamos nos preocupar se nos casaremos ou não. O que vamos fazer é estar ali um para o outro. Seremos honestos, vamos compartilhar nossas vidas e faremos besteiras juntos e consertaremos juntos depois. E cometeremos erros, muitas vezes com o sentimento um do outro. Mas estaremos ali. Dia após dia. Porque eu não quero que você seja o meu par, A. Não quero que você esteja na minha vida um dia e depois não. Quero que você seja o meu sempre. Para mim, esse é o propósito do amor.

Assim que eu digo, percebo: encontrei.

Encontrei a nossa palavra.

— O seu sempre — diz A. — O meu sempre.

— Você entende?

A sorri.

— Sim. Totalmente.

Liam, 18 anos

Você é um covarde. Você é um covarde. Você é um covarde.

Passei dois anos dizendo isso pra mim mesmo.

Tudo bem, talvez tenha havido um período glorioso de duas ou três semanas — as duas ou três semanas depois que conheci Peter no Festival de Escritores de Melbourne.

Foi bom demais para ser verdade. Dois garotos fãs de livros, antipaletó--suéter-gravata e não-binários se conhecem num festival literário. Tipo, se alguém tivesse me perguntado "Onde você conhecerá o seu verdadeiro amor?", eu teria respondido: "Numa livraria ou num festival literário, óbvio".

Mas eu não acreditava que fosse realmente possível.

Até estar bem ali, naquele momento, olhando para Peter e pensando: *Eu devo ter conjurado você. Não tem outra explicação.*

Normalmente, eu não me permitia pensar esse tipo de coisa.

Não, corta isso.

Altera para:

Eu nunca, jamais me permiti pensar esse tipo de coisa.

Meus melhores relacionamentos foram sempre com os meus cadernos ou com pedaços de papel que eu subjugava a meus caprichos todo santo dia, digitando as palavras que fossem dignas de transcrever a cada anoitecer. Eu tinha total certeza de que passaria mais tempo escrevendo sobre a vida do que realmente vivendo a vida.

Entra: Peter.

É claro que ele tinha de morar em outra cidade.

É claro que ele tinha de morar muito longe daqui.

É claro, eu pensava nisso como uma mera formalidade. Eram as palavras que importavam.

E palavras... bom, trocávamos palavras todos os dias.

Mas eu fui um covarde. Peguei o caminho mais fácil. Eu não tentei vê--lo, escondido por trás da internet. Porque não era como se ele estivesse me convidando. Eu suspeitava que alguma coisa estava acontecendo com ele. Eu suspeitava que ele achava que alguma coisa estava acontecendo comigo. Ele não tinha a menor ideia. Eu fui tão covarde.

E, finalmente, depois de dois anos tentando reunir coragem para vê-lo de novo, fosse como fosse, vi que vários dos nossos autores preferidos estariam no Festival de Adelaide.

Comprei os ingressos para o festival.

Economizei dinheiro para comprar uma passagem de avião de última hora.

Disse a ele que estava a caminho.

E, durante a hora que passou até que ele respondesse, eu pensei: *É isso. O próximo passo. A verdade.*

Então ele me respondeu, dizendo que não queria mudar as coisas. Disse que as palavras eram a nossa coisa. Deveríamos viver, morrer e amar com palavras.

Eu fiquei tipo: *Ah, isso é legal. Somos tão puros, blá-blá-blá.*

Mas o que eu estava pensando era: *Agora você é o covarde.*

E pensei: *O que está escondendo?*

E pensei: *Essa pergunta foi para ele ou para você mesmo, Liam?*

E depois pensei também: *Eu preciso resolver isso. Porque palavras são ótimas, mas não são tudo.*

E: *Se ele não me amar pessoalmente, então não é amor.*

Então chegou o dia, e eu comprei a passagem.

Não escrevi para ele até que o avião pousasse.

Você não pode estar aqui, respondeu ele.

Ah, definitivamente eu estou, escrevi de volta.

Eu não posso, escreveu ele.

E respondi:

Seja lá qual for o seu medo, eu também tenho. Seja lá o que for que pense estar arriscando, eu te garanto que estou arriscando mais. Eu quero ver você, não importa quem você é. E quero que você me veja, não importa quem eu sou. Tudo ou nada. Agora ou nunca.

E ele respondeu:

Tudo.

E depois:

Agora.

Quando cheguei ao festival, a festa de abertura já estava na metade. Festejos por todos os cantos, fogos de artifício no ar. Ele disse que me encontraria no palco principal, que estaria vazio naquela noite, enquanto todos bebiam e se abraçavam com alegria. Ele me disse que estaria segurando um exemplar de *Black juice*, o livro que eu estava lendo no dia em que nos conhecemos. Eu lhe garanti que o reconheceria, embora tivesse se passado um tempo desde a última foto que recebi dele. Ele disse que eu não tivesse tanta certeza.

Eu disse que levaria um exemplar de *Yellowcake*. Para que ele me reconhecesse.

Entro no anfiteatro deserto, as cadeiras esperando pelo primeiro palestrante da manhã seguinte. Atrás de mim, música, luzes de boate e o que parece ser mil conversas começando ao mesmo tempo. Vejo uma figura nas sombras, noto que está segurando um livro.

— Peter? — chamo, minha voz entregando tudo sobre mim.

Ele sai das sombras e eu deixo o meu livro cair, com a surpresa. Porque ele não é um ele. Ele não é Peter — ele é uma garota que nem chega perto da altura que Peter tem.

E ela... ela também está me olhando com surpresa. Porque também sou uma menina; não tão baixa, mas certamente não com a altura que eu tinha quando ele me conheceu. (Eu, no entanto, estou usando os mesmos óculos, por uma questão de continuidade.)

De repente, tudo faz sentido. Tudo.

— Aparentemente — digo — temos muito mais em comum do que jamais poderíamos ter imaginado.

— E veja só — diz —, nós nos encontramos de verdade.

A: Olá. Você não me conhece. Eu vi o seu post de algumas semanas atrás e gostaria de conversar com você, se possível.

M: Eu estava um lixo. Me sinto bem melhor agora. Mas agradeço a sua preocupação.

A: Não é isso. (Embora eu esteja feliz em saber que você está se sentindo melhor.) É sobre o que você estava descrevendo.

M: A depressão?

A: Isso não. A outra parte. Sobre mudar todo dia. Eu sei exatamente o que você quer dizer. Exatamente.

M: Ah.

A: Podemos falar?

M: Claro.

Nathan

Eu fico voltando naquilo: o dia que alterou o curso da minha vida.

Mas quanto mais eu vivo com isso — e quanto mais eu vivo, no geral —, mais percebo: todos temos dias que alteram o curso de nossas vidas. Não todos os dias, talvez. Mas muitos deles. A maioria deles.

Eu e Jaiden conversamos um pouco sobre isso, eu e Wyatt conversamos muito sobre isso. Às vezes vamos até Washington de carro, com Rhiannon e Alexander, para encontrar A, e todos nós falamos sobre isso.

Não há uma conclusão para se chegar. Nós todos concordamos: tem uns dias que você sabe de antemão que serão importantes, mas a maior parte dos dias importantes pegam você de surpresa. A melhor coisa a fazer é tratar todos os seus dias bem.

E ver o que acontece depois.

Rhiannon

O que estou aprendendo é que o coração tem a capacidade de amar muitas pessoas. Eu costumava achar que tinha de dar isso a apenas uma pessoa e nunca guardar amor algum para mim mesma. Mas como eu estava errada. Eu posso amar A e Alexander e meus velhos amigos e meus novos amigos; posso amar todas as pessoas que A é por um dia e todas as pessoas ao meu redor que também estão tentando fazer a balança pender para o lado certo. E ainda pode sobrar amor o bastante para mim, para me dar a força para amar todas essas pessoas, para carregar um pouco do fardo delas enquanto elas carregam um pouco do meu.

Em alguns dias estou pronta para o desafio.

Em outros dias preciso tomar fôlego.

Mas a história que estamos escrevendo é longa.

Mesmo nos dias em que é difícil, eu sei que um dia vai melhorar.

A
Dia 6.359

A coisa mais importante a ser lembrada é que eu não estou só.
Nos dias em que é difícil, eu me lembro que não estou só.
Nos dias em que é fácil, eu me lembro que não estou só.
É isso que me faz seguir adiante.
Todo dia, isso me faz seguir adiante

Agradecimentos

Obrigado aos meus pais, que deixam os meus dias mais radiantes.

E um agradecimento especial a minha mãe, por ter dado o título deste livro.

Meu amor para toda a minha família e meus amigos.

Obrigado a todos os autores com os quais trabalho pela paciência.

O mesmo para os meus colegas de trabalho na Scholastic.

Um agradecimento especial para todos os amigos que dividiram momentos de escrita e/ou viagens comigo enquanto eu tentava definir esse livro, incluindo, mas não apenas: Billy Merrell, Nick Eliopulos, Zack Clark, Nico Medina, Derek McCormack, Mike Ross, Libba Bray, Justin Weinberger, Chris Van Etten, Alex Kahler, Kurt Hellerich, Caleb Huett e Lawrence Uhling.

Quando eu soube que um filme de *Todo Dia* estava sendo feito, eu pensei: *Ah, eu preciso terminar de escrever a continuação antes de assistir para que não tenha nenhuma influência em como eu vislumbro a história.* Isso não aconteceu. Na verdade, eles fizeram um filme inteiro no espaço de tempo que eu levei para escrever cem páginas. Felizmente, fizeram um filme que eu amo, e qualquer influência que ele possa ter tido foi totalmente positiva. Então eu gostaria de agradecer ao meu amigo Jesse Andrews (mais conhecido como roteirista extraordinário), ao diretor-craque Michael Sucsy (que enxergou o coração dessa história tão bem), a todos os produtores e membros da equipe, ao time fantástico da Orion, e aos incríveis atores que deram vida a A, principalmente Angourie Rice, Justice Smith, Lucas Jade Zumann e Owen Teague.

Um imenso obrigado a Bill Clegg, Simon Toop, David Kambhu, Marion Duvert e todos os demais da Clegg Agency.

Como sempre, eu devo reconhecer a gentileza e entusiasmo de todos na Random House Children's Books, incluindo (mas não apenas) Jenny Brown, Barbara Marcus, Mary McCue, Sylvia Al-Mateen, Judith Haut, Adrienne Waintraub, Lisa Nadel e todos dos departamentos de vendas, marketing e produção. E eu gostaria de agradecer a todos na Egmont, na Inglaterra, Text, na Austrália, e a todos os demais editores internacionais desse livro, por lhe darem tanta vida fora dos Estados Unidos.

Obrigado a todos os leitores pelo carinho com esses personagens.

E a Nancy — todas as promessas de eternidade se mantêm. Que o espetáculo jamais termine.

Este livro foi composto na tipografia
Berling LT Std, em corpo 11/14,8, e impresso
em papel off-white no Sistema Cameron da
Divisão Gráfica da Distribuidora Record.